D1073148

TORMENTA EN EL ÁRTICO

CLIVE CUSSLER

y DIRK CUSSLER

TORMENTA EN EL ÁRTICO

Traducción de
Alberto Coscarelli

Título original: *Arctic Drift*

Primera edición en U.S.A.: mayo, 2010

Printed in Spain – Impreso en España

ISBN: 978-0-307-88216-5

Distributed by Random House, Inc.

BD 8 2 1 6 5

En memoria de Leigh Hunt.

Sí, en realidad hubo un Leigh Hunt.

Un querido amigo, bon vivant, *ingenioso y atolondrado donjuán que tenía una manera de ser con las mujeres que lo convirtió en la envidia de todos los hombres de la ciudad.*

Lo maté en el prólogo de diez novelas de Dirk Pitt.
Siempre quería tener un protagonismo mayor
en las historias, pero nunca se quejó,
porque disfrutaba de la fama.

Adiós, viejo amigo, se te echa mucho de menos

PRÓLOGO

Pasaje a la muerte

Abril de 1848.
Estrecho de Victoria, océano Ártico

El gemido resonó por toda la nave como el aullido de una bestia herida, como un aterrador lamento que pareció suplicar la muerte. El lamento incitó a una segunda voz, luego a una tercera, hasta que un coro espectral retumbó en la oscuridad. Cuando los espeluznantes aullidos se apagaron reinaron unos segundos de silencio angustioso, hasta que un alma torturada reanudó la pavorosa secuencia. Algunos marineros aislados que conservaban todavía la mente cuerda escuchaban los lamentos al tiempo que rezaban para que su muerte fuese menos dolorosa.

En su camarote, el capitán James Fitzjames escuchaba mientras apretaba con fuerza un trozo de cristal de roca que guardaba en su puño. Levantó el frío y brillante mineral hasta la altura de los ojos y maldijo su resplandor. La piedra, de una composición desconocida, parecía haber maldecido a su barco. Incluso antes de que lo subieran a bordo, el mineral era portador de la muerte. Dos tripulantes del ballenero habían caído por la borda cuando transportaban las primeras muestras del mineral; apenas tardaron unos minutos en morir de hipotermia en las heladas aguas árticas. Otro marinero había muerto de una puñalada en una pelea, después de intentar cambiar algunas de las piedras por tabaco con un ayudante de carpintero que había perdido el juicio. En las últimas semanas, más de la mitad de la tripulación, en un proceso lento e inexorable, se había vuelto loca de atar. El aislamiento de la invernada sin duda era la causa principal, pero no dudaba de que las piedras también hubieran tenido algo que ver.

Sus pensamientos se vieron interrumpidos por unos violentos golpes en la puerta. Prefirió ahorrar la energía necesaria para levantarse y abrir, por lo que, con voz ronca, preguntó:

—¿Sí?

Se abrió la puerta y en el umbral apareció un hombre de baja estatura con un suéter roñoso; su delgado rostro rubicundo estaba sucio.

—Capitán, hay un par de ellos que intentan de nuevo abrir una brecha en la barricada —informó el cabo con su cerrado acento escocés.

—Llame al teniente Fairholme —ordenó Fitzjames. Se levantó con un visible esfuerzo—. Que reúna a los hombres.

Fitzjames arrojó la piedra sobre la cama y siguió al cabo. Caminaron por un oscuro y mohoso pasillo, alumbrado por unos pocos candiles. Pasada la escotilla principal, el cabo se dispuso a cumplir la orden mientras el capitán continuaba hacia proa. No tardó en detenerse al pie de una montaña de escombros que le cerraban el paso. La habían hecho con toneles, cajones y maderos, y llegaba hasta la cubierta superior, a modo de barricada que impedía el acceso a los sollados de proa. Desde algún lugar al otro lado de la pila, llegaba el ruido del movimiento de maderos y barricas acompañado de gruñidos humanos.

—Ya están otra vez, señor —dijo un infante de marina con ojos somnolientos que montaba guardia junto a la barricada con un mosquete Brown Bess.

El joven, que apenas tenía diecinueve años, se había dejado crecer una barba que sobresalía del mentón como una zarza.

—No tardaremos mucho en dejarles la nave —manifestó Fitzjames, con voz cansada.

Detrás de ellos se oyeron los crujidos de la escalerilla de madera cuando tres hombres subieron hasta la escotilla principal desde el sollado. Una ráfaga de viento helado recorrió el pasillo hasta que uno de los hombres colocó la lona que cerraba la escotilla. Un hombre de rostro macilento, abrigado con una gruesa chaqueta de lana, salió de las sombras y se dirigió a Fitzjames.

—Señor, el arsenal todavía está seguro —comunicó el teniente Fairholme. Una fría nube de vapor escapó de su boca mientras hablaba—. El cabo McDonald está reuniendo a los hombres en la cámara de oficiales. —Mostró al capitán una pequeña pistola de percusión—. Hemos recuperado tres armas para nosotros.

El capitán asintió con la mirada puesta en los otros dos hombres, dos infantes de marina ojerosos, cada uno armado con un mosquete.

—Gracias, teniente. No habrá disparos hasta que no dé la orden —dijo Fitzjames en voz baja.

Un grito agudo sonó al otro lado de la barrera, seguido por el estrepitoso batir de ollas y sartenes. «Cada vez están más desquiciados», pensó Fitzjames. Solo podía imaginar las abominaciones que se estaban produciendo detrás de la barricada.

—Se están volviendo más violentos —comentó el teniente en voz baja.

Fitzjames asintió con expresión grave. Tener que controlar a una tripulación que había perdido el juicio era una situación que nunca habría imaginado cuando se alistó en el Servicio de Descubrimientos Árticos. El capitán, un hombre brillante y afable, había hecho una rápida carrera en las filas de la Royal Navy, y a los treinta años ya era capitán de una balandra de guerra. Ahora, a los treinta y seis y obligado a luchar por su supervivencia, el oficial conocido como «el hombre más apuesto de la Marina» se enfrentaba a su prueba más dura.

Quizá no debía sorprenderle que parte de la tripulación hubiese enloquecido. Sobrevivir al invierno ártico a bordo de un barco inmovilizado por el hielo era un desafío tremendo. Sumergidos durante meses en la oscuridad y con un frío implacable, no habían salido de los opresivos sollados. Allí habían luchado contra las ratas, la claustrofobia y el aislamiento, además de los estragos físicos causados por el escorbuto y la congelación. Pasar un invierno era duro, pero para la tripulación de Fitzjames este era el tercer invierno consecutivo; las enfermedades se agravaban debido a la escasez de las raciones y del combustible. La muerte del jefe de la expedición, sir John Franklin, había sido un duro golpe para el ánimo de todos.

Fitzjames sabía que más allá de los hechos concretos había algo siniestro en todo aquello. Cuando un ayudante del contramaestre se arrancó las ropas, saltó por la borda, y corrió sobre la placa de hielo profiriendo alaridos, podría haberse pensado en un caso aislado de demencia. Sin embargo, cuando tres cuartas partes de la tripulación comenzó a gritar en sueños, a tambalearse ajenos a lo que los rodeaba, a ser incapaces de articular las palabras con claridad y a tener alucinaciones, quedó claro que se trataba de algo más. A partir del momento en el que los afectados comenzaron a volverse violentos, ordenó que los aislaran en los compartimientos de proa.

—Hay algo en el barco que los vuelve locos —manifestó Fairholme, con voz queda, como si le hubiese leído el pensamiento al capitán.

Fitzjames iba a responder cuando un pequeño cajón voló por encima de la barricada y a punto estuvo de golpearle en la cabeza. El rostro pálido de un hombre consumido asomó por la abertura; sus ojos brillaban como ascuas a la luz de las velas. Se apresuró a escurrirse por el agujero y luego rodó por el frente del obstáculo. Al levantarse, Fitzjames lo identificó: era uno de los fogoneros que alimentaban la caldera del motor a vapor. El hombre llevaba el torso desnudo, a pesar de la baja temperatura que había en el interior del barco, y empuñaba un gran cuchillo de carnicero que había cogido de la cocina.

—¿Dónde están los corderos que debo degollar? —gritó con el cuchillo en alto.

Antes de que pudiese herir a alguien, uno de los infantes de marina lo golpeó en la sien con la culata del mosquete. El fogonero soltó el cuchillo, que rebotó contra un cajón con un sonido metálico, y luego se desplomó sobre la cubierta, con un reguero de sangre corriéndole por el rostro.

Fitzjames dio la espalda al fogonero inconsciente y miró a los tripulantes que lo rodeaban. Cansados, macilentos y debilitados por la falta de una alimentación adecuada, todos esperaban sus órdenes.

—Abandonamos el barco ahora mismo. Aún disponemos de una hora de luz. Intentaremos llegar al *Terror*. Teniente, lleve los equipos de invierno a la cámara de oficiales.

—¿Cuántos trineos debo preparar?

—Ninguno. Que cada hombre se lleve únicamente las provisiones que pueda cargar.

—Sí, señor —respondió Fairholme.

Ordenó a dos de los tripulantes que lo acompañasen y salieron por la escotilla principal. En uno de los pañoles estaban los abrigos, botas y guantes que utilizaban los marineros cuando trabajaban en cubierta o desembarcaban para realizar alguna exploración. El teniente y sus hombres recogieron todo lo necesario para el viaje y se apresuraron a llevarlo a la cámara de oficiales en la popa.

Fitzjames fue a su camarote y recogió una brújula, su reloj de oro y varias cartas que había escrito a su familia. Abrió el cuaderno de bitácora y escribió con mano temblorosa una última entrada. Con los párpados apretados como si reconociese la derrota, cerró el diario encuadernado en cuero. La tradición exigía que se lo llevase con él, pero lo guardó en el cajón de su mesa encima de una carpeta de daguerrotipos.

Once tripulantes, los únicos cuerdos que quedaban de una tripulación inicial de sesenta y ocho hombres, lo esperaban en la cámara. El capitán se calzó las botas y se puso el abrigo junto con todos los demás; luego, los precedió en la subida hasta la escotilla principal. Levantaron la tapa y salieron a la cubierta, castigada por los elementos atmosféricos. Fue como cruzar la entrada a un infierno helado.

Tras meses de encierro en el oscuro y húmedo interior del barco, ahora se encontraban en un resplandeciente mundo color blanco hueso. El terrible viento lanzaba infinidad de minúsculos proyectiles de hielo cristalino contra los hombres y fustigaba sus cuerpos con una temperatura de cuarenta grados centígrados bajo cero. El cielo no se distinguía del suelo, no había arriba ni abajo, tan solo confusos remolinos blancos. Fitzjames, sacudido por las rachas, avanzó a tientas por la cubierta nevada y bajó por una escalerilla hasta la placa de hielo.

A una distancia de ochocientos metros, la nave hermana de la expedición, el buque de su majestad *Terror*, estaba prisionera en la misma placa, aunque era imposible verla, porque el implacable viento reducía la visibilidad a escasos metros. Si no encontraban el *Terror* en medio de aquella cortina de nieve, acabarían vagando por la placa de hielo hasta morir. Habían clavado postes de madera a modo de mojones cada treinta metros entre los dos barcos por si se presentaba esta contingencia, pero al avanzar casi a ciegas, encontrar el siguiente poste se convertía en un desafío mortal.

El capitán sacó la brújula y tomó rumbo doce grados, que era en la dirección donde se encontraba el *Terror*. Sin embargo, en realidad estaba al este de su posición, pero la proximidad del polo magnético norte había provocado un error en la lectura. Con una silenciosa plegaria para que la placa no se hubiese movido desde que habían tomado las últimas mediciones, se inclinó sobre la brújula y comenzó a caminar por el hielo en la dirección señalada. Los tripulantes formaron una hilera sujetos a una cuerda y el grupo avanzó como un gigantesco ciempiés.

Fitzjames caminó con la cabeza gacha y sin apartar la mirada de la brújula, sin hacer caso del viento ni de la nieve que golpeaban su rostro. Contó cien pasos, se detuvo y miró en derredor. Se tranquilizó un poco al ver el primer indicador entre los algodonosos remolinos. Pasó junto al poste, buscó el rumbo en la brújula y caminó hacia el siguiente. La hilera fue de indicador en indicador como si jugasen a la pídola, aunque en ocasiones tenían que escalar montículos de nieve que alcanzaban más de diez metros de altura. Fitzjames concentraba todas sus fuerzas en la travesía e intentaba librarse de la amargura de haber abandonado su nave a manos de un atajo de dementes. En lo más profundo, sabía que se trataba de sobrevivir. Después de tres años en el Ártico, en aquel momento era lo único que importaba.

De repente, un terrible estruendo sacudió sus esperanzas. El ruido era ensordecedor, incluso superaba el aullido del viento, sonaba como una ininterrumpida salva de artillería. Pero el capitán sabía a qué se debía: eran las inmensas placas de hielo superpuestas debajo de sus pies que se movían en un continuo ciclo de contracción y expansión.

Desde que los dos barcos se habían quedado atrapados en el hielo en septiembre de 1846, se habían movido más de treinta kilómetros, impulsados por el desplazamiento de la inmensa placa de hielo que se conocía como Giro de Beaufort. Un verano inusualmente frío los mantuvo inmovilizados en 1847, ya que el deshielo de primavera apenas había durado. Los estragos de una nueva oleada de frío planteó dudas acerca de la posibilidad de que las naves pudiesen liberarse con la llegada del siguiente verano. En el ínterin, un cambio en la placa de hielo podría ser mortal, ya que aplastaría a una resistente nave de madera como si fuese una caja de cerillas. Sesenta y siete años más tarde, Ernest Shackleton vería con impotencia cómo su barco, el *Endurance*, era aplastado por la expansión de una placa en la Antártida.

Con el corazón en la boca, Fitzjames apuró el paso cuando se repitió el estruendo en la distancia. La cuerda en sus manos se tensó con la resistencia de los hombres que se esforzaban por seguirlo, pero se negó a disminuir el ritmo. Llegó al que era el último indicador, y miró a través de los blancos torbellinos de nieve. Por un instante, distinguió un objeto negro.

—¡Lo tenemos justo delante de nosotros! —gritó al grupo—. ¡Más deprisa, ya casi hemos llegado!

Como un solo hombre, el grupo avanzó hacia el objetivo. Escalaron otro montículo de hielo y por fin vieron el *Terror*. La nave, con una eslora de treinta y cuatro metros, tenía casi el mismo tamaño y apariencia que el *Erebus*, con el casco pintado de negro y una ancha franja dorada en las bordas. Sin embargo, ahora, el *Terror* a duras penas parecía un barco, con el aparejo guardado y con un gran toldo de lona que tapaba la cubierta de popa. Habían apilado la nieve contra el casco hasta la altura de la cubierta, como aislante, y los mástiles estaban envueltos por una gruesa capa de hielo. El pesado barco, que había sido diseñado como una plataforma de artillería flotante, tenía ahora el aspecto de una enorme caja de leche tumbada.

Fitzjames subió a bordo, donde le sorprendió ver a varios tripulantes corriendo por la cubierta. Apareció un guardiamarina que llevó a Fitzjames y a sus hombres por la escotilla principal hasta la cocina. Uno de los cocineros repartió copas de brandy mientras los hombres se sacudían el hielo de los abrigos y se calentaban las manos junto a los fogones. El capitán saboreó la bebida, que lo ayudó a entrar en calor, pero estaba atento a la actividad que reinaba bajo cubierta. Los tripulantes no dejaban de dar voces mientras acarreaban provisiones por el pasillo central. Al igual que sus hombres, la tripulación del *Terror* ofrecía un aspecto deplorable. Pálidos y demacrados, casi todos sufrían los estragos del escorbuto. Fitzjames ya había perdido dos de sus dientes a consecuencia de la enfermedad, debido a la carencia de vitamina C, lo que debilitaba las encías y provocaba la caída del pelo, además de hemorragias. La nave llevaba toneles con zumo de limón y todos habían tomado sus raciones con regularidad, pero con el paso del tiempo el zumo se había estropeado, lo que unido a la escasez de carne fresca había hecho que nadie escapase de la enfermedad. Oficiales y marineros sabían que, si no ponían remedio, el escorbuto podía ser mortal.

El capitán del *Terror* apareció al cabo de unos minutos, un rudo irlandés llamado Francis Crozier; era un veterano del Ártico y había pasado gran parte de su vida en el mar. Como muchos otros antes que él, se había sentido atraído por descubrir un paso entre el Atlántico y el Pacífico a través de las inexploradas regiones septentrionales. El descubrimiento del Paso del Noroeste era quizá la última gran hazaña de la exploración marítima que quedaba por conquistar. Muchos lo habían intentado sin conseguirlo. Pero esta nueva expedición se había iniciado con la promesa de no fracasar; equipada con dos barcos al mando de sir John Franklin, el éxito estaba casi garantizado. Sin embargo, Franklin había muerto el año anterior, después del intento de alcanzar la costa norteamericana cuando ya finalizaba el verano. Desprotegidos en aguas abiertas, las naves no tardaron en verse atrapadas por el hielo. El voluntarioso Crozier estaba decidido a llevar al resto de la tripulación a un lugar seguro y convertir en gloria el fracaso que los acechaba.

—¿Ha abandonado el *Erebus*? —preguntó a Fitzjames en tono mordaz.

El joven capitán asintió.

—Los tripulantes que permanecen a bordo se han vuelto locos.

—Recibí su mensaje en el que me contaba esos problemas. Es muy extraño. Un par de mis hombres también perdieron el juicio, pero no nos hemos visto afectados a tal escala.

—Es totalmente desconcertante —manifestó Fitzjames, molesto por la actitud de su colega—. Solo doy gracias por estar lejos de aquel manicomio.

—Ahora son hombres muertos —murmuró Crozier—, y es probable que también lo seamos nosotros dentro de poco.

—La placa de hielo. Se está partiendo.

Crozier asintió. Las fracturas se producían en los puntos de presión creados por los movimientos debajo de la superficie. Si bien la mayoría de las grietas aparecían en otoño y principios de invierno —a medida que se congelaban las aguas abiertas—, la placa en primavera también sufría peligrosas convulsiones y deshielos.

—Los maderos del casco hacen oír su protesta —manifestó Crozier—. Me temo que la tenemos encima. He ordenado que descarguen el grueso de las provisiones y que arríen las chalupas que nos quedan. Al parecer, estamos destinados a abandonar los dos barcos antes de lo planeado —añadió, con cierto miedo en la voz—. Solo ruego que la tormenta amaine antes de que tengamos que evacuar a toda prisa.

Después de compartir una comida de cordero y nabos en conserva, Fitzjames y sus hombres se unieron a la tripulación del *Terror* en la tarea de apilar las provisiones sobre la placa de hielo. Las estruendosas sacudidas parecían haber disminuido un poco, aunque aún se percibían por encima del viento. En el interior del barco, los marineros escuchaban los inquietantes crujidos de los maderos que resistían la presión del hielo. En cuanto descargaron el último cajón, se acurrucaron bajo cubierta y esperaron en la penumbra a que la naturaleza hiciese su jugada.

Durante cuarenta y ocho horas escucharon con intranquilidad los movimientos del hielo y rezaron para que el barco se salvara. No fue así. El golpe mortal llegó de súbito, con una violencia que los pilló desprevenidos. La pesada nave se elevó en el aire y cayó sobre un costado antes de que una parte del casco estallara como un globo. Solo dos hombres resultaron heridos, pero no había manera de reparar la destrucción. En un instante, el *Terror* se había convertido en una tumba acuática; solo faltaba fijar la fecha del entierro.

Crozier evacuó a la tripulación y mandó cargar las provisiones en tres de las chalupas que tenía disponibles; cada una iba montada sobre patines para arrastrarla por el hielo con mayor facilidad. Con mucha previsión, Crozier y Fitzjames ya habían llevado durante los últimos nueve meses varias chalupas cargadas hasta los topes con provisiones al indicador más cercano. El depósito en la Tierra del Rey Guillermo sería algo que agradecería la desamparada y exhausta tripulación cuando hubiera recorrido los casi cincuenta kilómetros de hielo que la separaban de tierra firme y de la comida.

—Podríamos recuperar el *Erebus* —propuso Fitzjames, con la mirada puesta en los mástiles de su antiguo barco, que sobresalían por encima de las serradas crestas blancas.

—Los hombres están demasiado débiles para combatir contra los elementos y contra sus camaradas —opinó Crozier—. Su nave encontrará el camino hasta el fondo, como el *Terror*, o pasará otro penoso verano atrapado en el hielo.

—Que Dios se apiade de sus almas —murmuró Fitzjames, y echó una última mirada al barco encallado.

Los dos capitanes, seguidos por equipos de ocho hombres uncidos a las pesadas embarcaciones como mulas a un arado, iniciaron la marcha a través de la desnivelada superficie helada hacia tierra. Por fortuna, el viento había amainado y la temperatura había subido casi hasta los cero grados centígrados. Sin embargo, el esfuerzo que se requería de los tripulantes muertos de hambre y frío comenzó a hacer mella en el cuerpo y el alma de cada uno de ellos.

Tras arrastrar y empujar las pesadas cargas durante cinco días agotadores, llegaron a la isla cubierta de cantos rodados. La Tierra del Rey Guillermo, que hoy lleva el nombre de isla del Rey Guillermo, no podía haber resultado menos inhóspita. Una extensión de tierra barrida por el viento con una superficie de trece mil ciento once kilómetros cuadrados, con un ecosistema que apenas permite vida vegetal y animal. Incluso los inuit evitan la isla por tratarse de un territorio muy pobre para la caza de caribúes y focas.

Crozier y sus hombres no sabían nada de todo aquello. Solo sus propios exploradores podrían haber descubierto que se trataba de una isla, en contra de la creencia general de los geógrafos en 1845, que creían que era una lengua del continente americano. Era probable que Crozier supiese eso, y algo más. Desde donde estaba, en el extremo noroeste de la Tierra del Rey Guillermo, tendría que recorrer más de mil seiscientos kilómetros para llegar al primer lugar civilizado. Un pequeño puesto de la Hudson Bay Company ubicado muy al sur, sobre las riberas del Great Fish, ofrecía la mejor posibilidad de rescate. Sin embargo, las aguas abiertas entre la punta sur de la Tierra del Rey Guillermo y la desembocadura del río, a unos doscientos cuarenta kilómetros de distancia, les obligarían a seguir arrastrando las condenadas embarcaciones a través del hielo.

El capitán dejó descansar a la tripulación durante unos pocos días en el punto de abastecimiento y los recompensó con raciones completas, para que recuperasen fuerzas y pudieran enfrentarse al arduo viaje con nuevos ánimos. Pero llegó un momento en el que no pudo esperar más. Cada día contaba en la carrera hasta el puesto de Hudson Bay antes de que comenzasen las nevadas de otoño. El veterano oficial tenía muy claro que no toda la tripulación llegaría hasta tan lejos, ni siquiera a un lugar cercano. Sin embargo, si les sonreía la fortuna, unos pocos de los más fuertes quizá llegarían a tiempo para enviar un grupo de socorro. Era su única posibilidad.

Iniciaron el largo viaje, arrastrando las chalupas trabajosamente; sin embargo, resultaba más fácil caminar por el hielo de la costa. Pero muy pronto comprendieron la amarga realidad de que estaban realizando una marcha hacia la muerte. Los rigores físicos de un esfuerzo constante en un entorno helado eran excesivos para sus cuerpos mal alimentados. El mayor sufrimiento, quizá incluso más que la congelación, era la sed insaciable. Como casi no tenían combustible para los infiernillos, no podían convertir el hielo en agua. Los hombres se llenaban la boca con nieve para fundir unas pocas gotas, y luego tiritaban de frío. De la misma manera que una caravana que cruzara el Sáhara, se enfrentaban a la deshidratación, que se sumaba a las demás enfermedades. Día tras día, y uno tras otro, los hombres morían mientras el contingente marchaba hacia el sur. A los primeros los enterraron en fosas poco profundas, pero después dejaron los cadáveres en el hielo, porque necesitaban ahorrar fuerzas para la travesía.

Fitzjames llegó a lo alto de un pequeño risco cubierto de nieve y se detuvo con una mano en alto. Los dos grupos que lo seguían tambaleantes interrumpieron la marcha y se quitaron las cuerdas sujetas a la chalupa. La embarcación, cargada con víveres y equipos, pesaba casi una tonelada. Moverla era como arrastrar un rinoceronte por el hielo. Los hombres se dejaron caer de rodillas y respiraron jadeantes el aire helado.

El cielo estaba despejado, y la luz del sol se reflejaba en el hielo con un brillo cegador. Fitzjames se quitó las gafas de nieve y fue de hombre en hombre para ofrecerles palabras de aliento y de paso comprobar si presentaban señales de congelación en los miembros. Casi había acabado con el segundo grupo cuando uno de los marineros gritó:

—¡Señor, es el *Erebus*! ¡Se ha soltado de la placa de hielo!

El capitán se volvió y vio que el hombre señalaba hacia el horizonte. El marinero, un cabo segundo, se quitó el arnés para bajar la pendiente y echó a correr hacia la costa.

—¡Strickland! —llamó Fitzjames—. ¡Quédese donde está!

El marinero hizo oídos sordos y no disminuyó el paso; continuó corriendo a trompicones por la desnivelada superficie hacia la mancha oscura en el horizonte. El capitán miró en aquella dirección y se quedó boquiabierto. A una distancia de tres leguas, se veían con toda claridad el casco negro y los mástiles de un barco. Solo podía ser el *Erebus*.

Fitzjames lo miró, casi sin respirar. Strickland tenía razón. El barco se movía como si hubiese conseguido soltarse de la placa de hielo.

El sorprendido capitán se acercó a la chalupa para rebuscar debajo de uno de los bancos hasta que dio con el catalejo. Enfocó la nave con el instrumento y de inmediato lo identificó como la suya. Tenía el aspecto de un barco fantasma, con las velas recogidas y las cubiertas vacías. Se preguntó si los locos que se encontraban a bordo se habían dado cuenta de que iban a la deriva. El entusiasmo inicial despertado por la visión del barco no tardó en atemperarse al observar la superficie que lo rodeaba: se trataba de otra placa de hielo.

—Continúa atrapado —murmuró, cuando vio que se movía con la popa por delante.

El *Erebus* estaba aprisionado en una placa de dieciséis kilómetros de longitud que se había desprendido de la principal y ahora iba a la deriva en dirección sur. Sus posibilidades de salvación habían aumentado un poco, pero aún corría el riesgo de acabar destrozado por la presión del hielo contra el casco.

Exhaló un suspiro antes de volverse hacia los dos hombres en mejor estado físico.

—Reed, Sullivan, vayan a buscar a Strickland —ordenó.

Los dos hombres partieron a la carrera detrás del cabo segundo, que ya había alcanzado la placa y subía por un montículo. Fitzjames miró de nuevo su barco, atento a cualquier daño en el casco o a alguna señal de vida en cubierta. Sin embargo, la distancia era demasiado grande y ni siquiera con la ayuda del catalejo podía observar los detalles. Pensó en el jefe de la expedición, Franklin, cuyo cadáver yacía envuelto en hielo en las profundidades de la bodega. Quizá el viejo acabaría sepultado en Inglaterra, se dijo, consciente de que las posibilidades de que él mismo regresara a casa, vivo o muerto, eran casi nulas.

Transcurrió casi media hora antes de que Reed y Sullivan regresaran de la búsqueda. Fitzjames vio que ambos mantenían la cabeza gacha, y uno de ellos sostenía en la mano el pañuelo rojo que Strickland había llevado para protegerse la boca y la nariz.

—¿Dónde está? —preguntó el capitán.

—Cayó por un agujero en el hielo —respondió Sullivan, el encargado del aparejo, con una mirada lastimera en sus ojos azules—. Intentamos sacarlo, pero ya se había hundido antes de que pudiésemos sujetarlo. —Levantó el pañuelo casi congelado, mostrando lo único que habían conseguido rescatar.

«Qué más da», se dijo Fitzjames. De haberlo rescatado, lo más probable era que hubiese muerto antes de poder ponerle ropa seca. En realidad, Strickland había sido afortunado. Al menos había tenido una muerte rápida.

El capitán borró la imagen de su mente y gritó con voz áspera a la desconsolada tripulación:

—Vamos, a la faena. Reemprendemos la marcha.

Asumió la pérdida sin decir nada más.

Pasaron los días, cada vez más penosos, mientras los hombres seguían su marcha hacia el sur. Poco a poco, se fueron separando en diversos grupos, según su resistencia física. Crozier y un puñado de tripulantes del *Terror* se adelantaron por la costa hasta distanciarse unos quince kilómetros. Fitzjames los seguía, pero había algunos rezagados aún más atrás, los más débiles y enfermos, que no podían mantener el ritmo y a los que se podía dar por muertos. El capitán había perdido a tres de los suyos, y ya solo contaba con trece hombres para arrastrar la pesada carga.

Una disminución en la fuerza del viento y una temperatura un poco más alta les infundió nuevas esperanzas. Pero una súbita tempestad de finales de primavera cambió su suerte. Como un velo mortal, una línea negra de nubes apareció por el oeste y avanzó a gran velocidad. El viento cruzó la placa de hielo y azotó la isla sin piedad. Al no poder seguir avanzando, ya que las cortinas de nieve levantadas por el viento les impedían ver, Fitzjames ordenó que pusieran la chalupa boca abajo, para que el casco les sirviera de refugio. La tempestad los castigó durante cuatro días. Encerrados en aquel reducido espacio, con poca comida y sin medios para calentarse, excepto por el calor corporal, los hombres, extenuados, comenzaron a sucumbir.

Al igual que sus subordinados, Fitzjames recuperaba la conciencia a intervalos, mientras, poco a poco, sus funciones corporales se apagaban. Cuando el final estaba muy cerca, un súbito estallido de energía, quizá provocado por la curiosidad, lo llevó a moverse. Pasó por encima de los cuerpos de los demás, se escabulló por debajo del casco, y se levantó apoyándose en él. Un breve respiro en la violencia de la tormenta le permitió permanecer erguido en la media luz del atardecer. Forzó la mirada para verlo por última vez.

Aún estaba allí. En el horizonte, la mancha oscura que señalaba la presencia del *Erebus* se movía sobre el hielo como una corona negra.

—¿Qué misterio ocultas? —gritó, aunque sus últimas palabras habían escapado de sus labios agrietados como un susurro apenas audible.

Con los ojos brillantes fijos en el horizonte, el cadáver de Fitzjames quedó tumbado sobre la chalupa.

A lo lejos, el *Erebus* continuó deslizándose en silencio; una tumba envuelta en hielo. Al igual que su tripulación, acabaría sucumbiendo, víctima del brutal entorno ártico; el último vestigio del empeño de Franklin por navegar a lo largo del Paso del Noroeste. Con su desaparición, la leyenda de la tripulación demente de Fitzjames se perdería en las páginas de la historia. Sin embargo, desconocido para su capitán, el barco encerraba un gran misterio que, más de un siglo después, tendría una importancia fundamental para la supervivencia del hombre en el planeta.

PRIMERA PARTE

El aliento del diablo

1

Abril 2011.
Paso del Interior, Columbia Británica

El pesquero de arrastre con casco de acero y veinte metros de eslora tenía el aspecto que deberían tener todos los barcos de pesca pero que muy pocas veces tenían. Las redes estaban bien recogidas en los rodillos y la cubierta estaba despejada de trastos. En el casco y las bordas no se veían señales de óxido ni suciedad, y una capa de pintura reciente cubría las partes más gastadas. Incluso los viejos neumáticos protectores estaban limpios de salitre. Si bien no era el barco pesquero más rentable que navegaba en las aguas del norte de la Columbia Británica, el *Ventura* era desde luego el mejor mantenido.

Su impecable apariencia reflejaba el carácter de su propietario, un hombre meticuloso y trabajador llamado Steve Miller. Como su barco, Miller no encajaba en el prototipo de pescador independiente. Era un médico traumatólogo que se había cansado de recomponer a las víctimas destrozadas por los accidentes de coche y había regresado a la pequeña ciudad de su juventud, en el noroeste del Pacífico, para probar algo diferente. Con una buena cuenta bancaria y una gran pasión por el mar, la pesca le había parecido el trabajo perfecto. Ahora, mientras pilotaba su barco a través de una ligera llovizna, mostraba su felicidad con una amplia sonrisa.

Un joven de cabellos negros desgreñados asomó la cabeza por la timonera y llamó a Miller.

—¿Dónde pican hoy, patrón? —preguntó.

Miller miró a través de la ventanilla de proa, luego levantó la cabeza y olió el aire.

—Sin la menor duda, Bucky, yo diría que en la costa oeste de la isla Gil. —Mordió el anzuelo con una sonrisa—. Será mejor que duermas un rato, porque muy pronto comenzaremos a recogerlos.

—Bien, jefe. ¿Qué tal unos veinte minutos?

—Yo diría que dieciocho.

Sonrió y echó una ojeada a la carta náutica. Giró el timón unos pocos grados y enfiló la proa hacia una estrecha brecha que separaba dos masas de tierra. Navegaban por el Paso del Interior, un canal que iba desde Vancouver hasta Juneau. Resguardado por docenas de islas con extensos pinares, la sinuosa vía de agua recordaba los panorámicos fiordos de Noruega. Solo algún barco de pesca comercial o alguna lancha con aficionados a la pesca, que lanzaban los sedales para capturar salmones o fletanes, navegaban por esa zona para eludir el tráfico marítimo que iba y venía de Alaska. Como la mayoría de los pescadores independientes, Miller solo buscaba el salmón rojo, el más valioso, y utilizaba redes de cerco para capturar los peces próximo a las calas y las aguas oceánicas. Se daba por satisfecho si no perdía dinero, a sabiendas de que muy pocos se hacían ricos pescando en estos lugares. No obstante, pese a su limitada experiencia, aún conseguía obtener algún pequeño beneficio gracias a su planificación y entusiasmo. Bebió un sorbo de café y echó un vistazo a la pantalla de radar. Vio dos barcos que navegaban varias millas al norte, dejó el timón y salió para inspeccionar las redes por tercera vez ese día. Satisfecho de que no hubiese agujeros en las mallas, subió de nuevo al puente.

Bucky estaba apoyado en la barandilla; en lugar de dormir había optado por fumar un cigarrillo. Hizo un gesto a Miller y miró al cielo. El sempiterno manto de nubes grises flotaba como una esponja pero, por su aspecto, no parecía que fuera a descargar más que algún chubasco. Bucky miró a través del estrecho de Hécate hacia las islas verdes que lo limitaban por el oeste. A popa, por la banda de babor, vio una nube muy espesa que se movía casi a ras del agua. La niebla era una compañera habitual en esta zona, pero había algo peculiar en esa nube. Era de un blanco más brillante que el de un banco de niebla normal. El marinero dio una larga calada a su cigarrillo, soltó el humo y fue hacia la timonera.

Miller ya había visto la nube blanca, y ahora la observaba a través de unos prismáticos.

—¿Tú también la has visto, patrón? Es una nube muy extraña —comentó el marinero, con voz cansina.

—Lo es. Y no veo por aquí ningún otro barco que pudiese haberla soltado —contestó Miller, mientras oteaba el horizonte—. Podría ser humo que viene desde Gil.

—Sí, quizá a alguien le ha estallado el ahumadero —dijo Bucky, con una amplia sonrisa que dejó a la vista unos dientes desparejos.

Miller dejó los prismáticos y sujetó el timón. Su rumbo alrededor de la isla Gil los llevaba en línea recta hacia el centro de la nube. Golpeó con los nudillos la vieja rueda de madera en un gesto de inquietud, pero no hizo nada por cambiar el rumbo.

Cuando la embarcación ya se acercaba a la nube, Miller miró el agua y frunció el entrecejo. El color había cambiado de verde a marrón, y después a rojo cobre. En la superficie de aquello que parecía un caldo rojo, comenzaron a emerger decenas de salmones muertos con los vientres blancos apuntando hacia el cielo. Entonces el barco entró en la niebla.

Los hombres en la timonera notaron de inmediato un cambio de temperatura, como si les hubiesen echado encima una fría manta mojada. Miller notó algo húmedo en la garganta y el sabor de algo muy ácido. Percibió un cosquilleo en su cabeza, seguido de una súbita opresión en el pecho. Cuando respiró, le fallaron las piernas y unos puntos luminosos comenzaron a flotar delante de sus ojos. La repentina aparición del segundo tripulante que entró en la timonera profiriendo alaridos lo distrajo de aquel dolor.

—Patrón… me ahogo —jadeó el hombre, un tipo de rostro rubicundo y largas patillas.

Sus ojos estaban desorbitados y su rostro mostraba un color azulado. Miller dio un paso hacia él, pero antes de que pudiese alcanzarlo el hombre se desplomó en la cubierta, inconsciente.

La cabina comenzó a dar vueltas ante sus ojos mientras intentaba desesperadamente llegar a la radio. A duras penas alcanzó a ver a Bucky tendido en la cubierta. Sintiendo una opresión cada vez más fuerte en el pecho, Miller cogió el micro y al hacerlo tiró al suelo algunos lápices y cartas marinas. Se llevó el micro a los labios e intentó enviar una llamada de auxilio, pero las palabras no salieron de su boca. Cayó de rodillas y sintió como si todo su cuerpo estuviese siendo aplastado por una prensa. La opresión fue en aumento a medida que la negrura le nublaba la visión. Luchó para mantenerse consciente al notar que se hundía en el vacío. Miller se resistió con todas sus fuerzas hasta donde pudo, pero soltó una última exhalación cuando la helada mano de la muerte lo llamó para que se rindiese.

2

—¡El pescado está a bordo! —gritó Summer Pitt hacia la timonera—. Llévanos al próximo punto mágico.

La alta y esbelta oceanógrafa estaba en la cubierta de popa de la embarcación científica, vestida con un chubasquero turquesa. Con una mano sujetaba lo que parecía una caña de pescar y con la otra la manivela del carrete. El sedal se tensó hasta la punta de la caña, donde su premio se bamboleaba con la brisa. Pero no era un pescado sino una botella Niskin, un recipiente de plástico gris que permitía recoger muestras de agua de mar a distintas profundidades. Summer cogió la botella con cuidado y caminó hacia la timonera en el mismo momento en el que los motores aceleraban al máximo. La brusca propulsión estuvo a punto de hacerla caer al suelo mientras la embarcación avanzaba a toda prisa.

—¡Ten cuidado con la aceleración! —gritó, cuando consiguió llegar a la cabina.

Sentado al timón, su hermano volvió la cabeza y soltó una risita.

—Solo quería que estuvieras alerta —respondió Dirk Pitt—. Por cierto, has hecho una estupenda imitación de una bailarina borracha.

El comentario enfureció a Summer todavía más, pero luego lo tomó por el lado gracioso y se echó a reír.

—No te sorprendas si esta noche encuentras en tu litera un cubo de almejas —dijo ella.

—Siempre que estén cocidas y bien rociadas con salsa cajún no me importa —dijo el joven. Dirk disminuyó un poco la velocidad y consultó el diario digital de navegación en el monitor más cercano—. Por cierto, esa que has recogido es la muestra 17-F.

Summer vertió la muestra de agua en un tubo de ensayo limpio y escribió el número en la etiqueta. Luego, colocó el tubo en una caja revestida de espuma aislante que contenía otra docena de muestras de agua de mar. Lo que había comenzado como un sencillo estudio del estado del plancton a lo largo de la costa sur de Alaska había cobrado más importancia cuando el Ministerio de Caladeros y Océanos canadiense tuvo conocimiento del proyecto y les pidieron que prolongaran el estudio a lo largo de la costa hasta Vancouver. Además de los barcos de crucero que lo utilizaban, el Paso del Interior también era una importante ruta migratoria para las ballenas jorobadas, las grises y otros ejemplares que atraían la atención de los biólogos marinos. El microscópico plancton era una de las piezas clave de la cadena alimentaria acuática, porque atraía el krill, la principal fuente de alimento para las ballenas barbadas. Dirk y Summer comprendían la importancia de disponer de un estudio ecológico completo de la región y habían obtenido el permiso de sus jefes en NUMA, la National Underwater and Marine Agency, para ampliar el proyecto.

—¿Cuánto falta para el próximo punto de muestreo? —preguntó Summer, que acababa de sentarse en un taburete de madera y miraba pasar las olas.

Dirk consultó de nuevo el monitor y ubicó un pequeño triángulo negro en la parte superior. Un programa HYPACK marcaba los puntos anteriores de recogida de muestras y calculaba la ruta hasta el siguiente.

—Tenemos que recorrer otras ocho millas. Tiempo más que suficiente para un bocado antes de llegar.

Sacó de la nevera un bocadillo de jamón y un refresco. Luego ajustó el timón para mantener la embarcación en el rumbo correcto.

La embarcación de aluminio de quince metros de eslora planeaba sobre las plácidas aguas del Paso. Pintada de color azul turquesa, como todas las embarcaciones de investigación científica de la NUMA, estaba provista de equipos de buceo en aguas frías, instrumentos de investigación marina, e incluso disponía de un pequeño sumergible dirigido por control remoto para filmar bajo el agua. Las comodidades para la tripulación eran mínimas, pero era una plataforma perfecta para realizar estudios de investigación de la costa.

Dirk giró el timón a estribor para dejar paso a un resplandeciente barco de pasajeros blanco de Princess Lines, que navegaba en la dirección opuesta. Un puñado de turistas acodados en la borda los saludaron con entusiasmo; Dirk correspondió al saludo asomando un brazo por la ventanilla lateral.

—Parece que cada hora pasa uno —comentó Summer.

—Más de treinta barcos utilizan el Paso todos los días durante los meses de verano; esto parece la autopista de Jersey.

—Pero si tú no has visto nunca la autopista de Jersey...

Dirk sacudió la cabeza.

—Bueno, pues parece la carretera interestatal H-1 de Honolulú en hora punta.

Ambos hermanos habían crecido en Hawai, donde se había despertado su pasión por el mar. Su madre, soltera, había estimulado su interés por la biología marina y los había animado a que aprendiesen a bucear desde muy jóvenes. Los atléticos y aventureros mellizos habían pasado la mayor parte de la adolescencia en o cerca del agua. Su interés se mantuvo en la universidad, donde ambos estudiaron ciencias marinas. Pero acabaron en costas opuestas: Summer obtuvo su licenciatura en el Instituto Scripps de California y Dirk se licenció en ingeniería naval en el New York Maritime College.

No fue hasta que su madre estuvo en el lecho de muerte cuando se enteraron de la identidad de su padre, que dirigía la NUMA y había dado su apellido a Dirk. Tras una emotiva reunión iniciaron una estrecha relación con el hombre que hasta entonces no conocían. Ahora trabajaban bajo su tutela en el departamento de proyectos especiales de la NUMA. Era un trabajo de ensueño, que les permitía viajar juntos por todo el mundo, estudiar los océanos y resolver algunos de los múltiples misterios de las profundidades.

Dirk se mantuvo a poca velocidad mientras pasaban junto a un barco pesquero que iba hacia el norte, y desaceleró todavía más tras recorrer un cuarto de milla. Cuando la embarcación ya se acercaba al lugar designado, apagó los motores y dejó que el impulso los llevase hasta la posición. Summer fue a popa y enganchó una botella vacía en el sedal sin prestar atención a la pareja de marsopas de Dall que se habían asomado a la superficie y observaban la barca con curiosidad.

—Ten cuidado con Flipper cuando lances esa cosa —la advirtió Dirk, que había salido a la cubierta—. Pescar una marsopa trae mala suerte.

—¿Y qué pasa si pescas a un hermano?

—Peor, mucho peor. —Sonrió mientras los mamíferos marinos se sumergían.

Mientras observaba en derredor, a la espera de que reapareciesen, vio de nuevo el barco pesquero. Había ido cambiando poco a poco de rumbo y ahora viraba hacia el sur. Dirk advirtió que navegaba en círculos y que muy pronto se acercaría a su embarcación.

—Será mejor que te des prisa, Summer. No creo que este tipo mire por dónde va.

Summer miró la embarcación que se acercaba y luego arrojó la botella al agua. La botella lastrada se hundió como una piedra junto con tres metros de sedal. En cuanto el sedal se tensó, Summer dio un tirón para invertir la botella y llenarla de agua. Comenzó a recoger el sedal con un ojo puesto en el pesquero. Continuaba virando y trazaba un lento arco a poco más de treinta metros, con la proa siempre hacia la lancha de la NUMA.

Dirk, que ya había vuelto a la timonera, pulsó un botón en el salpicadero. Se escucharon los fuertes toques de las bocinas montadas en la proa. El estruendo era enorme pero no produjo ninguna reacción en el pesquero. Mantenía la lenta virada que lo llevaría a chocar contra la lancha de exploración científica.

Dirk se apresuró a poner en marcha el motor y aceleró en el momento en el que Summer acababa de recoger la muestra de agua. Con una brusca sacudida, la lancha se desvió a babor algunos metros; Dirk redujo la velocidad cuando el barco pasó a un par de metros.

—No se ve a nadie en el puente —gritó Summer.

Vio que Dirk colgaba el micro de la radio.

—No he recibido respuesta por radio —confirmó Dirk con un gesto—. Summer, coge el timón.

Summer corrió a la timonera, guardó la muestra de agua y ocupó la silla del piloto.

—¿Quieres subir a bordo? —preguntó, adivinando la intención de su hermano.

—Sí. A ver si puedes ponerte a la misma velocidad y luego situarte a su lado.

Summer persiguió al pesquero, siempre por su estela, antes de ponerse a su lado. Navegaba en círculos cada vez más grandes, y al ver el rumbo que seguía se alarmó. La amplitud del arco unido a la marea alta los llevaba hacia la isla Gil. En unos pocos minutos, la embarcación llegaría a la costa y el casco chocaría contra las rocas del fondo.

—Será mejor que te des prisa —gritó a su hermano—. Se está acercando a los escollos.

Dirk le hizo un gesto con la mano para que se aproximara. Corrió a proa y se agachó con los pies apoyados en la borda. Summer mantuvo el timón firme unos instantes, para acomodarse a la velocidad y al radio de giro de la otra embarcación, y se acercó. Cuando estaba a medio metro, Dirk dio un salto y cayó en la cubierta junto a uno de los tambores de las redes. Summer se apartó en el acto y siguió al pesquero a pocos metros.

Dirk saltó sobre las redes y fue directamente a la timonera, donde se encontró con una escena espantosa. Había tres hombres tendidos en la cubierta, con los rostros desfigurados por la agonía. Uno tenía los ojos abiertos y sujetaba un lápiz en una mano inmóvil. Por el color grisáceo de la piel Dirk sabía que estaban muertos, pero de todas maneras se apresuró a buscarles el pulso. Le llamó la atención que no hubiese marcas en los cuerpos; ni sangre ni heridas visibles. Al no encontrar ninguna señal de vida, fue al timón y enderezó el rumbo. Llamó a Summer por radio para decirle que lo siguiera. Controló un estremecimiento y puso rumbo al puerto más cercano, mientras se preguntaba qué habría matado a los hombres que yacían a sus pies.

3

El guardia de seguridad de la Casa Blanca apostado en la entrada de la avenida Pensilvania miró intrigado al hombre que se acercaba por la acera. Era menudo y caminaba con paso decidido, sacando pecho y con la barbilla erguida; desprendía aires de mando. Con el pelo rojo fuego y la perilla a juego, al guardia le recordó un gallo de pelea que recorre el gallinero. Sin embargo, no fue su aspecto o su forma de andar lo que más llamó la atención del guardia, sino el gran puro apagado que sujetaba entre los labios.

—Charlie, ¿ese no es el vicepresidente? —preguntó a su compañero en la garita.

El otro agente estaba al teléfono y no lo oyó. Para entonces, el hombre ya había llegado a la pequeña puerta de la garita.

—Buenas noches —dijo, con voz animosa—. Tengo una cita a las ocho con el presidente.

—¿Puedo ver sus credenciales, señor? —preguntó el guardia, nervioso.

—No llevo encima esas tonterías —respondió el hombre, en tono áspero. Se detuvo y se quitó el puro de la boca—. Me llamo Sandecker.

—Sí, señor. Pero necesito ver sus credenciales de todos modos, señor —insistió el guardia, con el rostro congestionado.

Sandecker miró al guardia, y después cambió de tono.

—Comprendo que solo está haciendo su trabajo, hijo. Pero ¿por qué no llama al jefe de gabinete Meade y le dice que estoy en la puerta?

Antes de que el atribulado guardia pudiese responder, su compañero asomó la cabeza por la ventana de la garita.

—Buenas noches, señor vicepresidente. ¿Otra reunión de última hora con el presidente? —preguntó.

—Buenas noches, Charlie —contestó Sandecker—. Así es, me temo que este es el único momento en el que podemos hablar sin interrupciones.

—Entre, por favor —dijo Charlie.

Sandecker dio un paso y se detuvo.

—Veo que tiene a un hombre nuevo. —Se volvió hacia el asombrado guardia que lo había detenido. El vicepresidente le estrechó la mano—. Buen trabajo —comentó, y luego caminó por la entrada de coches hacia la Casa Blanca.

Aunque había pasado la mayor parte de su carrera en la capital de la nación, Sandecker no era de los que se acostumbraban al protocolo oficial. Retirado de la armada con el grado de almirante, era conocido en los círculos gubernamentales por haber dirigido, con un estilo muy personal, la National Underwater and Marine Agency durante muchos años. Se había llevado una gran sorpresa cuando el presidente le había ofrecido reemplazar al vicepresidente electo, que había muerto mientras ocupaba el cargo. Si bien nunca había sido un político, el almirante consideró que, desde ese puesto, podría defender mejor el medio ambiente y los océanos que tanto amaba; por ello aceptó la oferta de inmediato.

Como vicepresidente, Sandecker hacía todo lo posible por esquivar las exigencias protocolarias que acompañaban el cargo. Una y otra vez se libraba de las escoltas del servicio secreto. También era un fanático del ejercicio, por lo que a menudo se le veía corriendo solo. Trabajaba en un despacho en el Eisenhower Executive Office Building en lugar de utilizar el que tenía a su disposición en el Ala Oeste; de ese modo evitaba el ajetreo político que rodeaba a toda la administración de la Casa Blanca. Incluso con mal tiempo optaba por andar por la avenida Pensilvania para ir a las reuniones en la Casa Blanca, porque prefería el aire fresco al túnel que unía los dos edificios. Con buen tiempo, a veces incluso llegaba corriendo hasta el Capitolio para asistir a la sesiones en el Congreso, algo que agotaba a los agentes del servicio secreto que intentaban seguir su ritmo.

Tras pasar por otro control de seguridad en la entrada del Ala Oeste, un ayudante lo escoltó hasta el Despacho Oval. Entró por la puerta noroeste, cruzó la moqueta azul y se sentó delante de la mesa del presidente. Fue entonces cuando miró con atención al mandatario y se estremeció.

El presidente Garner Ward daba lástima. El populista independiente de Montana, que tenía un ligero parecido en carácter y apariencia con Teddy Roosevelt, parecía no haber dormido en una semana. Unas bolsas oscuras e hinchadas asomaban por debajo de sus ojos inyectados en sangre mientras que su tez se veía apagada y gris. Miró a Sandecker con una expresión grave que era poco habitual en el animoso jefe del Ejecutivo.

—Garner, no deberías trabajar hasta tan tarde... —comentó Sandecker en un tono preocupado.

—No puedo evitarlo —contestó el presidente con voz cansada—. Estamos pasando por un momento difícil.

—Vi en las noticias que el precio de la gasolina ha alcanzado los diez dólares el galón. Esta última crisis del petróleo nos está golpeando con mucha dureza.

El país se estaba enfrentando a otra inesperada subida del precio del petróleo. Irán había suspendido todas las exportaciones de crudo en respuesta a las sanciones occidentales, y las huelgas en Nigeria habían reducido al mínimo las exportaciones de petróleo africano. Pero todavía era peor la suspensión de las exportaciones de petróleo venezolano, decidida por su temperamental presidente. El precio de la gasolina y el gasóleo se habían disparado de inmediato y en muchos lugares comenzaba a escasear el combustible.

—Y lo peor está por llegar —señaló el presidente. Deslizó una carta sobre la mesa para que Sandecker la leyera—. Es del primer ministro canadiense. Debido a las leyes aprobadas por el Parlamento, que reducen drásticamente las emisiones de gases que producen el efecto invernadero, el gobierno está cerrando la mayoría de las explotaciones de arenas petrolíferas en Athabasca. Lamenta informarnos de que todas las exportaciones de petróleo destinadas a Estados Unidos se interrumpirán hasta que puedan resolver el problema de las emisiones.

Sandecker leyó la carta y sacudió la cabeza.

—Esas arenas representan casi el quince por ciento del petróleo que importamos. Será un duro golpe para la economía.

La reciente subida del precio ya se había hecho notar con fuerza por todo el país. Centenares de personas en el noroeste habían muerto de frío tras agotarse las reservas de gasóleo. Las aerolíneas, las empresas de transporte y otras relacionadas con el ramo se veían empujadas a la bancarrota, y centenares de miles de trabajadores de otras industrias ya habían sido despedidos. Toda la economía parecía a punto del colapso, mientras que la indignación pública crecía ante un gobierno que poco podía hacer para alterar las fuerzas de la oferta y la demanda.

—No tiene sentido enfadarse con los canadienses —señaló el presidente—. Cerrar Athabasca es un gesto noble, a la vista de cómo el calentamiento global aumenta sin cesar.

—Acabo de recibir un informe de la NUMA sobre las temperaturas oceánicas —dijo Sandecker—. Los mares se están calentando mucho más deprisa de lo que se había calculado, además de subir de nivel al mismo ritmo. No parece que encontremos la manera de frenar el derretimiento de los casquetes polares. El aumento del nivel del mar está creando un trastorno global cuyo alcance ni siquiera podemos imaginar.

—Como si no tuviésemos ya bastantes problemas —murmuró el presidente—. Porque, además, también nos estamos enfrentando a unas repercusiones económicas que podrían ser catastróficas. La campaña contra el carbón está ganando apoyo a escala mundial. Son muchos los países que están considerando boicotear los productos estadounidenses y chinos a menos que renunciemos a quemar carbón.

—El problema —señaló Sandecker—, es que las centrales eléctricas que queman carbón son la principal fuente emisora de gases de efecto invernadero, pero también proveen la mitad de la energía eléctrica que consumimos. Además, tenemos las mayores reservas mundiales de carbón. Es un verdadero dilema.

—No estoy seguro de que nuestra nación pueda sobrevivir económicamente si el boicot internacional cobra impulso —manifestó el presidente en voz baja. Se reclinó en la silla y se frotó los ojos—. Me temo que nos encontramos en un momento decisivo, Jim; en términos económicos y medioambientales. Nos espera el desastre si no damos los pasos acertados.

Las presiones que acarreaba aquella situación iban en aumento, y Sandecker vio que estaban repercutiendo en la salud del presidente.

—Deberemos tomar algunas decisiones muy difíciles —opinó el almirante. Se apiadó de aquel hombre al que consideraba un gran amigo, y añadió—: No puedes resolverlo todo tú solo, Garner.

Una llama de ira apareció en los ojos cansados del presidente.

—Quizá no pueda. Pero no por eso dejaré de intentarlo. Todos lo veíamos venir desde hace más de una década, pero ninguno de nosotros tuvo la voluntad de actuar. Las anteriores administraciones se dedicaron a defender a las compañías petroleras mientras destinaban unas miserables monedas a la investigación de energías renovables. Lo mismo vale para el calentamiento global. El Congreso solo se preocupaba de proteger a la industria del carbón sin ver que llevaban al planeta a la destrucción. Todo el mundo sabía que nuestra dependencia del petróleo extranjero acabaría por pasarnos factura, y ahora ese día ha llegado.

—Nadie discute la falta de previsión de nuestros predecesores —asintió Sandecker—. Washington nunca se ha caracterizado por su coraje. Sin embargo, se lo debemos al pueblo estadounidense, tenemos que hacer todo lo que podamos para corregir los errores del pasado.

—El pueblo estadounidense —repitió el presidente, angustiado—. ¿Qué se supone que debo decirles ahora? ¿Lo siento, escondimos la cabeza bajo el ala? ¿Lo siento, nos enfrentamos a una brutal escasez de combustible, a una hiperinflación, al desempleo y a una depresión económica? ¿Lo siento, el resto del mundo quiere que dejemos de quemar carbón, y, por lo tanto, habrá que apagar las luces?

El presidente se hundió en la silla con la mirada perdida.

—No puedo ofrecerles un milagro —afirmó.

Un largo silencio reinó en el despacho antes de que Sandecker respondiese en voz baja.

—No necesitas ofrecerles un milagro, solo compartir su desengaño. Será un trago amargo, pero debemos adoptar una posición y dirigir nuestro consumo de energía hacia otras alternativas distintas del petróleo y el carbón. El público es fuerte cuando es necesario. Explícales la situación. Estarán a nuestro lado y aceptarán los sacrificios que sean necesarios.

—Quizá —admitió el presidente, en tono de derrota—. Pero ¿permanecerán a nuestro lado cuando lleguen a la conclusión de que quizá es demasiado tarde?

4

Elizabeth Finlay se acercó a la ventana del dormitorio y miró el cielo. Caía una ligera llovizna que había comenzado antes del amanecer, y no parecía que fuera a aclarar. Se volvió para observar las aguas de la bahía Victoria, que lamían el muro de piedra detrás de su casa. Solo las pequeñas crestas blancas que levantaba la brisa alteraban la calma. «Era lo mejor que podías esperar para salir a navegar en el noroeste del Pacífico, casi como un día de primavera», se dijo.

Se puso un grueso suéter y un viejo chubasquero amarillo y bajó la escalera de su lujosa residencia en la playa. Construida por su difunto marido en los noventa, estaba provista de unos ventanales que ofrecían una soberbia vista del centro de Victoria, al otro lado de la bahía. Su marido, T. J. Finlay, lo había diseñado de esa manera, como un constante recordatorio de la ciudad que tanto amaba. Había sido un hombre importante en la escena política local. Heredero de una gran fortuna, había entrado en la política en plena juventud y se había convertido en un parlamentario muy popular. Había muerto a consecuencia de un infarto, pero le habría encantado saber que Elizabeth, con quien llevaba casado treinta y cinco años, había ganado por un amplio margen las elecciones y ahora ocupaba su escaño en el Parlamento.

Elizabeth Finlay, una mujer delicada y aventurera, era descendiente de los primeros colonos canadienses y estaba muy orgullosa de su herencia. Le preocupaba lo que veía como una exagerada influencia externa en Canadá y exigía leyes más duras contra la inmigración y mayores restricciones a las inversiones extranjeras. Si bien levantaba ampollas entre los empresarios, era muy admirada por su valor, franqueza y honestidad.

Salió por la puerta trasera, cruzó una extensión de césped impecable y bajó la escalera hasta un pantalán de madera que se adentraba en la bahía. Un perro labrador negro la seguía, moviendo la cola en una infatigable muestra de alegría. Amarrado al muelle había un yate a motor de casi veinte metros de eslora. Aunque prácticamente tenía veinte años de antigüedad, resplandecía como nuevo, gracias a unos cuidados esmerados.

En el otro lado del pantalán había un pequeño velero Wayfarer de madera, de cinco metros de eslora, pintado de un amarillo brillante. Como ocurría con el yate, el viejo velero de regatas parecía nuevo gracias al brillo de los metales y a las velas y los cabos nuevos.

Al oír pasos en las traviesas de madera, un hombre delgado y con el pelo canoso desembarcó del yate y saludó a Elizabeth.

—Buenos días, señora Finlay. ¿Quiere salir en el *Columbia Empress*? —preguntó, al tiempo que señalaba el yate.

—No, Edward, hoy me apetece navegar a vela. Es la mejor manera de despejar la cabeza de la política.

—Una excelente idea —aprobó el hombre.

La ayudó a ella y al perro a subir al velero. Soltó las amarras de proa y de popa, y apartó el Wayfarer del muelle mientras Elizabeth izaba la mayor.

—Cuidado con los cargueros —la advirtió el marinero—. Parece que hoy hay mucho tráfico.

—Gracias, Edward. Volveré a la hora de comer.

La brisa infló la mayor, por lo que Elizabeth entró en la bahía sin necesidad de utilizar el motor auxiliar. En cuanto llegó a aguas abiertas, puso rumbo al sudeste y pasó junto a un transbordador que iba a Seattle. Sentada en la pequeña bañera, se abrochó el arnés de seguridad y contempló el panorama. La pintoresca costa de la isla Victoria se alejaba por babor, con sus edificios de principio de siglo con tejados de dos aguas y aguilones que parecían casas de muñecas. A lo lejos, desfilaban los cargueros por el estrecho de Juan de Fuca, que hacían la travesía entre Vancouver y Seattle. Unos pocos veleros y barcas de pesca salpicaban la bahía, pero la gran extensión de agua dejaba un amplio paso a las otras embarcaciones. Elizabeth miró cómo una pequeña lancha la adelantaba a gran velocidad; el único ocupante hizo un gesto de saludo antes de rebasarla.

Acomodada en la bañera, respiró con fruición el aire salado, con el cuello del chubasquero levantado para protegerse de las salpicaduras del mar. Navegó hacia un pequeño grupo de islas al este de Victoria y dejó que el velero corriese libremente mientras su mente hacía lo mismo. Veinte años atrás, ella y su marido habían cruzado el Pacífico en una embarcación mucho más grande. En aquella ocasión, descubrió que navegar por lugares remotos del océano le producía una gran serenidad de espíritu. Siempre había considerado que el velero era un elemento terapéutico notable. Unos minutos en el agua bastaban para eliminar las tensiones y calmar sus emociones. A menudo afirmaba bromeando que el país necesitaba más veleros y menos psicólogos.

La pequeña embarcación surcaba las olas cada vez más grandes mientras Elizabeth cruzaba la bahía abierta. Al acercarse a la isla del Descubrimiento, que solo tenía un kilómetro y medio de longitud, viró hacia el sudeste, para entrar en una ensenada protegida de la isla cubierta de vegetación. Un grupo de orcas salió a la superficie, y Elizabeth las persiguió durante unos minutos hasta que volvieron a sumergirse. De nuevo viró hacia la isla, y vio que no había más embarcaciones cerca, excepto la lancha que la había adelantado anteriormente. Parecía estar navegando en círculos. Elizabeth sacudió la cabeza, irritada por el molesto ruido de su potente motor fueraborda.

La lancha se detuvo de pronto a corta distancia de su proa, y Elizabeth vio que su ocupante manipulaba una caña de pescar. Movió el timón a babor, con la intención de pasarla por fuera. En el momento de adelantarla, se sorprendió al escuchar un sonoro chapuzón seguido de un grito de auxilio.

Elizabeth vio que el hombre agitaba los brazos desesperadamente, una clara señal de que no sabía nadar. Parecía que la gruesa chaqueta lo arrastraba hacia abajo; se hundió unos instantes antes de asomar la cabeza de nuevo. Elizabeth movió la vara del timón hasta el tope y aprovechó una ráfaga de viento para acercar el velero hasta el hombre. A medida que se acercaba fue arriando las velas para que el impulso la llevase hasta el náufrago.

Vio que era un hombre fornido de pelo corto y rostro bronceado. A pesar de sus movimientos descoordinados, miró a su salvadora con unos ojos penetrantes donde no se atisbaba miedo alguno. El náufrago se volvió para mirar furioso al labrador negro, que no dejaba de ladrar desde la borda.

Elizabeth sabía que no debía acercarse a una persona a punto de ahogarse, así que buscó un bichero en la cubierta. Al no encontrarlo, se apresuró a coger el cabo de popa y se lo lanzó con destreza y puntería. Él logró enrollarse el extremo del cabo en un brazo antes de sumergirse otra vez. Con un pie apoyado en la borda, Elizabeth tiró del cabo y arrastró el peso muerto hacia ella. A un par de metros de la popa, el hombre asomó a la superficie y respiró desesperado.

—Tranquilo —dijo Elizabeth con voz calmada—. No le pasará nada.

Lo acercó un poco más y luego ató el cabo a una cornamusa.

El hombre recuperó la compostura y se sujetó al espejo de popa con sonoros resuellos.

—¿Puede ayudarme a subir? —jadeó, y levantó un brazo.

Elizabeth, en un gesto instintivo, sujetó la gruesa mano del hombre. Antes de que pudiese tirar de ella, se vio arrastrada violentamente hacia el agua. El hombre le había sujetado la muñeca y se había echado hacia atrás, con los pies apoyados en la popa del velero. La delgada mujer perdió el equilibrio, voló por encima de la borda y cayó de cabeza en el agua.

La sorpresa de Elizabeth Finlay al verse lanzada de pronto por encima de la borda fue superada por la conmoción de entrar en contacto con el agua helada. Se sobrepuso al frío, recuperó la orientación y movió las piernas para subir a la superficie. Pero no conseguía llegar.

El desconocido le había soltado la muñeca y ahora le sujetaba un brazo por encima del codo. Horrorizada, Elizabeth se hundía en las profundidades. Solo el arnés de seguridad, extendido al máximo, le impedía bajar más. Atrapada en aquel letal forcejeo, miró a su atacante a través de una cortina de burbujas. Se sorprendió al ver la boquilla de un regulador en la boca del hombre de la que escapaban burbujas. Mientras forcejeaba desesperadamente para conseguir soltarse, lo empujó y al hacerlo notó una capa esponjosa debajo de sus ropas.

Un traje de submarinista. De pronto, el pánico se apoderó de ella. Aquel hombre intentaba asesinarla.

El miedo dio paso a la descarga de adrenalina, y la valiente mujer comenzó a resistirse con todas sus fuerzas. Un codazo alcanzó el rostro del agresor y le arrancó la boquilla de la boca. Por un momento, le soltó el brazo, y ella hizo un desesperado intento para alcanzar la superficie. Sin embargo, él la sujetó por el tobillo con la otra mano una fracción de segundo antes de que su cabeza asomase fuera del agua. Su destino quedó sellado.

Elizabeth luchó con furia durante otro minuto mientras sus pulmones reclamaban aire. Pero una nube negra empezó a nublar su visión. A pesar del terror, le preocupó la seguridad de su perro, cuyos ladridos podía oír amortiguados bajo el agua. Poco a poco, a medida que dejaba de llegar el oxígeno a su cerebro, fue dejando de luchar. Incapaz de contener la respiración durante más tiempo, abrió la boca para respirar y llenó los pulmones con agua salada. Con una arcada y un último agitar de brazos, Elizabeth Finlay murió.

El asesino sujetó el cuerpo inerte debajo del agua durante otro par de minutos; luego salió a la superficie con mucha cautela, junto al velero. Al no ver ninguna otra embarcación cerca, nadó hasta la lancha y subió a bordo. Se quitó la amplia prenda de abrigo, dejando a la vista una botella de aire y un cinturón de lastre que se apresuró a desabrochar. Se quitó el traje de neopreno, se vistió con ropa seca, puso en marcha el motor fueraborda y pasó a toda velocidad junto al velero. A bordo, el labrador negro ladraba con la mirada puesta en el cadáver de su dueña, que flotaba junto a la popa.

El hombre miró al perro sin ninguna piedad, y se alejó del escenario del crimen para dirigirse con toda calma hacia Victoria.

5

La llegada del *Ventura* al puerto de Kitimat creó de inmediato un gran revuelo. La mayoría de los once mil habitantes de la ciudad conocían a los pescadores muertos; eran vecinos o amigos. Tan solo unos minutos más tarde de que Dirk amarrase el pesquero en el muelle de la Real Policía Montada de Canadá, la voz se corrió entre los habitantes. Familiares y amigos acudieron a toda prisa al muelle, pero los contuvo una barrera humana formada por un gigantesco agente de la Policía Montada.

Summer amarró la lancha de la NUMA a popa del *Ventura*, y se reunió con su hermano, seguida por las miradas curiosas de algunos de los presentes. Una ambulancia se acercó hasta la embarcación y los tres cadáveres fueron bajados en camillas cubiertas. Cerca de un maloliente puesto donde vendían cebo unos pocos metros más allá, Dirk y Summer relataron el macabro descubrimiento.

—¿Los tres estaban muertos cuando subió a bordo?

El tono monótono de la voz del inspector se ajustaba perfectamente con su rostro. El jefe de policía de Kitimat miraba fijamente a Dirk y a Summer con sus ojos grises; tenía una nariz respingona y una boca inexpresiva. Dirk lo había catalogado al momento como un hombre que no había conseguido ser abogado y que se veía atrapado en un trabajo que no satisfacía sus ambiciones.

—Sí —contestó Dirk—. Lo primero que hice fue buscarles el pulso, aunque era evidente por el color y la temperatura de la piel que habían muerto como mínimo un poco antes de que subiese a bordo.

—¿Movió los cuerpos?

—No. Solo los tapé con unas mantas cuando nos acercamos a puerto. Me pareció que debieron de morir justo donde habían caído.

El jefe de policía asintió con expresión neutra.

—¿Escucharon alguna llamada de auxilio en la radio antes de encontrarlos? ¿Había más embarcaciones en la zona?

—No escuchamos ninguna llamada en la radio —contestó Summer.

—La única embarcación que vi era un barco de crucero que navegaba por el Paso. Estaba a varias millas al norte de nosotros cuando encontramos el *Ventura* —añadió Dirk.

El inspector los miró durante un minuto que resultó incómodo para los mellizos, antes de cerrar la libreta en la que había tomado notas.

—¿Qué creen que ocurrió? —preguntó, con el entrecejo fruncido, el primer cambio en la expresión de su rostro.

—Yo dejaría que eso lo decidiesen los forenses —contestó Dirk—, aunque si me pide que adivine, diría que murieron por respirar monóxido de carbono. Quizá una fuga en el tubo de escape debajo de la timonera provocó que los gases se acumulasen en el interior.

—Los encontraron a todos juntos en el puente, así que cuadraría —manifestó el inspector—. ¿Nota algún malestar?

—Estoy bien. Abrí todas las ventanas, como medida de precaución.

—¿Pueden decirme algo más que pudiese ser de ayuda?

Dirk lo miró por un momento y asintió.

—Había un extraño mensaje al pie del timón.

El inspector volvió a fruncir el entrecejo.

—Muéstremelo.

Dirk acompañó al inspector y a Summer al *Ventura* y subieron al puente. Apuntó con el pie hacia la base de la columna del timón, cerca de la rueda. El inspector se puso de rodillas para mirar más de cerca, inquieto ante la posibilidad de haber pasado algo por alto en su primera investigación de la escena del crimen. Se veía una débil inscripción a lápiz en la columna, unos pocos centímetros por encima de la cubierta. Era un lugar en el que un hombre tumbado y que estuviera agonizando podría intentar dejar un último mensaje.

El inspector sacó una linterna y alumbró la inscripción. Una mano temblorosa había escrito G ... SU. Recogió un lápiz amarillo que había rodado hasta el mamparo.

—La inscripción está cerca del cuerpo del patrón —dijo Dirk—. Quizá se desplomó y no pudo alcanzar la radio.

El inspector gruñó, todavía molesto por no haberlo visto antes.

—No significa gran cosa. Quizá ya estaba ahí. —Se volvió para mirar a Dirk y a Summer—. ¿Qué asunto los ha traído al estrecho de Hécate?

—Pertenecemos a la NUMA. Estamos realizando un estudio sobre la calidad del fitoplancton a lo largo del Paso del Interior —explicó Summer—. Tomamos muestras del agua a petición del Ministerio de Pesca canadiense.

El inspector echó un vistazo a la embarcación de la NUMA y asintió.

—Tendré que pedirles que se queden en Kitimat un par de días, hasta que termine la investigación preliminar. Pueden dejar la embarcación amarrada aquí; este es un muelle municipal. Hay un motel a dos calles de aquí, si lo desean. ¿Podrían venir a mi despacho mañana por la tarde alrededor de las tres? Enviaré un coche para que los recoja.

—Nos encantará ayudarlo —manifestó Dirk secamente, un tanto molesto al ver que los trataba como presuntos sospechosos.

Acabada la entrevista, Dirk y Summer saltaron al muelle y se dirigieron hacia su embarcación. Alzaron la mirada cuando una lancha de fibra de vidrio casi idéntica a la suya llegó al muelle a gran velocidad. El piloto entró demasiado rápido, por lo que la proa golpeó con fuerza contra el muelle unos segundos después de apagar los motores. Un hombre alto con una camisa de franela salió de la timonera, cogió un cabo y saltó a tierra. Se apresuró a amarrar el cabo detrás de la embarcación de la NUMA, y echó a andar por el muelle; el ruido de sus botas al pisar los maderos sonó con fuerza. Mientras se aproximaba, Summer se fijó en sus facciones y en su pelo desgreñado, pero intuyó cierta gracia en sus grandes ojos oscuros.

—¿Son ustedes los que encontraron el *Ventura*? —preguntó a los hermanos con una mirada hostil. La voz era refinada y bien modulada, algo que a Summer le pareció un extraño contraste con el aspecto del hombre.

—Sí —respondió Dirk—. Yo lo traje a puerto.

El hombre asintió y luego continuó su marcha por el muelle. Se reunió con el inspector de policía en el momento en el que este desembarcaba. Summer observó cómo el hombre iniciaba una animada conversación con el inspector; sus voces fueron subiendo de volumen.

—No se puede decir que nos hayan dado la más cálida de las bienvenidas —murmuró Dirk, mientras subía a bordo—. ¿Es que aquí todos se comportan como osos malhumorados?

—Supongo que hemos traído demasiada tragedia a la tranquila Kitimat —opinó Summer.

Recogieron las muestras de agua, cerraron la timonera y se marcharon hacia la ciudad. Se dieron cuenta de que no era tan tranquila después de todo. Kitimat vivía una época de auge económico gracias al nuevo puerto de aguas profundas construido al sudeste del centro. La industria internacional había tomado buena nota de las ventajas que ofrecía al transporte marítimo y estaba convirtiendo a esa ciudad en el puerto más activo al norte de Vancouver. Una fundición de aluminio de la empresa Alcon había sido recientemente ampliada con una inversión de mil millones de dólares, y también mostraban un vigoroso crecimiento las explotaciones madereras y el turismo.

Encontraron una mensajería por mar, desde donde enviaron las muestras de agua a un laboratorio de la NUMA en Seattle. Luego fueron a cenar. En el camino de vuelta al motel, dieron un rodeo hasta el muelle para recoger algunas cosas de la embarcación. En el puente, Summer se quedó mirando el *Ventura*, amarrado delante de ellos. La policía había acabado la investigación y el pesquero estaba vacío, envuelto por un silencioso manto de tragedia. Cuando Dirk subió a cubierta, advirtió la concentración de su hermana.

—No hay nada que pueda devolverles la vida —dijo—. Ha sido un día muy largo. Vayamos al motel. Es hora de dormir.

—Solo estaba pensando en aquel mensaje al pie del timón y lo que el patrón intentaba decir. Me pregunto si no sería alguna advertencia.

—Murieron casi en el acto. Ni siquiera sabemos si era un último mensaje.

Summer pensó de nuevo en la inscripción y sacudió la cabeza. Tenía algún significado, de eso estaba segura. Pero ahí se acababan las pistas. Sin embargo, se prometió a sí misma que acabaría descubriéndolo.

6

La decoración del restaurante nunca aparecería en las páginas de las revistas de diseño, pensó Dirk, pero el salmón ahumado con huevo sin duda merecía la distinción de cinco estrellas. Sonrió a la cabeza de reno que sobresalía por encima de Summer mientras tragaba otro bocado del desayuno. El reno era solo una más de la docena de cabezas de animales que colgaban en la pared. Cada una parecía estar mirando a Summer a través de unos duros ojos vidriosos.

—Ver a todos estos animales que deben de haber muerto en la carretera es suficiente para que una persona se haga vegetariana —manifestó Summer, que sacudió la cabeza con la mirada puesta en las fauces abiertas de un oso pardo.

—El taxidermista de Kitimat debe de ser el tipo más rico del pueblo —bromeó Dirk.

—Sin duda también es el dueño del motel.

Bebió un sorbo de café en el momento en el que se abría la puerta del local y entraba un hombre alto que se dirigió sin vacilar hacia su mesa. Los hermanos lo reconocieron como el tipo alterado que se había dirigido a ellos en el muelle el día anterior.

—Por favor, ¿puedo sentarme con ustedes? —preguntó con amabilidad.

—Por favor —dijo Dirk, y apartó una silla. Tendió la mano al desconocido—. Soy Dirk Pitt. Ella es mi hermana, Summer.

El hombre enarcó un tanto las cejas al mirar a la joven.

—Es un placer conocerles. —Estrechó la mano a ambos—.

Me llamo Trevor Miller. Mi hermano mayor, Steve, era el patrón del *Ventura*.

—Lamentamos lo ocurrido ayer —manifestó Summer. Comprendió por la expresión en sus ojos que el hombre estaba muy afectado por la pérdida de su hermano.

—Era un buen hombre —afirmó Trevor. Por un momento se quedó con la mirada perdida. Luego miró a Summer y le dedicó una sonrisa tímida—. Discúlpenme por mi áspero comportamiento de ayer. Acababa de recibir la noticia de la muerte de mi hermano por la emisora marítima y estaba un tanto alterado y confuso.

—Una reacción muy natural —señaló Summer—. Creo que todos lo estábamos.

Trevor les preguntó qué hacían en la zona del incidente, y Summer le contó que se habían encontrado con el barco pesquero mientras recogían muestras de agua en el estrecho de Hécate.

—¿Su hermano pescaba en estas aguas desde hacía tiempo? —preguntó Dirk.

—Desde hacía dos o tres años. Era médico, pero había vendido su consulta y se dedicaba a la pesca; era su pasión. Le iba bastante bien, pese a todas las restricciones impuestas a la pesca comercial para proteger las especies.

—Parece un extraño cambio de profesión —señaló Summer.

—Crecimos en el agua. Nuestro padre era ingeniero en una compañía minera local y un pescador fanático. Viajábamos mucho, pero siempre habíamos tenido una embarcación. Steve navegaba todo lo que podía. Incluso había sido tripulante de un pesquero de arrastre cuando estaba en el instituto.

—Desde luego, su embarcación estaba impecable —comentó Dirk—. Nunca había visto un barco de pesca tan inmaculado.

—Steve solía decir que el *Ventura* era el orgullo del noroeste. Era un perfeccionista. Mantenía su barco impecable y el equipo siempre a punto. Eso es lo que me parece más desconcertante. —Miró a través de la ventana, con una expresión distante en los ojos. Luego se volvió hacia Dirk y preguntó en voz baja—: ¿Estaban muertos cuando los encontró?

—Así es. El barco daba vueltas en círculo sin nadie al timón cuando lo vimos.

—El *Ventura* habría acabado contra las rocas de la isla Gil si Dirk no hubiera saltado a bordo —añadió Summer.

—Se lo agradezco de todo corazón —manifestó Trevor—. Las autopsias han revelado que murieron de asfixia. La policía está segura de que la causa fue el dióxido de carbono. Sin embargo, he revisado todo el *Ventura* y no he encontrado la menor prueba de una fuga en el tubo o en el colector del escape.

—El motor está a popa, lejos de la timonera, por lo que resulta todavía más desconcertante. Quizá no hubo ninguna fuga y fue solo una extraña combinación del viento con otras variables lo que provocó la acumulación de los humos de escape en la cabina —aventuró Dirk—. En cualquier caso, lo más curioso es que los tres muriesen casi al mismo tiempo.

—Puede que no sea tan extraño —intervino Summer—. Hubo un misterio, algunos años atrás, cuando muchas personas murieron ahogadas en el lago Powell. Acabaron descubriendo que los humos de los escapes se acumulaban en la popa de las casas flotantes y afectaban a los nadadores.

—Steve era un hombre muy precavido —afirmó Miller.

—Es difícil defenderse de un asesino invisible —apuntó Dirk.

La conversación estaba afectando a Trevor; se le veía pálido por la tensión. Summer le sirvió una taza de café e intentó cambiar de conversación.

—Si hay algo que podamos hacer por ayudarle, por favor dígalo —ofreció, con una expresión de sincero afecto en sus ojos grises.

—Gracias por intentar salvar a mi hermano y a la tripulación, y por rescatar el *Ventura*. Mi familia les está muy agradecida. —Trevor titubeó, y luego añadió—: Hay un favor que quisiera pedirles. Me pregunto si podrían llevarme hasta el lugar en el que los encontraron.

—Está a más de cincuenta millas de aquí —advirtió Dirk.

—Podemos ir en mi lancha. Navega a una velocidad de veinticinco nudos. Solo quiero ver dónde se encontraba cuando ocurrió.

Summer miró el reloj que colgaba debajo de la cabeza de un puma.

—No tenemos que encontrarnos con el inspector hasta las tres —le recordó a su hermano—. Podríamos hacer un viaje de ida y vuelta rápido.

—Tengo que revisar el robot submarino y ver si hemos recibido alguna respuesta del laboratorio de Seattle. Ve tú con el señor Miller —propuso Dirk—. Yo me ocuparé del inspector si llegas tarde.

—Llámeme Trevor. Le garantizo que volverá a tiempo —prometió, y sonrió a Summer como si estuviese pidiendo permiso a su padre para invitarla a salir.

La joven se sorprendió al notar que se ruborizaba.

—Resérvame una butaca en primera línea —dijo a Dirk, y se levantó de la silla—. Nos veremos a las tres.

7

Trevor ayudó a Summer a subir a bordo y se apresuró a soltar las amarras. En el momento en el que se apartaban del muelle, ella se inclinó sobre la borda y vio el rótulo de RECURSOS NATURALES DE CANADÁ pintado en el casco. En cuanto la lancha cruzó la bocana y empezó a navegar a gran velocidad por el canal Douglas, entró en la timonera y se sentó en un banco cerca de la butaca del piloto.

—¿En qué trabajas para el Ministerio de Recursos Naturales? —preguntó Summer, que se decidió por el tuteo.

—Me encargo de la ecología costera para el Servicio Forestal del ministerio —respondió Trevor, que viró para dejar paso a un barco maderero que navegaba por el centro del canal—. Principalmente, me ocupo de las instalaciones industriales a lo largo de la costa norte de la Columbia Británica. He sido muy afortunado porque la base esté en Kitimat. La expansión del puerto genera mucha actividad. —Miró a Summer y sonrió—. Supongo que suena bastante aburrido comparado con lo que tú y tu hermano hacéis para la NUMA.

—Recoger muestras de plancton en el Paso del Interior tampoco es demasiado apasionante ni fantástico.

—Me interesaría ver los resultados. Hemos recibido informes de mortalidad marina en unas zonas cercanas de aquí, aunque nunca he podido documentar los episodios.

—Nada me alegraría más que trabajar con otro discípulo de las profundidades —dijo ella en tono alegre.

La embarcación navegaba por el sinuoso canal a gran velocidad, deslizándose sobre las aguas en calma. Dedos verdes de tierra poblada de gruesos pinos entraban en la bahía, en una sucesión de panorámicos obstáculos. Summer siguió el avance en una carta náutica y pidió a Trevor que redujera la velocidad cuando entraron en el canal principal del estrecho de Hécate. Un breve aguacero que los sacudió durante unos minutos los envolvió en una niebla gris. Mientras se acercaban a la isla Gil, la lluvia cesó y la visibilidad aumentó a un par de millas.

Summer apartó los ojos del radar para mirar el horizonte. Vio que no había ninguna otra embarcación cerca.

—Déjame pilotar —pidió Summer, que se puso de pie y apoyó una mano en la rueda.

Trevor le dirigió una mirada dubitativa, pero luego se levantó y le cedió el puesto. Summer puso rumbo hacia la isla, aminoró la marcha y viró al norte.

—Estábamos más o menos por aquí cuando vimos el *Ventura*; venía por el noroeste y se encontraba a una distancia aproximada de una milla. Comenzó a virar y se acercó poco a poco a nuestro costado. Nos habría embestido de no habernos apartado de su camino.

Trevor miró a través de la ventana e intentó imaginar la escena.

—Yo acababa de recoger una muestra. No vimos a nadie en el timón y no respondieron a la llamada por radio. Me acerqué, y Dirk saltó a bordo. Fue entonces cuando encontró a tu hermano. —La voz de Summer se apagó.

Trevor fue hasta la cubierta de popa y miró a través del agua. Comenzó a caer una ligera llovizna, que le empapó el rostro. Summer lo dejó a solas con sus pensamientos durante unos minutos; luego se acercó en silencio y lo cogió de la mano.

—Siento lo de tu hermano —dijo, en voz baja.

Trevor le apretó la mano y continuó mirando a lo lejos. Sus ojos recuperaron la viveza cuando pareció que se fijaba en algo: una nube blanca había surgido del agua a unos pocos metros de la proa. La nube creció muy rápido hasta envolver la embarcación.

—Es muy blanca para ser niebla —comentó Summer, con una mirada de curiosidad. Notó en el aire un olor acre a medida que se acercaban.

La nube ya estaba por encima de la proa cuando la llovizna se convirtió de pronto en un aguacero. Trevor y Summer buscaron refugio en la timonera mientras la lluvia castigaba la lancha. A través de la ventana, vieron cómo la nube blanca desaparecía debajo del gris de la lluvia.

—Qué extraño —se sorprendió Summer.

Trevor puso en marcha el motor, viró para poner rumbo hacia Kitimat y aceleró a fondo con la mirada puesta en los peces muertos que de pronto flotaban en la superficie.

—El aliento del diablo —dijo en voz baja.

—¿El aliento de quién?

—El aliento del diablo —repitió Trevor, que miró preocupado a Summer—. Un haisla estaba pescando en esta zona hace unas semanas y apareció muerto en la costa de una de las islas. Las autoridades dijeron que se había ahogado, quizá cuando lo embistió un barco que no lo había visto en la niebla, o tal vez fue un infarto, en realidad no lo sé. —La lluvia había cesado, pero Trevor no apartaba la mirada del rumbo que seguía.

—Continúa —lo animó Summer, después de una larga pausa.

—No le di importancia. Sin embargo, hace unos días, mi hermano encontró el bote del hombre cuando pescaba por aquí y me pidió que se lo devolviera a la familia. Era de Kitamaat Village, la reserva del pueblo haisla. Había hecho algunos estudios de agua para los nativos, así que era amigo de algunos de ellos. Cuando me reuní con la familia, el tío del muerto no dejaba de repetir que lo había matado el aliento del diablo.

—¿A qué se refería?

—Dijo que el diablo había decidido que le había llegado la hora, así que lanzó un helado aliento blanco para matar a su sobrino y a todo lo que lo rodeaba.

—¿Los peces y la vida marina muerta a los que te referías?

Trevor se volvió para dedicar a Summer una media sonrisa.

—Estoy seguro de que el viejo estaba borracho cuando me

lo dijo. A los nativos no les faltan hechos sobrenaturales en sus relatos.

—Parece un cuento de viejas —asintió Summer.

Sin embargo, sus palabras no impidieron que un súbito estremecimiento le recorriese la espalda. Hicieron el resto del viaje en silencio mientras ambos pensaban en las extrañas palabras del nativo y cómo encajaban con lo que habían visto.

Estaban a unas pocas millas de Kitimat cuando un helicóptero pasó por delante de la proa a baja altura. El aparato se dirigió hacia una punta de tierra en la orilla norte, donde había una instalación industrial oculta entre los árboles. Un muelle de madera entraba en la bahía, donde estaban amarrados varias embarcaciones pequeñas y un yate de lujo. En un claro habían montado una gran tienda blanca.

—¿Un coto de caza privado para los ricos y famosos? —preguntó Summer, señalando hacia el lugar con un movimiento de cabeza.

—No es tan distinguido. En realidad es una planta prototipo para la captura de dióxido de carbono, construida por Terra Green Industries. Participé en la aprobación del emplazamiento y en la inspección mientras la construían.

—Conozco el concepto de la captura. Recoger y licuar los gases de dióxido de carbono industriales y enterrarlos en la tierra o en el fondo del océano. Parece un proceso muy caro para limpiar la atmósfera de contaminación.

—Los nuevos límites de emisión de gases de efecto invernadero lo han convertido en tecnología punta. Las limitaciones a las emisiones de dióxido de carbono en Canadá son muy estrictas. Las empresas pueden comprar derechos de emisión, pero el coste es mucho más elevado de lo que muchos creían. Las eléctricas y las compañías mineras están desesperadas por encontrar alternativas más baratas. Goyette espera ganar mucho dinero con su tecnología de captura si se le permite expandir el proceso.

—¿Mitchell Goyette, el millonario defensor del medio ambiente?

—Es el propietario de Terra Green. Goyette es como un referente ecologista para muchos canadienses. Construye diques, parques eólicos y campos de placas solares por todo el país, además de promocionar las tecnologías que permitirán utilizar el hidrógeno como combustible.

—Conozco su propuesta de instalar parques eólicos frente a las costas en el Atlántico para producir energía limpia. Aunque debo decir que ese no parece precisamente un yate con motor de hidrógeno —manifestó Summer, y señaló la lujosa embarcación de construcción italiana.

—No vive con la austeridad de los verdaderos verdes. Se convirtió en multimillonario fuera del movimiento ecologista; no obstante, nadie se lo echa en cara. Algunos dicen que ni siquiera cree en el movimiento, que para él es solo un medio para ganar dinero.

—Al parecer lo ha conseguido —dijo la joven sin apartar la mirada del yate—. ¿Por qué construyó una planta en este lugar?

—En una sola palabra, Athabasca. Las arenas petrolíferas de Athabasca, en Alberta, requieren una enorme cantidad de energía para obtener el crudo. Un producto que deriva del proceso es el dióxido de carbono, al parecer en grandes cantidades. El nuevo acuerdo sobre las emisiones de gas de efecto invernadero interrumpiría las operaciones de la refinería, a menos que se encontrara la manera de solucionar el problema. Entonces apareció Mitchell Goyette. Las compañías ya estaban construyendo un pequeño oleoducto, desde los campos hasta Kitimat. Goyette los convenció para que construyesen una segunda tubería que transportara el dióxido de carbono licuado.

—Vimos un par de pequeños barcos cisterna en el canal —dijo Summer.

—Nos opusimos a los oleoductos por miedo a las fugas de crudo, pero los intereses económicos pudieron más. Goyette, por su parte, convenció al gobierno de que era fundamental para la instalación que estuviera ubicada en la costa; incluso recibió una concesión de tierras del Ministerio de Recursos Naturales.

—Es una pena que haya acabado en un lugar virgen.

—Hubo muchos desacuerdos en el ministerio, pero, al final, el ministro de Recursos Naturales acabó firmando la orden. Me han dicho que es uno de los invitados a la inauguración oficial que se celebra hoy.

—¿Tú no pasaste el corte? —preguntó Summer.

—Estoy seguro de que la invitación se perdió en el correo. No, espera, se la comió el perro. —Se rió. Era la primera vez que Summer veía a Trevor relativamente relajado, y observó una súbita calidez en sus ojos.

Volvieron a toda velocidad a Kitimat. Trevor llevó la embarcación al muelle y atracó detrás de la lancha de la NUMA. Dirk estaba en la cabina escribiendo en su ordenador portátil; lo apagó y salió con una expresión malhumorada. Esperó a que Summer y Trevor atasen las amarras para saltar al muelle e ir a reunirse con ellos.

—He llegado antes de las tres, con tiempo de sobra —dijo Summer mostrándole su reloj.

—Creo que la visita al jefe de policía es la menor de nuestras preocupaciones —respondió Dirk—. Acabo de bajar los resultados del laboratorio correspondientes a las muestras de agua que enviamos ayer.

—¿A qué viene esa cara tan triste?

Dirk le alcanzó una hoja impresa y luego miró a través de las aguas de la bahía.

—Las aguas de Kitimat, aparentemente tan impolutas, amenazan con matar cualquier cosa que nade por ellas.

8

Mitchell Goyette bebió la copa de champán Krug Clos du Mesnil con expresión ufana. Dejó la copa vacía sobre una mesa en el momento en el que la corriente de aire provocada por las aspas del helicóptero sacudía la tienda.

—Con su permiso, caballeros —dijo con voz profunda—. Ha llegado el primer ministro.

Se apartó del pequeño grupo de políticos de la provincia y salió de la tienda para ir hacia la pista de aterrizaje.

Goyette, un hombre fornido e imponente, hacía gala de unos modales que rozaban lo relamido. Con sus ojos grandes, el pelo peinado con gomina y una sonrisa permanente, tenía el aspecto de un jabalí. No obstante, su forma de moverse, fluida, casi graciosa, ocultaba su desbordante arrogancia. Era una argucia de un hombre que había amasado su fortuna sirviéndose de la astucia, el engaño y la intimidación.

Si bien no era un hombre que se hubiese hecho a sí mismo, supo convertir una herencia familiar en una pequeña fortuna cuando una compañía eléctrica quiso comprarle una parte de sus terrenos para construir una central hidroeléctrica. Goyette, que negoció con mucha astucia, obtuvo un porcentaje de las ganancias por el uso de la tierra; supo calcular correctamente las insaciables demandas de energía de una ciudad como Vancouver, que crecía a pasos agigantados. Hizo una inversión tras otra: compró derechos de explotación maderera y minera, fuentes de energía geotérmica y construyó sus propias centrales hidroeléctricas. Una excelente campaña publicitaria centrada en sus inversiones en fuentes de energías alternativas lo presentó como un hombre del pueblo, lo que le sirvió para aumentar su fuerza negociadora con el gobierno. Con sus propiedades bien ocultas, pocos sabían que tenía una participación mayoritaria en los yacimientos de gas, minas de carbón y explotaciones petrolíferas, y que su muy bien cultivada imagen era un engaño.

Goyette miró cómo el Sikorsky S-76 permanecía inmóvil en el aire durante unos segundos antes de posarse sobre la gran pista circular. El piloto apagó los motores y descendió para abrir la puerta del pasajero. Un hombre bajo de pelo canoso descendió del aparato y caminó con la cabeza agachada por debajo de las palas, que continuaban girando, seguido por dos ayudantes.

—Señor primer ministro, bienvenido a Kitimat y a las nuevas instalaciones de Terra Green —lo saludó Goyette, con una amplia sonrisa—. ¿Qué tal el vuelo?

—Es un helicóptero muy cómodo. Afortunadamente, cesó la lluvia y pudimos disfrutar de la vista. —El primer ministro canadiense, Barrett, un hombre muy atildado, estrechó la mano del multimillonario—. Me alegra verle, Mitch. Gracias por el transporte. No sabía que también había secuestrado a uno de los miembros de mi gabinete.

Señaló a un hombre de párpados caídos y medio calvo que había bajado del helicóptero y se acercaba al grupo.

—El ministro de Recursos Naturales fue decisivo a la hora de aprobar que nuestras instalaciones estuvieran en este lugar —manifestó Goyette, radiante—. Bienvenido al producto acabado —añadió, al tiempo que se volvía hacia Jameson.

El ministro de Recursos Naturales no mostró el mismo entusiasmo. Con una sonrisa forzada respondió:

—Me alegra ver que la planta ya funciona.

—La primera de muchas, con su ayuda —señaló Goyette, y guiñó un ojo al primer ministro.

—Así es, su director de inversiones acaba de decirnos que ya se han iniciado los trabajos para construir otra en New Brunswick. —Barrett señaló hacia el aparato.

—¿Mi director de inversiones? —preguntó Goyette, un tanto desconcertado.

Siguió la mirada del primer ministro y se volvió hacia el helicóptero. Otro hombre salió por la puerta lateral y se desperezó. Entrecerró sus ojos oscuros, para protegerse del sol, y luego se pasó una mano por el pelo muy corto. El traje azul hecho a medida no alcanzaba a ocultar su musculoso cuerpo, pero tenía todo el aspecto de un ejecutivo. Goyette tuvo que hacer un esfuerzo para no quedarse boquiabierto cuando se le acercó.

—Señor Goyette —dijo el hombre con una sonrisa llena de arrogancia—, traigo los documentos de la liquidación de nuestra propiedad en Vancouver para que los firme. —Dio unos golpecitos en el maletín de cuero que llevaba bajo el brazo.

—Excelente —aprobó Goyette, que logró recuperar la compostura tras la sorpresa de ver que su asesino a sueldo bajaba de su helicóptero—. Por favor, si tiene la bondad de esperarme en el despacho del director de la planta, le atenderé en un momento.

Goyette dio media vuelta y se apresuró a escoltar al primer ministro al interior de la tienda. Sirvieron el vino y los aperitivos amenizados por la música de un cuarteto de cuerda; luego, Goyette acompañó a las autoridades hasta la entrada de las instalaciones. El ingeniero, que era el director de la planta, se hizo cargo del grupo y los llevó en un breve recorrido. Pasaron por dos grandes estaciones de bombeo; después, salieron al exterior, donde el director les señaló unos enormes tanques parcialmente disimulados por el bosque de pinos.

—El dióxido de carbono se bombea licuado desde Alberta y se almacena en los tanques —explicó el director—. Aquí lo bombeamos a presión al subsuelo. En este lugar se cavó un pozo de ochocientos metros de profundidad a través de una gruesa capa de roca volcánica hasta llegar a una formación sedimentaria porosa llena de agua salada. Es la geología ideal para almacenar el dióxido y virtualmente impermeable a cualquier fuga.

—¿Qué pasaría si hubiera un terremoto? —preguntó el primer ministro.

—Estamos por lo menos a cincuenta kilómetros de la falla conocida más cercana, por lo tanto, las probabilidades de que aquí ocurriese un movimiento sísmico son remotas. Además, a la profundidad que estamos almacenando el producto, no hay ninguna posibilidad de una fuga accidental provocada por un incidente geológico.

—¿Qué cantidad de dióxido de carbono procedente de las refinerías de Athabasca estamos almacenando aquí?

—Me temo que solo una pequeña parte. Necesitaremos muchas más instalaciones para absorber todo el que procede de los campos de arenas petrolíferas y lograr que vuelvan a funcionar a pleno rendimiento.

Goyette aprovechó estas preguntas para introducir un discurso de ventas.

—Como saben, la producción de crudo de Alberta ha sufrido grandes retrasos debido a los estrictos límites impuestos a las emisiones de dióxido de carbono. La situación se repite con la misma gravedad en las centrales eléctricas alimentadas con carbón que se encuentran en el este. El impacto económico en el país será enorme, pero, ahora mismo, están ustedes en el centro de la solución. Ya hemos explorado varios lugares en la región que son adecuados para construir nuevas plantas. Lo único que necesitamos es su ayuda para continuar adelante.

—Quizá, aunque no tengo claro que me guste la idea de ver la costa de la Columbia Británica convertida en el vertedero de la contaminación industrial de Alberta —señaló el primer ministro, en tono seco. Él había nacido en Vancouver y aún sentía un profundo orgullo por su provincia natal.

—No olviden los impuestos que la Columbia Británica impone por cada tonelada métrica de carbón que cruza sus fronteras, una parte del cual va a las arcas federales. El hecho es que se trata de un considerable ingreso para la provincia. Además, ya deben de haber visto nuestro muelle. —Goyette señaló un enorme cobertizo junto a una pequeña cala—. Tenemos un muelle cubierto de ciento cincuenta metros donde pueden atracar los buques cisternas que llevarán el dióxido de carbono licuado. Ya estamos recibiendo remesas y queremos demostrar nuestra capacidad para procesar el dióxido de carbono de la industria de Vancouver, así como las emisiones de la minería y las explotaciones madereras que hay a lo largo de la costa. Permitan que construyamos más instalaciones por todo el país y seremos capaces de controlar buena parte de la cuota nacional de carbón. Con un aumento de capacidad en las nuevas plantas costeras, también podríamos enterrar el dióxido de carbono estadounidense y chino, lo que nos reportaría unas buenas ganancias.

Los ojos del político brillaron ante la perspectiva de nuevos ingresos en las cuentas del gobierno.

—¿La tecnología es totalmente segura?

—No estamos hablando de residuos nucleares, señor primer ministro. Esta planta se construyó como un prototipo, pero lleva varias semanas funcionando perfectamente. Yo construyo y exploto las plantas, y garantizo su seguridad. El gobierno solo me da el visto bueno y recibe parte de las ganancias.

—También se queda usted con una buena parte, ¿no?

—Me las apaño —dijo Goyette, riendo como una hiena—. Todo lo que necesito es que usted y el ministro de Recursos aprueben los lugares donde se instalarán y la construcción de los gasoductos. No creo que eso sea un problema, ¿no es así, ministro Jameson?

Jameson miró a Goyette con expresión sumisa.

—Yo diría que no hay nada que pueda estropear nuestras cordiales relaciones.

—Muy bien —intervino Barrett—. Envíeme los borradores de sus propuestas y se las pasaré a mis asesores. ¿Qué tal si tomamos un poco más de ese excelente champán?

Mientras el grupo volvía a la tienda, Goyette se llevó discretamente a Jameson aparte.

—Espero que haya recibido el BMW —dijo el magnate, con una sonrisa de tiburón.

—Un generoso obsequio que mi esposa agradece infinitamente. Sin embargo, yo preferiría que las futuras compensaciones fuesen menos ostentosas.

—No se preocupe. La contribución a su cuenta en un paraíso fiscal ya ha sido hecha.

Jameson no hizo caso del comentario.

—¿Qué es esa tontería de construir nuevas instalaciones a lo largo de la costa? Ambos sabemos que las condiciones geológicas son poco adecuadas, en el mejor de los casos. Su «acuífero» llegará al máximo de su capacidad en cuestión de meses.

—Este lugar funcionará indefinidamente —afirmó Goyette—. Hemos resuelto la del almacenamiento. Siempre que me envíe el mismo equipo de geólogos, no habrá ningún problema con nuestros planes de expansión en la costa. El geólogo jefe fue muy amable al repasar sus conclusiones por un precio adecuado. —Sonrió.

Jameson hizo una mueca al saber que, en su ministerio, no solo era él quien tenía las manos sucias. Nunca conseguía recordar el día preciso en el que se despertó y se dio cuenta de que Goyette era su dueño. Había sido varios años atrás. Se habían conocido en un partido de hockey, cuando Jameson se presentaba por primera vez a un escaño en el Parlamento. En Goyette le pareció encontrar a un rico patrocinador que compartía una visión progresista del país. Las contribuciones a su campaña política aumentaron a medida que avanzaba la carrera de Jameson, pero, en algún momento, había cometido la estupidez de cruzar la línea. Las contribuciones a la campaña dieron paso a los viajes en avión, a las vacaciones pagadas y, por fin, a los sobornos en metálico. Con su ambición y teniendo que mantener a una esposa y a cuatro hijos con el sueldo de un funcionario, aceptó sin más el dinero, y se convenció a sí mismo de que las políticas que promovía para Goyette eran justas. No fue hasta que lo nombraron ministro de Recursos Naturales cuando vio el otro rostro del multimillonario. Descubrió que la percepción que de él tenía la gente: un profeta del medio ambiente, no era más que una fachada que ocultaba la verdadera naturaleza de Goyette: era un megalómano. Por cada parque eólico que desarrollaba con gran fanfarria pública, había una docena de minas de carbón que ocultaba detrás de una serie de compañías de paja. Las falsas reclamaciones mineras, los informes amañados sobre el impacto medioambiental y las concesiones federales habían sido otorgados con el visto bueno del ministro. A cambio, los sobornos habían sido continuos y generosos. Jameson había podido comprarse una elegante casa en Rockcliffe Park, el mejor barrio de Ottawa, y había acumulado suficiente dinero en el banco para enviar a sus hijos a las mejores escuelas. Sin embargo, nunca había imaginado que caería tan bajo y ahora sabía que no había forma de escapar.

—No sé cuánto de esto podré apoyar —dijo a Goyette con voz cansada.

—Apoyará todo lo que yo necesite —manifestó el magnate con una mirada fría como el hielo—. A menos que quiera pasar el resto de su vida en la cárcel de Kingston.

Jameson se encogió físicamente y aceptó la realidad con un débil gesto de asentimiento.

Seguro de tener a Jameson en el bolsillo, las facciones de Goyette se suavizaron. Movió un brazo señalando la tienda.

—Es hora de alegrar esa cara. Vamos a reunirnos con el primer ministro y a brindar por las riquezas que está a punto de derramar sobre nosotros.

9

Clay Zak tenía los pies apoyados sobre la mesa del director de la planta, y entretenía la espera leyendo un libro acerca de la historia de la frontera. Miró a través de la ventana cuando el batir de las palas del helicóptero que partía hizo vibrar los cristales. Goyette entró en el despacho al cabo de unos segundos, con una expresión de mal reprimido enojo en el rostro.

—Vaya, vaya, parece que mi director de inversiones ha perdido el vuelo de regreso —dijo Goyette.

—Fue un viaje un tanto incómodo —comentó Zak, y guardó el libro en el maletín—. Bastante molesto en realidad, con todos esos políticos a bordo. Tendría que comprarse un Eurocopter EC-155. Te permite viajar mucho más rápido. No tendría que perder tanto tiempo conversando con esos maleantes. Por cierto, la verdad es que a ese ministro de Recursos Naturales no le cae usted nada bien.

Goyette hizo caso omiso de sus comentarios y se sentó en un sillón frente a la mesa.

—El primer ministro acaba de ser informado de la muerte de Elizabeth Finlay. Según el informe de la policía fue a consecuencia de un accidente náutico.

—Se cayó por la borda y se ahogó. Cualquiera pensaría que una mujer con sus medios debería saber nadar, ¿no cree? —dijo el asesino, con una sonrisa.

—¿No ha quedado ningún cabo suelto? —preguntó Goyette, en voz baja.

Una expresión dolida apareció en el rostro de Zak.

—Ya sabe que es precisamente por eso por lo que no soy barato. A menos que el perro pueda hablar, no hay ninguna razón para sospechar que fue otra cosa que un trágico accidente.

Zak se echó atrás en la silla y miró al techo.

—Desaparecida Elizabeth Finlay —añadió—, también desaparece el proyecto de ley para poner trabas a la exportación de gas natural y petróleo a China. —Se echó hacia delante—. ¿Cuánto le habría costado esa ley a su explotación de los yacimientos de gas en Melville? —preguntó, solo por fastidiar al multimillonario.

Goyette miró los ojos del asesino pero no vio nada. Su rostro un tanto alargado y curtido no mostraba ninguna emoción. Era la cara de póquer perfecta. Los ojos oscuros no eran una ventana a su alma, si es que la tenía. Contratar a un mercenario era jugar con fuego, pero Zak era un gran profesional. Los dividendos estaban siendo enormes.

—Una cantidad en absoluto despreciable —acabó por responder.

—Eso nos lleva a mi compensación.

—Le pagarán como habíamos acordado. La mitad ahora, y el resto cuando se cierre la investigación. El dinero se ingresará en su cuenta de las islas Caimán, como en otras ocasiones.

—La primera parada de muchas. —Zak sonrió—. Quizá sea el momento de consultar el saldo y disfrutar de unas semanas de descanso en el soleado Caribe.

—Creo que abandonar el territorio canadiense durante un tiempo sería una buena idea. —Goyette vaciló; no tenía claro si seguir adelante con el juego. El hombre hacía un buen trabajo, y siempre cubría sus huellas—. Tengo otro pequeño encargo para usted —acabó por decidir—. Un pequeño trabajo. En Estados Unidos. No hay que matar a nadie.

—Cuénteme —dijo Zak. Nunca había rechazado un trabajo. Por mucho que considerase que Goyette era un cretino, debía admitir que pagaba bien. Muy bien.

Goyette le entregó una carpeta.

—Puede leerlo cuando se marche. Hay un coche en la entrada que lo llevará al aeropuerto.

—¿En un vuelo comercial? Tendrá que buscar un nuevo director de inversiones si esto sigue así.

Zak se levantó y salió del despacho como si fuese un rey. Dejó a Goyette sentado allí sacudiendo la cabeza.

10

Lisa Lane se frotó sus cansados ojos y miró de nuevo la tabla periódica de elementos, la misma que colgaba en la mayoría de las aulas de ciencias de todos los institutos del mundo. La investigadora bioquímica se había aprendido de corrido la tabla de Mendeleiev y era capaz de recitarla de atrás hacia delante si le daban la oportunidad. Ahora la miraba con la esperanza de que le aportase alguna nueva idea.

Buscaba un catalizador duradero que pudiese separar una molécula de oxígeno de una molécula de carbono. Al mirar la tabla periódica, sus ojos se detuvieron en el elemento 45, el rodio, símbolo Rh. El modelo informático continuaba señalando un compuesto metálico como el catalizador más probable. El rodio había resultado ser el mejor que había encontrado hasta entonces, aunque era del todo ineficaz, además de ser un metal precioso con un precio desorbitado. Su proyecto en el Laboratorio de Investigación Medioambiental y de Tecnología de la Universidad George Washington había sido denominado «Cielos Azules», y con toda probabilidad no pasaría de esa etapa. No obstante, los beneficios potenciales de tal adelanto eran demasiado grandes para pasarlos por alto. Tenía que haber una respuesta.

Al mirar la casilla correspondiente al rodio, advirtió que el elemento que lo precedía tenía un símbolo similar: Ru. Con expresión ausente, tiró de un mechón de su largo pelo castaño y leyó el nombre en voz alta: «Rutenio». Un metal de transición perteneciente a la familia del platino, era un elemento que aún no había podido ensayar.

—Bob —llamó a un hombre nervudo con una bata de laboratorio sentado delante de otro ordenador—. ¿Hemos recibido la muestra de rutenio que pedí?

Bob Hamilton se volvió y puso los ojos en blanco.

—Rutenio. Ese mineral es más difícil de conseguir que un día de fiesta. Llamé a veinte proveedores, pero ninguno lo tenía. Por fin, me dieron el nombre de un laboratorio geológico en Ontario, donde tenían una cantidad limitada. Cuesta más que tu muestra de rodio, así que solo pedí dos onzas. Deja que vaya al almacén a ver si ha llegado.

Salió del laboratorio y fue por el pasillo hasta el pequeño almacén donde se guardaban bajo llave los materiales especiales. El becario que estaba detrás de la ventanilla enrejada buscó una pequeña caja y la dejó sobre el mostrador. Bob volvió al laboratorio y depositó la caja sobre la mesa de Lisa.

—Has tenido suerte. La muestra llegó ayer.

Lisa abrió la caja, que contenía varias láminas de un metal opaco guardado en un recipiente de plástico. Cogió una de las muestras, la colocó en la platina y luego la observó por el microscopio. La pequeña lámina parecía una bola de nieve ampliada. Midió la masa de la muestra y luego la colocó en un compartimiento sellado de una caja gris unida a un espectrómetro. Cuatro ordenadores y varios cilindros de gas a presión estaban conectados al aparato. Lisa se sentó delante de uno de los teclados y escribió una serie de órdenes que pusieron en marcha el programa de prueba.

—¿Crees que este será tu billete para el premio Nobel? —preguntó Bob.

—Si funciona, me conformaría con una entrada para un partido de los Redskins. —Miró el reloj de pared—. ¿Quieres ir a comer? No tendré ningún resultado preliminar hasta por lo menos pasada una hora o más.

—Allá voy —dijo Bob. Se quitó la bata y corrió hacia la puerta.

Después de comer un bocadillo de pavo en la cafetería, Lisa volvió a su pequeño despacho al fondo del laboratorio. Un minuto más tarde, Bob asomó la cabeza por la puerta, con los ojos como platos.

—Lisa, será mejor que vengas a ver esto —tartamudeó.

Lisa se apresuró a seguirlo; su corazón se aceleró al ver que Bob se acercaba al espectrómetro. Le señaló uno de los monitores, que mostraba una hilera de números que bajaban por la pantalla junto a una fluctuante barra gráfica.

—Olvidaste quitar la muestra de rodio antes de iniciar la nueva prueba. Mira los resultados. La cuenta del oxalato se sale de la tabla —dijo en voz baja.

Lisa miró el monitor y se estremeció. Dentro del espectrómetro, el sistema de detección estaba tabulando el resultado molecular de la reacción química forzada. El catalizador de rutenio estaba rompiendo el vínculo del dióxido de carbono, lo que hacía que las partículas se combinasen en un compuesto de dos átomos de carbono, llamado oxalato. A diferencia de los anteriores catalizadores, la combinación del rutenio con el rodio no creaba ningún producto residual. Había tropezado con un resultado que los científicos de todo el mundo habían estado buscando.

—No puedo creerlo —murmuró Bob—. La reacción catalítica es perfecta.

Lisa sintió que se le iba la cabeza y se dejó caer en la silla. Comprobó varias veces el resultado, buscando un error que no encontró. Por fin se permitió aceptar la posibilidad de que hubiera acertado.

—Tengo que contárselo a Maxwell —dijo. El doctor Horace Maxwell era el director del laboratorio.

—¿Maxwell? ¿Estás loca? Tiene que declarar ante el Congreso dentro de dos días.

—Lo sé. Yo seré quien lo acompañe al Senado.

—No seas suicida —se escandalizó Bob, y sacudió la cabeza—. Si se lo dices ahora, lo más probable es que lo repita en su declaración, a fin de conseguir más fondos para el laboratorio.

—¿Y crees que eso sería malo?

—Lo sería si los resultados no pueden repetirse. Un único ensayo de laboratorio no revela los misterios del universo. Volvamos a empezar y tomemos nota de cada paso antes de ir a contárselo a Maxwell. Al menos espera hasta que preste testimonio —le pidió Bob.

—Supongo que tienes razón. Podemos repetir el experimento en diferentes circunstancias solo para estar seguros. El único límite es nuestra provisión de rutenio.

—Ese, estoy seguro, será el menor de nuestros problemas —afirmó Bob, con aire profético.

11

El avión de Air Canada volaba muy alto sobre Ontario. A través de la pequeña ventanilla de la cabina de primera clase el suelo tenía la apariencia de una colcha de retazos verdes. Clay Zak no prestaba la menor atención al paisaje, ya que estaba concentrado en las piernas bien torneadas de la azafata que empujaba el carro de bebidas. La joven atendió su mirada y le sirvió un martini en un vaso de plástico.

—Es el último que puedo servirle —dijo la azafata con una sonrisa coqueta—. Muy pronto aterrizaremos en Toronto.

—Entonces lo disfrutaré todavía más —afirmó Zak, con una mirada lasciva.

Vestido con las habituales prendas de un ejecutivo viajero, pantalones caquis y chaqueta azul, tenía el aspecto de cualquier otro gerente de ventas que acude a una conferencia. Sin embargo, la realidad era otra.

Hijo único de madre soltera y alcohólica, había crecido en un suburbio de Sudbury, Ontario, prácticamente solo. A los quince, abandonó la escuela para ir a trabajar en las minas de níquel, donde desarrolló la fuerte musculatura que aún conservaba treinta años después. Su vida como minero duró poco, ya que fue entonces cuando cometió su primer asesinato: clavó un pico en la oreja a un compañero de trabajo que se había burlado de su origen.

Escapó de Ontario, cambió de identidad en Vancouver y se metió en el tráfico de drogas. Su fuerza y dureza le permitieron convertirse en el matón de un importante traficante apodado el

Sueco. Ganó dinero fácil, pero Zak lo utilizó con una inteligencia poco habitual. Era un hombre hecho a sí mismo, que había leído con voracidad todo lo referente a los negocios y las finanzas. Lejos de gastar sus ganancias en mujerzuelas y lujosos coches como hacían sus compañeros, invirtió con mucha astucia en acciones y bienes raíces. Sin embargo, su lucrativa carrera en el mundo de la droga se interrumpió en seco debido a una emboscada.

No había sido la policía sino un narco de Hong Kong que pretendía controlar el mercado. El Sueco y sus guardaespaldas fueron abatidos una noche mientras cerraban un trato en un parque. Zak consiguió eludir los disparos y desapareció ileso entre un laberinto de setos.

Esperó su momento para tomarse la revancha; para ello, dedicó semanas a vigilar el lujoso yate alquilado por la banda china. Colocó una carga explosiva, gracias a los conocimientos obtenidos en las minas, y voló la embarcación con todos los chinos a bordo. Mientras miraba cómo crecía la bola de fuego, vio a un hombre en un yate cercano que caía al agua impulsado por la onda expansiva. Al caer en la cuenta de que las autoridades no investigarían demasiado la muerte de un conocido narcotraficante pero sí la de un rico, se apresuró a rescatar al hombre inconsciente del agua.

Cuando Goyette abrió los ojos, su gratitud fue muy efusiva.

—Me ha salvado la vida. Le daré una generosa recompensa.

—Mejor deme un trabajo —dijo Zak.

Zak se rió a mandíbula batiente cuando le contó toda la historia a Goyette varios años más tarde; el multimillonario también reconoció que tenía su lado gracioso. Para entonces, admiraba los talentos criminales del ex minero y trabajaba para él como matón de confianza. Sin embargo, tenía claro que la lealtad de Zak se fundamentaba solo en el dinero, por lo que siempre lo miraba con desconfianza. Por su parte, Zak era un lobo solitario. Tenía cierta influencia sobre Goyette, y si bien valoraba su retribución, también disfrutaba irritando a su rico y poderoso patrón.

El avión aterrizó en el aeropuerto internacional Lester B. Pearson en Toronto unos minutos antes de la hora prevista.

Zak se libró de los efectos de los cócteles consumidos en el vuelo, salió de la cabina de primera clase y fue hacia el mostrador de una agencia de coches de alquiler mientras esperaba que bajasen su equipaje. Cogió las llaves de un coche beis y condujo hacia el sur por la costa oeste del lago Ontario. Siguió por la autopista durante otros ciento diez kilómetros y salió por el peaje del Niágara. Un kilómetro y medio más abajo de las famosas cataratas cruzó el puente Rainbow y entró en el estado de Nueva York tras mostrar al funcionario de inmigración un pasaporte canadiense falso.

Pasadas las cataratas, le quedaba un corto trayecto hasta Buffalo. Llegó al aeropuerto con tiempo suficiente para subir a un 767 medio vacío con destino a Washington. Esta vez voló con otro nombre y con una documentación estadounidense falsa. Ya anochecía cuando el avión cruzó el río Potomac en la aproximación final al aeropuerto nacional Reagan. Era la primera vez que Zak visitaba la capital de la nación y, como cualquier turista, admiró los monumentos desde el asiento trasero del taxi. Al mirar las parpadeantes luces rojas en lo alto del monumento a Washington, se preguntó si George habría considerado que aquel obelisco era absurdo.

Se alojó en el hotel Mayflower. En la habitación echó un vistazo a la carpeta que le había dado Goyette. Luego bajó en el ascensor hasta el elegante Town & Country Lounge que se encontraba en el vestíbulo. Se sentó en un discreto reservado, pidió un martini y consultó su reloj. A las siete y cuarto, un hombre delgado con la barba descuidada se acercó a la mesa.

—¿Señor Jones? —preguntó, muy nervioso.

El asesino esbozó una sonrisa.

—Sí. Por favor, siéntese —dijo Zak.

—Soy Hamilton. Bob Hamilton, del Laboratorio de Investigación Medioambiental y de Tecnología de la Universidad George Washington —se presentó en voz baja.

Miró a Zak con una profunda inquietud, antes de respirar hondo y sentarse en el reservado.

12

Poco después de su reunión con Sandecker, una especie de milagro llegó a la mesa del presidente. Era otra carta del primer ministro canadiense, donde ofrecía una posible solución a la crisis. El ministro lo informaba de que, el año anterior, habían encontrado un gran yacimiento de gas natural en una remota región del Ártico canadiense, pero el hallazgo no se había hecho público. Las exploraciones preliminares indicaban que podía ser una de las mayores reservas de gas natural del mundo. La empresa privada que había hecho el descubrimiento disponía de una flota de barcos cisterna para transportar el gas licuado a Estados Unidos.

Era el estimulante que el presidente necesitaba para impulsar sus grandes objetivos. De inmediato se firmó un acuerdo de compra para que comenzara a llegar el gas. A cambio de pagar un precio superior al de mercado, la compañía se comprometía a suministrar todo el gas que pudiera extraer. Por lo menos así lo garantizaba el director ejecutivo de la empresa, un tal Mitchell Goyette.

Sin hacer caso de las súplicas de sus consejeros económicos y políticos, que decían que era demasiado impetuoso, el presidente actuó sin demora. Desde el Despacho Oval, en un discurso televisado, explicó sus ambiciosos planes al público.

—Compatriotas, estamos viviendo momentos de gran peligro —dijo ante las cámaras. Esta vez, su talante animoso cedió el protagonismo a la solemnidad que imponía la situación—. Nuestras vidas se ven amenazadas por la crisis energética mientras nuestra existencia futura se ve comprometida por la crisis medioambiental. Nuestra dependencia del petróleo extranjero ha acarreado unas graves consecuencias económicas que todos sentimos y, al mismo tiempo, ha aumentado la emisión de los peligrosos gases de efecto invernadero. Nuevas pruebas, cada vez más preocupantes, señalan que estamos perdiendo la batalla contra el calentamiento global. Por nuestra seguridad, y por la seguridad del mundo entero, he dispuesto que Estados Unidos consiga carbón limpio para el año 2020. Si bien algunos dirán que es un objetivo drástico o incluso inalcanzable, no tenemos otra alternativa. Esta noche pediré un esfuerzo conjunto de la industria privada, las instituciones académicas y las agencias gubernamentales para que resuelvan nuestras necesidades energéticas a través de combustibles alternativos y fuentes renovables. El petróleo no puede ser ni será el combustible que moverá nuestra economía en el futuro. Dentro de poco presentaré una petición de fondos al Congreso para determinar las inversiones específicas en investigación y desarrollo.

»Con los recursos apropiados y nuestra férrea voluntad, estoy seguro de que juntos podremos alcanzar esta meta. Sin embargo, ahora debemos hacer sacrificios para reducir las emisiones y nuestra dependencia del petróleo, que continúa estrangulando nuestra economía. Dada la reciente disponibilidad de suministros de gas natural, he dispuesto que todas nuestras plantas de producción eléctrica que funcionan con carbón y petróleo sean reconvertidas a gas natural en un plazo de dos años. Me complace anunciar esta noche que el presidente Zhen de China ha aceptado imponer las mismas medidas en su país. Además, en breve presentaré planes a los fabricantes de coches nacionales para que aceleren la producción de vehículos con motores híbridos y de gas natural licuado, y confío en que se adopten planes similares a escala internacional.

»Nos enfrentamos a momentos difíciles, pero con vuestro apoyo conseguiremos un mañana más seguro. Muchas gracias.

En cuanto se apagaron las cámaras, el jefe de gabinete, un hombre bajo y medio calvo llamado Charles Meade, se acercó a Ward.

—Buen trabajo, señor. Creo que ha sido un excelente discurso. Debería tranquilizar a los fanáticos contra el carbón y hacerles desistir del boicot que proponen.

—Gracias, Charlie, creo que tienes razón —manifestó el presidente—. Ha sido muy eficaz. Me refiero a que ha eliminado cualquier posibilidad de que vuelvan a votarme —añadió, con una sonrisa torcida.

13

Por una vez, la sala 2318 de Rayburn House estaba abarrotada de periodistas y espectadores. Las audiencias públicas del subcomité de Energía y Medioambiente del Senado apenas solían atraer a un puñado de curiosos. Pero, tras la orden presidencial referente a las emisiones de gases de efecto invernadero, el revuelo organizado por los medios había despertado la atención del público en las actividades del subcomité y en particular en la agenda del día. La cuestión a tratar: de qué modo las nuevas tecnologías podían ayudar en la batalla contra el calentamiento global.

La multitud presente guardó silencio cuando se abrió una puerta y entraron los dieciocho miembros del subcomité para ocupar sus asientos en el estrado. La última en entrar fue una atractiva mujer de pelo color canela. Vestía un traje chaqueta de Prada casi del mismo tono que sus ojos de color violeta.

Loren Smith, congresista por el séptimo distrito de Colorado, no había perdido su feminidad, a pesar de llevar varios años en los masculinos salones del Congreso. Pese a estar ya en la cuarentena, conservaba la silueta y tenía una apariencia muy elegante, aunque sus colegas habían aprendido hacía mucho que la belleza y la elegancia de Loren no disminuían en nada su capacidad e inteligencia en la arena política.

Caminó con garbo hasta el centro del estrado y ocupó su asiento junto al gordo y canoso senador de Georgia que presidía el comité.

—Se abre la sesión —anunció con un fuerte acento sureño—. Dado el interés público que ha suscitado, hoy dejaré a un lado los comentarios iniciales e invitaré a nuestro primer compareciente a que dé testimonio. —Se volvió para guiñarle un ojo a Loren, que le respondió con una sonrisa. Colegas desde hacía mucho y amigos a pesar de sentarse en lados opuestos del pasillo, estaban entre la pequeña minoría de congresistas que dejaban a un lado las diferencias partidistas para centrarse en el bien del país.

Una sucesión de empresarios y académicos hablaron de los últimos avances en energías alternativas que no producían dióxido de carbono. Si bien todos ofrecían prometedoras perspectivas a largo plazo, todos titubearon cuando el comité insistió en que diesen una solución tecnológica inmediata.

—La producción masiva de hidrógeno aún no ha sido perfeccionada —dijo un experto—. Incluso si todo hombre, mujer y niño en el país tuviese un coche de hidrógeno, no habría hidrógeno disponible para proveer ni siquiera a un reducido número de ellos.

—¿Cuánto nos faltaría para lograrlo? —preguntó un senador de Missouri.

—Unos diez años —respondió el testigo.

Se escucharon murmullos entre el público. Cada experto repetía lo mismo. Los avances en tecnología y las mejoras en los productos estaban llegando al mercado, pero los progresos se hacían a pasos muy cortos, no a saltos. No había ninguna solución inmediata para poder cumplir la orden del presidente y salvar a la nación, y al mundo, de los efectos físicos y económicos de un acelerado calentamiento global.

El último testigo era un hombre bajo y con gafas que dirigía el Laboratorio de Investigación Medioambiental y de Tecnología de la Universidad George Washington, en Maryland. Loren sonrió al reconocer a Lisa Lane sentada junto al doctor Maxwell. Cuando el director del laboratorio acabó la declaración preliminar, Loren inició el interrogatorio.

—Doctor Maxwell, su laboratorio es uno de los más avanzados en la investigación de combustibles alternativos. ¿Puede decirnos qué avances tecnológicos podemos esperar a corto plazo de su trabajo?

Maxwell asintió antes de responder con voz tímida.

—Tenemos varios programas de investigación en energía solar, combustibles biológicos y síntesis de hidrógeno. Pero en respuesta a su pregunta, me temo que no tenemos ningún producto inminente suficientemente desarrollado para satisfacer las exigencias de la orden presidencial.

Loren advirtió que Lisa se mordía el labio inferior al escuchar la última parte de la respuesta de Maxwell. El resto del comité interrogó a Maxwell durante otra hora, durante la cual quedó claro que no habría ninguna respuesta notable. El presidente había corrido un gran riesgo al desafiar a las mentes más brillantes de la industria y la ciencia a resolver el problema energético, y ahora resultaba obvio que había sido en vano.

Cuando acabó la audiencia y los periodistas salieron de la sala para escribir sus artículos, Loren se acercó al doctor Maxwell para agradecerle su intervención; después, saludó a Lisa.

—Hola, compañera. —Sonrió y dio un beso a su antigua compañera de habitación en la universidad—. Creía que aún estabas en el Brookhaven National Laboratory en Nueva York.

—Me marché hace unos meses para unirme al programa del doctor Maxwell. Dispone de más fondos para el proyecto Cielos Azules. —Sonrió—. Pensaba en llamarte desde que volví a Washington, pero he estado desbordada.

—Te comprendo. Después del discurso del presidente, el trabajo en tu laboratorio de pronto se ha vuelto muy importante.

La expresión del rostro de Lisa se volvió solemne y se acercó a Loren.

—Me gustaría hablarte de mi propia investigación —dijo, en voz baja.

—¿Qué te parece si cenamos juntas? Mi marido vendrá a recogerme dentro de media hora. Será un placer que nos acompañes.

Lisa se lo pensó un momento.

—Estaría bien. Deja que le diga al doctor Maxwell que volveré a casa por mi cuenta esta noche. ¿A tu marido no le importará llevarme?

Loren se echó a reír.

—Llevar de paseo a una bonita muchacha es uno de sus pasatiempos favoritos.

Loren y Lisa esperaron en la escalinata norte del Rayburn Building mientras una hilera de limusinas y Mercedes recogían a los miembros más ricos del Congreso y a los sempiternos representantes de algún grupo de presión. Lisa se distrajo cuando apareció el líder de la mayoría de la Cámara de Representantes, por lo que casi no vio el aerodinámico descapotable antiguo que se acercó al bordillo a toda velocidad y que casi le rozó el muslo con el guardabarros. Miró con los ojos muy abiertos al hombre de aspecto rudo, pelo negro y resplandecientes ojos verdes que bajó del coche, abrazó a Loren y después la besó con pasión.

—Lisa —dijo Loren, que apartó al hombre un tanto ruborizada—, este es mi esposo, Dirk Pitt.

Pitt vio la mirada de sorpresa en los ojos de Lisa y sonrió con calidez mientras le estrechaba la mano.

—No te preocupes —dijo en tono risueño—. Solo magreo a las mujeres bonitas si son miembros del Congreso.

Lisa notó que se sonrojaba. Vio el resplandor aventurero en sus ojos, atemperado por un alma afectuosa.

—He invitado a Lisa a cenar con nosotros —explicó Loren.

—Será un placer. Espero que no te importe aguantar un poco de brisa —dijo Pitt, y señaló el coche.

—¡Vaya cochazo! —exclamó Lisa—. ¿De qué marca es?

—Un Auburn Speedster de 1932. Anoche acabé de reparar los frenos y he pensado que sería divertido sacarlo a la calle.

Lisa miró el hermoso coche, de color crema y azul. En el habitáculo solo había espacio para dos personas un tanto apretadas, y no había asiento trasero. La carrocería de la parte posterior acababa en punta triangular, la clásica forma de popa de los viejos veleros.

—No creo que quepamos todos —se lamentó.

—Hay espacio si a la persona no le importa viajar atrás —respondió Pitt.

Fue hasta la parte trasera y empujó hacia abajo el reluciente capó. Se desplegó un asiento para un pasajero.

—Oh, siempre quise viajar en un asiento auxiliar —exclamó Lisa. Sin vacilar, apoyó un pie en el estribo y se acomodó en el asiento—. Mi abuelo solía contarme que viajaba en el asiento auxiliar del Packard de su padre durante la Depresión.

—No hay mejor manera de ver mundo —bromeó Pitt, y le guiñó un ojo antes de ayudar a Loren a sentarse.

Se sumaron a la multitud de coches que circulaban por el Mall en hora punta y cruzaron el puente George Mason antes de dirigirse hacia el sur y entrar en Virginia. El tráfico disminuyó a medida que los monumentos se hacían cada vez más pequeños a lo lejos. Pitt pisó el acelerador a fondo. Con su potente y bien afinado motor de doce cilindros debajo del capó, el esbelto Auburn rebasó el límite de velocidad en cuestión de segundos. Mientras el coche aceleraba, Lisa sonreía y saludaba como una niña a los demás vehículos, disfrutando del viento que le agitaba los cabellos. Delante, Loren apoyó una mano en la rodilla de Pitt y sonrió a su marido, que siempre parecía encontrar algo de aventura allí donde iba.

Dejaron atrás Monte Vernon, y Pitt salió de la autopista en el siguiente peaje. En un cruce, tomó por un camino de tierra que serpenteaba entre los árboles hasta acabar en un pequeño restaurante que daba al río Potomac. Pitt aparcó el Auburn y apagó el motor mientras el fuerte aroma de la popular salsa Old Bay Seasoning llenaba el aire.

—Los mejores cangrejos de la zona —prometió Pitt.

El restaurante era una vieja casa reconvertida, con una decoración muy sencilla y un ambiente familiar. Ocuparon una mesa con vistas al río mientras los clientes habituales comenzaban a llenar el local.

—Loren me ha dicho que eres bioquímica de investigación en la universidad —dijo Pitt, después de pedir cangrejos y cerveza para todos.

—Así es. Formo parte de un grupo de estudio medioambiental enfocado en el problema del calentamiento global —respondió Lisa.

—Si alguna vez te aburres, la NUMA puede ofrecerte un trabajo en lo último en investigación submarina —le propuso Pitt, con una sonrisa—. Tenemos un equipo muy numeroso que estudia los efectos del calentamiento de los océanos y los altos niveles de acidez. Ahora mismo, estamos poniendo en marcha un proyecto que estudia la saturación de dióxido de carbono en los océanos y los posibles medios de aumentar la absorción del dióxido en las profundidades.

—Con todos los científicos centrados en la atmósfera, me alegra ver que alguien presta atención a los océanos. Es más que probable que existan algunos paralelismos con mis investigaciones. Estoy trabajando en un proyecto relacionado con la reducción del dióxido de carbono en el aire. Me encantaría ver los resultados del trabajo de tu equipo.

—Solo es un informe preliminar, pero quizá te resulte útil. Te enviaré una copia, o mejor todavía, pasaré a dejártela por la mañana. Yo también tengo que presentarme en el Capitolio —añadió, y miró a Loren con expresión resignada.

—Todas las agencias gubernamentales deben justificar sus presupuestos —señaló Loren—, sobre todo si las dirigen piratas renegados. —Soltó una carcajada, dio un beso en la mejilla a su marido y luego miró a su amiga—. Lisa, parecías muy interesada en hablar de tus investigaciones cuando acabó la audiencia. Cuéntame algo más.

Lisa bebió un buen trago de cerveza y miró a Loren con una expresión de absoluta confianza.

—No he hablado de esto con nadie excepto con mi ayudante. Creo que hemos hecho un descubrimiento fundamental. —Hablaba en voz baja, como si tuviese miedo de que los demás comensales pudiesen escucharla.

—Continúa —la invitó Loren. La actitud de Lisa había avivado su curiosidad.

—Mis investigaciones incluyen la manipulación molecular de los hidrocarburos. Hemos descubierto un importante catalizador que creo que nos permitirá realizar la fotosíntesis artificial a escala masiva.

—¿Como en las plantas? ¿Convertir la luz en energía?

—Veo que recuerdas las clases de botánica. Pero solo para estar seguros... mira aquella planta de allí. —Señaló un helecho de Boston en un tiesto junto a la ventana—. Absorbe la energía de la luz solar, el agua del suelo y el dióxido de carbono del aire para producir carbohidratos, el combustible que necesita para crecer. Su único producto residual es el oxígeno, que nos permite vivir a nosotros. Ese es el ciclo básico de la fotosíntesis.

—Sin embargo, el proceso es tan complicado que los científicos han sido incapaces de reproducirlo —señaló Pitt, con creciente interés.

Lisa permaneció en silencio mientras la camarera colocaba un mantel de papel en la mesa y dejaba una pila de cangrejos azules hechos al vapor delante de ellos. Cuando cada uno cogió un cangrejo sazonado y comenzó a partirlo con un pequeño mazo de madera, continuó con la explicación.

—A grandes rasgos tienes razón. Los elementos de la fotosíntesis se han reproducido con éxito, pero de ninguna manera con la misma eficacia que en la naturaleza. La complejidad es real. Razón por la que centenares de científicos de todo el mundo que trabajan en la fotosíntesis artificial se centran en un único componente del proceso.

—¿Tú también? —preguntó Loren.

—Yo también. La investigación en nuestro laboratorio se ha enfocado en la capacidad de las plantas para romper las moléculas de agua en sus elementos individuales. Si podemos reproducir el proceso de forma eficaz, y lo haremos algún día, tendremos una fuente ilimitada de hidrógeno barato a nuestra disposición.

—¿Tu descubrimiento va en otra dirección? —quiso saber Loren.

—Me he centrado en una reacción llamada Fotosistema I, y la ruptura de la molécula de dióxido de carbono que se produce durante el proceso.

—¿Cuáles son los principales retos? —preguntó Pitt.

Lisa partió otro cangrejo y chupó la carne de una de las patas.

—Por cierto, son deliciosos. El problema fundamental ha sido desarrollar un medio eficaz para poner en marcha una ruptura química. La clorofila hace ese papel en la naturaleza, pero se descompone demasiado rápido en el laboratorio. El objetivo era encontrar un catalizador artificial que pudiese romper las moléculas de dióxido de carbono.

Lisa hizo una pausa para dejar sobre el mantel el trozo de cangrejo, y de nuevo habló en voz baja:

—Y encontré una solución. En realidad, fue una casualidad. Dejé por error en la cámara de prueba una muestra de rodio y añadí otro elemento llamado rutenio. Al combinarse con una descarga de luz, la reacción fue la inmediata dimerización de las moléculas de dióxido de carbono en oxalato.

Loren se limpió las manos manchadas con los jugos de los cangrejos y bebió un sorbo de cerveza.

—Me da vueltas la cabeza con tanta química —se quejó.

—¿Estás segura de que no es la cerveza y la salsa? —preguntó Pitt, con una sonrisa.

—Lo siento —se disculpó Lisa—. La mayoría de mis amigos son bioquímicos, y algunas veces olvido que no estoy en el laboratorio.

—Loren tiene mucha más cabeza para la política que para la ciencia —bromeó Pitt—. Estabas comentando el resultado de tu experimento, ¿no?

—En otras palabras, la reacción catalítica convirtió el dióxido de carbono en un compuesto simple. Si seguimos esa línea, podríamos conseguir un combustible con base de carbono, como es el etanol. Pero la reacción crítica fue la rotura de la molécula de dióxido de carbono.

La montaña de cangrejos se había convertido en un montón de cáscaras vacías y patas rotas. La camarera recogió el mantel con todos los restos y volvió al cabo de unos minutos con el café y porciones de tarta de limón.

—Perdona, pero me parece que no acabo de entender lo que dices —comentó Loren, entre bocados.

Lisa miró a través de la ventana las luces que estaban al otro lado del río.

—Estoy convencida de que con la aplicación de mi catalizador se puede construir un artefacto de fotosíntesis artificial que ofrezca un gran rendimiento.

—¿Se podría llevar a cabo en proporciones industriales? —preguntó Pitt.

Lisa asintió con expresión humilde.

—Estoy segura. Todo lo que se necesita para que funcione es luz, rodio y rutenio.

Loren sacudió la cabeza.

—Lo que dices es que podríamos construir una instalación capaz de convertir el dióxido de carbono en una sustancia inofensiva, ¿verdad? ¿El proceso podría aplicarse a las centrales eléctricas y a otras industrias contaminantes?

—Esa es la intención, pero todavía hay más.

—¿A qué te refieres?

—Se podrían construir centenares de instalaciones. En términos de reducción del dióxido de carbono, sería como tener un pinar en una caja.

—Es decir que se podrían reducir los actuales niveles de dióxido de carbono en la atmósfera —apuntó Pitt.

Lisa asintió de nuevo, con los labios apretados.

Loren sujetó la mano de su amiga y la apretó con fuerza.

—Entonces has encontrado una solución para el calentamiento global —dijo en un susurro.

Lisa miró con modestia la porción de tarta y asintió.

—El proceso está comprobado. Todavía queda trabajo por delante, pero no veo razón alguna por la que no podamos diseñar y construir una instalación de fotosíntesis artificial a gran escala en el plazo de unos meses. Todo lo que se necesita es dinero y apoyo político —dijo, con la mirada fija en Loren.

Loren estaba tan sorprendida que ni siquiera había probado el postre.

—¿Por qué el doctor Maxwell no lo ha mencionado en la audiencia de hoy?

Lisa dirigió una mirada al helecho.

—Aún no se lo he dicho —respondió en voz baja—. Solo hace unos días de ese descubrimiento. Con sinceridad, me sentí un tanto abrumada por los resultados. Mi ayudante me convenció de que no se lo dijese al doctor Maxwell antes de la audiencia, a la espera de tener una confirmación absoluta de los resultados. Ambos teníamos miedo del posible revuelo en los medios.

—Con razón —admitió Pitt.

—¿Así que todavía tienes dudas sobre los resultados? —preguntó Loren.

Lisa sacudió la cabeza.

—Hemos obtenido los mismos resultados al menos una docena de veces. No tengo ninguna duda de que el catalizador funciona.

—Entonces ha llegado el momento de actuar —manifestó Loren—. Cuéntaselo todo a Maxwell mañana y yo le formularé una pregunta inocente en la audiencia. Luego intentaré que nos reunamos con el presidente.

—¿El presidente? —Lisa se ruborizó.

—Por supuesto. Necesitamos una orden ejecutiva para poner en marcha un programa de producción antes de que se autorice un presupuesto de emergencia. El presidente tiene muy claro el problema del carbón. Si la solución está a nuestro alcance estoy segura de que actuará sin demora.

Lisa guardó silencio, sobrepasada por las repercusiones de su hallazgo. Por fin, asintió.

—Tienes razón, por supuesto. Lo haré. Mañana mismo.

Pitt pagó la cuenta, y los tres volvieron al coche. Emprendieron el camino de regreso en relativo silencio, absortos en la magnitud del descubrimiento de Lisa. Cuando Pitt detuvo el coche delante de la casa de la bioquímica en Alexandria, Loren se apresuró a bajar y se abrazó con fuerza a su vieja amiga.

—Me siento tan orgullosa de lo que has hecho... —declaró—. Solíamos decir que cambiaríamos el mundo. Y ahora, tú lo has hecho de verdad. —Sonrió.

—Gracias por darme valor para seguir adelante —respondió Lisa—. Buenas noches, Dirk —añadió, y agitó una mano en dirección a Pitt.

—No lo olvides, te veré por la mañana con el informe sobre el dióxido de carbono en los océanos.

Pitt esperó a que Loren subiese al coche; entonces puso la primera y arrancó.

—¿A Georgetown o al hangar? —preguntó a su esposa.

Ella se acurrucó a su lado.

—Esta noche al hangar.

Pitt sonrió mientras conducía el coche hacia el aeropuerto Reagan. Estaban casados, pero cada uno tenía su propia casa. Loren vivía en Georgetown, aunque pasaba mucho tiempo en la casa de su marido. Al llegar al aeropuerto, Pitt tomó por una polvorienta carretera lateral para ir a una zona oscura y deshabitada del campo. Cruzó una verja y se detuvo delante de un hangar mal iluminado que parecía llevar acumulando polvo desde hacía décadas. Pitt marcó el código de seguridad en el mando a distancia y miró cómo se abría una puerta lateral del hangar. Se encendieron las baterías de focos y dejaron a la vista un resplandeciente interior que parecía un museo del transporte. Docenas de coches antiguos estaban dispuestos en hilera en el centro del recinto. Junto a una pared había un vagón Pullman colocado sobre un tramo de rieles atornillados al suelo. Cerca, también había una bañera oxidada con un antiguo motor fuera borda en un costado y una vieja y maltratada neumática semirrígida. En el momento de entrar en el hangar, los faros del coche alumbraron un par de aviones aparcados al fondo. Uno era un viejo trimotor Ford y el otro un caza a reacción Messerschmitt ME-162 de la Segunda Guerra Mundial. Los aviones, como muchos de los coches de la colección, eran reliquias de aventuras pasadas. Incluso la bañera y la neumática aludían a una historia de peligros y amores perdidos que Pitt conservaba como recuerdos sentimentales de la fragilidad de la vida.

Pitt aparcó el Auburn junto a un Rolls-Royce Silver Ghost de 1921 que estaba restaurando y apagó el motor. En el momento en el que la puerta del garaje se cerraba, Loren preguntó a su marido:

—¿Qué dirían mis votantes si supiesen que vivo en un hangar abandonado?

—Lo más probable es que se compadecieran de ti y aumentasen las donaciones a tu campaña —respondió Pitt en tono risueño.

La cogió de la mano y la llevó por una escalera de caracol hasta el apartamento ubicado en un rincón del edificio. Loren había hecho valer sus derechos matrimoniales y había exigido a Pitt que arreglase la cocina y añadiese otra habitación, que utilizaba como despacho y gimnasio. Pero se había abstenido de meterse con los ojos de buey de latón, las pinturas de marinas y otros artefactos náuticos que daban a la casa un claro toque masculino.

—¿Crees de verdad que el descubrimiento de Lisa podría revertir el calentamiento global? —preguntó Loren mientras servía dos copas de pinot noir Sea Smoke.

—Si obtiene los recursos económicos necesarios, no hay ninguna razón para pensar que no pueda ser. Por supuesto, pasar del laboratorio al mundo real siempre es más problemático de lo que la gente cree, pero si existe un diseño que funciona, entonces lo más duro ya está hecho.

Loren cruzó la habitación para darle una copa a Pitt.

—Una vez que estalle la bomba, el ajetreo será tremendo —comentó, temiendo anticipadamente lo ocupada que estaría en el futuro.

Pitt le rodeó la cintura con el brazo y la estrechó contra su cuerpo.

—No pasa nada —dijo con una sonrisa de deseo—. Todavía nos queda esta noche antes de que los lobos comiencen a aullar.

14

Después de dejar a Loren en la estación de metro del aeropuerto, para que fuese al Capitolio, Pitt se dirigió hacia las oficinas centrales de la NUMA, un edificio de cristal junto al Potomac. Recogió una copia del estudio de la absorción de dióxido de carbono en los océanos y volvió al Auburn. Entró en la capital, y dobló al noroeste por la avenida Massachusetts. Era un hermoso día de primavera. Aún faltaban algunas semanas para que el opresivo calor y la humedad del verano hicieran que todos recordaran que la ciudad se levantaba sobre un pantano. La temperatura moderada hacía que todavía fuese agradable conducir un descapotable. Aunque lo lógico hubiese sido dejarlo en el hangar, no había podido resistir la tentación de conducir el Auburn una vez más. El viejo descapotable era muy ágil, y la mayoría de los otros coches se apartaban a su paso mientras los conductores miraban con admiración las bellas líneas de aquella joya de la mecánica.

Pitt era tan anacrónico como debían de pensar los transeúntes. Su pasión por los aeroplanos y los coches antiguos era muy profunda, como si se hubiese criado con esas viejas máquinas en otra vida. Esa atracción casi igualaba su amor por el mar y el deseo de explorar los misterios de las profundidades. Una constante sensación de inquietud se agitaba en su interior y alimentaba su afición por los viajes. Quizá se debía a su sentido de la historia, que le permitía solucionar los problemas del mundo moderno encontrando respuestas en el pasado.

Pitt localizó enseguida la sede del Laboratorio de Investigación Medioambiental y de Tecnología de la Universidad George Washington en una tranquila calle lateral cerca del parque y de la embajada libanesa. Aparcó delante del edificio de tres plantas y entró con el informe bajo el brazo. El guardia de la recepción le entregó una identificación de visitante y luego le indicó cómo llegar a la oficina de Lisa en el segundo piso.

Pitt tomó el ascensor, aunque primero tuvo que esperar a que un empleado vestido con el mono gris del personal de mantenimiento saliera con un carro de la limpieza. El empleado, un hombre de hombros anchos y ojos oscuros, dirigió una mirada penetrante a Pitt antes de sonreírle con amabilidad al pasar a su lado. Pitt pulsó el botón del segundo piso y esperó pacientemente a que los cables tiraran de la cabina. Escuchó un breve timbre cuando el ascensor se acercó al segundo piso, pero antes de que las puertas se abriesen una terrible onda expansiva lo arrojó al suelo.

La detonación se había producido a unos treinta metros de distancia; sin embargo, sacudió todo el edificio como si fuese un terremoto. Pitt sintió cómo el ascensor se sacudía y se bamboleaba antes de que se cortara la luz y la cabina quedase a oscuras. Se frotó el golpe en la cabeza, se levantó con cuidado y buscó a tientas el panel de control. Ninguno de los botones funcionaba. Deslizó las manos por la puerta, consiguió meter las puntas de los dedos en la junta central y abrió las hojas interiores. Al otro lado, las puertas exteriores del segundo piso se alzaban treinta centímetros por encima del suelo de la cabina. Pitt forzó las puertas exteriores y salió para encontrarse con una escena caótica.

Una alarma de emergencia sonaba con un estruendo ensordecedor y apagaba los numerosos gritos. Una densa nube de polvo flotaba en el aire y lo hacía casi irrespirable. A través del humo, Pitt vio a un grupo de personas que buscaban el camino hacia una escalera. Los daños parecían más graves a lo largo del pasillo principal que se abría ante él. La explosión no había sido lo bastante fuerte para causar daños estructurales, pero había volado decenas de ventanas y derrumbado varios tabiques. Al mirar más allá de los destrozos más cercanos, Pitt se alarmó al darse cuenta de que el laboratorio de Lisa estaba cerca del centro de la explosión.

Avanzó por el pasillo, aunque se apartó un momento para dejar paso a un grupo de científicos cubiertos de polvo que no dejaban de toser. El suelo crujió debajo de sus pies cuando pisó los trozos de cristal de una ventana. Una mujer con el rostro pálido salió tambaleante de un despacho con una mano sangrando. Pitt se detuvo para ayudarla a vendarse la herida con un pañuelo.

—¿Cuál es el despacho de Lisa Lane? —preguntó.

La mujer señaló un boquete en el lado izquierdo del pasillo, y luego se alejó arrastrando los pies hacia la escalera.

Pitt se acercó al agujero irregular que hasta hacía unos instantes había sido la puerta y entró en la habitación. Una espesa nube de humo blanco aún flotaba en el aire, moviéndose muy despacio hacia el hueco de una ventana que daba a la calle. Desde allí pudo oír el aullido de las sirenas de los vehículos de bomberos que se acercaban.

El laboratorio era un amasijo de escombros y de equipos electrónicos que ardían. Pitt vio un viejo mechero Bunsen que la fuerza de la explosión había incrustado en una pared. Los restos humeantes y las paredes derrumbadas confirmaron lo que ya temía. El laboratorio de Lisa había sido el epicentro de la explosión. Algunas paredes se mantenían en pie y el mobiliario no estaba totalmente destrozado, así que resultaba obvio que no había sido una explosión tan potente como había parecido en un principio. Pitt supuso que no había más heridos en el resto del edificio, pero sin duda los ocupantes del laboratorio no habían tenido la misma suerte.

Pitt recorrió la habitación; gritó el nombre de Lisa mientras buscaba entre los escombros. Estuvo a punto de no verla, pero en el último momento atisbó un zapato cubierto de polvo que asomaba detrás de un armario caído. Se apresuró a apartar el mueble y vio a Lisa tumbada en posición fetal. La pierna izquierda por debajo de la rodilla estaba doblada en un ángulo antinatural, y la bata se empapaba con la sangre que manaba del hombro. Los ojos apagados se movieron para mirar a Dirk y parpadearon en una señal de reconocimiento.

—¿No te enseñaron a mantenerte alejada de los experimentos químicos que pueden explotar? —preguntó Pitt, con una sonrisa forzada.

Pasó la mano por el hombro bañado en sangre hasta encontrar una gran astilla de cristal que asomaba por encima de la bata. Parecía estar floja, así que la quitó con un rápido tirón y presionó la herida con la palma para contener la hemorragia. Lisa hizo un gesto de dolor y perdió el conocimiento.

Pitt le comprobó el pulso con la mano libre y continuó presionando la herida hasta que entró un bombero con un hacha.

—Necesito que venga un enfermero —gritó Pitt.

El bombero lo miró sorprendido, y luego llamó por la radio. Un equipo de enfermeros llegó al cabo de unos minutos y realizaron una primera cura de las heridas. Pitt permaneció junto a Lisa mientras la colocaban sobre una camilla y la llevaban hasta la ambulancia.

—Tiene el pulso muy bajo, pero no creo que vaya a tener complicaciones —le comentó uno de los enfermeros antes de que el vehículo partiese a toda velocidad hacia el Georgetown University Hospital.

Cuando Pitt salió del edificio, mientras se abría paso entre los equipos de emergencia y la multitud de curiosos, un joven enfermero lo detuvo.

—Señor, será mejor que se siente y me permita que eche un vistazo a esa herida —dijo el joven, señalando el brazo de Pitt.

Él miró su brazo y vio que la manga estaba roja.

—No se preocupe —respondió. Se encogió de hombros—. No es mi sangre.

Caminó hasta el bordillo y entonces se detuvo, desconsolado. El Auburn estaba cubierto de cristales rotos. Toda la carrocería se veía llena de abolladuras y raspones. El cajón de un archivador se había estrellado contra la parrilla, y debajo del coche se extendía un charco de líquido refrigerante que goteaba del radiador. Dentro, un trozo de mampostería había roto los asientos de cuero. Pitt miró hacia el edificio y sacudió la cabeza al comprender que sin darse cuenta había aparcado debajo mismo del despacho de Lisa.

Se sentó en el estribo y en cuanto se recuperó de la desagradable sorpresa, observó la actividad a su alrededor. Las sirenas continuaban sonando y docenas de empleados se movían atontados. Aún salía humo por las ventanas, pero por suerte no se había originado ningún incendio. Por lo que veía, Pitt tenía la sensación de que aquel estallido no había sido un accidente. Se levantó y pensó en Lisa mientras observaba su coche dañado. Como un fuego que se enciende, poco a poco lo fue dominando la ira.

Detrás de un seto, al otro lado de la calle, Clay Zak observaba el desastre con placer. Después de que se hubiera alejado la ambulancia que llevaba a Lisa y comenzase a despejarse el humo, caminó varias manzanas hasta una calle lateral donde tenía aparcado el coche de alquiler. Se quitó el mono gris, lo arrojó a un contenedor de basuras, subió al coche y condujo con prudencia hacia el aeropuerto Reagan.

15

Una niebla baja flotaba sobre las tranquilas aguas delante de Kitimat cuando la primera luz de la aurora apareció por el este. El distante rumor de un camión que pasaba por las calles de la ciudad llegó por encima del agua y rompió el silencio del amanecer.

En la cabina de la embarcación de la NUMA, Dirk dejó a un lado la taza de café y puso en marcha el motor, que arrancó de inmediato ronroneando suavemente en el aire húmedo. El joven miró a través de la ventana y vio una figura alta que se acercaba por el muelle.

—Tu pretendiente ha llegado puntual —anunció Dirk, en voz alta.

Summer subió de las literas bajo cubierta y dirigió a su hermano una mirada despectiva antes de salir a la cubierta de popa. Trevor Miller llegó junto a la lancha cargado con una pesada caja debajo del brazo.

—Buenos días —saludó Summer—. ¿Has tenido suerte?

Trevor le pasó la caja a Summer y subió a bordo. Asintió al tiempo que miraba a la joven con franca admiración.

—Es una suerte para nosotros que el municipio de Kitimat tenga su propia piscina olímpica. El encargado de mantenimiento no tuvo el menor reparo en prestarme el analizador de calidad del agua a cambio de una caja de cervezas.

—El precio de la ciencia —comentó Dirk, que asomó la cabeza por la puerta de la timonera.

—Es obvio que los resultados no podrán compararse con los análisis del ordenador de la NUMA, pero al menos nos permitirán medir los niveles de acidez.

—En cualquier caso nos dará una referencia. Si encontramos unos niveles de pH bajos, entonces sabremos que la acidez ha aumentado. Si hay un incremento podría atribuirse a la presencia de grandes cantidades de dióxido de carbono en el agua —señaló Summer.

La joven abrió la caja en cuyo interior había un analizador de agua portátil junto con numerosos recipientes de plástico.

—Lo importante es contrastar las lecturas de una acidez tan alta identificada por el laboratorio —añadió—. Esto tendría que bastar para hacer la comprobación.

Los resultados del laboratorio de Seattle habían sido sorprendentes. Los niveles de pH en varias de las muestras de agua recogidas cerca de la desembocadura del canal Douglas eran trescientas veces inferiores a los niveles obtenidos en todos los demás lugares del Paso del Interior. Lo más preocupante era la última muestra, recogida solo unos minutos antes de que el *Ventura* estuviese a punto de embestir la lancha de la NUMA. Los resultados mostraban una acidez extrema, no muy lejos de los niveles cáusticos del ácido de las baterías.

—Gracias por quedaros —dijo Trevor, mientras Summer soltaba las amarras y Dirk llevaba la embarcación hacia el pasaje—. Ya que parece que solo es un problema local.

—Las aguas no saben de límites internacionales. Si nos encontramos ante un impacto medioambiental, es nuestra responsabilidad investigarlo —señaló Dirk.

Summer miró a Trevor a los ojos y vio que estaba profundamente preocupado. Aunque nadie lo había mencionado, podía haber una posible vinculación con la muerte de su hermano.

—Ayer nos reunimos con el inspector de policía —dijo Summer, en voz baja—. No tenía nada más que añadir a la muerte de tu hermano.

—Así es —asintió Trevor, fríamente—. Cerró el caso tras concluir que fueron muertes accidentales. Afirmó que una acumulación de gases en la timonera fue la responsable de sus muertes. Por supuesto, no hay ninguna prueba que confirme... —Su voz se apagó.

Summer pensó en la extraña nube que habían visto en el agua, y en la siniestra leyenda haisla del aliento del diablo.

—Yo tampoco me lo creo —afirmó la joven.

—No sé cuál es la verdad. Pero quizá esto pueda ayudarnos —manifestó Trevor, con la mirada puesta en el equipo de análisis de agua.

Dirk pilotó la embarcación a máxima velocidad durante más de dos horas hasta que llegaron al estrecho de Hécate. Apagó el motor cuando el GPS indicó las coordenadas del lugar donde habían recogido la última muestra de agua. Summer echó la botella Niskin por la borda, recogió una muestra y luego la pasó por el analizador de agua.

—La lectura es de 6,4. No tan extrema como hace dos días, pero aún está muy por debajo de los niveles normales.

—Lo bastante para originar un desastre en el fitoplancton, que en última instancia sería un canto fúnebre en la cadena alimentaria —observó Dirk.

Summer contempló la serena belleza de la isla Gil y las isletas cercanas y sacudió la cabeza.

—Resultará difícil saber qué puede estar causando estos altos niveles de acidez en una zona virgen —comentó.

—Quizá un carguero con una filtración en la sentina o alguien que echó sin más algún residuo tóxico —señaló Dirk.

Trevor sacudió la cabeza.

—Es poco probable. El tráfico comercial navega por el otro lado de la isla. Aquí solo verás barcas pesqueras y transbordadores. Y por supuesto, algún barco de crucero procedente de Alaska.

—En ese caso tendremos que ampliar la recogida de muestras hasta que encontremos la fuente —supuso Summer. Rellenó la etiqueta de la muestra y preparó la botella para otra recogida.

Durante las horas siguientes, Dirk hizo que la embarcación

navegara en círculos cada vez más grandes, mientras Summer y Trevor recogían docenas de muestras. Desgraciadamente para ellos, ninguna de las muestras se acercaba a los bajos niveles de acidez que había comunicado el laboratorio de Seattle. Dirk dejó la embarcación a la deriva cuando se sentaron a comer. Aprovechó un momento para imprimir una carta náutica que llevó a la mesa para mostrársela a los demás.

—Hemos navegado en círculos hasta alcanzar un radio de ocho millas desde la muestra inicial. Por lo visto, aquella ha sido la lectura máxima. En todas las muestras recogidas al sur de allí los niveles de acidez son normales. Pero en el norte, es otra historia. Estamos recogiendo muestras con niveles de acidez más bajos en un sector con la forma de un cono.

—Que se mueven arrastrados por las corrientes dominantes —observó Trevor—. Podría tratarse de un único vertido contaminante.

—Quizá se trate de un fenómeno natural —aventuró Summer—. Algún mineral volcánico submarino que esté creando una gran acidez.

—Ahora que sabemos dónde buscar, podremos encontrar la respuesta —dijo Dirk.

—No lo entiendo —señaló Trevor, con una mirada de desconcierto.

—La tecnología de la NUMA al rescate —explicó Summer—. Llevamos a bordo un sónar de escaneo lateral y un ROV, un vehículo de observación dirigido por control remoto. Si allá abajo hay algo, lo descubriremos de una manera u otra.

—Pero tendremos que esperar a mañana —intervino Dirk al ver que era tarde.

Puso en marcha el motor, apuntó la proa en dirección a Kitimat y aceleró a veinticinco nudos. Cuando se acercaron a Kitimat, Dirk silbó por lo bajo al ver un barco cisterna de gas natural licuado en un muelle cubierto.

—Me cuesta creer que puedan entrar y salir de aquí con uno de esos gigantes —comentó.

—Lo más probable es que esté descargando en la planta de

captura de dióxido de carbono de Mitchell Goyette —dijo Summer.

Mientras Trevor y ella le explicaban el funcionamiento de las instalaciones, Dirk redujo la velocidad y puso rumbo hacia el buque amarrado.

—¿Qué haces? —preguntó Summer.

—La captura de dióxido de carbono. La acidez y el dióxido de carbono van juntos como el pan y la mantequilla; tú misma lo has dicho. Quizá haya alguna relación con el barco cisterna.

—Este barco transporta dióxido de carbono para descargarlo. Un barco que entra ahí podría haber tenido una pérdida accidental durante la travesía —opinó Trevor—. Aunque este tuvo que llegar anoche o a primera hora de la mañana.

—Trevor está en lo cierto —confirmó Summer—. No estaba aquí ayer, y tampoco lo vimos en el canal. —Observó el muelle, que se adentraba en el canal, y vio que el yate de lujo de Goyette y las otras embarcaciones visitantes habían desaparecido.

—No pasa nada si recogemos unas pocas muestras para asegurarnos de que son honestos —dijo Dirk.

Segundos más tarde, una motora negra apareció a toda velocidad y se dirigió en línea recta hacia la embarcación de la NUMA. Dirk no le prestó atención y mantuvo el rumbo y la velocidad.

—Alguien está muy alerta —murmuró—. Ni siquiera estamos a una milla del lugar. Un tanto quisquillosos, ¿no creéis?

Observó cómo la motora viraba al acercarse y trazaba un ocho hasta situarse a un costado de la lancha. Había tres hombres a bordo, vestidos con los habituales uniformes de las empresas de seguridad. En cambio, no había nada de habitual en los fusiles de asalto que cada uno de ellos llevaba sobre el regazo.

—Se están acercando a aguas privadas —gritó uno de los hombres a través de un megáfono—. Den la vuelta de inmediato.

Uno de sus compañeros, un fornido esquimal, agitó el fusil hacia la timonera de la lancha de la NUMA para añadir énfasis a la advertencia.

—Solo quería pescar en la entrada de la cala —gritó Dirk, y señaló el canal que llevaba hacia el muelle cubierto—. En esa zona abundan los salmones rojos.

—Prohibido pescar —respondió la voz.

El esquimal se levantó y le apuntó con el fusil por un momento; luego, movió el cañón para indicarle que se apartase. Dirk giró el timón a estribor y se alejó como si no le importase que lo hubiesen amenazado, al tiempo que saludaba con un gesto amistoso a los hombres de la motora. Summer aprovechó la virada para inclinarse con toda naturalidad sobre la borda de popa y recoger una muestra.

—¿A qué viene tanta seguridad? —preguntó Dirk a Trevor mientras recorrían las últimas millas hacia Kitimat a toda velocidad.

—Dicen que intentan proteger su tecnología, pero ¿quién sabe si es verdad? Se han comportado con un gran secretismo desde el primer día. Trajeron a su propio equipo de trabajadores para construirla y tienen a su propia gente para ocuparse del funcionamiento. La mayoría son tlingit, pero no son de por aquí. Según me han dicho, no hay ni un solo residente local que haya sido contratado para trabajar en ninguna fase de la construcción. Para colmo, los empleados viven en casas en la misma planta. Nunca se les ve por la ciudad.

—¿Has visitado las instalaciones?

—No. Mi participación solo tuvo que ver con el informe del impacto medioambiental. Revisé los planos y recorrí el lugar durante la construcción. Pero nunca me invitaron a volver después de recibir todos los permisos. Presenté varias peticiones para que se me autorizase a hacer una inspección tras la puesta en marcha; sin embargo, no recibí el respaldo de mis superiores.

—Un tipo poderoso como Mitchell Goyette puede provocar mucho miedo en los lugares oportunos —señaló Dirk.

—Tienes toda la razón. He oído rumores de que la compra de los terrenos se consiguió recurriendo a muchas presiones. Obtuvieron los permisos de construcción y medioambientales casi en el acto, algo prácticamente inaudito por aquí. De alguna manera, en alguna parte, untaron a alguien.

Summer interrumpió la conversación cuando entró en el puente con una muestra de agua que sostenía en alto.

—El nivel de acidez es normal, al menos a una milla de las instalaciones.

—Demasiado lejos para darnos un dato fiable —opinó Trevor, que miró hacia la planta con expresión pensativa.

Dirk también parecía meditabundo. Era partidario de seguir las normas, pero tenía poca paciencia con las actitudes autoritarias y prepotentes. Summer solía decir que era un alegre Clark Kent, que siempre estaba dispuesto a echarle una mano a un pobre o abrirle la puerta a una mujer. Pero si alguien le decía que no podía hacer algo, entonces se transformaba en el demonio de Tasmania. El comportamiento de los guardias le había parecido de una desconsideración absoluta y no solo había despertado sus sospechas, sino que también había elevado su presión sanguínea unos milímetros. Esperó hasta tener amarrada la embarcación y a que Trevor se despidiese —después de quedar para cenar al cabo de una hora—, y luego se volvió hacia Summer.

—Me gustaría echar una ojeada de cerca a esas instalaciones —dijo.

Summer miró cómo se encendían las primeras luces de Kitimat a medida que se acercaba el crepúsculo antes de responder de la manera que Dirk menos esperaba.

—Yo también ¿sabes?

16

Eran las seis de la tarde pasadas cuando Loren y Pitt llegaron al Georgetown University Hospital y se les permitió entrar en la habitación de Lisa Lane. Parecía estar bien pese a su reciente roce con la muerte. Un enorme vendaje le tapaba el hombro izquierdo, y le habían enyesado la pierna fracturada. Más allá de la palidez debida a la pérdida de sangre, se la veía muy lúcida, y se animó al ver a sus visitantes.

Loren se apresuró a darle un beso en la mejilla mientras Pitt dejaba un gran jarrón de claveles rosas junto a la cama.

—Por lo que se ve, la gente del hospital ha hecho un buen remiendo —comentó Pitt con una sonrisa.

—Querida, ¿cómo estás? —preguntó Loren mientras acercaba una silla a la cama.

—Bastante bien, dadas las circunstancias —respondió Lisa, con una sonrisa forzada—. Los analgésicos no acaban de aliviar totalmente el dolor en la pierna, pero los médicos dicen que se curará sin problemas. Solo tendré que cancelar mis clases de aerobic durante unas semanas. —Miró a Pitt con expresión grave—. Me han hecho seis transfusiones desde que llegué. El médico ha dicho que he tenido mucha suerte. Habría muerto desangrada de no ser porque me encontraste en el momento oportuno. Gracias por salvarme la vida.

Pitt le guiñó un ojo.

—Eres demasiado importante para perderte —afirmó sin dar mayor mérito a su acción.

—Ha sido un milagro —señaló Loren—. Dirk me ha hablado de la destrucción del laboratorio. Es sorprendente que nadie haya resultado muerto.

—El doctor Maxwell ha venido a visitarme. Ha prometido comprarme un laboratorio nuevo. —Sonrió—. Aunque parecía un poco decepcionado porque yo no supiera qué había pasado.

—¿No sabes qué causó la explosión? —preguntó Loren.

—No. Creía que se había producido en el laboratorio contiguo.

—Por lo que vi de los daños, todo apunta a que el estallido se produjo en la habitación donde te encontré —dijo Pitt.

—Lo mismo me ha comentado el doctor Maxwell. No estoy muy segura de que me haya creído cuando le he dicho que no había nada en mi laboratorio que pudiese provocar semejante explosión.

—Fue muy fuerte —asintió Pitt.

—No he hecho otra cosa que pensar en todos los elementos y los equipos del laboratorio. Todos los materiales que utilizamos son inertes. Tenemos varios cilindros de gas para los experimentos, pero el doctor Maxwell me ha dicho que están intactos. No hay nada volátil que yo recuerde que pudiese haber ocasionado la explosión.

—No te culpes —dijo Loren—. Quizá ha sido algo relacionado con el edificio, como una vieja tubería de gas o algo así.

Una enfermera de expresión severa les interrumpió al entrar en la habitación. Levantó la parte superior de la cama para que Lisa quedase sentada, y le sirvió la cena.

—Será mejor que nos vayamos, para que puedas deleitarte con las creaciones de la excelente cocina del hospital —dijo Pitt.

—Estoy segura de que no se puede comparar con los cangrejos de anoche —respondió Lisa, e intentó reírse. Luego frunció el entrecejo—. Por cierto, el doctor Maxwell ha mencionado que un viejo coche aparcado delante del edificio ha sufrido graves daños a consecuencia de la explosión. ¿El Auburn?

Pitt asintió con expresión dolida.

—Eso me temo, pero no te preocupes. Como tú, volverá a quedar como nuevo.

Llamaron a la puerta y un hombre delgado con una barba descuidada entró en la habitación.

—Bob —saludó Lisa—. Me alegra que hayas venido. Pasa, te presentaré a mis amigos.

Presentó a Loren y a Pitt a su ayudante de laboratorio, Bob Hamilton.

—Aún me cuesta creer que te hayas librado sin un rasguño —añadió Lisa.

—He tenido la inmensa suerte de que estaba almorzando en la cafetería cuando ha estallado el laboratorio —respondió Bob, que miró a Loren y a Pitt con cierto recelo.

—Una verdadera suerte —coincidió Loren—. ¿Está tan desconcertado como Lisa por lo ocurrido?

—Completamente. Quizá había una fuga en alguno de los cilindros de gas y por algún motivo se ha encendido, pero opino que se trata de algo en el edificio. Uno de esos extraños accidentes que a veces ocurren, cualquiera que sea la causa. Pero ahora, toda la investigación de Lisa se ha perdido.

—¿Es verdad? —preguntó Pitt.

—Todos los ordenadores han quedado destruidos, y contenían las bases de datos de la investigación —contestó Bob.

—Podremos reconstruirlo todo de nuevo en cuanto regrese al laboratorio... si todavía tengo uno.

—Pediré al decano de la universidad que se asegure de que no correrás ningún riesgo cuando vuelvas a pisar ese edificio —dijo Loren. Miró a Bob—. Ya nos íbamos. Ha sido un placer conocerlo, Bob. —Se inclinó hacia su amiga para darle un beso de despedida—. Cuídate, cariño. Mañana vendré a visitarte de nuevo.

—Qué horrible —comentó Loren a Pitt cuando salieron de la habitación y caminaban por el pasillo hacia el ascensor—. Me alegra que vaya a recuperarse sin problemas.

Lo único que recibió de Pitt como respuesta fue un gesto de asentimiento. Ella lo miró a los ojos. Tenían esa mirada distante que ella había visto tantas veces; por lo general cuando Pitt buscaba un viejo barco naufragado o intentaba descifrar el misterio de unos antiguos documentos.

—¿Dónde estás? —preguntó finalmente.

—El almuerzo —respondió él, de forma críptica.

—¿El almuerzo?

—¿A qué hora suele comer la mayoría de la gente?

Ella lo miró con curiosidad.

—Entre las doce y media y la una, supongo.

—Yo entré en el edificio instantes antes de la explosión. Eran las diez y cuarto y nuestro amigo Bob ya estaba almorzando —dijo su marido, en tono escéptico—. Estoy absolutamente seguro de que le vi al otro lado de la calle, como un curioso más después de que la ambulancia se llevara a Lisa. No parecía preocuparle mucho que su compañera de trabajo pudiese estar muerta.

—Tal vez estaba conmocionado. Quizá es uno de esos tipos que empiezan a trabajar a las cinco de la mañana y, por lo tanto, a las diez ya tienen hambre. —Ella lo miró con una expresión de duda—. Tendrás que pensar en algo mejor.

—Supongo que tienes razón —admitió Pitt, y la cogió de la mano mientras salían del hospital—. ¿Quién soy yo para discutir con un político?

17

Arthur Jameson estaba ordenando su escritorio de caoba cuando un ayudante llamó a la puerta abierta y entró. El amplio y sobrio despacho del ministro de Recursos Naturales en el piso veintiuno del edificio Sir William Logan ofrecía una impresionante vista panorámica de Ottawa, por lo que el ayudante no pudo menos que mirar a través de la ventana cuando se acercó a la mesa. Sentado en una silla de respaldo alto, Jameson miró al recién llegado y luego la esfera del viejo reloj de péndulo cuyas agujas se acercaban a las cuatro de la tarde. La ilusión de escapar temprano de las tareas burocráticas se esfumó con la presencia de su colaborador.

—Dime, Steven, ¿qué tienes para estropearme el fin de semana? —preguntó el ministro al joven de unos veinte años que tenía un leve parecido con el actor Jim Carrey.

—No se preocupe, señor, no ha ocurrido desastre medioambiental importante —respondió el ayudante con una sonrisa—. Solo un breve informe del Centro Forestal del Pacífico en la Columbia Británica que a mi juicio quizá le interese. Uno de nuestros ecologistas de campo ha informado de unos niveles de acidez muy altos en las aguas de Kitimat.

—¿Has dicho Kitimat? —preguntó el ministro, súbitamente alerta.

—Sí. Usted fue allí para visitar las instalaciones de una planta de captura de dióxido de carbono, ¿verdad?

Jameson asintió al tiempo que cogía la carpeta y echaba una

rápida ojeada al informe. Se relajó después de observar un pequeño mapa de la zona.

—Los resultados corresponden a unas muestras recogidas casi a sesenta millas de Kitimat, en el Paso del Interior. No hay ninguna instalación industrial en aquella zona. Es probable que se trate de un error en la muestra. Ya sabes cuántas veces recibimos informes erróneos —manifestó con firmeza. Cerró la carpeta y la dejó a un lado de la mesa como si no tuviese el menor interés.

—¿No tendríamos que llamar a la oficina de la Columbia Británica y pedirles que vuelvan a tomar muestras?

—Eso sería lo más prudente —admitió Jameson suspirando—. Llámalos el lunes y pídeles que hagan otra prueba. No tiene sentido preocuparse a menos que se repitan los resultados.

El ayudante asintió, aunque no se apartó de delante de la mesa. Jameson lo miró con expresión paternal.

—¿Por qué no te largas, Steven? Ve y lleva a cenar a tu prometida. Me han dicho que en la orilla del río hay un restaurante nuevo donde se come de maravilla.

—No me paga usted lo suficiente para ir a cenar allí —dijo el ayudante con una sonrisa—. Pero seguiré su consejo de marcharme pronto. Que pase un buen fin de semana, señor, nos vemos el lunes.

Jameson miró cómo el ayudante se marchaba y esperó a que el sonido de sus pisadas se alejase por el pasillo. Cogió la carpeta y leyó los detalles del informe. Los resultados de acidez no parecían tener ninguna relación con la planta de Goyette, aunque la sensación de vacío en la boca del estómago le decía otra cosa. Estaba demasiado metido en aquello para ponerse a mal con Goyette, pensó, mientras su instinto de supervivencia se ponía en marcha. Cogió el teléfono y marcó un número que se sabía de corrido. Escuchó con las mandíbulas apretadas por la tensión los timbres de la llamada. Por fin, al tercero, respondió una voz de mujer en tono amable y eficiente a la vez.

—Industrias Terra Green. ¿En qué puedo ayudarlo?

—Soy el ministro Jameson —respondió él, con brusquedad—. Quiero hablar con el señor Mitchell Goyette.

18

Dirk y Summer apartaron la lancha del muelle municipal y dejaron que la corriente los empujase aguas adentro. En cuanto estuvieron fuera de la vista del muelle, Dirk puso en marcha el motor y navegaron a poca velocidad por el canal. Los huecos entre las nubes que cubrían el cielo permitían que la luz de las estrellas se reflejara en el agua. Las animadas voces procedentes de una taberna en el muelle eran lo único que escuchaban mientras se alejaban de la ciudad, ya pasada la medianoche.

Dirk mantuvo la embarcación en el centro del canal, siguiendo la luz del mástil de un pesquero de arrastre que había salido temprano a la búsqueda del codiciado salmón. Tras dejar atrás las luces de Kitimat, navegaron en la oscuridad durante varias millas hasta llegar a un ancho recodo en el canal. Delante de ellos, el agua brillaba como un metal pulido en el que se reflejaban las potentes luces de la planta de Terra Green. A medida que la embarcación avanzaba corriente abajo, Dirk vio los terrenos de la planta salpicados con brillantes focos que creaban sombras sobre los pinos. Solo el enorme muelle cubierto quedaba a oscuras, ocultando el buque cisterna atracado en él.

Summer cogió unos prismáticos de visión nocturna y observó la costa, que recorrían desde una prudente distancia.

—Todo tranquilo en el frente occidental —anunció—. Solo he conseguido ver por un momento el interior del muelle cubierto, pero no he apreciado ninguna señal de vida ni en el muelle ni en el barco.

—La seguridad a esta hora debe de limitarse a un par de gorilas que se dedican a mirar los monitores, en una garita.

—Esperemos que estén retransmitiendo algún combate de lucha libre; así podríamos recoger nuestras muestras y largarnos.

Dirk mantuvo la embarcación a una velocidad constante hasta que sobrepasaron la planta unas dos millas. Bien ocultos detrás de varios recodos del canal, giró la rueda del timón a estribor y llevó la embarcación cerca de la costa; luego, apagó las luces de navegación. Las estrellas daban la suficiente visibilidad para distinguir la orilla poblada de pinos. De todos modos, mantuvo baja la velocidad y no perdía de vista las lecturas de la ecosonda de profundidad Odom. Summer estaba a su lado, con los prismáticos de visión nocturna; atenta a cualquier obstáculo, susurraba los cambios de rumbo a su hermano.

A una velocidad apenas superior al ralentí, se acercaron hasta unos mil doscientos metros de la planta de Terra Green, siempre fuera de la visión. Una pequeña cala ofrecía el último escondite antes de que los focos iluminasen la superficie del canal. Summer arrojó el ancla de proa y Dirk apagó el motor. Una ligera brisa movía los pinos cercanos, pero era lo único que rompía el espectral silencio nocturno. Cambió el viento, y con él trajo el zumbido de los generadores eléctricos y el aullido de las bombas de la planta, con lo que ocultaban sus movimientos.

Dirk consultó su reloj de inmersión Doxa antes de vestirse, como Summer, con un traje de neopreno negro.

—Se acerca la marea baja —dijo, en un susurro—. Tendremos un poco de corriente en contra en la entrada, pero en cambio nos empujará en el trayecto de regreso.

Había decidido actuar a esa hora temprana de la noche porque sabía que así no tendrían que luchar contra la corriente cuando volviesen a la embarcación. Aunque no habría tenido demasiada importancia, ya que Dirk y Summer eran excelentes nadadores, y solían participar en maratones acuáticas cada vez que estaban en aguas cálidas.

Summer se ajustó las correas de la botella y luego enganchó en ellas una pequeña bolsa que contenía varios tubos de ensayo vacíos. Esperó a que Dirk se hubiese sujetado la botella antes de calzarse las aletas.

—Un baño de medianoche en el gran canal del Noroeste —comentó, con la mirada puesta en las estrellas—. Casi suena romántico.

—No hay nada romántico en nadar en unas aguas a cinco grados centígrados —contestó Dirk, y se encajó la boquilla del esnórquel entre los dientes.

Con un gesto, ambos se deslizaron por encima de la borda y se sumergieron en las frías y oscuras aguas. Ajustaron los chalecos de flotación, buscaron el rumbo y salieron de la cala para ir hacia la planta. Nadaban cerca de la superficie, con las cabezas apenas por encima del agua, como si fuesen un par de cocodrilos buscando comida. Para no gastar las botellas de aire, utilizaban los tubos de silicona para respirar el fresco aire nocturno.

La corriente era un poco más fuerte de lo que Dirk había calculado, ayudada por el río Kitimat, que desaguaba en la cabecera del canal. Superaron sin problemas la corriente en contra, pero el esfuerzo suplementario aumentó el calor corporal. A pesar del frío del agua, Dirk sintió que comenzaba a sudar dentro del traje.

A unos ochocientos metros de la planta, Dirk sintió que Summer le tocaba el hombro y al volverse vio que señalaba hacia la costa. Entre las sombras de un grupo de pinos, vio la silueta de una embarcación amarrada cerca de la orilla. Estaba a oscuras como su propia lancha, por lo que, en la escasa luz, no pudo calcular sus dimensiones.

Dirk hizo un gesto a Summer y entró un poco más en el canal, para alejarse todo lo posible de la embarcación. Continuaron nadando al mismo ritmo hasta que llegaron a unos doscientos metros de la planta. Se detuvieron para descansar, y Dirk intentó hacerse una idea de la disposición del terreno iluminado por los focos.

Distinguió un gran edificio en forma de L con la base cerca del muelle cubierto. El zumbido de las bombas y los generadores salía de la estructura, donde se procesaba el dióxido de carbono líquido. Un edificio con ventanas, adyacente al helipuerto, se alzaba unos pocos metros más allá; al parecer era el edificio de la administración. Dirk supuso que el alojamiento de los trabajadores estaría junto a la carretera, en dirección a Kitimat. A su derecha, un malecón entraba en el canal, donde solo había una embarcación amarrada. Era la misma motora que los había perseguido aquella tarde.

Summer, que nadaba a su lado, metió la mano en la bolsa. Destapó uno de los tubos y recogió una muestra mientras se dejaban llevar por la corriente.

—He cogido otras dos muestras mientras entrábamos —susurró—. Si podemos recoger un par más alrededor del muelle, tendremos todas las bases cubiertas.

—Es la siguiente parada —dijo su hermano—. Vamos a sumergirnos a partir de aquí.

Dirk miró la brújula que llevaba en la muñeca para orientarse; luego se colocó la boquilla del regulador y soltó unas burbujas de aire de la botella. Sumergido a una profundidad de un metro o poco más, comenzó a nadar hacia el enorme muelle cubierto moviendo con suavidad las piernas. La estructura de chapas de zinc onduladas era bastante angosta, por lo que dejaba poco espacio para el barco que ocupaba el amarre. Sin embargo, el muelle tenía la longitud de un campo de fútbol, y podía acomodar sin problemas al barco cisterna de noventa metros de eslora.

La esfera fosforescente de la brújula apenas era visible en el agua oscura, pero Dirk seguía el rumbo fijado. El agua se aclaró un poco con las luces de la costa cuando se acercó a la entrada del muelle. Continuó nadando hasta que la silueta oscura del casco se alzó ante él. Ascendió poco a poco, y salió a la superficie debajo mismo de la borda de popa. Se apresuró a echar una ojeada al muelle, pero vio que a esta hora estaba desierto. Se quitó la capucha para poder oír alguna voz, si la había, pero el zumbido procedente de la estación de bombeo haría imposible escuchar incluso un grito.

Se apartó del costado del barco, para poder observarlo mejor.

Si bien era un barco enorme desde la perspectiva de Dirk, era pequeño comparado con los que en general transportaban GNL, gas natural licuado. Diseñado con una cubierta bien perfilada, podía cargar dos mil quinientos metros cúbicos de gas licuado en dos tanques metálicos horizontales situados bajo cubierta. Construido para la navegación de cabotaje, era minúsculo comparado con los barcos cisterna transoceánicos que podían llevar cincuenta veces más gas natural licuado.

Dirk calculó que el barco tendría unos diez o doce años, a juzgar por el desgate en las soldaduras, pero el mantenimiento era impecable. No sabía cuáles eran las modificaciones que habrían hecho para que el barco pudiese llevar dióxido de carbono licuado, aunque suponía que eran menores. Si bien el dióxido de carbono era un poco más denso que el gas licuado, no necesitaba de una temperatura y presión extremas para licuarse. Vio el nombre, *Chichuyaa*, escrito en letras doradas en la popa, y observó que el registro correspondiente a Panamá estaba pintado con letras blancas.

Unas burbujas aparecieron en el agua unos pocos metros más allá y luego la cabeza de Summer asomó a la superficie. La muchacha miró por un momento el barco y el muelle, y después hizo un gesto a su hermano al tiempo que sacaba un tubo para recoger una muestra de agua. En cuanto acabó, Dirk señaló hacia la proa y volvió a sumergirse. Summer lo imitó y siguió a su hermano. Sin apartarse del costado del casco que quedaba en la oscuridad, nadaron a lo largo de toda la eslora, para volver a salir delante de la proa. Dirk, al mirar la línea de flotación, comprobó que solo faltaban unos cincuenta centímetros para alcanzar la marca del desplazamiento con carga completa.

Summer volvió su atención hacia unos tubos de descarga que colgaban como gruesos tentáculos por encima del barco desde la estación de bombeo en el muelle. Los largos tubos articulados, conocidos con el nombre de «brazos de carga Chiksan», se balanceaban con el paso del dióxido de carbono licuado. Unas pequeñas nubes de humo blanco salían por los extractores de la estación de bombeo, producidas por la condensación del gas frío a presión. Summer sacó de la bolsa el último tubo de ensayo y recogió la muestra, con la duda de si el agua a su alrededor estaría contaminada. Guardó el tubo lleno en la bolsa y siguió a su hermano, que se había acercado al muelle.

Dirk le señaló la entrada del muelle y susurró:

—Vamos.

Summer asintió. Estaba empezando a dar la vuelta cuando de pronto titubeó. Su mirada estaba fija en uno de los brazos Chiksan, por encima de la cabeza de Dirk. Con una expresión de curiosidad, levantó un dedo y señaló las tuberías en las alturas. Dirk entendió la señal y echó la cabeza hacia atrás para mirarlas durante un minuto, pero no apreció nada extraño.

—¿Qué pasa? —susurró.

—Es algo en el movimiento de los tubos —respondió ella, sin desviar la mirada de los brazos—. Creo que están cargando el dióxido de carbono en el barco.

Dirk miró de nuevo los brazos de carga. Distinguía un movimiento rítmico, pero no bastaba para saber en qué dirección se movía el gas licuado. Miró a su hermana y asintió. Por lo general, sus ocasionales premoniciones o intuiciones eran acertadas. Le bastó para que quisiera investigarlo.

—¿Crees que significa algo? —preguntó Summer, y miró hacia lo alto de la proa.

—Es difícil saber si tiene alguna importancia —contestó Dirk, en voz baja—. No tiene ningún sentido que estén bombeando dióxido de carbono en el barco. Quizá hay un gasoducto que pasa por aquí desde Athabasca.

—Trevor dijo que solo había un pequeño oleoducto y otra tubería para el transporte del dióxido de carbono.

—¿Te fijaste si la línea de flotación del barco estaba más alta esta mañana?

—No lo sé —respondió Summer—. Aunque ahora debería estarlo si está descargando gas.

Dirk miró el barco.

—Por lo que sé de las naves que transportan gas natural licuado, y no es mucho, las bombas en la costa impelen el gas a los depósitos, y a bordo disponen de bombas para la descarga cuando llegan a su destino. Por el sonido, no hay duda de que la estación de bombeo está funcionando.

—Podrían estar bombeando el gas bajo tierra o almacenándolo en los depósitos para enterrarlo más tarde.

—Es verdad. Sin embargo hay demasiado ruido para saber si están funcionando las bombas a bordo.

Se acercó unos pocos metros más al muelle, levantó la cabeza y miró en derredor. El muelle y las partes visibles del barco seguían desiertas. Dirk se quitó la botella de aire y el cinturón de lastre, y los colgó en una cornamusa.

—¿Acaso te propones subir a bordo? —susurró Summer como si su hermano se hubiese vuelto loco.

Los dientes blancos de Dirk brillaron con una sonrisa.

—¿De qué otra manera podríamos resolver el misterio, mi querido Watson?

Summer sabía que esperar en el agua el regreso de su hermano sería insoportable, así que, a regañadientes, se quitó el equipo de buceo, lo colgó junto al de Dirk y se encaramó al muelle. Mientras lo seguía hacia el barco no pudo evitar decir por lo bajo:

—Gracias, Sherlock.

19

El movimiento en la pantalla apenas fue visible un instante. En pura lógica, el guardia de seguridad aleutiano no tendría que haberlo visto. Una mirada fortuita a la hilera de monitores de vídeo solo mostró una ligera ondulación en el agua filmada por una de las cámaras que apuntaban un poco más allá de la popa del barco. El guardia se apresuró a pulsar el botón del teleobjetivo de la cámara montada en el techo de la garita, y alcanzó a ver un objeto oscuro en el agua segundos antes de que desapareciese debajo de la superficie. Lo más probable era que se tratase de una foca extraviada, pensó, pero le ofrecía una buena excusa para aliviar el aburrimiento y salir del pequeño recinto.

Cogió la radio y llamó al vigilante que estaba a bordo del *Chichuyaa.*

—Aquí seguridad de la planta. La cámara ha registrado un objeto en el agua a vuestra popa. Voy a dar una vuelta para echar una ojeada.

—Recibido, costa —respondió una voz somnolienta—. Mantendremos las luces encendidas.

El guardia se puso una chaqueta, cogió una linterna y fue hasta el armario donde guardaban las armas. Observó por un momento un fusil de asalto H&K negro, pero se lo pensó mejor y acabó decidiéndose por una pistola automática Glock que guardó en la funda.

—Más vale no disparar a las focas a esta hora de la noche —murmuró para sí mismo, y salió de la garita para ir hacia el muelle.

El transporte de GNL emitía una multitud de sonidos mecánicos mientras el gas licuado pasaba por los tubos conectados a las válvulas en la cubierta. Dirk sabía que habría algunos trabajadores controlando el flujo, y lo más probable era que estuviesen en el interior de la nave, o delante de un panel de control en la estación de bombeo. Aunque en la zona del muelle la luz era escasa, el barco estaba iluminado de proa a popa, lo que significaba que el riesgo de ser descubiertos era muy grande. Dirk calculó que solamente necesitarían un par de minutos para subir a bordo y saber si las bombas estaban funcionando.

Sigilosamente, avanzaron agachados por el muelle hasta la escalerilla principal, colgada casi en mitad del barco. El chapoteo de los trajes de neopreno empapados acompañaba sus pasos, pero no hicieron ningún intento de disimular el ruido. El estrépito de la estación de bombeo era todavía más fuerte que antes, por lo que apagaba el sonido de sus movimientos. También ocultaba el sonido de un motor fueraborda de una embarcación que se acercaba al muelle cubierto.

El guardia llegó al muelle con las luces de navegación apagadas. Permaneció cerca de la popa sin ser visto durante varios minutos, y a continuación navegó a lo largo de la banda exterior del barco. Después de rodear la proa, cuando ya comenzaba a virar, vio los equipos de buceo colgados de una cornamusa en el borde del muelle. Se apresuró a apagar el motor y esperó a que el impulso lo llevase hasta el muelle, donde amarró la embarcación y observó los equipos.

Summer fue la primera en verlo; detectó un movimiento por el rabillo del ojo cuando se disponía a subir la escalerilla. Dirk ya había subido unos cuantos travesaños.

—Tenemos compañía —susurró, y movió la cabeza en dirección al guardia.

Dirk se apresuró a mirar al hombre que estaba de espaldas a ellos.

—Subamos a bordo. Será mucho más fácil despistarlo en el barco, si nos descubre.

Agachado, subió los travesaños de la escalerilla de dos en dos. Summer avanzaba al mismo ritmo, pero un poco más atrás. Desde donde se encontraba el guardia eran visibles, por lo que esperaron escuchar un grito que les ordenase que se detuvieran, pero no llegó. En cambio, alcanzaron la parte superior, sin que el aleutiano descubriese su presencia. Cuando Dirk estaba acabando de pasar por encima de la borda, una débil sombra apareció en la cubierta, seguida por un relámpago oscuro. Demasiado tarde, Dirk se dio cuenta de que el relámpago era una porra que le apuntaba a un lado del rostro. Intentó esquivarla, pero no pudo evitar el golpe. La porra de madera le alcanzó en la coronilla con una fuerza considerable. La capucha suavizó lo que había sido un golpe mortal. Un caleidoscopio de estrellas flotó ante sus ojos mientras se le aflojaban las rodillas. El brutal impacto le hizo perder el equilibrio, y al tambalearse hacia un costado, su cadera golpeó contra la barandilla. Llevado por la fuerza del impulso, medio cuerpo pasó por encima de la borda al tiempo que se le levantaban los pies.

Durante una fracción de segundo vio que Summer hacía un desesperado intento por sujetarlo, pero fracasó. Entrevió que abría la boca y profería un breve grito, que no alcanzó a escuchar. En un instante, su hermana había desaparecido y él caía al vacío.

El impacto pareció tardar una eternidad en llegar. Cuando por fin chocó contra el agua, para su sorpresa no sintió ningún dolor. Solo el frío de la oscuridad antes de que todo se volviese negro.

20

La sombra en lo alto de la escalerilla salió a la luz, y Summer se encontró ante un hombretón con una barba descuidada que le llegaba al pecho. Miró a la muchacha con ojos fieros, y sus labios esbozaron una sonrisa al tiempo que movía la porra en su dirección.

Summer se quedó inmóvil en la escalerilla; después, en una reacción instintiva, bajó un par de travesaños mientras su mirada iba una y otra vez de aquella bestia a las aguas oscuras entre el barco y el muelle. Dirk, que había caído al agua desde una altura considerable, aún no había emergido. Sintió que la escalerilla se sacudía debajo de sus pies y, al volverse, vio al guardia del muelle que subía a toda prisa. El aleutiano vestía un uniforme e iba bien afeitado, así que le pareció una perspectiva más segura que el bruto del barco. Summer se apresuró a ir hacia él.

—¡Mi hermano ha caído al agua! ¡Se ahoga! —gritó, e intentó pasar junto al hombre.

El guardia se apresuró a desenfundar la pistola y apuntó a la cintura de la muchacha.

—Ha entrado en una propiedad privada —respondió con una voz monótona en la que no había el menor asomo de piedad—. Queda retenida hasta que mañana por la mañana se comunique su intrusión a los jefes de la planta. Ellos decidirán qué hacer.

—Deja que yo me encargue de ella —propuso el vigilante en tono lujurioso—. Yo le enseñaré qué es una intrusión. —Soltó una risotada, y la saliva escapó de su boca.

—Esta es una cuestión de seguridad en tierra, Johnson —manifestó el guardia, que miró al vigilante del barco con desdén.

—Se averió el motor de la lancha. Solo veníamos a buscar ayuda —suplicó Summer—. Mi hermano...

La joven miró por encima de la barandilla y se encogió. El agua se veía tranquila, y no había señal alguna de Dirk.

El guardia le hizo un gesto con el arma para que bajase la escalerilla. Casi pegado a sus talones, el hombre volvió la cabeza para decirle a Johnson por encima del hombro:

—Saca a ese tipo del agua, si lo encuentras. Si todavía vive, tráelo a la garita. —Miró al hombre con dureza, y luego añadió—: Si quieres salvar el pellejo, más te vale encontrarlo con vida.

El barbudo gruñó y de mala gana bajó la escalerilla detrás de ellos. Mientras caminaban por el muelle, Summer intentó en vano localizar a Dirk en el agua. Sus súplicas al guardia no recibieron la menor atención. Al pasar por una zona iluminada, vio una frialdad en sus ojos que la hizo recapacitar. Si bien quizá no era un sádico como el vigilante del barco, parecía totalmente capaz de disparar contra un prisionero rebelde. Summer se desilusionó y avanzó con la cabeza gacha, sintiéndose impotente. Sospechaba que, probablemente, Dirk estaba inconsciente cuando cayó al agua. Habían pasado varios minutos desde entonces, y ahora empezaba a ahogarla la amarga realidad. Había desaparecido, y no había nada que ella pudiese hacer al respecto.

Johnson llegó al pie de la escalerilla y buscó en el agua. No había ninguna señal del cuerpo de Dirk. El fornido matón caminó por el borde del muelle sin encontrar ningún charco que probara que había conseguido encaramarse. Era imposible que hubiese nadado a lo largo de todo el barco sin ser visto. Sabía que en algún lugar debajo de la superficie, el hombre estaba muerto. El vigilante miró por última vez el agua en calma desde el pie de la escalerilla, y luego subió al barco, maldiciendo al guardia.

Tres metros por debajo de la superficie, Dirk estaba inconsciente, aunque de ninguna manera muerto. Después de la caída, había luchado para recuperar el sentido, pero estaba atrapado en la oscuridad. Durante breves momentos, había sido capaz de romper aquel velo y recuperar alguna sensación, como que su cuerpo se movía a través del agua sin esfuerzo. Luego le metieron algo entre los dientes, seguido por la sensación de que tenía una manguera dentro de la boca. Muy pronto, volvió a cerrarse el velo y se hundió en una tranquila oscuridad.

Un martilleo en la sien lo despertó por segunda vez. Sintió un golpe en la espalda y las piernas, y, a continuación, como si lo estuviesen metiendo en un armario. Escuchó una voz que decía su nombre, pero el resto de las palabras eran ininteligibles. La voz desapareció acompañada por el sonido de unas pisadas que se alejaban. Intentó con todas sus fuerzas abrir los párpados, pero no lo consiguió; era como si estuviesen pegados. Volvió el dolor en la cabeza, cada vez más fuerte, hasta que una constelación de estrellas estalló delante de sus ojos cerrados. Después, desaparecieron las luces, el sonido y el dolor cuando de nuevo perdió el conocimiento.

21

El guardia llevó a Summer fuera del muelle y más allá del edificio de la estación de bombeo. La inesperada brutalidad contra su hermano la había dejado conmocionada pero se obligó a suprimir las emociones y a pensar con lógica. ¿Qué había tan importante en la planta que justificase semejante comportamiento? ¿Estarían cargando dióxido de carbono en el barco? Miró por encima del hombro al guardia, que la seguía unos pasos más atrás pistola en mano. Incluso los guardias de seguridad contratados se comportaban como si fuese una instalación de máximo secreto.

El ruido de las bombas disminuyó cuando dejaron atrás el edificio principal y cruzaron una pequeña zona abierta. Al acercarse al edificio de la administración y al puesto de seguridad, Summer escuchó un rumor entre unos arbustos a su izquierda. Se acordó del oso disecado en el café y se apresuró a moverse a la derecha para apartarse. El guardia, desconcertado, movió la pistola para seguir apuntando a Summer al tiempo que inclinaba la cabeza hacia los arbustos. El ruido cesó en cuanto se acercó el guardia; de pronto, una figura se alzó detrás de los arbustos moviendo un brazo en un amplio arco. El aleutiano intentó disparar, pero antes de que pudiese apretar el gatillo, un objeto le impactó en pleno rostro. Summer se volvió y vio cómo un cinturón de lastre, con los pesos de plomo en un extremo, caía al suelo. El guardia también había caído, pero consiguió aguantarse sobre una rodilla. Atontado y sangrando, apuntó la pistola hacia la sombra y apretó el gatillo.

De no ser porque Summer dio un puntapié en la barbilla del guardia, la bala quizá habría alcanzado el objetivo. Pero el terrible golpe que recibió en la boca hizo que el disparo saliese alto y el hombre se desvaneciera. Al caer, el arma escapó de su mano.

—Esas bonitas piernas son más peligrosas de lo que sospechaba —dijo una voz conocida.

Summer miró hacia los arbustos y vio aparecer a Trevor Miller con una sonrisa retorcida. Como Summer, vestía un traje de submarinismo y parecía que le faltara el aliento.

—Trevor —tartamudeó Summer, sorprendida al verlo allí—. ¿Qué estás haciendo aquí?

—Lo mismo que tú. Ven, salgamos de aquí.

Recogió el arma del guardia y la arrojó entre los arbustos. Luego, la cogió de la mano y echó a correr hacia el muelle. Mientras corría con todas sus fuerzas para mantenerse a la par de Trevor, Summer vio que se encendía una luz en el edificio.

No se detuvieron hasta llegar el muelle, y una vez allí fueron hasta donde estaba amarrada la lancha de los guardias. Summer se detuvo y miró hacia el agua mientras Trevor recogía un equipo de submarinismo y lo echaba en la embarcación.

—Dirk cayó al agua —jadeó Summer y señaló la escalerilla.

—Lo sé —respondió Trevor. Hizo un gesto hacia la lancha y se apartó.

Tumbado en el asiento de popa, mareado y aturdido, Dirk los miró con los ojos vidriosos. Con un gran esfuerzo, levantó un poco la cabeza y guiñó un ojo a su hermana. Summer saltó a la embarcación y se acercó a él, con una expresión en la que se mezclaban el asombro y la alegría.

—¿Cómo conseguiste salir? —preguntó con la mirada fija en el reguero de sangre seca que tenía en la sien.

Sin fuerzas, Dirk señaló a Trevor, que quitó las amarras y subió a bordo.

—No hay tiempo para explicaciones —manifestó Trevor con una rápida sonrisa.

Puso el motor en marcha, aceleró y llevó la pequeña embarcación hacia la popa del barco. Sin mirar atrás, salió del muelle cubierto y llevó la lancha hacia el canal con el acelerador al máximo.

A la luz de las estrellas, Summer intentó ver cuál era la gravedad de la herida de Dirk. Sus manos palparon un gran chichón en la coronilla que aún estaba húmedo de sangre. La capucha lo había salvado de un corte más profundo y quizá incluso de la muerte.

—Olvidé ponerme el casco —murmuró Dirk, que se esforzaba por mantener la mirada fija en su hermana.

—Tu cabeza es demasiado dura para romperse —respondió ella. Soltó una carcajada que la ayudó a descargar las emociones reprimidas.

La motora navegó en la oscuridad a toda marcha. Trevor se mantuvo muy cerca de la orilla hasta que de pronto redujo la velocidad. Summer vio a proa la silueta oscura de la embarcación que había visto antes pero ahora la identificó como la lancha del Ministerio de Recursos Naturales canadiense. Trevor llevó la lancha hasta la borda de la suya y ayudó a los hermanos a pasar a su motora; luego, dejó a la deriva la de los guardias. Se apresuró a recoger el ancla y llevó su embarcación canal abajo. Cuando estuvieron lejos de la planta, cruzó al lado opuesto del canal, viró en redondo y emprendió el regreso a Kitimat a baja velocidad.

Al pasar por delante de las instalaciones de Terra Green, vieron los haces de las linternas que se movían por el terreno, pero ninguna otra señal de alarma. La embarcación entró sin ser vista en el muelle de Kitimat; Trevor apagó el motor y ató las amarras. En la cubierta de popa, Dirk comenzaba a recuperarse, salvo por un ligero mareo y un fuerte dolor de cabeza. Estrechó la mano de Trevor después de que el ecologista lo ayudase a bajar a tierra.

—Gracias por rescatarme. Habría tenido un largo sueño debajo del agua de no haber sido por ti.

—Ha sido cuestión de suerte. Estaba nadando a lo largo del muelle cuando oí que entraba una lancha. Me hallaba oculto en el agua debajo de la escalerilla en el momento en el que desembarcó el guardia. Ni siquiera me di cuenta de que eras tú hasta que reconocí la voz de Summer un segundo antes de que cayeras por encima de la barandilla. Fuiste a parar a menos de dos metros de donde yo estaba. Al ver que no reaccionabas, te coloqué la boquilla del regulador en la boca. La parte difícil fue mantenernos los dos sumergidos hasta que nos alejamos lo suficiente.

—¡Qué vergüenza! Un empleado federal entrando como un furtivo cualquiera en una propiedad privada —dijo Summer con una sonrisa.

—Es culpa vuestra —afirmó Trevor—. No dejabais de hablar de la importancia de las muestras de agua. Así que se me ocurrió que necesitaríamos saber si había alguna relación con la planta.

Entregó a la muchacha una bolsa con los tubos de muestras.

—Confío en que se correspondan con las mías —comentó Summer, y le mostró las suyas—. Por supuesto, necesitaré recuperar nuestro barco para completar el análisis.

—El servicio de taxis de Miller está abierto las veinticuatro horas. Tengo que ir a hacer una inspección por la mañana pero puedo llevaros por la tarde.

—Eso estaría muy bien. Gracias, Trevor. Quizá la próxima vez tendríamos que trabajar un poco más unidos —dijo Summer con una sonrisa seductora.

A Trevor se le iluminaron los ojos.

—No querría que fuese de otra manera.

22

Los grandes trozos de hielo que, en el crepúsculo, moteaban las aguas agitadas del estrecho de Lancaster parecían dentadas bolas de helado flotando en un mar de chocolate caliente. Contra el difuso fondo de la isla Devon, un gigante negro se acercaba por el horizonte dejando atrás una nube de humo oscuro.

—Distancia: ocho millas, señor. Con ese rumbo cruzará nuestra proa.

El timonel, un alférez pelirrojo con orejas como asas de una jarra, apartó los ojos de la pantalla del radar y miró al capitán a la espera de una respuesta.

El capitán Dick Weber bajó los prismáticos, sin desviar la mirada del barco distante.

—Mantenga el rumbo de intersección, al menos hasta que tengamos una identificación —respondió sin volverse.

El timonel giró la rueda medio punto y continuó observando la pantalla del radar. El patrullero de la guardia costera canadiense, con una eslora de veintisiete metros, navegó a marcha lenta por las oscuras aguas árticas hacia la nave que se acercaba. Destinado a la vigilancia de las entradas orientales del Paso del Noroeste, el *Harp* llevaba apostado en ese lugar unos pocos días. Aunque la época del deshielo se iniciaría pronto, este era el primer barco comercial que el patrullero había visto en las glaciales aguas en esta temporada. Dentro de un par de meses, habría un tráfico constante de enormes buques cisterna y portacontenedores que harían la travesía del norte acompañados por los rompehielos.

Apenas unos años atrás, la idea de controlar el tráfico en el Paso del Noroeste habría sido ridícula. Desde las primeras incursiones del hombre en el Ártico, grandes extensiones de la placa de hielo permanecían congeladas durante todo el año excepto unos pocos días de verano. Solo un puñado de exploradores, los más experimentados, y algún rompehielos se atrevían a abrirse paso por el Paso. Ahora, el calentamiento global lo había cambiado todo, y el Paso era navegable durante varios meses al año.

Los científicos calculaban que, solo en los últimos treinta años, se habían perdido más de cien mil kilómetros cuadrados del hielo ártico. Gran parte de la culpa del rápido deshielo se debía al efecto del albedo. El hielo ártico reflejaba hasta el noventa por ciento de la radiación solar. Cuando se fundía, el agua de mar resultante absorbía a su vez la misma cantidad de radiación, pero solo reflejaba un diez por ciento. Este circuito cerrado de calentamiento era el responsable de que las temperaturas árticas estuviesen aumentando el doble del promedio global.

Mientras Weber miraba cómo la proa de su embarcación cortaba el hielo flotante, maldijo en silencio lo que había representado para él el cambio climático global. Trasladado desde su cómodo puesto en Quebec, donde solo tenía que patrullar a lo largo del río San Lorenzo, ahora estaba al mando de una embarcación en uno de los lugares más remotos del planeta. A su juicio, el trabajo al que le habían relegado casi podía compararse al de un encargado de una cabina de peaje.

No obstante, Weber no podía culpar a sus superiores porque solo estaban siguiendo la orden del primer ministro canadiense, muy aficionado al ruido de sables. Cuando las históricamente heladas zonas del Paso del Noroeste comenzaron a fundirse, el primer ministro actuó con rapidez: reclamó el Paso como aguas interiores canadienses y autorizó fondos para la construcción de un puerto ártico de gran calado en Nanisivik. Muy pronto, siguieron las promesas de construir una flota de rompehielos militares y establecer nuevas bases árticas. Las fuertes presiones de un oscuro grupo de intereses consiguieron que el Parlamento diese su apoyo al primer ministro y se aprobaran rígidas medidas restrictivas para los barcos extranjeros que navegaban por el Paso.

De acuerdo con la nueva ley, todos los barcos que no fuesen canadienses y que quisieran cruzar el Paso deberían comunicar a la guardia costera su plan de navegación, pagar una tasa similar a la que se cobraba en el canal de Panamá y ser escoltados por un rompehielos de una empresa naviera canadiense por las zonas más restringidas de la vía. Unos pocos países, entre ellos Rusia, Dinamarca y Estados Unidos, se habían opuesto a la reclamación canadiense y optaban por evitar navegar por esas aguas. Pero otras naciones en desarrollo no habían tenido inconveniente en aceptarlo, por razones económicas. Las naves mercantes que conectaban Europa con Asia podían recortar miles de millas de sus rutas marítimas al evitar el canal de Panamá. Los beneficios todavía eran más importantes para los barcos demasiado grandes para cruzar el canal y que tenían que navegar alrededor del cabo de Hornos. La posibilidad de que, por ejemplo, un barco portacontenedores ahorrara en los costes navieros una suma de casi mil dólares, hizo que las flotas comerciales grandes y pequeñas vieran la travesía ártica como un lucrativo paso comercial.

A medida que aumentaba el deshielo a un ritmo mucho más rápido de lo calculado por los científicos, un puñado de compañías de navegación habían comenzado a surcar las heladas aguas. Las gruesas placas de hielo aún cerraban algunas zonas de la ruta durante gran parte del año, pero con el calor del verano, el Paso quedaba libre de hielo. Poderosos rompehielos ayudaban a las más ambiciosas flotas mercantes a intentar el paso desde abril hasta septiembre. Cada vez era más evidente que dentro de diez o veinte años el Paso del Noroeste sería una vía navegable durante los doce meses.

Mientras seguía atento al barco mercante negro que se acercaba, Weber deseó que todo el Paso volviese a helarse. Aunque, al menos, la presencia del barco rompía la monotonía de mirar los icebergs, se dijo.

—Dos millas y media y acercándose —informó el timonel.

Weber se volvió hacia el larguirucho operador de radio que estaba en un rincón del pequeño puente.

—Hopkins, solicite una identificación y la naturaleza de la carga —ordenó.

El operador de radio llamó al barco, pero todos sus intentos fueron recibidos con el silencio. Comprobó el funcionamiento del equipo y volvió a llamar varias veces.

—No responde, señor —informó, perplejo.

Su experiencia con los barcos que navegaban por el Ártico era que, por lo general, la tripulación estaba deseando charlar un rato con quien fuera.

—Siga intentándolo —ordenó Weber—. Estamos lo bastante cerca para una identificación visual.

—Distancia: milla y media —avisó el timonel.

Weber alzó los prismáticos y observó el barco. Era un portacontenedores no muy grande, de unos ciento veinte metros de eslora. Parecía un barco nuevo, pero llamaba la atención que solo llevase unos pocos contenedores en la cubierta. Lo habitual en la mayoría de barcos similares era que cargaran pilas de hasta seis contenedores. Intrigado, se fijó en la marca de francobordo, y vio que estaba más de un metro por encima del agua. Siguió hacia arriba, vio el puente a oscuras y luego el mástil detrás de la superestructura. Se sorprendió al ver la bandera estadounidense ondeando con la fuerte brisa.

—Estadounidense —murmuró.

La nacionalidad del barco lo sorprendió, porque, a instancias de su gobierno, los estadounidenses mantenían un boicot no declarado a navegar por el Paso. Weber miró la proa del barco y alcanzó a ver, a pesar de la pobre luz del anochecer, el nombre ATLANTA pintado en letras blancas.

—Se llama *Atlanta* —dijo a Hopkins.

El operador de radio intentó contactar con el barco refiriéndose a él por su nombre, pero tampoco obtuvo respuesta.

El capitán colgó los prismáticos en un gancho metálico y se acercó a la mesa de mapas. Cogió una carpeta y buscó el *Atlanta* en un listado. Todos los barcos no canadienses que navegaban por el Paso del Noroeste debían presentar una notificación a la guardia costera noventa y seis horas antes de iniciar la travesía. Weber comprobó que la lista había sido actualizada en la última conexión vía satélite, pero no encontró ninguna referencia al *Atlanta.*

—Llévenos a la banda de babor —ordenó al timonel—. Hopkins, avíseles de que están cruzando aguas territoriales canadienses y que se detengan para ser abordados para una inspección.

Mientras Hopkins transmitía el mensaje, el timonel ajustó el rumbo y miró de nuevo la pantalla de radar.

—El canal se estrecha un poco más adelante, señor —informó—. Nos estamos acercando a la placa de hielo que tenemos por la banda de babor a unas tres millas.

Weber asintió, con la mirada fija en el *Atlanta*. El mercante se movía a una velocidad sorprendente; calculó que a más de quince nudos. Al acercarse un poco más, el capitán observó de nuevo que la marca de francobordo estaba muy alta. ¿Por qué un barco con tan poca carga intentaba cruzar el Paso?

—Mil metros para la intercepción —comunicó el timonel.

—Vire a estribor. Llévenos a una distancia de cien metros —ordenó el capitán.

El mercante negro no parecía prestar la menor atención a la embarcación de los guardacostas, o al menos eso les parecía a los canadienses. De haber mirado el radar con más atención, habrían visto que la nave estadounidense aceleraba al tiempo que cambiaba el rumbo.

—¿Por qué no responde? —murmuró el timonel, cada vez más harto de que nadie respondiese a las llamadas de Hopkins.

—Ahora atraeremos su atención —aseguró Weber.

El capitán se acercó a la consola y pulsó el botón que ponía en marcha la sirena. Sonaron dos largos pitidos; el potente bramido resonó en el agua. Los pitidos hicieron que los hombres en el puente guardasen silencio a la espera de una respuesta. De nuevo, no escucharon nada.

Había poco más que Weber pudiese hacer. A diferencia de Estados Unidos, los guardacostas canadienses eran una organización civil, la tripulación del *Harp* no tenía formación militar ni llevaban armamento a bordo.

El timonel miró la pantalla de radar e informó:

—No ha reducido la velocidad. Es más, me parece que está acelerando. Señor, nos acercamos a la placa de hielo.

Weber notó una súbita urgencia en su voz. Concentrado en el barco mercante, el timonel había descuidado seguir la posición de la placa de hielo, que ahora tenían por la banda de babor. A estribor, el mercante navegaba a solo una docena de metros de separación y casi estaba a la par del patrullero.

Weber miró hacia el puente del *Atlanta* y se preguntó qué loco estaría al mando del barco. Entonces vio que la proa del carguero viraba de pronto hacia su embarcación; se dio cuenta de inmediato de que no se trataba de un juego.

—Todo a babor —gritó.

Lo último que esperaban era que el barco mercante se lanzase contra ellos, pero en un instante el buque estaba encima del *Harp*. Como una pulga debajo de la pata alzada de un elefante, el patrullero intentó escapar de un golpe aplastante. En una respuesta frenética a la orden de Weber, el timonel giró toda la rueda rogando que pudiesen eludir al barco. Pero el *Atlanta* estaba demasiado cerca.

El costado del carguero golpeó el *Harp* con un profundo estruendo. El punto de impacto fue en la popa, porque la pequeña embarcación casi había acabado de virar. La colisión hizo escorar el *Harp*, y a punto estuvo de zozobrar cuando una enorme ola barrió la cubierta. A la atónita tripulación le pareció que pasaba una eternidad antes de que la nave volviese a recuperar el equilibrio tras separarse del barco mercante. Sin embargo, aún no había pasado el peligro. No lo sabían, pero el choque había arrancado el timón. Con la hélice todavía funcionando a toda velocidad, el patrullero fue en línea recta contra la placa de hielo. El *Harp* abrió una brecha de varios metros antes de detenerse en seco; la tripulación salió lanzada de bruces sobre la cubierta.

En el puente, Weber ayudó a apagar el motor de la embarcación; luego, comprobó el estado del barco y de la tripulación. Los hombres solo tenían algunos cortes y morados. En cambio, el patrullero no había tenido la misma fortuna. Además del timón perdido, la proa aplastada había debilitado el casco exterior. El *Harp* permanecería embarrancado en el hielo durante cuatro días antes de que un remolcador pudiese llevarlo a puerto para ser reparado.

Weber se enjugó unas gotas de sangre de un corte en la mejilla, salió al puente volante y miró hacia el oeste. Distinguió las luces de navegación del mercante solo un instante antes de que desapareciese en un oscuro banco de niebla que se extendía por todo el horizonte. Weber sacudió la cabeza

—Maldito cabrón —murmuró—. Pagarás por esto.

Las palabras de Weber resultaron ser una vana amenaza. Un frente de tormenta al sur de la isla de Baffin obligó a permanecer en tierra al avión de reconocimiento CP-140 Aurora del Comando Aéreo canadiense alertado por la guardia costera. Cuando el avión por fin despegó de su base en Greenwood, Nueva Escocia, y llegó al estrecho de Lancaster, ya habían pasado más de seis horas. Más al oeste, un rompehielos de la armada y otro patrullero de los guardacostas cerraron el Paso frente a la isla Príncipe de Gales, a la espera de que apareciese el portacontenedores. Pero el gran barco negro no apareció.

Los guardacostas canadienses y la fuerza aérea buscaron en las zonas navegables alrededor del estrecho de Lancaster durante tres días. Recorrieron varias veces todas las rutas abiertas al oeste. Sin embargo, el mercante estadounidense había desaparecido. Desconcertadas, las fuerzas canadienses habían dado por concluida la búsqueda, y Weber y su tripulación se preguntaban cómo era posible que el barco desconocido hubiese desaparecido de aquel modo en el hielo ártico.

23

El doctor Kevin Bue miró cómo el cielo se oscurecía por el oeste y torció el gesto. Solo unas horas antes, el sol brillaba con fuerza y el aire estaba en calma mientras el mercurio en el termómetro rondaba los ocho grados centígrados bajo cero. Después, la presión atmosférica había bajado como una piedra que cae en un pozo, acompañada por un constante aumento de la fuerza del viento de poniente. A un cuarto de milla más allá, las aguas grises del Ártico se encrespaban con una fuerte marejada, y las olas levantaban enormes nubes de espuma al chocar contra los dentados bordes de la placa de hielo.

Se ajustó la capucha del chaquetón impermeable y, de espaldas al viento, contempló lo que era su hogar desde hacía unas semanas. El Laboratorio de Investigación Polar 7 nunca sería premiada con muchas estrellas en cualquier guía de viaje en lo que se refería a lujo o comodidad. Una media docena de construcciones prefabricadas formaban el campamento, colocadas en un semicírculo con las entradas de cara al sur. Tres pequeños dormitorios estaban apretujados a un lado del edificio más grande junto con una cocina, un comedor y una sala de reunión. En el lado opuesto, el laboratorio y la emisora de radio compartían otra de las construcciones; un cobertizo cubierto de nieve cerraba el campamento en el otro extremo.

El laboratorio era uno de los diversos campamentos polares creados por el Ministerio de Pesca y Océanos del gobierno canadiense como parte de un programa de rastreo y estudio de los movimientos de la placa de hielo ártica. Desde que el Laboratorio de Investigación Polar 7 había sido construido un año atrás, se había desplazado casi doscientas millas sobre una enorme placa de hielo que se movía hacia el sur a través del mar de Beaufort. Ahora, a una distancia de ciento cincuenta millas de la costa, el campamento se alzaba muy cerca del borde de la placa y llevaba rumbo hacia el norte del territorio del Yukón, una distancia que no llegaría a recorrer porque al laboratorio no le quedaba mucha vida por delante. La llegada del verano provocaría la ruptura de la placa que los sostenía. Las mediciones diarias del hielo debajo de sus pies mostraban un derretimiento constante: el grosor se había reducido de noventa centímetros a poco más de treinta. Bue calculaba que quizá dispondrían de otras dos semanas antes de que él y su equipo de cuatro hombres se viesen obligados a desmontar el campamento y esperar a que llegase el Twin Otter equipado con patines para evacuarlos.

Hundido hasta los tobillos, el oceanógrafo caminó por la nieve en polvo para ir al edificio de la emisora. Por encima del rumor de las partículas de hielo que se movían por la superficie, escuchó el zumbido de un motor diésel. Más allá de los edificios, una pala mecánica amarilla iba y venía amontonando grandes pilas de nieve. La máquina mantenía limpia una pista de ciento sesenta metros de longitud que se extendía por la parte de atrás del campamento. La rudimentaria pista era un elemento vital, porque permitía que los aviones Twin Otter les llevasen comida y provisiones todas las semanas. Bue se aseguraba de que la pista estuviese limpia a todas horas.

Sin hacer caso de los trabajos de la pala mecánica, Bue entró en el edificio que compartían el laboratorio y la emisora. Se sacudió la nieve de las botas en un vestíbulo interior antes de entrar en la estructura principal. Pasó junto a varios cubículos en los que guardaban las revistas científicas y donde estaban instalados los equipos del laboratorio, y entró en el correspondiente a la estación de radio. Un hombre de pelo rubio y mirada de loco lo recibió con una sonrisa alegre. Scott Case era un brillante físico especializado en el estudio de la radiación solar en los polos. Como todos los demás en el campamento, Case cumplía varias funciones, entre ellas la de jefe de comunicaciones.

—La estática está destrozando nuestras señales de radio —comentó a Bue—. La recepción vía satélite es nula y las transmisiones terrestres no funcionan mejor.

—Estoy seguro de que la tormenta que se acerca no ayuda en nada —señaló Bue—. ¿En Tuktoyaktuk se han enterado de que los estamos llamando?

Case sacudió la cabeza.

—No puedo decírtelo, porque no he captado ninguna respuesta.

El sonido de la pala mecánica que apartaba una carga de hielo justo delante del edificio atravesó las delgadas paredes.

—¿Estás manteniendo la pista limpia por si acaso? —preguntó Case.

—En Tuktoyaktuk tienen dispuesto un vuelo de aprovisionamiento a lo largo del día. Quizá no sepan que estaremos en medio de una tormenta dentro de una hora. Continúa intentándolo, Scott. A ver si puedes anular el vuelo, por el bien de los pilotos.

Antes de que Case pudiese transmitir, sonó la radio. Se oyó una voz autoritaria en el altavoz, entre el telón de fondo de la estática.

—Laboratorio de Investigación Polar 7. Laboratorio de Investigación Polar 7, aquí la nave de la NUMA *Narwhal*. ¿Me reciben? Cambio.

Bue se adelantó a Case y respondió de inmediato.

—*Narwhal*, aquí el doctor Kevin Bue del Laboratorio de Investigación Polar 7. Adelante, por favor.

—Doctor Bue, no era nuestra intención espiar, pero hemos captado sus repetidas llamadas a la base de la guardia costera en Tuktoyaktuk, y también las diversas llamadas de respuesta de la base. Al parecer el mal tiempo impide que se pongan en contacto. ¿Podemos ayudarles a retransmitir un mensaje?

—Le estaremos muy agradecidos. —Bue pidió al barco estadounidense que enviase un mensaje a Tuktoyaktuk para que aplazasen veinticuatro horas el envío del avión con los suministros, debido a las pésimas condiciones meteorológicas. Unos pocos minutos más tarde, el *Narwhal* retransmitió la confirmación recibida desde Tuktoyaktuk.

—Muchísimas gracias —transmitió Bue—. Eso le ahorrará a un pobre piloto un vuelo de pesadilla.

—De nada. Por cierto, ¿dónde está ubicado el campamento?

Bue comunicó la última posición del campamento flotante, y el barco hizo lo mismo.

—¿Están en condiciones de resistir la tormenta? Parece que será una de las fuertes —transmitió el *Narwhal.*

—Hasta ahora hemos conseguido soportar todo lo que la Buena Bruja del Norte* nos ha echado encima, pero gracias de todas maneras —respondió Bue.

—De acuerdo, Laboratorio de Investigación Polar 7. *Narwhal*, cambio y corto.

Bue dejó el micrófono con una expresión más tranquila.

—¿Quién dice que después de todo los estadounidenses no pertenecen al Ártico? —comentó a Case.

Se puso el chaquetón y salió del edificio.

Treinta y cinco millas al sudoeste, el capitán Bill Stenseth leyó el parte meteorológico local con mucha atención. Stenseth, un hombre imponente de facciones escandinavas y el físico de un defensa de rugby, se había enfrentado a tormentas en todos los mares del mundo. Sin embargo, afrontar a una súbita tempestad en el Ártico salpicado de placas de hielo ponía nervioso al veterano capitán del *Narwhal.*

—El viento parece ir en aumento según el último parte —comentó sin apartar la mirada del papel—. Creo que nos espera un buen meneo. No querría estar en el pellejo de esos pobres acurrucados en el hielo —añadió, con un gesto hacia la radio.

* Glinda, uno de los personajes de la novela *La maravillosa tierra de Oz* del autor estadounidense L. Frank Baum. (*N. del T.*)

Rudi Gunn, que se hallaba junto al capitán en el puente, reprimió una sonrisa afligida. Navegar en medio de una poderosa tormenta ártica no iba a ser nada agradable. Se habría cambiado de inmediato de lugar con los miembros del campamento, que sin duda pasarían la tormenta en un refugio bien abrigado jugando a cartas. La afición de Stenseth a enfrentarse a los elementos en el mar era a todas luces la marca de un marinero de toda la vida, de alguien que nunca se sentía cómodo con los pies en tierra firme.

Gunn no compartía la misma propensión. Aunque era un oficial de la armada con varios años de servicio en el mar, ahora pasaba la mayor parte del tiempo sentado a una mesa. Como director adjunto de la National Underwater and Marine Agency, rondaba casi siempre por las oficinas centrales de Washington. Bajo de estatura, nervudo y con unas gafas de concha, era físicamente opuesto a Stenseth. No obstante, compartía la misma aventurera afición por los desafíos oceanográficos y a menudo estaba presente cuando una nueva embarcación o un equipo de tecnología submarina se ponía a prueba por primera vez.

—Yo me apiado de los osos polares —dijo Gunn—. ¿Cuánto tiempo falta para que llegue el frente?

Stenseth miró las crestas blancas que se formaban en la proa.

—Alrededor de una hora. No más de dos. Yo proponía recuperar el *Bloodhound* durante la próxima media hora.

—No les gustará volver tan pronto a la perrera. Bajaré a la sala de operaciones y les transmitiré el aviso. Por favor, capitán, avíseme si las condiciones empeoran antes de lo previsto.

Stenseth asintió mientras Gunn salía del puente y se dirigía a popa. El navío de investigación científica cabeceaba con fuerza en un mar cada vez más revuelto, por lo que Gunn tuvo que sujetarse varias veces a la barandilla para no caer. Cerca de la popa, miró la gran piscina lunar que atravesaba el casco. El bamboleo hacía que el agua se derramase sobre la cubierta. Caminó por una pasarela y entró por una puerta con el cartel de LABORATORIO que daba a una gran sala. En un extremo había una sección con muchos monitores atornillados al mamparo. Dos técnicos se ocupaban de grabar los datos que llegaban desde debajo del agua.

—¿Están en el fondo? —preguntó Gunn a uno de los técnicos.

—Sí —contestó el hombre—. Están a unas dos millas al este de nosotros. Por cierto, han cruzado la frontera y están en aguas canadienses.

—¿Tenemos transmisión directa?

El técnico asintió. Gunn cogió los auriculares con el micro integrado que le ofrecía.

—*Bloodhound,* aquí el *Narwhal.* Aquí arriba las condiciones meteorológicas empeoran por momentos. Interrumpan la exploración y vuelvan a la superficie.

Una larga pausa siguió a la transmisión de Gunn; después, se escuchó una respuesta en medio de la estática.

—Recibido, *Narwhal* —dijo una voz áspera con acento texano—. Interrumpiremos la exploración en treinta minutos. *Bloodhound*, cambio y fuera.

Gunn iba a responder, pero se lo pensó mejor. No tenía sentido discutir con aquel par de tozudos. Se quitó los auriculares, sacudió la cabeza sin decir palabra y se sentó en una silla a esperar que pasara la media hora.

24

Como el perro que le daba nombre, el *Bloodhound* rastreaba la tierra con la nariz pegada al suelo, solo que esta vez el suelo se encontraba a seiscientos treinta metros bajo la superficie del mar de Beaufort y su hocico era una cápsula de metal que encerraba un sensor electrónico. El sumergible de titanio con capacidad para dos tripulantes, estaba diseñado para explorar las chimeneas hidrotermales a grandes profundidades. Los géiseres sumergidos, que lanzaban agua a altísimas temperaturas desde el interior del planeta, a menudo creaban un tesoro de vegetación y vida marina. Sin embargo, a los hombres del sumergible de la NUMA les interesaban más los posibles depósitos de minerales asociados con muchas de las chimeneas hidrotermales. Con frecuencia, las chimeneas descargaban desde debajo del lecho marino una rica mezcla de nódulos que contenían manganeso, hierro e incluso oro. Los avances en la tecnología minera submarina indicaban que los campos de las chimeneas hidrotermales podían convertirse en unos recursos muy significativos.

—La temperatura ha subido otro grado. Esa vieja chimenea tiene que estar cerca de aquí —comentó la voz profunda de Jack Dahlgren.

Sentado en el asiento del copiloto del sumergible, el musculoso ingeniero naval observó la pantalla del ordenador con sus ojos azul acero. Se rascó el gran mostacho, que recordaba el de los vaqueros del viejo Oeste, y miró a través de la ventanilla de babor el desierto y uniforme fondo gris iluminado por media docena de focos de gran potencia. No había nada en el paisaje submarino que indicase que se encontraban cerca de una chimenea hidrotermal.

—Quizá solo estemos persiguiendo los hipos de las profundidades —manifestó el piloto. Miró a Dahlgren con picardía y añadió—: Como dirías tú, una vaca díscola.

Al Giordino festejó el chiste a costas del joven texano con una amplia sonrisa que casi le hizo soltar el puro apagado que sujetaba entre los labios. Giordino, un italiano bajo y fornido con los brazos como troncos, se sentía como en casa sentado en el puesto del piloto. Después de haber pasado años en el grupo de proyectos especiales de la NUMA, donde había pilotado todo tipo de aparatos, desde dirigibles a batiscafos, ahora era el jefe de la división de tecnología submarina de la agencia. Para Giordino, construir y probar prototipos como el *Bloodhound* era más una pasión que un trabajo.

Dahlgren y él ya habían pasado dos semanas recorriendo el fondo marino ártico en busca de chimeneas termales. A partir de exploraciones batimétricas anteriores, habían escogido una zona de montículos y crestas submarinas formados por restos de actividad volcánica y donde era posible que diesen con chimeneas termales activas. Hasta entonces, la búsqueda había sido infructuosa y los ingenieros se sentían desilusionados porque no podían poner a prueba las capacidades del sumergible.

Dahlgren no hizo caso del comentario de Giordino y consultó su reloj.

—Han pasado veinte minutos desde que Rudi dijo que subiésemos. Es probable que ya esté hecho un manojo de nervios. Quizá sea el momento de pulsar el botón de subida; de lo contrario, acabaremos teniendo que capear dos tormentas allá arriba.

—Rudi no es feliz a menos que tenga un motivo para sufrir —afirmó Giordino—, pero creo que es mejor no provocar a los dioses del tiempo.

Movió hacia la izquierda la palanca para guiar el sumergible hacia el oeste a marcha lenta y casi pegado al fondo. Habían recorrido varios centenares de metros cuando comenzaron a ver una sucesión de pequeñas piedras. Estas fueron haciéndose más grandes y Giordino vio que el fondo comenzaba a subir. Dahlgren cogió una carta batimétrica e intentó ubicar la posición.

—Parece que hay una pequeña elevación por aquí. Vete a saber por qué a los muchachos de los seísmos no les pareció muy prometedora.

—La razón más probable es que llevan muchos años sentados en un despacho con aire acondicionado.

Dahlgren dejó la carta a un costado y miró la pantalla. De pronto dio un brinco en el asiento.

—¡Maldita sea! La temperatura del agua acaba de subir diez grados.

Una ligera sonrisa apareció en el rostro de Giordino al ver que las rocas en el fondo aumentaban en tamaño y número.

—La geología del fondo también está cambiando —comentó—. El perfil es el más favorable para la presencia de una chimenea. Veamos si podemos rastrear el aumento de la temperatura del agua hasta su origen.

Iba ajustando el rumbo del sumergible de acuerdo con los cambios de temperatura que le recitaba Dahlgren. Las más altas los llevaron por una pendiente cada vez más empinada. Un montículo de peñascos les cerró el paso, y Giordino guió el sumergible hacia arriba como si fuese un avión, ascendiendo con el morro en alto hasta que superaron el obstáculo. Al descender por el lado opuesto, el panorama ante ellos cambió de pronto de forma impresionante. Lo que hasta entonces había sido un paisaje lunar era ahora un multicolor oasis submarino. Moluscos amarillos, gusanos rojos y brillantes cangrejos dorados cubrían el suelo en un arco iris de color. Un calamar azul pasó por delante de la ventanilla de babor, seguido por un cardumen de bacalaos plateados. Casi repentinamente, habían pasado de un mundo desolado en blanco y negro a una plantación iridiscente rebosante de vida.

—Ahora sé cómo se sintió Dorothy cuando llegó a Oz —murmuró Dahlgren.

—¿Cuál es la temperatura del agua?

—Hemos superado los veinte y sigue subiendo. Enhorabuena, jefe, acabas de hacerte con una fumarola.

Giordino asintió satisfecho.

—Marca nuestra posición. Luego probaremos con el rastreador de minerales, antes...

La radio sonó de pronto con una transmisión enviada a través de un par de transpondedores submarinos.

—*Narwhal* a *Bloodhound*... *Narwhal* a *Bloodhound* —interrumpió una voz tensa por la radio—. Por favor, emerjan de inmediato. Las olas son de tres metros y aumentan. Repito, se les ordena que emerjan de inmediato.

—... antes de que Rubi nos mande volver —dijo Dahlgren acabando la frase de Giordino.

El ingeniero naval sonrió.

—¿Te has fijado que la voz de Rudi sube un par de octavas cuando está nervioso?

—La última vez que le vi, aún estaba firmando mi cheque —le advirtió Dahlgren.

—Supongo que no queremos rascar la pintura de nuestro nuevo juguete. Cojamos algunas muestras de rocas y subamos.

Dahlgren transmitió la respuesta a Gunn y empuñó los controles de un brazo articulado sujeto en el casco exterior. Giordino guió al *Bloodhound* hacia un lugar donde había nódulos del tamaño de pomelos y movió el sensor sobre las rocas. Con el brazo de acero inoxidable como si fuese una escoba, Dahlgren barrió varias piedras para meterlas en el cesto debajo de la cabeza del sensor. El ordenador de a bordo analizó de inmediato la densidad y las propiedades magnéticas de las muestras.

—La composición es ígnea, al parecer se corresponde con la de los piroxenos. Veo concentraciones de manganeso, calcio y hierro. También hay rastros de níquel, platino y cobre —leyó Dahlgren en la pantalla.

—Es un comienzo muy prometedor. Archiva la evaluación. Pediremos a los chicos del laboratorio que analicen las muestras y comprueben hasta qué punto son acertadas las lecturas del sensor. En cuanto pase la tormenta, podremos inspeccionar a fondo este lugar.

—Tiene todo el aspecto de ser un cuerno de la abundancia.

—Sin embargo, estoy un poco decepcionado, mi amigo texano —manifestó Giordino, y sacudió la cabeza.

—¿No hay oro?

—No hay oro. Tendré que conformarme y subir otra vez a la superficie más pobre que las ratas.

Para enfado de Dahlgren, las fingidas lamentaciones de Giordino se escucharon en el interior del sumergible durante la mayor parte de la ascensión.

25

En la superficie del mar de Beaufort las olas ya alcanzaban una altura de cuatro metros y soplaba un viento casi huracanado cuando el *Bloodhound* emergió en la piscina del *Narwhal*. El bamboleo del barco de investigación hacía que el agua se desbordase y barriese la cubierta. En dos ocasiones los flancos del sumergible golpearon contra el borde acolchado antes de que pudiesen enganchar los cables de la grúa y sacarlo del agua. Giordino y Dahlgren se apresuraron a desembarcar y recogieron las muestras de roca del cesto antes de escapar de la furia de los elementos y entrar en el centro de operaciones. Gunn los esperaba con una expresión disgustada.

—Es un sumergible de diez millones de dólares y casi lo aplastas como una lata de cerveza —dijo a Giordino, muy enfadado—. Sabes que no se nos permite lanzar y recuperar en estas condiciones meteorológicas.

Como si quisiera recalcar las palabras del director adjunto, el eje impulsor se sacudió debajo de sus pies cuando la embarcación cabeceó con fuerza al bajar por el seno de una ola.

—Cálmate, Rudi —respondió Giordino, y le arrojó una de las piedras mojadas.

Al manotear para sujetarla, Gunn se manchó la camisa con el fango y el agua de mar.

—¿Estás sobre el rastro? —preguntó el director adjunto, con el entrecejo fruncido mientras observaba la piedra.

—Mejor que eso —intervino Dahlgren—. Descubrimos algunas desviaciones termales y Al nos llevó hasta el corazón mismo de la chimenea. Una fantástica falla de kilómetro y medio de largo que escupe sopa caliente con un abundante acompañamiento de albóndigas.

La expresión de Gunn se suavizó.

—Más os valía encontrar lo que fuese para justificar emerger tan tarde. —Su mirada se convirtió en la de un niño que entra en una tienda de golosinas—. ¿Alguna indicación de un yacimiento de minerales?

—Por lo que parece, uno muy grande —contestó Giordino—. Solo vimos una parte, pero todo indica que ocupa una extensión considerable.

—¿Qué tal los sensores electrónicos? ¿Cómo se comportó el *Bloodhound*?

—Aullaba como un coyote a la luna llena —manifestó Dahlgren—. Los sensores descubrieron más de trece elementos diferentes.

—Tendremos que esperar el análisis del laboratorio para determinar la precisión del *Bloodhound* —señaló Giordino—. Si la lectura de los sensores es correcta, esa piedra que tienes en la mano está hasta los topes de manganeso y hierro.

—Lo más probable es que allá abajo haya suficientes cosas como para que te compres un millar de *Bloodhound,* Rudi —dijo Dahlgren.

—¿Los sensores indicaron alguna cantidad de oro? —preguntó Gunn.

Giordino puso los ojos en blanco y se volvió, dispuesto a marcharse del centro de operaciones.

—Todo el mundo cree que soy Midas —protestó por lo bajo antes de salir por la puerta.

26

La tormenta de primavera no era muy extensa pero tenía la potencia de un puñetazo de un boxeador de peso pesado en su marcha hacia el sudeste a través del mar de Beaufort. Las ráfagas de viento de más de noventa kilómetros por hora levantaban la nieve en capas horizontales, convirtiendo los copos en endurecidas bolas de hielo. Los remolinos creaban espesas cortinas sobre la extensión blanca y, a menudo, reducían la visibilidad a cero. El ya hostil entorno del Ártico se había convertido en un lugar de una furia salvaje.

Kevin Bue escuchaba cómo crujía la estructura del comedor, sacudida por el viento, y pensó en la resistencia del edificio. Terminó la taza de café e intentó concentrarse en la lectura de la revista científica que tenía abierta sobre la mesa. Aunque había pasado por una docena de tormentas durante su estancia en el Ártico, aún le inquietaba su ferocidad. Mientras el resto del equipo continuaba con sus tareas, a Bue le resultaba difícil concentrarse cuando daba la impresión de que todo el campamento iba a salir volando.

Un fornido cocinero, que también oficiaba de carpintero, llamado Benson se sentó a la mesa enfrente de Bue y bebió un sorbo de su humeante taza de café.

—Sopla de lo lindo, ¿verdad? —dijo sonriendo bajo su espesa barba negra.

—Suena como si nos quisiera llevar con ella —respondió Bue, que miraba como el techo se movía hacia atrás y hacia delante.

—Pues si lo hace, espero que nos deje en algún lugar donde haga calor y las bebidas se sirvan frías —manifestó, y tomó otro sorbo de café. Al ver la taza vacía de Bue, la cogió por el asa, y se levantó—. Te serviré otra.

Fue hasta una gran cafetera de plata y llenó la taza. Ya volvía hacia Bue cuando de pronto se quedó inmóvil con una expresión de extrañeza en el rostro. Por encima del aullido del viento, había oído un sonido mecánico. Pero no fue eso lo que le preocupó, sino el agudo sonido de algo que se partía.

Bue miró a Benson, y al cabo de un instante también escuchó el ruido. Se acercaba muy rápido. Incluso le pareció escuchar un grito en algún lugar del campamento antes de que el mundo se derrumbase a su alrededor.

Con un brutal crujido, desapareció la pared trasera del comedor, reemplazada por una enorme cuña gris. El imponente objeto atravesó la estancia en un par de segundos, dejando atrás una estela de destrucción de diez metros de ancho. Liberado de sus soportes, el techo fue arrastrado por una ráfaga, mientras el aire helado penetraba en la habitación. Bue miró horrorizado cómo la masa gris engullía a Benson en una nube de hielo y espuma. Hacía un momento, el cocinero estaba allí con una taza de café en la mano; al siguiente, había desaparecido.

El suelo se onduló debajo del científico, y lo arrojó a él y a la mesa hacia la puerta. Se puso de pie y miró al monstruo gris que se materializaba ante sus ojos. Su mente confusa acabó por aceptar que se trataba de un barco, que cruzaba por el centro del campamento sobre la delgada capa de hielo que lo sustentaba.

El viento mezclado con la nieve le daba una apariencia espectral, pero alcanzó a ver un enorme número 54 de color blanco en la proa. Después, cuando la proa pasó con un profundo tronar, Bue atisbó una gran bandera estadounidense que flameaba en el mástil antes de que la nave desapareciese en una nube blanca. Llevado por el instinto intentó seguirla, al tiempo que gritaba a voz en cuello el nombre de Benson, hasta que casi cayó en un canal de agua negra abierto por el barco.

Con un gran esfuerzo se sobrepuso, recogió el chaquetón,

hecho un ovillo en el suelo, y salió por lo que quedaba de la entrada. Se abrió paso contra el viento, e intentó evaluar la situación del campamento mientras notaba que el suelo debajo de sus pies comenzaba a moverse de una manera extraña. Caminó unos diez metros a su derecha, pero tuvo que detenerse en un borde donde el hielo caía al agua abierta. Al otro lado era donde habían estado las tres construcciones. Ahora habían desaparecido, reemplazadas por trozos de hielo que flotaban en el agua oscura.

Sintió una enorme congoja al recordar que uno de sus hombres, que estaba fuera de servicio, había estado durmiendo en su cama unos minutos antes. Aún quedaban dos hombres cuyo paradero desconocía: Case, el operador de radio, y Quinlon, el encargado de mantenimiento.

Volvió su atención hacia el edificio del laboratorio, y vio a lo lejos que las paredes azules aún se sostenían. En un esfuerzo por avanzar a punto estuvo de nuevo de caer al agua. Por fin encontró un trozo de hielo donde solo había una brecha; la distancia que lo separaba del laboratorio apenas llegaba a un metro. Sin pensárselo dos veces, tomó carrerilla, saltó y cayó con todo su peso en el lado opuesto. A duras penas avanzó tambaleándose contra el viento hasta llegar al umbral. Se tomó un respiro, abrió la puerta, y se quedó de piedra.

El laboratorio, al igual que el comedor, había sido barrido por el barco. Poco quedaba más allá de la puerta, solo unos dispersos restos que flotaban en el agua un par de metros más allá. Por un capricho del destino, el cubículo de la emisora había sobrevivido al impacto; arrancada del edificio principal, pero aún de pie. Entre el aullido del viento, escuchó la voz de Case que transmitía una llamada de socorro.

Al acercarse, Bue vio a Case sentado a la mesa hablándole a un equipo de radio apagado. Los generadores, instalados en el cobertizo, habían sido una de las primeras cosas en hundirse cuando pasó el barco. No había energía eléctrica en el campamento desde hacía varios minutos.

Bue apoyó la mano en el hombro de Case, y el operador de radio dejó el micrófono, con una mirada aterrorizada. De pronto, se escuchó un terrible crujido debajo de ellos y el suelo comenzó a temblar.

—¡Es el hielo! —gritó Bue—. Salgamos de aquí ahora mismo.

Ayudó a Case a levantarse y los dos hombres salieron corriendo del cubículo. Cruzaron el hielo perseguidos por el crujido. Saltaron un montículo y se volvieron para ver cómo el hielo donde había estado el laboratorio y la emisora se rompía como un espejo. La superficie se partió en una docena de trozos que se separaron de inmediato e hicieron que los restos del edificio se hundiesen en el agua. En menos de dos minutos, todo el campamento había desaparecido ante los ojos de Bue.

Los dos hombres estaban mirando desconcertados aquella destrucción, cuando a Bue le pareció escuchar el grito de un hombre por encima del estruendo del viento. Escudriñó los remolinos de nieve y prestó atención. Pero antes de que escuchase otro grito, su mirada descubrió una figura que se debatía en el agua, cerca de donde había estado la emisora.

—¡Es Quinlon! —gritó Case, que también había visto al hombre. Rehecho del susto corrió hacia el encargado de mantenimiento.

Quinlon perdía a ojos vista la lucha contra los efectos de estar sumergido en el agua gélida. Con el peso añadido del chaquetón empapado y las botas, se habría hundido de inmediato de no haber podido sujetarse a un trozo de hielo. No le quedaban fuerzas para salir del agua por sus medios, pero la desesperación hizo que con un último resto de energía fuese hacia donde estaban Bue y Case.

Los dos hombres corrieron hasta el borde del hielo y tendieron las manos hacia Quinlon, desesperados por cogerlo de los brazos. Lo arrastraron más cerca e intentaron sacarlo del agua, pero solo consiguieron levantarlo poco más de un palmo antes de que volviese a caer. Con las botas llenas de agua y las prendas empapadas, Quinlon pesaba más de ciento cincuenta kilos. Al comprender su error, Bue y Case agarraron otra vez a su compañero, y lo arrastraron y movieron en horizontal hasta que por fin lo sacaron del agua.

—Tenemos que resguardarlo del viento —dijo Bue.

Miró en derredor en busca de un refugio. Todos los restos del campamento habían desaparecido, salvo un pequeño trozo del techo del cobertizo que flotaba a la deriva en un trozo de hielo del tamaño de un coche.

—El montículo de nieve junto a la pista. —Case señaló entre la ventisca.

Gracias al trabajo de Quinlon para mantener despejado el campo de aterrizaje había varios grandes montículos de nieve. Aunque ahora había desaparecido la mayor parte de la pista, Case tenía razón. Había un montículo de nieve a menos de cuarenta metros.

Cada uno sujetó a Quinlon por un brazo y lo arrastraron por el hielo como si fuese un saco de patatas. Sabían que estaba muy cerca de la muerte; si querían que sobreviviese, tendrían que apartarlo del viento helado. Jadeantes y sudorosos a pesar del frío, llevaron a su compañero hasta la barrera de nieve, que los protegería de lo peor del vendaval del oeste.

Se apresuraron a quitarle las prendas mojadas, que ya se habían congelado, y frotaron todo su cuerpo con nieve, para que absorbiera la humedad restante. Cuando terminaron, le envolvieron la cabeza y el cuerpo con los chaquetones secos. Quinlon tenía la piel azulada y temblaba descontroladamente. Por fortuna, continuaba consciente, lo que significaba que tenía una posibilidad de seguir con vida. Bue siguió el ejemplo de Case y lo ayudó a cavar un agujero en el montículo. Metieron primero a Quinlon y luego entraron los dos, con la intención de compartir el calor corporal mientras se protegían del viento.

Al mirar al exterior de la pequeña cueva, Bue vio un canal que se ampliaba por momentos entre el improvisado refugio y la placa de hielo intacta. Ahora eran parte de un trozo de hielo que iba a la deriva. Cada pocos minutos, el científico escuchaba un tremendo crujir, señal de que el trozo se iba partiendo cada vez más. Empujados a las aguas agitadas por el viento, sabía que solo era cuestión de tiempo que el gélido refugio se rompiera en diminutos trozos y los tres acabasen en el mar.

Sin nadie que conociera su terrible situación, no tenían ninguna esperanza de sobrevivir. Helado hasta el tuétano, Bue pensó en el barco gris que había destrozado el campamento de forma tan repentina y sin ninguna razón aparente. Por mucho que lo intentara, su mente no encontraba ningún sentido a un acto tan brutal. Sacudió la cabeza para librarse de la imagen fantasmal del barco, miró a sus camaradas con triste compasión y luego se dispuso a esperar con resignación la llegada de la muerte.

27

La llamada de radio había llegado débil y en una única transmisión. Los repetidos intentos por parte del operador de radio del *Narwhal* para verificar el mensaje solo habían obtenido el más absoluto silencio.

El capitán Stenseth leyó el mensaje escrito a mano por el operador de radio, sacudió la cabeza y después releyó el mensaje.

—Mayday, Mayday. Aquí el Laboratorio Polar 7. El campamento se está destrozando... —leyó en voz alta—. ¿Es todo lo que recibió? —preguntó con una mirada airada.

El operador de radio asintió en silencio. Stenseth se acercó al timonel.

—Adelante a toda máquina —ordenó—. Vire a babor. Rumbo cero-uno-cinco. —Miró al primer oficial—. Establezca rumbo a la última posición conocida del laboratorio polar. Envíe otros tres vigías al puente.

Un instante después, estaba otra vez junto al operador de radio.

—Notifique a la guardia costera canadiense y a la estadounidense que hemos recibido una llamada de auxilio y que la estamos respondiendo. Alerte al tráfico local, si lo hay. Luego llame a Gunn y a Giordino para que vengan al puente.

—Señor, la base de los guardacostas más cercana está en Tuktoyaktuk. Son más de doscientas millas desde aquí.

El capitán miró la nieve que golpeaba contra las ventanas del puente y en su mente apareció una imagen de los científicos en el campamento. En tono más suave, comentó:

—Entonces creo que su único ángel de la guarda lleva alas turquesas.

El *Narwhal* alcanzaba una velocidad de veintitrés nudos, pero incluso a toda marcha solo llegaba a doce si navegaba con la proa encarada a la tormenta. El frente había llegado al máximo de su intensidad, con vientos de más de ciento cincuenta kilómetros por hora. El mar era un torbellino de olas de diez metros de altura que sacudían el barco como si fuese un corcho. El timonel vigilaba nervioso el piloto automático, a la espera de que el mecanismo fallase, debido a los constantes cambios de rumbo necesarios para mantenerlo en el rumbo nordeste que había marcado.

Gunn y Giordino no tardaron en reunirse con el capitán en el puente, donde leyeron el mensaje de socorro.

—Todavía es pronto para que el hielo comience a partirse de forma tan súbita —observó Gunn, y se rascó la barbilla—. Claro que una placa de hielo en movimiento se puede quebrar muy rápido. Sin embargo, lo habitual es que haya alguna señal que te avisa de lo que pasará.

—Quizá se vieron sorprendidos por una pequeña fractura que separó una parte del campamento, allí donde estaba la radio o incluso los generadores eléctricos —apuntó Sentseth.

—Esperemos que no sea algo más grave —manifestó Gunn, con la mirada puesta en la tormenta—. Mientras tengan cierta protección, resistirán un tiempo.

—Hay otra posibilidad —señaló Giordino, en voz baja—. Quizá el campamento estaba situado muy cerca del mar. La tormenta pudo haber roto el borde de la placa, y se llevó el campamento.

Los otros dos hombres asintieron con expresión grave, conscientes de que las probabilidades de supervivencia se reducían mucho si eso era lo que había ocurrido.

—¿Cuál es el pronóstico de la tormenta? —preguntó Gunn.

—Tardará entre seis y ocho horas en amainar. Tendremos

que esperar antes de enviar un equipo de búsqueda —respondió el capitán.

—Señor —interrumpió el timonel—, vemos grandes masas de hielo en el agua.

Stenseth miró a través de la ventana del puente y vio un iceberg del tamaño de una casa que pasaba por la banda de babor.

—Todas las máquinas atrás un tercio. ¿Cuál es la distancia hasta el campamento?

—Un poco menos de dieciocho millas, señor.

El capitán se acercó a la gran pantalla de radar y ajustó el alcance a un diámetro de veinte millas. Una fina línea irregular de color verde cruzaba la pantalla cerca del borde superior, que permanecía fijo. Señaló un punto apenas por debajo de la línea, donde un anillo concéntrico marcaba la distancia de veinte millas.

—Esta es la posición del campamento —manifestó en tono sombrío.

—Si antes no era un lugar con vistas al mar, ahora lo es —observó Giordino.

Gunn miró la pantalla con mucha atención. Señaló con el dedo una mancha difusa en el borde de la pantalla.

—Hay un barco cerca —dijo.

El capitán echó una ojeada y vio que el barco navegaba con rumbo sudeste. Ordenó al operador de radio que lo llamara, pero no recibieron ninguna respuesta.

—Puede que se trate de un ballenero ilegal —comentó el capitán—. De vez en cuando, los japoneses entran en el mar de Beaufort para cazar ballenas belugas.

—Con este mar, lo más probable es que estén tan ocupados sujetándose los calzoncillos que no puedan atender la radio —dijo Giordino.

Muy pronto se olvidaron del barco desconocido, porque se acercaban a la placa de hielo y a la posición del campamento. A medida que el *Narwhal* se aproximaba, mayores eran las placas de hielo flotante que cerraban el mar delante de ellos. A estas alturas, toda la tripulación del barco estaba en alerta para la operación de rescate. Más de una docena de científicos habían salido a cubierta a pesar del mal tiempo para unirse a los marineros. Vestidos con trajes impermeables, estaban junto a las bordas del barco que cabeceaba con gran violencia, y vigilaban el mar atentos a la presencia de sus colegas científicos árticos.

El *Narwhal* llegó a la última posición conocida del campamento y se detuvo a treinta metros de la placa de hielo. La nave recorrió poco a poco el borde eludiendo numerosos icebergs que se habían separado hacía poco de la placa. El capitán ordenó que encendiesen todas las luces de a bordo y que sonase la sirena como un posible faro de rescate. Los fuertes vientos comenzaron a amainar un poco, lo que les permitió atisbar entre los remolinos de nieve. Todas las miradas recorrían las gruesas capas de hielo flotante y también las gélidas aguas, atentos a cualquier rastro del campamento o de sus ocupantes. Al pasar por la posición que había ocupado, no vieron nada. Si alguien o algo había quedado, ahora se encontraba a mil metros por debajo de las oscuras aguas grises.

28

Kevin Bue había visto desde su nicho cómo el bloque de hielo pasaba de tener el tamaño de un acorazado al de una pequeña casa. Las olas empujaban y golpeaban el iceberg, arrancando pequeños fragmentos. A medida que el refugio se hacía más pequeño, la situación se volvía más desesperada, ya que se adentraban en el mar de Beaufort. El iceberg se sacudía y cabeceaba como una cáscara de nuez a merced de la tormenta, y las olas que rompían contra la parte más baja aceleraban el ritmo de destrucción. Como si no bastara con estar casi congelado, Bue notó los molestos síntomas del mareo.

Al mirar a los dos hombres que se hallaban a su lado, comprendió que no podía quejarse. Quinlon estaba a punto de perder el conocimiento debido a la hipotermia, y Case parecía destinado a seguir el mismo camino. El operador de radio permanecía acurrucado en posición fetal, con la mirada extraviada. Los esfuerzos de Bue para mantener una conversación no recibían más respuesta que un parpadeo.

Bue consideró quitarle los abrigos a Quinlon para que Case y él pudiesen calentarse un poco, pero desistió. Aunque podía dar por muerto a Quinlon, sus perspectivas de supervivencia no eran mejores. El científico miró las turbulentas aguas grises que rodeaban la balsa de hielo y pensó en zambullirse. Al menos de esa manera acabaría rápido. Pero la idea desapareció cuando llegó a la conclusión de que era demasiado esfuerzo caminar los doce pasos hasta el borde del agua.

Una gran ola sacudió la plataforma de hielo; oyó un fuerte golpe debajo de los pies. Una grieta acababa de aparecer debajo de su asiento cortado en la nieve y, en un abrir y cerrar de ojos, se extendió de un extremo al otro del iceberg. El impacto de la segunda oleada bastó para que todo el trozo abierto por la grieta se desprendiese y se perdiera en el mar oscuro. Bue, en un gesto instintivo, se sujetó a las protuberancias del hielo. Metió un pie en el pequeño reborde donde estaba Quinlon. Case, acurrucado en el lado opuesto, no movió ni un músculo mientras Bue se aferraba con todas sus fuerzas a una hendidura vertical en la pared de hielo y quedaba colgado a un poco más de un metro por encima de las olas.

Con la fuerza que le daba la desesperación, buscó grietas donde meter los dedos y se levantó poco a poco hasta la cumbre del iceberg. Su refugio se había reducido ahora al tamaño de una furgoneta y las sacudidas eran cada vez más violentas. El científico se acomodó lo mejor que pudo, a sabiendas de que en cualquier momento la masa de hielo podía dar una vuelta de campana y los lanzaría a los tres a la muerte. Faltaban escasos minutos para que su viaje llegase al final.

De repente, a través de la nieve empujada por el viento vio una luz brillante que resplandecía como el sol después de un chubasco. Apretó los párpados con fuerza para evitar la cegadora luz. Cuando los abrió unos segundos más tarde, la luz había desaparecido. Lo único que veía era el blanco del hielo que, arrastrado por el viento, azotaba su rostro. Se esforzó para ver de nuevo la luz, pero a su alrededor no había más que tormenta. Derrotado, cerró los ojos de nuevo y aflojó el cuerpo poco a poco mientras el resto de sus fuerzas escapaban por sus poros.

29

Jack Dahlgren ya tenía una neumática preparada en los pescantes por encima de la borda cuando recibió la llamada desde el puente para que la bajase. Vestido con un traje de supervivencia Mustang amarillo brillante, subió a bordo y verificó que el GPS portátil y la radio estuviesen guardadas en una bolsa hermética. Puso el motor en marcha y esperó mientras una figura rechoncha se acercaba corriendo por la cubierta.

Al Giordino no había tenido tiempo de ponerse un traje de supervivencia; se había limitado a coger un chubasquero del puente antes de ir corriendo a la Zodiac. En el instante en el que Giordino saltó a bordo, Dahlgren le hizo una señal al tripulante, que se apresuró a bajar la neumática al mar. Esperó a que Giordino soltase el gancho y luego aceleró el motor. La pequeña neumática comenzó a cabalgar entre las olas levantando nubes de gélida espuma. Giordino agachó la cabeza para protegerse de las salpicaduras y señaló hacia más allá de la proa del *Narwhal.*

—Buscamos un pequeño iceberg a unos doscientos metros por la banda de babor —gritó—. Hay una placa de hielo delante, así que tendrás que virar al máximo para rodearla —añadió, y señaló a la izquierda.

A través de la nieve que caía, Dahlgren apenas veía una difusa masa blanca en la superficie que tenía delante. Se orientó con la brújula y llevó la neumática a babor hasta que la placa de hielo quedó a unos pocos metros delante de él. Viró a fondo al tiempo que aceleraba a lo largo del borde; solo redujo un poco la velocidad cuando calculó que había llegado al lado opuesto.

El *Narwhal* ya no era visible. Al otro lado de la placa se encontraron con docenas de bloques de hielo de todos los tamaños que se sacudían entre el oleaje. El viento arrastraba nubes de hielo pulverizado de la placa que reducían la visibilidad a menos de quince metros. Giordino, sentado en la proa, observaba el mar como un águila en busca de una presa e iba indicando a Dahlgren que virase a un lado o a otro. Se movieron entre trozos de hielo del tamaño de baúles, mezclados con icebergs más grandes que se balanceaban y chocaban los unos contra los otros. Tuvieron que bordear varios icebergs antes de que Giordino señalase una alta y bamboleante aguja de hielo.

—Es aquel —gritó.

Dahlgren aceleró al máximo y voló hasta una cuña de hielo que a él le parecía idéntica a todas las demás. Solo que esta tenía una mancha negra en lo alto. A medida que la neumática se acercaba, Dahlgren vio que era un cuerpo humano tumbado. Dio una vuelta alrededor del bloque de hielo buscando un lugar donde amarrar la neumática, pero solo había pendientes casi verticales. Al llegar al lado opuesto, vio a otros dos hombres acurrucados en un agujero con forma de nicho a poco más de un metro por encima del agua.

—Intenta subirla en aquel reborde —gritó Giordino.

—¡Allá voy! ¡Sujétate! —avisó Dahlgren.

Dio otra vuelta con la Zodiac para ganar impulso, y aceleró con la proa apuntando en línea recta hacia el iceberg. La proa de la neumática resbaló sobre el reborde y se detuvo al hundirse en la nieve justo debajo de los dos hombres con claras señales de hipotermia. Dahlgren y Giordino evitaron por los pelos no salir despedidos de la Zodiac tras la violenta frenada. Giordino se levantó en el acto, se quitó la nieve de la cabeza y los hombros y dedicó una sonrisa a Case, que lo miró con los ojos apagados.

—Dentro de cinco minutos tendréis un buen plato de sopa de pollo caliente, amigos míos —dijo Giordino.

Recogió a Quinlon como si fuese una muñeca de trapo y lo

colocó entre los dos asientos. Después sujetó a Case del brazo y lo ayudó a subir a la Zodiac. Dahlgren sacó un par de mantas secas de un cofre y se apresuró a abrigar a los dos hombres.

—¿Puedes alcanzar al otro? —preguntó Dahlgren.

Giordino miró el oscilante montículo de hielo que se alzaba casi dos metros por encima de su cabeza.

—Sí, pero mantén el motor en marcha. Creo que este cubito está dando sus últimos suspiros.

Saltó de la neumática, clavó la punta de la bota en la nieve dura y comenzó a subir. Con cada paso, tenía que dar un puñetazo en la capa de hielo para sujetarse y luego metía el pie cuando subía un poco más. El iceberg se balanceaba con las olas, por lo que varias veces creyó que caería al agua. Subió lo más rápido que pudo, asomó la cabeza por el borde y encontró a Bue tendido bocabajo. Tiró del torso del científico y acercó el cuerpo hasta que pudo colgárselo sobre el hombro. Con un brazo alrededor de las piernas heladas del náufrago, comenzó el descenso.

Para Giordino, cargar con el cuerpo inerte de Bue fue como cargar un saco de patatas. El fuerte italiano no perdió tiempo, bajó deprisa, se apartó de la pared y se deslizó el último tramo hasta los flotadores de la neumática. Acomodó a Bue junto a sus compañeros, saltó otra vez al reborde y empujó con el cuerpo la proa de la Zodiac. Con las poderosas piernas hundidas en la nieve arrastró la embarcación fuera del iceberg y saltó a bordo cuando Dahlgren dio marcha atrás.

Apenas habían virado para poner rumbo a la nave de la NUMA, cuando una enorme ola se levantó ante ellos. Giordino se tumbó sobre los hombres para protegerlos del brutal impacto de la ola. Un torrente de agua gélida los empapó mientras la proa de la Zodiac se alzaba hasta casi quedar vertical. Superado el embate, la neumática bajó por el seno opuesto. Dahlgren navegó en línea recta hacia la segunda ola y la cabalgó con menos violencia.

Cuando la Zodiac se libró de los efectos de la segunda ola, Dahlgren y Giordino miraron hacia atrás y vieron cómo las dos olas, en rápida sucesión, golpeaban el iceberg. Fascinados, observaron que la primera ola empujaba el trozo de hielo hasta casi ponerlo horizontal. Antes de que pudiese enderezarse, lo golpeó la segunda y acabó de hundirlo. Segundos después, algunos trozos de hielo comenzaron a aparecer en la superficie.

De no haber llegado cuando lo hicieron, Bue, Case y Quinlon habrían sido arrastrados al mar helado por aquellas dos olas gemelas y habrían muerto en cuestión de minutos.

30

Los tres canadienses, con diversos grados de hipotermia, lograron aferrarse a la vida hasta que la Zodiac fue sacada del mar y dejada en la cubierta del *Narwhal*. Dahlgren había tenido la suerte de dar con el barco en cuestión de minutos. La tormenta había borrado cualquier señal de satélite, lo que convertía el GPS en un instrumento inútil. Así que tomó el rumbo inverso y fue hacia la posición general de la nave. Los innumerables trozos de hielo que pasaban junto a ellos les abrían un paso libre a través del mar. Giordino escuchó el aullido de la sirena y, muy poco después, el *Narwhal*, iluminado como un árbol de Navidad, apareció entre la nieve.

Rudi Gunn, que, abrigado hasta las orejas, estaba allí cuando la neumática tocó la cubierta, se apresuró a dirigir el traslado de los hombres a la enfermería. Bue y Case reaccionaron muy pronto, pero Quinlon permaneció inconsciente durante varias horas mientras el médico de a bordo trabajaba febrilmente para elevar la temperatura corporal. En dos ocasiones sufrió una parada cardíaca, y en ambas lograron resucitarlo, hasta que por fin la temperatura del cuerpo se normalizó y la presión arterial se estabilizó.

Después de sacudirse el hielo de las prendas, Giordino y Dahlgren se quitaron las ropas empapadas y cubiertas de nieve, y fueron a reunirse con Gunn en el puente.

—¿Sabemos si hay algún otro posible superviviente ahí fuera? —preguntó Gunn a los dos hombres agotados tras el rescate.

Dahlgren negó con la cabeza.

—Le hice la misma pregunta al tipo que está consciente. Me respondió que había otros dos hombres en el campamento, pero me aseguró que ambos murieron cuando el barco destrozó el campamento.

—¿Un barco?

—Y no era un barco cualquiera. Un navío de guerra estadounidense apareció entre el hielo y arrasó todo el campamento.

—Eso es imposible —replicó Gunn.

—Solo te repito lo que me contó el hombre.

El director adjunto de la NUMA guardó silencio, con los ojos casi desorbitados de incredulidad.

—De todas maneras, buscaremos un poco más —dijo finalmente en voz baja. Luego, miró con compasión a los dos hombres y añadió—: Ha sido un rescate heroico en unas condiciones terribles.

—A mí no me habría gustado estar en el lugar de esos tipos —comentó Giordino—. Pero ¿Dahlgren un héroe? Qué más quisiera —manifestó con una sonora carcajada.

—Después de este comentario, me parece que no compartiré contigo mi botella de Jack Daniel's —dijo Dahlgren.

Giordino pasó un brazo por los hombros del texano y lo escoltó fuera del puente.

—Solo un trago, amigo mío, y me ocuparé de que el Yukón sea todo tuyo.

El *Narwhal* recorrió la zona del accidente durante dos horas, pero solo encontró los restos de un toldo azul entre el hielo. Gunn ordenó de mala gana que interrumpiesen la búsqueda cuando la mayor parte de los fragmentos que flotaban se separaron de la placa de hielo.

—Prudhoe Bay dispone de mejores instalaciones, pero el puerto de Tuktoyaktuk está cincuenta millas más cerca. Además, tienen un aeropuerto —dijo Stenseth, con la mirada fija en una carta náutica de la costa estadounidense.

—La navegación será mucho más fácil si vamos a Tuktoyaktuk —manifestó Rudi, que miró por encima del hombro del capitán—. Lo mejor es llevarlos a tierra firme cuanto antes. Así que iremos a Tuktoyaktuk.

La ciudad estaba en una zona desierta de la costa norte de Canadá, un poco al este de la frontera de Alaska. La región, al norte del círculo ártico y de los bosques, no era más que una tierra ondulada y rocosa cubierta de nieve la mayor parte del año.

El *Narwhal* navegó con mar gruesa durante catorce horas hasta que la tormenta de primavera acabó amainando. El mar de Beaufort estaba muy agitado cuando el barco de la NUMA entró en las aguas protegidas de la bahía de Kugmallit, junto a la ciudad de Tuktoyaktuk. Una lancha patrullera de la Policía Montada guió a la nave hasta el muelle industrial, donde había un amarre desocupado. En escasos minutos, los científicos heridos fueron llevados en un par de ambulancias al centro médico local. Una revisión a fondo estableció que los hombres estaban en condiciones de seguir viaje, así que sin más tardanza los subieron a un avión para trasladarlos a Yellowknife.

Al día siguiente, cuando los tres llegaron a Calgary en un avión del gobierno, su peripecia se convirtió en noticia de primera plana. A consecuencia de ello se inició un escándalo periodístico, a medida que todos los grandes periódicos y las cadenas de televisión se hacían eco de la historia. El testimonio de Bue de que un navío de guerra estadounidense había destrozado el Laboratorio Polar 7 y había abandonado a su suerte a sus ocupantes, provocó la ira de muchos canadienses cansados del poder mundial de su vecino del sur.

El fervor nacionalista de los miembros del gobierno canadiense alcanzó unas cotas todavía más desproporcionadas. Ya molestos por el embarazoso incidente relacionado con el misterioso barco *Atlanta*, los militares y los representantes de la Guardia Costera que formaban parte del gobierno fueron quienes más protestaron. El populista primer ministro, que perdía puntos en la intención de votos según los resultados de las últimas encuestas, se apresuró a utilizar el incidente como una baza electoral. Los tres científicos fueron agasajados por todo lo alto en la residencia del primer ministro en Sussex Drive, Ottawa, y de nuevo aparecieron ante las cámaras de televisión para describir por enésima vez la destrucción del laboratorio a manos de los estadounidenses. Con una bien calculada muestra de ira, el primer ministro llegó incluso a denunciar el episodio como un bárbaro acto de guerra.

«La soberanía canadiense no volverá a ser violada por transgresiones extranjeras», gritó ante las cámaras. Con un Parlamento airado que respaldaba sus desproporcionadas proclamas, ordenó que nuevos refuerzos navales navegasen hacia el Ártico, a la vez que amenazaba con el cierre de la frontera y la interrupción de las exportaciones de gas y petróleo. «La gran nación de Canadá no tolerará ninguna intimidación. Si para proteger nuestra soberanía debemos ir a la guerra, entonces que así sea», prometió con el rostro acalorado.

De la noche a la mañana, la popularidad del primer ministro subió como la espuma. Al ver la reacción del público, los representantes de los demás partidos también se sumaron a la campaña y proclamaron en los medios la necesidad de parar los pies a los estadounidenses. La historia de los supervivientes cobró vida propia, impulsada por la manipulación de la prensa y los intereses del líder patriota. Se convirtió en una épica historia de victimismo y heroica supervivencia. Como no podía ser de otra manera, en todos los relatos de la tragedia nadie recordó el papel del barco de la NUMA y el esfuerzo hecho para rescatar a los tres supervivientes.

31

—Jim, ¿tienes un momento?

El vicepresidente James Sandecker, que caminaba por uno de los pasillos del Ala Oeste de la Casa Blanca, se volvió al escuchar la voz del embajador canadiense. El embajador John Davis, un hombre de aspecto distinguido y gruesas cejas canosas, se acercó con expresión lúgubre.

—Buenos días, John —saludó Sandecker—. ¿Qué te trae por aquí a una hora tan intempestiva?

—Me alegra verte, Jim —correspondió Davis, y su rostro se animó un poco—. Me han enviado para que le recuerde a tu presidente la indignación que ha provocado en mi país lo ocurrido en el Paso del Noroeste.

—Voy a reunirme con el presidente ahora mismo para tratar ese asunto. La tragedia del laboratorio polar ha sido muy triste, pero me han informado de que no teníamos ningún barco de guerra en la zona.

—De todas maneras, es un asunto espinoso. El ala dura de nuestro gobierno lo está convirtiendo en algo desproporcionado. —Bajó la voz hasta que se convirtió en un susurro—. Incluso el primer ministro no deja de hablar de ello, aunque sé que solo lo hace para obtener una ventaja política. Mucho me temo que si sigue esta escalada de tensión, al final acabaremos teniendo alguna otra tragedia.

La expresión sombría en los ojos grises del embajador dejó claro a Sandecker que su miedo era muy real.

—No te preocupes, John, acabará por imponerse la sensatez. Hay demasiadas cosas en juego para permitir que esto degenere.

Davis asintió débilmente.

—Espero y deseo que estés en lo cierto. Por cierto, Jim, quiero expresarte nuestro agradecimiento por lo que hicieron el barco de la NUMA y su tripulación. Los medios lo han pasado por alto, pero de no haber sido por ellos nadie habría sobrevivido.

—Se lo transmitiré a los interesados. Dale recuerdos a Maggie, y a ver cuándo podemos salir a navegar.

—Nada me gustaría tanto. Cuídate, Jim.

Un ayudante de la Casa Blanca hizo entrar a Sandecker en el Despacho Oval, por la puerta noroeste. Sentados alrededor de una mesa de centro, Sandecker vio al jefe de gabinete, al consejero de Seguridad Nacional, y al ministro de Defensa. El presidente estaba junto a una mesa auxiliar, sirviéndose una taza de café de una antigua cafetera de plata.

—¿Te sirvo una taza, Jim? —preguntó Ward.

El presidente aún tenía unas profundas ojeras pero parecía estar mejor que durante la última visita de Sandecker.

—Por supuesto, Garner, gracias. Solo, por favor.

Los demás cargos parecieron escandalizados porque Sandecker llamara al presidente por su nombre de pila, pero a él no le importaba. Tampoco a Ward, que le alcanzó la taza de café y fue a sentarse en un sillón de orejas dorado.

—Te has perdido los fuegos de artificio, Jim —comentó el mandatario—. El embajador canadiense acaba de cantarme las cuarenta por aquellos dos incidentes en el Ártico.

—Acabo de cruzarme con él en el pasillo —dijo Sandecker—. Parecen estar tomándolo muy en serio.

—Los canadienses están molestos con nuestro plan de desviar agua dulce de los Grandes Lagos para recuperar los acuíferos del Medio Oeste destinados a la agricultura —precisó el jefe de gabinete Meade—. Además, no es ningún secreto que la intención de voto del primer ministro ha bajado mucho y tiene que convocar elecciones parlamentarias este otoño.

—También tenemos razones para creer que intenta mantener a nuestras compañías petroleras fuera del Ártico canadiense —añadió la consejera de Seguridad Nacional, una mujer rubia de pelo corto llamada Moss—. Los canadienses se están mostrando muy protectores con sus reservas de petróleo y gas natural del Ártico, que continúan ganando en importancia.

—Dada nuestra actual situación no es el momento más oportuno para darnos la espalda —dijo Meade.

—Querrá decir que no es un momento oportuno para nosotros —aclaró Sandecker.

—Tienes toda la razón, Jim —afirmó el presidente—. En estos momentos, los canadienses tienen algunos triunfos en la mano.

—Que ya están jugando —afirmó Moss—. El embajador ha dicho que el primer ministro Barrett tiene la intención de anunciar una prohibición total a que los barcos con bandera estadounidense pasen por las vías marítimas del Ártico canadiense. Cualquier violación será considerada una intrusión en aguas territoriales y puede estar sujeta a una represalia militar.

—El primer ministro no es muy dado a las sutilezas —comentó el presidente.

—Ha llegado al extremo de decir que tiene sobre la mesa una posible reducción de las exportaciones de petróleo, gas natural y electricidad a Estados Unidos —añadió Meade, que dirigió sus palabras al vicepresidente.

—Eso sí es jugar fuerte —señaló Sandecker—. Recibimos de Canadá casi el noventa por ciento de nuestras importaciones de gas natural. —Miró a Ward—. Aunque sé que cuentas con los nuevos yacimientos de Melville Sound para resolver nuestros problemas de energía inmediatos.

—No podemos arriesgarnos a poner en peligro esas importaciones de gas —señaló el presidente—. Son imprescindibles para superar la actual crisis del petróleo y estabilizar la economía.

—Las acciones del primer ministro aumentan la reivindicación de soberanía que lleva proclamando desde hace un tiempo, en un intento de que no disminuya su popularidad —observó Moss—. Hace ya unos años, valoró las posibilidades comerciales del Paso del Noroeste si estuviera libre de hielo, y desde entonces se ha convertido en vocero de los derechos de propiedad canadienses al sostener que el pasaje forma parte de las aguas interiores del país. Encaja muy bien con el apoyo que le otorgan ahora los conservadores.

—Aquel que se haga con los recursos árticos conseguirá un gran poder —apuntó Meade.

—Los rusos también proclaman lo mismo —explicó Sandecker—. La Convención de las Naciones Unidas sobre el Derecho del Mar abrió la puerta a la creación de imperios árticos basados en la extensión submarina de las reclamaciones territoriales existentes. De hecho, nosotros también nos hemos unido a esta carrera junto con los canadienses, los rusos, los daneses y los noruegos.

—Es verdad —aceptó Moss—. Pero nuestras posibles reclamaciones no afectarían demasiado a las aguas canadienses. Es el Paso el que está creando toda esta histeria. Quizá porque es la clave para acceder y transportar los recursos árticos.

—A mí me parece que los canadienses tienen suficiente base legal para considerar que el Paso forma parte de sus aguas interiores —opinó el presidente.

El ministro de Defensa mostró su enfado. Sandecker era un ex oficial de la armada, pero había dirigido una de las mayores compañías petroleras antes de volver a la función pública.

—Señor presidente —dijo con voz profunda—, la posición de nuestro país siempre ha sido que el Paso del Noroeste es un estrecho internacional. La Convención de las Naciones Unidas sobre el Derecho del Mar también establece los derechos de tránsito por aguas consideradas estrechos internacionales.

—Si asumimos que estamos en términos amistosos con Canadá, ¿qué nos importa si reclaman el estrecho como aguas territoriales? —preguntó el presidente.

—Si lo hacemos, pondríamos en cuestión los precedentes ya establecidos en el estrecho de Malaca, Gibraltar y Bab el-Mandeb en el mar Rojo —respondió Moss—. Esas vías marítimas están abiertas a los barcos de todas las naciones, por no mencionar el libre paso de nuestras naves de la armada.

—No olvidemos el Bósforo y los Dardanelos —añadió Sandecker.

—Por supuesto —dijo Moss—. Si tratáramos de forma distinta el Paso del Noroeste, correríamos el riesgo de alentar a los malayos a reclamar legalmente dirigir el tráfico a través de Malaca. Entrañaría un gran riesgo.

—También está nuestra flota de submarinos —recordó Sandecker—. No podemos marcharnos sin más de la zona de operaciones árticas.

—Jim tiene toda la razón —afirmó el ministro de Defensa—. Aún estamos jugando al gato y al ratón con los rusos, y ahora, además, tenemos que preocuparnos de la flota china. Acaban de probar un nuevo misil submarino con un alcance de ocho mil kilómetros. Entra dentro de la lógica que sigan el ejemplo de los rusos y oculten sus submarinos debajo del hielo, para preservar la posibilidad de un primer lanzamiento. Señor presidente, el Ártico continuará siendo una zona crítica para nuestro sistema de defensa nacional. No podemos permitir que nos impidan el acceso a una de las vías marítimas que están a tiro de piedra de nuestras fronteras.

El presidente caminó hasta la ventana este y miró la Rosaleda.

—Supongo que no hay manera de evitarlo. De todas formas, tampoco es necesario avivar las llamas de la desconfianza. Como muestra de buena voluntad, aceptemos respetar la prohibición durante noventa días. No quiero que ningún barco estadounidense, incluidos los submarinos, entre en las aguas del Ártico canadiense durante ese período. Con ello ganaremos tiempo para que se enfríen los ánimos. Luego, mantendré una entrevista de trabajo con el primer ministro Barrett y trataremos de recuperar el sentido común.

—Una excelente idea —manifestó Meade—. Llamaré al ministro de Asuntos Exteriores ahora mismo.

—Señor presidente, hay otra cosa —dijo el ministro de Defensa—. Me gustaría poner en marcha algunos planes de guerra por si surgiese la necesidad.

—¡Por Dios! —exclamó el presidente—. Estamos hablando de Canadá.

El silencio reinó en el despacho mientras Garner miraba furioso al ministro de Defensa.

—Haz lo que debas. Eres muy capaz de tener ya preparado un plan de invasión a gran escala.

El ministro de Defensa puso cara de póquer, poco dispuesto a negar la acusación del presidente.

—A mí me parece que deberíamos dedicar todos los medios a investigar quién está incitando a los canadienses y por qué —intervino Sandecker—. ¿Qué sabemos con exactitud de los dos incidentes en cuestión?

—Muy poco, dado que ambos ocurrieron en zonas remotas —contestó Moss—. En el primero, un buque civil con bandera estadounidense embistió un guardacostas canadiense. Solo nos han comunicado que el barco era un pequeño portacontenedores llamado *Atlanta*. Los canadienses pensaron que podrían detenerlo más adelante, cerca de la isla Somerset, pero no apareció, por lo que creen que pudo haberse hundido. Nuestros analistas, en cambio, opinan que es posible que virase para volver al Atlántico sin ser visto. En los registros marítimos aparecen una docena de barcos llamados *Atlanta*, aunque solo uno es comparable en tamaño y configuración. Sin embargo, está en un dique seco en Mobile, Alabama, desde hace tres semanas.

—Quizá los canadienses tengan razón y se hundió a consecuencia de los daños sufridos por el choque —dijo el presidente—. Si no es así, debemos suponer que se trata de un caso de identidad errónea.

—Es extraño que intentasen cruzar el Paso y luego desapareciesen —observó Sandecker—. ¿Qué se sabe de lo ocurrido con el laboratorio polar en el mar de Beaufort? Me han dicho que no teníamos ninguna nave en aquella zona.

—Así es —afirmó Moss—. Los tres supervivientes declararon haber visto un navío de guerra gris con pabellón estadounidense que atravesó el campamento. Uno de los hombres identificó el número 54 pintado en el barco. Resulta que el FFG-54 está ahora mismo destinado en el mar de Beaufort.

—¿Una de nuestras fragatas?

—Sí, la *Ford*, que zarpó de Everett, Washington. Participaba en unas maniobras de submarinos frente a Point Barrow en el momento del incidente, pero eso está a más de trescientas millas. Además, la *Ford* no es un rompehielos. Por lo tanto, es imposible que estuviese rompiendo la placa de hielo donde se alzaba el campamento.

—¿Otro caso de identidad equivocada? —preguntó el presidente.

—Nadie lo sabe a ciencia cierta. No había mucho tráfico en aquella zona; además soportaban una fuerte tormenta que les impedía ver.

—¿Qué hay de las imágenes de satélite? —preguntó Sandecker.

Moss buscó en una carpeta y sacó un informe.

—La cobertura de satélite en aquella región es bastante intermitente, por razones obvias. Por desgracia, no tenemos ninguna foto tomada durante las doce horas que duró del incidente.

—¿Sabemos con toda seguridad que no fue la *Ford*? ¿Pudieron haber cometido un error? —preguntó el mandatario.

—No, señor —respondió el ministro de Defensa—. Ordené que el comando del Pacífico revisara sus registros de navegación. La *Ford* nunca se acercó a la posición del laboratorio polar.

—¿Hemos compartido esa información con los canadienses?

—El jefe del Estado Mayor de Canadá ha recibido toda la información y ha aceptado de forma extraoficial que la fragata no es responsable —manifestó el ministro de Defensa—. Pero, con toda sinceridad, los políticos no confían en la información que hemos dado. Teniendo en cuenta las ventajas que han obtenido del episodio no tienen ninguna razón para dar marcha atrás.

—Encuentren esos barcos. Es la única manera de salir de este embrollo —declaró el presidente.

Los consejeros guardaron silencio porque tenían muy claro que ya había pasado la oportunidad. Sin un acceso directo al Ártico canadiense, no les quedaba mucho margen de maniobra.

—Haremos lo que podamos —prometió el ministro de Defensa.

El jefe de gabinete tomó nota de la hora y después hizo salir a los presentes del Despacho Oval, porque ya era la hora de la siguiente reunión del presidente. Mientras los demás salían, Ward fue hacia la ventana y miró de nuevo la Rosaleda.

—Una guerra con Canadá —murmuró por lo bajo—. Esa sí que sería una buena herencia.

32

Mitchell Goyette miró a través de la cristalera de su despacho en la cubierta superior de su yate cómo un hidroavión plateado cruzaba la bahía. El pequeño aparato había despegado casi de inmediato y había tomado rumbo al sur, alejándole de los rascacielos del frente marítimo de Vancouver. El magnate bebió un sorbo de su martini y luego dirigió la mirada al grueso contrato en su mesa.

—¿Los términos y condiciones son aceptables? —preguntó.

Un hombre pequeño de pelo negro y gafas gruesas sentado al otro lado de la mesa asintió.

—El departamento legal lo ha revisado y no ha encontrado ningún problema con los cambios. Los chinos están muy satisfechos con el primer envío de prueba y están muy interesados en recibir un suministro permanente.

—¿Sin cambios en el precio ni límites de cantidad?

—No, señor. Han aceptado recibir hasta cinco millones de toneladas al año de bitumen sin refinar del yacimiento de Athabasca, y todo el gas natural que podamos suministrarles, a un diez por ciento por encima del precio de mercado, siempre que aceptemos una prolongación de los plazos.

Goyette se echó hacia atrás en la silla y sonrió.

—Nuestras barcazas transoceánicas han demostrado su valor al transportar ambas cargas a granel. Recibiremos nuestra quinta entrega de barcazas GNL la semana que viene. Las posibilidades de obtener considerables ganancias con las ventas a los chinos se consolidan.

—El hallazgo de gas natural en Melville Sound promete ser algo extraordinario. Nuestros pronósticos auguran una ganancia neta de casi cinco millones de dólares con cada envío a China. Siempre que el gobierno no imponga restricciones a la venta de gas natural a China, estará usted privilegiadamente situado para sacar beneficios de sus crecientes necesidades energéticas.

—La desafortunada muerte de la diputada Finlay parece haber acabado con dicha preocupación —manifestó Goyette con una sonrisa taimada.

—Con la reducción del proceso de refinamiento en Athabasca debido a las restricciones de emisiones de dióxido de carbono, el trato con los chinos también es lucrativo para sus inversiones en Alberta. Aunque, por supuesto, no estará cumpliendo el acuerdo firmado con los estadounidenses para suministrarles el gas natural de Melville.

—Los chinos me pagan un diez por ciento más.

—El presidente Ward confiaba en el suministro de gas natural para controlar su crisis energética —señaló el abogado con cautela.

—Han apelado a mí y a mis reservas de Melville Sound para que los salve —comentó Goyette con una carcajada—. Solo que nosotros les apretaremos las clavijas un poco más. —Un fuego ardió de pronto en sus ojos—. Dejaremos que se cuezan un poco más en su propia salsa hasta que estén verdaderamente desesperados. Entonces tendrán que venir a mí y pagar mi precio para salvarse. Tenemos nuestra flota de barcos GNL para que les lleven el gas y carguen con sus residuos de dióxido de carbono líquido en el viaje de regreso; pero cobraremos por las dos cosas. Por supuesto, eso será después de que financien el aumento de nuestras flotas de barcazas. No tendrán más alternativa que aceptar. —Una sonrisa apareció en sus labios.

—Todavía me preocupa la situación política. Hablan de una legislación antiestadounidense que podría tener consecuencias para nuestros negocios con China. Algunos de los miembros más furibundos del Parlamento casi están dispuestos a declarar la guerra.

—No puedo controlar la idiotez de los políticos. Lo importante era apartar a los estadounidenses del Ártico mientras aumentamos nuestras adquisiciones de los derechos de gas, petróleo y minerales. Tuvimos suerte con los yacimientos de Melville, pero la estrategia en general está funcionando muy bien hasta el momento.

—El equipo de geofísicos está a punto de acabar de señalar las zonas que delimitan el yacimiento de gas de Melville, y también de otros lugares muy prometedores. Solo espero que el ministro de Recursos Naturales siga sin poner obstáculos a nuestras peticiones.

—No se preocupe por el ministro Jameson. Hará todo lo que le pida. Por cierto, ¿qué novedades tenemos del *Alberta*?

—Llegó a Nueva York sin problemas y ahora navega rumbo a la India cargado de mercancías. Al parecer, no despertó ninguna sospecha.

—Bien. Avise que luego vaya a Indonesia para que lo pinten con otros colores antes de regresar a Vancouver.

—De acuerdo —dijo el abogado.

Goyette se reclinó en la silla y bebió un sorbo de su copa.

—¿Ha visto a Marcy por ahí?

Marcy, una de las ex coristas que Goyette tenía en nómina, solía pasear por el yate con unas prendas mínimas. El abogado sacudió la cabeza como única respuesta y se levantó. La pregunta era la señal de que la reunión había concluido.

—Informaré a los chinos de que está cerrado el trato —dijo. Recogió el contrato firmado y salió del despacho sin demora.

Goyette se acabó la copa y tendió la mano hacia el teléfono para llamar a su camarote, pero una voz conocida detuvo sus movimientos.

—¿Otra copa, Mitchell?

Goyette se volvió hacia el rincón más apartado del despacho, donde Clay Zak estaba de pie con dos cócteles en una mano. Vestía pantalón oscuro y un suéter de cuello de cisne de color gris marrón que casi se confundía con el tono tierra de las paredes. Se acercó con toda calma, dejó una copa delante de Goyette y se sentó al otro lado de la mesa.

—Goyette, rey del Ártico, suena apropiado, ¿no? He visto fotografías de las barcazas transoceánicas y estoy muy impresionado. Una extraordinaria muestra de arquitectura naval.

—Fueron diseñados específicamente para esa función —señaló Goyette, que por fin recuperó la voz. Sin embargo, una expresión de enfado permanecía en su rostro; se dijo que debía hablar con los encargados de seguridad—. A plena carga, pueden navegar con un huracán de fuerza dos sin ningún problema.

—Impresionante —manifestó Zak, entre sorbos de su martini—. Aunque sospecho que sus partidarios ecologistas se llevarían una desilusión si supiesen que está robando los recursos naturales, y de paso destroza el virginal paisaje del país, solo para hacerse con el dinero de los chinos.

—No esperaba verlo por aquí tan pronto —comentó Goyette, sin hacer caso de las palabras del pistolero—. ¿Su proyecto en Estados Unidos tuvo éxito?

—Desde luego. Acertó usted al interesarse en el trabajo del laboratorio. Mantuve una muy notable conversación sobre la fotosíntesis artificial con su topo.

Zak describió con todo detalle el trabajo de Lisa Lane y su reciente descubrimiento. La ira de Goyette contra Zak disminuyó en cuanto comprendió la magnitud del descubrimiento científico de Lane. Miró de nuevo a través de la ventana.

—A primera vista, parece que están en condiciones de construir una planta para capturar fácilmente dióxido de carbono. Sin embargo, creo que les quedan por delante años o décadas antes de que puedan ponerla en marcha.

Zak sacudió la cabeza.

—No soy científico, pero si hemos de creer a su espía, no es ese el caso. Afirma que la puesta en práctica requiere una inversión mínima. Auguró que, en un plazo de cinco años, podría haber centenares de estas plantas construidas alrededor de las ciudades más importantes y de las principales industrias.

—Pero usted puso fin a dichas posibilidades, ¿verdad? —preguntó Goyette, con la mirada fija en Zak.

El asesino sonrió.

—Nada de cadáveres, ¿lo recuerda? El laboratorio y todo el material de investigación son historia, tal como me indicó. Claro que la investigadora todavía vive y sabe la fórmula. Me aventuraría a decir que en estos momentos ya hay muchas más personas que conocen la receta.

Goyette miró a Zak sin pestañear. Se preguntó si no habría cometido un error al no haber dado esta vez rienda suelta a su sicario.

—Es probable que, mientras hablamos, su propio topo esté vendiendo los resultados a alguno de sus competidores —continuó Zak.

—No vivirá mucho si lo hace —prometió Goyette. Se le dilataron las fosas nasales cuando sacudió la cabeza—. Eso podría acabar con la expansión de mis plantas de captación de dióxido de carbono. Peor aún, permitiría que las refinerías de Athabasca volviesen a funcionar, incluso que se expandieran. Eso haría bajar el precio de las arenas petrolíferas de Athabasca y echaría por tierra mi contrato con los chinos. ¡No puedo permitirlo!

Zak se rió ante la furia animada por la codicia de Goyette, algo que aumentó la cólera de su patrón. Metió la mano en el bolsillo, sacó una pequeña piedra gris y la lanzó a través de la mesa. Goyette en un gesto instintivo la apretó contra el pecho.

—Mitchell, Mitchell, Mitchell... está perdiendo la perspectiva. ¿Dónde está el gran ecologista, el rey de los verdes, el mejor amigo de los árboles?

—¿De qué habla? —preguntó el multimillonario.

—Lo tiene en su mano. Es un mineral llamado rutenio. También conocido como el catalizador de la fotosíntesis artificial. Es la clave de todo este asunto.

Goyette observó la piedra con atención.

—Continúe.

—Es más escaso que el oro. Solo se encuentra en unos pocos lugares de la Tierra, y todas esas minas se agotaron hace tiempo.

Esta muestra procede del almacén de una cooperativa minera en Ontario que podría ser la última fuente del mineral. Sin rutenio, no habría fotosíntesis artificial, con lo que su problema quedaría resuelto. No estoy diciendo que pueda hacerse, pero aquel que sea propietario de las reservas del mineral tendrá la solución al calentamiento global. Piense en cuánto lo adorarían sus amigos verdes.

Era la combinación perfecta de codicia y poder que impulsaba a Goyette. Zak casi veía el símbolo del dólar en los ojos del magnate al pensar en las posibilidades de adquirir mayores riquezas.

—Sí —asintió Goyette, que ya se relamía—. Tendremos que explorar el mercado. Encargaré a algunos de mis hombres que lo hagan ahora mismo. —Miró de nuevo a Zak—. Usted parece tener algo de sabueso. ¿Qué le parece si hace una visita a ese almacén de Ontario, averigua de dónde vino el rutenio y cuánto queda?

—Siempre que Terra Green Air tenga un vuelo disponible —dijo Zak con una sonrisa.

—Puede usar el avión privado —aceptó Goyette, de mala gana—. Por cierto, antes ir a Ontario, hay otro asunto de menor importancia que requiere su atención. Al parecer ha surgido un pequeño contratiempo en Kitimat.

—Kitimat. ¿Eso no está cerca de Prince Rupert?

Goyette asintió. Entregó a Zak el fax que había recibido del ministro de Recursos Naturales. El sicario leyó el texto, hizo un gesto de asentimiento y apuró la copa de un trago.

—De acuerdo. Me queda de paso. —Se guardó el fax en el bolsillo y se levantó de la silla. Antes de llegar a la puerta, se volvió hacia Goyette—. Ese topo suyo, Bob Hamilton, quizá valdría la pena que le diese una buena recompensa por la información. Puede que gracias a él gane todavía más dinero.

—Supongo —gruñó Goyette, que cerró los ojos e hizo una mueca—. Por favor, la próxima vez que venga llame a la puerta.

Cuando los abrió de nuevo, Zak ya se había marchado.

33

Los socios más entusiastas del Potomac Yacht Club aprovechaban la resplandeciente mañana de domingo y ya navegaban por el río a la hora en la que Pitt pisó el muelle principal; eran las nueve. Un hombre obeso cargado con un bidón de gasolina vacío caminó hacia Pitt, sudando la gota gorda a causa del húmedo aire de la mañana.

—Perdón, ¿puede decirme donde está amarrado el *Roberta Ann*? —preguntó Pitt.

El rostro del hombre se iluminó al escuchar el nombre.

—Es el barco de Dan Martin. Está en el último pantalán, en el tercer o cuarto amarre. Dígale que Tony quiere que le devuelva el taladro eléctrico.

Pitt le dio las gracias y caminó hacia el final del muelle; mientras bajaba al pantalán por una rampa vio el *Roberta Ann*. Era un resplandeciente velero de madera de casi trece metros de eslora. Construido en Hong Kong en los años treinta, el brillo de la teca y la caoba barnizadas quedaba acentuado por los objetos de latón que resplandecían a la luz del sol. En un estado impecable, era de aquellos barcos que recordaban romances de otra época. Al admirar las esbeltas líneas, Pitt casi podía ver a Clark Gable y a Carole Lombard navegando bajo las estrellas rumbo a Catalina con una caja de champán a bordo. La imagen idílica se rompió tras una sarta de maldiciones que de pronto llegaron desde la popa. Pitt se acercó y vio a un hombre agachado junto al pequeño motor auxiliar.

—Permiso para subir a bordo —llamó Pitt.

El hombre se irguió con un movimiento brusco y una mueca de enfado en su rostro que se suavizó al ver a Pitt.

—Dirk Pitt. Qué agradable sorpresa. ¿Ha venido a burlarse de mis cualidades marineras?

—Todo lo contrario. Tiene al *Roberta Ann* en un estado que es la envidia de cualquier patrón.

Pitt subió a bordo y estrechó la mano de Dan Martin. El duro bostoniano de abundante cabellera castaña miró a Pitt con unos vivos ojos azules de elfo.

—Lo estoy poniendo a punto para la President's Cup del próximo fin de semana, pero el motor me trae de cabeza. El carburador, la bomba de gasolina y el cableado son nuevos; sin embargo, no hay manera de que arranque.

Pitt se inclinó para mirar el motor de cuatro cilindros.

—Se parece mucho al motor del viejo Austin estadounidense —comentó, al recordar el pequeño coche fabricado en los años veinte y treinta.

—Ha acertado. En realidad es un motor American Bantam. El segundo propietario tenía una concesionaria de American Bantam y, al parecer, quitó el motor original para instalar uno de los suyos. Funcionaba sin problemas hasta que decidí hacerle una revisión.

—Siempre pasa lo mismo.

—¿Puedo ofrecerle una cerveza? —preguntó Martin, que se limpió la grasa de las manos con un trapo.

—Es un poco temprano para mí —contestó Pitt.

Martin buscó en una nevera hasta dar con una botella de Sam Adams. La destapó, se apoyó en la borda y bebió un largo trago.

—Supongo que no ha venido hasta aquí solo para hablar de barcos.

—No, eso solo es una gratificación —respondió Pitt con una sonrisa—. Me preguntaba qué sabe de la explosión ocurrida la semana pasada en el Laboratorio de Investigación Medioambiental y de Tecnología de la Universidad George Washington.

—Dado que el director de la NUMA no ha ido a mi despacho, supongo que esta es una entrevista no oficial, ¿verdad?

—Totalmente —dijo Pitt con un gesto.

—¿Qué es lo que le interesa saber? —Martin miró la etiqueta de la botella.

—Lisa Lane, la científica cuyo laboratorio estalló, es amiga íntima de mi esposa. Yo acababa de entrar en el edificio para darle un informe cuando el lugar estalló.

—Es sorprendente que nadie resultase muerto —comentó Martin—. Pero parece que fue una explosión controlada.

—¿Tiene a gente trabajando en ello?

Martin asintió.

—Cuando la policía no puede identificar la causa, clasifican lo ocurrido como supuesto acto terrorista y nos llaman. Unos días atrás, enviamos allí a tres de nuestros agentes.

Dan Martin era el director de operaciones antiterroristas locales del FBI dentro de la división de contraterrorismo. Como Pitt, Martin era aficionado a los coches antiguos y a los barcos, y se había hecho amigo del director de la NUMA después de competir contra él en un concurso de coches antiguos unos años atrás.

—¿Así que nadie cree que la explosión fuese un accidente? —preguntó Pitt.

—No podemos decir nada definitivo todavía, pero todo apunta en esa dirección. Lo primero que buscó la policía fue alguna tubería de gas rota, pero el epicentro de la explosión estaba bien lejos de la tubería más cercana. Las conexiones de gas del edificio no quedaron destruidas con la explosión, algo que habría provocado muchos más daños.

—Eso parece indicar que la fuente fue un artefacto colocado, si descartamos que se tratara de algo del mismo laboratorio.

—Me han dicho que había cilindros de oxígeno y dióxido de carbono, lo que podría ser una causa. Mis agentes están analizando todos los residuos. Eso nos dirá si había algún material explosivo que no debía estar en el laboratorio. Espero tener los resultados sobre mi mesa mañana.

—La señorita Lane parece creer que la explosión no fue causada por nada que llevase ella al laboratorio. ¿Conoce algo acerca de su campo de investigación?

—Me han dicho que es algún tipo de bioquímica relacionado con los gases de efecto invernadero.

Pitt le explicó los intentos de Lisa para crear la fotosíntesis artificial y el importante descubrimiento hecho muy poco antes de producirse la explosión.

—¿Cree que puede haber alguna relación con su trabajo? —preguntó Martin, que acabó la cerveza y guardó la botella vacía en la nevera.

—No tengo pruebas, solo es una sospecha. Supongo que sabrá más cuando le informen de si se trató de algún artefacto explosivo.

—¿Algún presunto culpable?

Pitt sacudió la cabeza.

—Lane no pudo darme ningún nombre cuando se lo pregunté.

—Si descartamos una explosión accidental, entonces comenzaremos las investigaciones más a fondo y veremos si alguna persona tenía motivos. También añadiré un posible sabotaje industrial a la lista. Quizá haya algunas demandas contra la universidad que podrían orientarnos en la búsqueda.

—Hay otra línea que podría investigar. El ayudante de Lane, un tipo llamado Bob Hamilton. Una vez más, no tengo pruebas, pero me resulta extraño que no estuviera allí cuando se produjo la explosión en el laboratorio.

Martin miró a Pitt y vio cierta inquietud en sus ojos. Conocía a Pitt lo bastante bien para saber que no se trataba de una suposición sin sentido. Si Pitt tenía una corazonada, había que seguirla sin la menor duda.

—Haré que lo investiguen —prometió Martin—. ¿Alguna cosa más?

Pitt asintió con una sonrisa astuta.

—Un caso de mala alineación —dijo, y se metió en el compartimiento del motor.

Sacó la tapa del distribuidor, lo hizo girar ciento ochenta grados, volvió a colocar la tapa y sujetó los enganches.

—Pruebe ahora —dijo a Martin.

El hombre del FBI se acercó al panel en la bañera y pulsó el botón de arranque. El pequeño motor giró dos veces y arrancó; aunque al ralentí, sonaba como una potente máquina de coser. Martin dejó que el motor se calentase durante unos minutos, antes de apagarlo con una expresión de vergüenza.

—Por cierto, Tony quiere su taladro —dijo Pitt, mientras se levantaba para marcharse.

Martin sonrió.

—Gracias por la visita, Dirk. Le avisaré cuando tengamos algo del laboratorio.

—Gracias. Buena suerte en la regata.

En el momento en el que Pitt subía al muelle, Martin recordó algo y gritó:

—Me han dicho que ha acabado de restaurar su coche y que lo han visto conduciéndolo por la ciudad. Me encantaría verlo funcionando.

Pitt sacudió la cabeza con expresión dolida.

—Mucho me temo que solo es un rumor malintencionado —respondió, y siguió su camino.

34

El análisis forense de los residuos encontrados en el laboratorio llegó a la mesa de Martin a las diez de la mañana siguiente. Después de hablar con el agente que dirigía la investigación, cogió el teléfono y llamó a Pitt.

—Dirk, acabo de leer el análisis de los residuos. Sin embargo, me temo que no puedo darle una copia del informe.

—Lo comprendo —contestó Pitt—. Pero ¿podría resumirme brevemente los resultados?

—Ha dado usted en la diana. El laboratorio está casi seguro de que fue un explosivo. Encontraron rastros de nitroglicerina por toda la habitación.

—¿No es el componente explosivo de la dinamita?

—Sí, es así como lo empaquetan, en los cartuchos de dinamita. No es alta tecnología, pero es un explosivo muy potente.

—No sabía que todavía se fabricaban.

—Llevan años utilizándolos, y todavía hay una gran demanda industrial, sobre todo en la minería.

—¿Alguna posibilidad de rastrear su origen?

—Solo hay un puñado de fabricantes, y cada uno utiliza una fórmula ligeramente distinta, así que podría decirse que el compuesto lleva una firma. El laboratorio ya ha averiguado que las muestras corresponden a un fabricante de explosivos en Canadá.

—Eso acota el camino.

—Es verdad, pero también es posible que acabe ahí. Enviaremos algunos agentes para que hablen con el fabricante y comprueben sus registros de ventas, aunque yo no me haría muchas ilusiones. Lo más probable es que robaran el explosivo en alguna mina y ni siquiera se hayan enterado del robo. Solo espero que esto no sea el inicio de una campaña de atentados.

—Estoy seguro de que no —afirmó Pitt—. Creo que el laboratorio de Lane era el único objetivo.

—Es probable que esté en lo cierto. Encontraron algo más que apoya esa teoría. Nuestros analistas han establecido que los explosivos estaban en una caja de cartón. A diferencia de una bomba de tubo, en la que el objetivo de la metralla es herir o matar, nuestro criminal se decidió por algo un tanto más inofensivo. Es como si con la explosión no se tuviese la intención de matar o, desde luego, provocar un elevado número de víctimas.

—Algo que es de agradecer, pero supongo que su trabajo solo está empezando.

—Así es, los resultados harán que llevemos una investigación en toda regla. Hablaremos con todos los que estaban en el edificio. Nuestra esperanza es que alguien viese algo o a alguien fuera de lugar que nos lleve a la siguiente pista. —Martin sabía que las explosiones al azar eran uno de los crímenes más complicados de investigar y a menudo los más difíciles de resolver.

—Gracias por ponerme al día, Dan, y buena suerte. Si me entero de algo, se lo comunicaré.

Pitt colgó y fue por el pasillo hacia una reunión sobre las boyas de alerta de huracanes de la NUMA instaladas en el golfo de México. En cuanto acabó con sus compromisos de la tarde, abandonó el edificio. La explosión en el laboratorio no dejaba de inquietarlo, y, por mucho que lo intentaba, no podía evitar tener la sensación de que había graves consecuencias en juego.

Fue hasta el Georgetown University Hospital con la esperanza de que aún no hubiesen dado de alta a Lisa. La encontró en su habitación del segundo piso, acompañada de un hombre bajo vestido con un traje de tres piezas. El desconocido se levantó de la silla situada en un rincón y miró a Pitt con recelo cuando lo vio entrar.

—No pasa nada, agente Bishop —dijo Lisa desde la cama—. Es Dirk Pitt, un amigo mío.

El agente del FBI asintió sin cambiar de expresión y abandonó la habitación para montar guardia en el pasillo.

—¿Puedes creerlo? —preguntó Lisa, después de saludar a Pitt—. El FBI lleva interrogándome todo el día, y ahora no me dejan sola.

—Deben de sentir un aprecio especial por las bioquímicas guapas —bromeó Pitt con una cálida sonrisa. Para sus adentros dio gracias por la presencia del agente; Martin se estaba tomando las cosas en serio.

Lisa se ruborizó al escuchar sus palabras.

—Loren me ha llamado hace un rato, pero no me ha avisado de que vendrías.

—Me he preocupado un poco al enterarme de que el FBI está investigando.

Observó que Lisa había mejorado mucho desde su última visita. Había recuperado el color, tenía una mirada clara y la voz era firme. Sin embargo, el yeso en la pierna y el cabestrillo en el hombro indicaban que aún estaba muy lejos de poder jugar un partido de tenis.

—¿Qué pasa? A mí no me cuentan nada —comentó la bioquímica, con una mirada de súplica.

—Creen que la explosión en el laboratorio se debió a una bomba.

—Ya me parecía que era eso lo que insinuaban —dijo Lisa en un susurro—. Solo que me costaba creer que fuese verdad.

—Al parecer, encontraron residuos de un material explosivo en tu laboratorio. Sé que es difícil de entender. ¿Tienes algún enemigo, personal o profesional, que quisiera desquitarse?

—He hablado de ello con los agentes del FBI esta misma mañana. —Sacudió la cabeza—. No sé de nadie capaz de cometer semejante acto. Y lo mismo ocurre con Bob.

—Es posible que colocaran el explosivo en tu laboratorio al azar, quizá algún loco que está resentido contra la universidad.

—Es la única explicación racional que se me ocurre. Aunque Bob y yo siempre cerramos el laboratorio cuando nos vamos.

—Hay otra posibilidad —señaló Pitt—. ¿Crees que algún competidor pueda haberse sentido amenazado por los resultados de tus investigaciones?

Lisa consideró la pregunta durante un momento.

—Supongo que es posible. He publicado diversos trabajos relacionados con mi investigación, y sé que puede producir efectos a largo alcance. No obstante, solo tú, Loren y Bob conocíais el descubrimiento del catalizador. Nadie más lo sabía. Resulta difícil creer que alguien pudiese reaccionar tan rápido, en caso de que estuvieran al corriente del descubrimiento.

Pitt permaneció en silencio mientras Lisa miraba a través de la ventana durante unos segundos.

—A mí me parece que un método que funcione para conseguir la fotosíntesis artificial solo tendría efectos positivos. ¿Quién puede sentirse perjudicado por una reducción en los gases de efecto invernadero?

—Si encuentras la respuesta, tendremos a un posible sospechoso —dijo Pitt. Miró una silla de ruedas colocada en el lado opuesto de la cama—. ¿Cuándo te dejarán salir de aquí?

—El médico ha dicho que con toda seguridad mañana por la tarde. No veo la hora. Quiero volver a mi trabajo y escribir un artículo acerca de mis descubrimientos.

—¿Puedes reproducir los resultados del ensayo? —preguntó Pitt.

—Todo está aquí. —Lisa se tocó la cabeza—. En cualquier caso, tendré que pedir prestado un laboratorio para repetir todo el proceso. Siempre y cuando la cooperativa de mineros de Ontario pueda facilitarme otra muestra de rutenio.

—¿Es tu proveedor del mineral?

—Sí. Es muy caro. El coste podría acabar siendo el motivo para que el proceso no se lleve a la práctica.

—Yo diría que, ahora más que nunca, estarás en condiciones de conseguir todo el dinero que necesites.

—No es solo el coste del rutenio, es la disponibilidad. Bob dice que es prácticamente imposible de encontrar.

Pitt pensó por un momento, y luego le sonrió.

—No te preocupes, todo se solucionará. Creo que no debo continuar interrumpiendo tu convalecencia. Si necesitas a alguien que empuje tu silla de ruedas, no dudes en llamar.

—Gracias, Dirk. Loren y tú habéis sido muy amables. Tan pronto como pueda moverme, os invitaré a cenar.

—Será un placer.

Pitt iba hacia su coche cuando vio que eran casi las cinco y media. Llevado por una súbita corazonada, llamó a Loren para avisarla de que llegaría tarde y volvió a las oficinas de la NUMA. Subió en el ascensor hasta el décimo piso, donde se encontraba el centro informático de la agencia. Aquel imponente despliegue de los procesadores más modernos contenía los bancos de datos correspondientes a los océanos del mundo. La información de las corrientes, las mareas y las condiciones meteorológicas transmitida en tiempo real por las boyas a través de los satélites daba una imagen inmediata de cada uno de los océanos y mares. El sistema también guardaba una enorme cantidad de trabajos de investigación oceanográfica y permitía un acceso instantáneo a los últimos descubrimientos en ciencias marinas.

Pitt vio a un hombre con coleta sentado delante de una gran consola; estaba discutiendo con una bella mujer que se encontraba unos pocos metros más allá.

Hiram Yaeger era el diseñador del centro informático de la NUMA y un experto en la administración de bases de datos. Aunque vestía una camiseta de colores y botas vaqueras, Yaeger era un hombre de familia que adoraba a sus dos hijas adolescentes. Pitt sabía que Yaeger siempre preparaba el desayuno a su mujer y a sus hijas, y a menudo se escabullía por la tarde para asistir a partidos de fútbol y a conciertos, pero recuperaba el tiempo perdido por la noche.

Cuando se acercó, se maravilló, como siempre, de que la mujer que discutía con Yaeger no fuese real sino un holograma tridimensional. Diseñado por el propio Yaeger como un interfaz de la vasta red informática, el holograma era un modelo que reproducía a su esposa y al que, afectuosamente, había dado el nombre de Max.

—Señor Pitt, debería aclararle algunas cosas a Hiram —dijo Max, al verlo—. No quiere creerme cuando le digo que el bolso de una mujer tiene que hacer juego con los zapatos.

—Siempre confío en lo que tú dices.

—Gracias. Ya lo ves —dijo ella en tono severo a Yaeger.

—De acuerdo. —Yaeger levantó las manos—. ¡Menuda ayuda me das para elegir el regalo de cumpleaños de mi esposa! —El informático se volvió hacia Pitt—. Nunca tendría que haberla programado para que discutiese conmigo como mi esposa.

El director de la NUMA se sentó a su lado.

—Eras tú quien quería que fuese lo más real posible —señaló, con una carcajada.

—Dime que has venido a hablarme de otra cosa que no sea el vestuario femenino —suplicó Yaeger.

—La verdad es que quisiera que Max me ayudase con algunas preguntas de minerales.

—Un cambio de conversación que agradezco —afirmó Max, que miró a Yaeger por encima de la nariz—. Será un placer ayudarlo, director. ¿Qué quiere saber?

—Para empezar, ¿qué puedes decirme del rutenio?

Max cerró los ojos un segundo y luego habló muy rápido.

—El rutenio es un metal de transición del grupo del platino, conocido por su dureza. De color blanco grisáceo, es el elemento 44; también es conocido por su símbolo Ru. Su nombre deriva de la palabra latina *ruthenia*, que significa Rusia. Un geólogo ruso, Karl Klaus, lo descubrió en 1844.

—¿Hay demanda de este mineral? ¿En qué se emplea?

—Se utiliza como endurecedor, sobre todo cuando se combina con otros elementos como el titanio, que son muy valiosos en la industria. La irregularidad en el suministro ha provocado un fuerte aumento del precio, lo que ha obligado a los fabricantes a buscar otros compuestos.

—¿Qué precio puede alcanzar? —preguntó Yaeger.

—Es uno de los minerales más escasos del planeta. La cotización actual es de doce mil dólares la onza.

—¡Caray! —exclamó Yaeger—. Eso multiplica por diez el valor del oro. Qué pena no tener una mina de rutenio.

—Hiram ha planteado una buena pregunta —dijo Pitt—. ¿Dónde se extrae este mineral?

Max frunció el entrecejo por un momento mientras buscaba en la base de datos.

—Ahora mismo no hay una información exacta de los proveedores. África del Sur y los montes Urales en Rusia han sido las fuentes históricas para la extracción del rutenio en el último siglo. En África del Sur se extrajeron unas diez toneladas métricas al año de una sola mina en Bushveld, pero su producción llegó al máximo en los setenta y bajó casi a cero en el año 2000. Incluso con la subida de precio, no hay más producción.

—En otras palabras: sus minas se han agotado —dijo Pitt.

—Es correcto. No se ha hecho ningún descubrimiento importante en la región en más de cuarenta años.

—Todavía quedan los rusos —apuntó Yaeger.

Max sacudió la cabeza.

—El rutenio ruso procedía de dos pequeñas minas en el valle de Vissim. Su producción alcanzó el máximo en los cincuenta. Un fuerte terremoto destruyó y sepultó las instalaciones hace varios años. Los rusos abandonaron ambos lugares, porque dijeron que se tardarían muchos años en poner de nuevo en marcha cualquiera de las dos minas.

—No es de extrañar que sea tan caro —manifestó Yaeger—. ¿A qué viene tu interés por el mineral, Dirk?

Pitt le contó el descubrimiento de la fotosíntesis artificial hecho por Lisa y la importancia del rutenio como catalizador, y también la explosión en el laboratorio. Yaeger silbó por lo bajo después de pensar en las implicaciones.

—Esto hará multimillonario al propietario de alguna de esas minas.

—Solo si se encuentra el rutenio —señaló Pitt—. Lo que me lleva a otra pregunta. ¿Dónde podría comprarlo en cantidad?

Max miró hacia al techo.

—A ver... hay uno o dos agentes en Wall Street especializados en metales preciosos que podrían venderle algo como inversión, pero las cantidades disponibles son pequeñas. Solo encuentro una pequeña mina de platino en Sudamérica en la que tienen derivados para la venta, aunque habría que refinarlos. Las cantidades disponibles en este momento son escasas. La única otra fuente que consta es la Cooperativa Minera de Ontario, que anuncia que pone a la venta una cantidad limitada de rutenio de primera calidad por onza troy.

—Esa cooperativa es donde Lisa compró su muestra —dijo Pitt—. ¿Qué más puedes decirme de ellos?

—La cooperativa minera representa a las minas independientes de todo Canadá, y funciona como una central de ventas. Está en la ciudad de Blind River, Ontario.

—Gracias, Max. Como siempre has sido de gran ayuda. —Pitt había superado hacía mucho la inquietud de hablar a una imagen holográfica y, como Yaeger, tenía la sensación de que Max era una persona real.

—Ha sido un placer —manifestó Max. Miró a Yaeger y le advirtió—: No olvide mi consejo para el regalo a su esposa.

—Adiós, Max —dijo Yaeger, y apretó un interruptor. Al instante, Max había desaparecido. Yaeger miró a Pitt—. Es una pena que el descubrimiento de tu amiga pueda acabar en nada si no hay rutenio para poner en marcha el proceso.

—Dado que las consecuencias pueden ser muy importantes, encontrarán alguna fuente —respondió Pitt, confiado.

—Si tu corazonada acerca de la explosión en el laboratorio es correcta, eso significa que hay alguien más que sabe de la escasez de ese mineral.

—Eso me temo. Si están dispuestos a matar para acabar con la investigación, es probable que intenten monopolizar la cantidad que queda.

—¿Qué harás ahora?

—Solo hay un lugar donde ir: la cooperativa de mineros de Ontario. Necesito saber cuánto rutenio queda en el planeta.

SEGUNDA PARTE

Kobluna negro

35

Summer estaba esperando en el muelle cuando vio que la embarcación de Trevor entraba en el puerto. Vestía un ajustado suéter color azafrán que acentuaba el brillo de sus cabellos rojos, que le caían sueltos por debajo de los hombros. La mirada de sus ojos grises se suavizó mientras la lancha se acercaba al muelle y Trevor se asomaba por la puerta de la timonera para saludarla.

—¿Va en mi dirección, marinero? —preguntó la muchacha con una amplia sonrisa.

—Si no iba, ahora voy —respondió él. Miró a Summer con abierta admiración y le tendió la mano para ayudarla a subir a bordo—. ¿Dónde está Dirk?

—Todavía le duele la cabeza, así que se ha tomado un par de aspirinas y se ha acostado de nuevo.

Trevor apartó la embarcación del muelle y pasó frente a los amarres municipales antes de virar hacia la bocana del puerto. De haber mirado hacia el pequeño aparcamiento de tierra junto al muelle quizá habría visto que un hombre vestido con elegancia sentado en un jeep marrón los observaba.

—¿Acabaste la inspección de esta mañana? —preguntó Summer cuando pasaban junto a un barco maderero cargado hasta los topes.

—Sí. La fundición de aluminio ha solicitado permiso para hacer una pequeña ampliación de la zona de carga. No es más que un simple requisito que se necesita: hay que realizar un informe del impacto medioambiental. —Le dirigió una sonrisa un tanto socarrona—. Me tranquilizó no encontrar a la policía esperándome en la lancha esta mañana.

—Dudo que alguien te viese en las instalaciones de Terra Green. Dirk y yo somos quienes corremos el mayor riesgo de acabar fotografiados en un cartel de SE BUSCA en la oficina de correos de Kitimat —dijo ella, con una risa nerviosa.

—Estoy seguro de que los guardias de la planta no presentarán una denuncia a la policía. Después de todo, creen que son responsables del asesinato de Dirk.

—A menos que una cámara de vigilancia te viese rescatándolo con vida del agua.

—Si es así, tendremos problemas. —Se volvió para mirar a Summer, con preocupación en el rostro—. Quizá sería una buena idea que tú y Dirk no os dejéis ver mucho por la ciudad. Una pelirroja alta y hermosa tiende a destacar en Kitimat.

En vez de ruborizarse, Summer se acercó a Trevor y lo miró a los ojos. Él soltó el timón y le rodeó la cintura con los brazos, apretándola contra su cuerpo. Le devolvió la mirada y después la besó larga y apasionadamente.

—No quiero que te ocurra nada —susurró.

El piloto de un pequeño barco de carga que pasaba en dirección opuesta fue testigo del abrazo e hizo sonar la bocina para saludar a la pareja. Trevor levantó una mano para corresponder al saludo y se puso otra vez al timón. Navegaron a buena velocidad por el canal Douglas, sin apartar en ningún momento el brazo que rodeaba con fuerza la cintura de avispa de la joven.

La embarcación turquesa de la NUMA seguía amarrada donde la habían dejado. Summer puso inmediatamente el motor en marcha. Las dos lanchas jugaron a disputar una carrera en el trayecto de regreso a Kitimat; pasaron lejos de la planta de Terra Green sin incidentes. Acababan de amarrar en el muelle municipal cuando apareció Dirk. Caminaba a paso lento y llevaba una gorra de béisbol para disimular el vendaje.

—¿Qué tal la cabeza? —preguntó Trevor.

—Mejor. El martilleo ha pasado de tener la fuerza de la dinamita a la de un martillo neumático. Aunque las campanas continúan repicando alto y claro.

Summer acabó de amarrar la lancha de la NUMA y se acercó a los dos hombres con una abultada caja en la mano.

—¿Estáis preparados para trabajar? —preguntó.

—¿Las muestras de agua? —preguntó Trevor.

—Así es —respondió ella.

Levantó la caja que contenía el analizador de agua de la piscina municipal de Kitimat y subió a la lancha de Trevor para ayudarlo con las muestras recogidas la noche anterior. Dirk y Trevor se sentaron en la borda mientras Summer abría el equipo y comenzaba a comprobar la acidez de las muestras.

—Esta tiene un pH de 8.1 —anunció cuando acabó de analizar la primera muestra—. La acidez está un poco por encima de los niveles de las aguas que la rodean, pero no es significativo.

Acabó con sus muestras de agua y a continuación analizó las recogidas por Trevor. Los resultados mostraron unas variaciones apenas apreciables. Tras comprobar la acidez de la última muestra, una expresión de derrota cruzó su rostro.

—Una vez más, el nivel de acidez es de 8.1. Por extraño que resulte, el agua alrededor de la planta de Terra Green no muestra ninguna lectura que se aparte de los índices normales.

—Esto parece echar por tierra nuestra teoría de que la planta está vertiendo dióxido de carbono.

—Una estrella de oro para Mitchell Goyette —manifestó Dirk en tono sarcástico.

—No dejo de preguntarme por aquel buque cisterna —dijo Summer.

Trevor le dirigió una mirada de curiosidad.

—Nos pillaron y no pudimos comprobarlo, pero Dirk y yo creemos que el barco estaba cargando dióxido de carbono en vez de descargarlo.

—No tiene mucho sentido, a menos que lo estén transportando a otra planta o lo viertan en el mar.

—Antes de perseguir a ese barco por medio mundo, creo que deberíamos echar otra ojeada donde medimos la acidez extrema

—opinó Summer—, y ese lugar es el estrecho de Hécate. Tenemos el equipo necesario para investigar —añadió señalando con un gesto la lancha de la NUMA.

—Así es —asintió Dirk—. Tenemos que investigar el fondo marino frente a la isla Gil. La respuesta tiene que estar allí.

—¿Podéis quedaros y realizar la investigación? —preguntó Trevor, ilusionado.

Dirk miró a su hermana.

—Recibí una llamada de la oficina de Seattle. Necesitarán la lancha este fin de semana para unos trabajos en Puget Sound. Podemos quedarnos dos días más, pero luego tendremos que marcharnos.

—Nos dará tiempo para recorrer buena parte de territorio frente a la isla —dijo Summer—. Habrá que salir mañana muy temprano. ¿Podrás venir con nosotros, Trevor? —Esta vez fue ella quien le dirigió la mirada cargada de ilusión.

—No me lo perdería por nada del mundo —afirmó Trevor, muy alegre.

En el momento en el que salían del muelle, el jeep marrón, con una pegatina de una agencia de alquiler de coches en la parte trasera, arrancó y circuló a poca velocidad por la carretera. El conductor se detuvo durante unos momentos en un claro, donde podía ver sin obstáculos el muelle principal y la bahía. Sentado al volante, Clay Zak miró a través del parabrisas y observó las dos embarcaciones al final del muelle, amarradas la una detrás de la otra. Asintió para sí mismo y luego continuó la marcha.

36

A la mañana siguiente, Trevor llegó al muelle alrededor de las siete. Dirk y Summer ya estaban colocando el equipo de sónar en la cubierta de popa. Dio un rápido beso en la mejilla a Summer mientras Dirk se ocupaba de enrollar el cabo de arrastre, y subió a bordo una nevera portátil.

—Espero que os guste un buen salmón ahumado para comer —dijo.

—Yo diría que es una gran mejora comparado con la provisión de mantequilla de cacahuete y encurtidos de eneldo de la despensa de Dirk —aprobó Summer.

—Nunca tienes que preocuparte de que se estropeen —se defendió Dirk.

Entró en la timonera para arrancar el motor, y volvió a popa.

—Tengo que repostar antes de salir —anunció.

—Hay un muelle con una bomba un poco más adelante —le informó Trevor—. Es más barata que la gasolinera del puerto deportivo. —Pensó unos instantes—. Yo también tengo que repostar. Podéis seguirme hasta allí; luego dejaré mi lancha en el camino de salida al canal.

Dirk asintió, y Trevor saltó de la cubierta para caminar hasta donde tenía amarrada su lancha, detrás de la embarcación de la NUMA. Abrió la puerta de la timonera, encendió el motor y escuchó el ronroneo del ralentí. Al mirar el indicador de combustible, vio unas gafas de sol que Summer se había dejado encima del salpicadero. Miró por la ventanilla y la vio quitando las amarras de la lancha de la NUMA. Recogió las gafas, saltó de la embarcación y corrió por el muelle.

—¿Necesitas protección para esos bonitos ojos grises? —preguntó.

Summer arrojó el cabo de proa a la cubierta y luego miró a Trevor, que le ofrecía las gafas de sol. La muchacha alzó la vista al cielo un momento y vio los nubarrones que se acercaban; luego lo miró a los ojos.

—No creo que vaya a necesitarlas, aunque gracias de todos modos por probar que no eres un ladrón.

Estaba cogiendo las gafas cuando se escuchó de pronto una detonación seca detrás de ellos, seguida al instante de una estruendosa explosión que los arrojó al muelle. Una lluvia de astillas ardientes voló por encima de sus cabezas. Trevor se lanzó sobre Summer, para protegerla de la metralla, a consecuencia de lo cual varios pequeños trozos de madera y fibra de vidrio se le clavaron en la espalda.

Un sencillo detonador programado para activarse a los cinco minutos, conectado a cuatro cartuchos de dinamita y a la llave de arranque de la embarcación de Trevor, había desatado el infierno. El estallido había arrancado casi toda la sección de popa y destruido la mayor parte de la timonera. La popa se hundió de inmediato y la proa aplastada se mantuvo en la superficie, colgada de la amarra en un ángulo grotesco.

Dirk se encontraba en el interior de la timonera de su embarcación en el momento de la explosión, por lo que no sufrió ninguna herida causada por la metralla. Salió a toda prisa para saltar al muelle, donde su hermana se levantaba con la ayuda de Trevor. Como Dirk, había salido ilesa. En cambio, Trevor había sido menos afortunado. Tenía la espalda empapada de sangre debido a una gran astilla clavada en el hombro, y cojeaba a consecuencia del impacto de un trozo de madera en una pierna. Sin hacer caso de las lesiones, fue cojeando hasta los humeantes restos de su lancha. Summer y Dirk comprobaron que ambos estaban ilesos; luego Dirk subió de nuevo a bordo para coger un extintor y apagar unos restos humeantes que amenazaban con provocar un incendio.

Summer encontró una toalla y se acercó a Trevor, que se apretaba el corte en el hombro mientras miraba conmocionado la ruina en la que se había convertido su embarcación. Se escuchó una sirena que anunciaba la eminente llegada de la policía, Trevor se volvió para mirar a la muchacha con una expresión donde se mezclaban el dolor y la furia.

—Ha tenido que ser Terra Green —murmuró—. Me pregunto si fueron ellos quienes mataron a mi hermano.

En un café del muelle, a tres kilómetros de distancia, Clay Zak miró complacido a través de la ventana la columna de humo y fuego que se levantaba a lo lejos. Terminó el café y la pasta, dejó una generosa propina sobre la mesa y salió para ir al jeep marrón aparcado en la calle.

—Humo en el agua —dijo en voz alta, y tarareó la canción de Deep Purple antes de subir al coche.

Sin la menor preocupación, emprendió el trayecto hasta el aeropuerto en las afueras de la ciudad, donde el avión privado de Mitchell Goyette lo esperaba en la pista.

37

El avión dio otra vuelta a la espera de que despegase una avioneta, la pista quedara libre y recibiera la orden de aterrizaje de la torre de control. Pintado con el mismo color turquesa que las embarcaciones, el Hawker 750 de la NUMA se posó en la pista. Se dirigió hacia un edificio antes de detenerse junto a un Gulfstream G650 mucho más grande. Se abrió la puerta y Pitt se apresuró a bajar al tiempo que se ponía una chaqueta para protegerse del aire helado. Entró en la terminal, donde lo saludó un hombre corpulento detrás del mostrador de recepción.

—Bienvenido a Elliot Lake. No es frecuente que tengamos dos aviones a reacción el mismo día —comentó en tono campechano.

—¿Quizá es un poco corto para aviones grandes? —preguntó Pitt.

—Nuestra pista tiene una longitud de mil quinientos metros, pero esperamos alargarla el año que viene. ¿Necesita un coche de alquiler?

Pitt asintió, y pocos minutos después salió de la terminal con las llaves de un todo terreno Ford azul. Desplegó un mapa sobre el capó del coche para buscar su lugar de destino. Elliot Lake era una pequeña ciudad cerca de la costa nordeste del lago Hurón. Situada a unos cuatrocientos cuarenta kilómetros al norte de Detroit, la ciudad pertenecía al distrito de Algoma, en la provincia de Ontario. La región estaba compuesta de montañas, sinuosos ríos y grandes lagos. Pitt ubicó el aeropuerto en el mapa: se hallaba a unos pocos kilómetros al sur de la ciudad, rodeado por densos bosques. Siguió con el dedo una carretera solitaria que se dirigía hacia el sur a través de las montañas, para acabar en la costa del lago Hurón y la autopista Transcanadiense. A unos veinticinco kilómetros al oeste estaba el destino de Pitt, una vieja ciudad minera y maderera llamada Blind River.

La carretera, que pasaba por varios lagos de montaña y un caudaloso río que descargaba en una gran cascada, le ofreció un paisaje lleno de encanto. Bajó al llano de la costa del lago Hurón y poco después entró en Blind River. Condujo lentamente por la pequeña ciudad y admiró las típicas casas de madera construidas en los años treinta. Pitt continuó más allá de los límites del pueblo hasta ver un gran almacén junto a una extensión de terreno donde había hileras de montículos de piedras y minerales. La bandera canadiense ondeaba sobre un viejo cartel donde decía: ALMACÉN Y COOPERATIVA DE MINEROS DE ONTARIO. Pitt entró en el patio y aparcó delante de la puerta del almacén en el mismo momento en el que un hombre de hombros anchos vestido con un traje marrón bajaba los escalones de la entrada para ir hacia un coche blanco aparcado un poco más allá. Pitt advirtió que el hombre lo miraba a través de las gafas de sol cuando se apeó de su coche y entró en el edificio.

El polvoriento interior recordaba un museo minero. Las viejas carretillas oxidadas y los picos se amontonaban en los rincones, y las altas estanterías estaban cargadas hasta los topes con revistas de minería y viejas fotos. Detrás de un largo mostrador de madera había una enorme caja de caudales antigua que Pitt dedujo era donde guardaban las muestras de los minerales más valiosos.

Detrás del mostrador estaba sentado un hombre mayor con un aspecto que encajaba casi a la perfección con la vetustez del local. Tenía la cabeza con forma de bulbo y el pelo gris; los ojos y los bigotes hacían juego con la desteñida camisa de franela que llevaba debajo de unos tirantes a rayas. Miró a Pitt por encima de unos quevedos coloreados sobre la punta de la nariz.

—Buenos días —saludó Pitt, y se presentó. Al mirar el pulido recipiente de hojalata que parecía una gran botella de licor, comentó—: Es bonita esta aceitera antigua que tiene aquí.

Los ojos del viejo se iluminaron al comprender que Pitt no era un turista perdido que solo quería pedir información.

—Se utilizaba para cargar las primitivas lámparas de los mineros. Procede de las minas Bruce. Mi abuelo trabajó en las minas de cobre hasta que cerraron en 1921 —explicó con voz asmática.

—¿Había mucho cobre en estas colinas? —preguntó Pitt.

—No lo suficiente. La mayoría de las minas de cobre y oro cerraron hace décadas. Atrajeron a muchos buscadores en sus tiempos, pero fueron muy pocos los que se hicieron ricos. —Sacudió la cabeza, miró a Pitt a los ojos y preguntó—: ¿Qué puedo hacer por usted?

—Me interesaría saber cuáles son sus existencias de rutenio.

—¿Rutenio? —repitió el viejo. Miró a Pitt con expresión intrigada—. ¿Viene usted con ese tipo grandote que acaba de salir?

—No. —Pitt recordó el extraño comportamiento del hombre del traje marrón e intentó librarse de la molesta sensación de haberlo visto ya en alguna parte.

—Es curioso —comentó el viejo, mirando a Pitt con recelo—. Ese tipo dijo que era del Ministerio de Recursos Naturales en Ottawa. Ha venido aquí para ver qué cantidad teníamos de rutenio y su origen. Es extraño que fuese el único mineral que le interesara y que usted aparezca ahora para preguntar lo mismo.

—¿Le dijo su nombre?

—Si no recuerdo mal dijo que se llamaba John Booth. Me pareció un tipejo un tanto extraño. ¿Cuál es su interés, señor Pitt?

Pitt le explicó por encima las investigaciones de Lisa Lane y la importancia del rutenio en su trabajo científico. Sin embargo, no mencionó la magnitud del descubrimiento o la explosión ocurrida en el laboratorio de la Universidad George Washington.

—Recuerdo haber enviado una muestra a ese laboratorio hace un par de semanas. No recibimos muchos pedidos de rutenio, solo de unos pocos laboratorios de investigación públicos y, de vez en cuando, de alguna empresa de alta tecnología. Con un precio tan elevado, no son muchos los que pueden permitirse comprarlo. Por supuesto, la reciente alza de su cotización nos permite ganar un buen dinero cuando recibimos un pedido. —Sonrió con un guiño de complicidad—. Solo desearía que tuviésemos una fuente para reponer nuestras existencias.

—¿No tienen ningún proveedor?

—No, en absoluto, hace años que no lo tenemos. Nuestra provisión se acabará dentro de muy poco. Solíamos recibir algo de una mina de platino en el este de Ontario, pero el mineral que extraen ahora no tiene un contenido importante de rutenio. Como le dije al señor Booth, la mayor parte de nuestra provisión de este mineral procedía de los inuit.

—¿Lo extrajeron en el norte? —preguntó Pitt.

—Eso parece. Lo busqué en el libro de compras para el señor Booth. —El viejo señaló un grueso tomo encuadernado en cuero al otro extremo del mostrador—. El mineral se compró hace más de cien años. Está todo detallado en el registro. Los inuit lo denominaban «kobluna negro». Pero nosotros siempre lo llamamos la muestra de Adelaida, porque los inuit vivían en un asentamiento en la península de Adelaida en el Ártico.

—¿O sea que ese es todo el suministro de rutenio canadiense?

—Hasta donde yo sé, sí. Pero nadie sabe si hay más en la mina inuit. Todo indica que la mina se agotó hace mucho tiempo. La historia dice que los inuit tenían miedo de regresar a la isla donde lo habían conseguido, debido a una maldición. Algo sobre los malos espíritus y que la mina estaba marcada por la muerte, la locura o algo por el estilo. Una de esas leyendas propias del norte.

—He descubierto que las leyendas locales a menudo tienen parte de verdad —comentó Pitt—. ¿Le importa si echo una ojeada al registro?

—En absoluto.

—El viejo geólogo fue hasta el extremo del mostrador y volvió con el libro; buscó entre las páginas mientras caminaba. De pronto frunció el entrecejo y su rostro se enrojeció.

—¡Santa María! —exclamó—. Arrancó la página delante mismo de mis narices. Aquí había un mapa dibujado a mano de la ubicación de la mina. Ahora ha desaparecido.

El viejo arrojó el libro sobre el mostrador y miró furioso hacia la puerta. Pitt vio que habían arrancado dos páginas del registro.

—Me arriesgaría a decir que el señor Booth no es quien afirmaba ser —manifestó Pitt.

—Tendría que haber sospechado algo cuando no supo qué era un cedazo —gruñó el hombre—. No sé por qué tuvo que destrozar nuestro registro. Podía haber pedido una copia.

Pero Pitt sabía la razón. El señor Booth no quería que nadie más supiese la fuente del rutenio de los inuit. Giró el libro hacia él y leyó la entrada parcial anterior a las páginas arrancadas.

> 22 de octubre de 1917. Horace Tucker de la Churchill Trading Company consignó las siguientes cantidades de minerales sin refinar:
>
> Cinco toneladas de mineral de cobre.
>
> Doce toneladas de mineral de plomo.
>
> Dos toneladas de zinc.
>
> Un cuarto de tonelada de rutenio (kobluna negro de Adelaida).
>
> Siguen fuentes y comentarios del ensayador.

—¿Fue el único envío inuit que recibieron? —preguntó Pitt.

El viejo asintió.

—Así es. En las páginas que faltan se decía que el mineral había sido conseguido décadas atrás. La factoría de Churchill no pudo encontrar un mercado para el mineral hasta que Tucker trajo una muestra además de otros minerales de una mina en Manitoba.

—¿Alguna posibilidad de que aún existan los registros de la Churchill Trading Company?

—No lo creo. Cerraron allá por 1960. Me crucé con Tucker unos pocos años más tarde en Winnipeg, poco antes de que falleciera. Recuerdo que me dijo que el edificio de madera de la factoría de Churchill se había incendiado. Supongo que los registros también se convirtieron en cenizas.

—Entonces hemos llegado al final del camino. Lamento que le robaran las páginas, pero gracias por compartir lo que sabe.

—Espere un momento —le interrumpió el viejo.

Abrió la pesada puerta de la caja de caudales. Buscó en una caja de madera y le arrojó algo a Pitt. Era una diminuta piedra pulida de un color blanco grisáceo.

—¿Kobluna negro?

—Un obsequio de la casa, para que sepa de qué hablamos.

Pitt le tendió la mano por encima del mostrador y estrechó la del geólogo al tiempo que le repetía su agradecimiento.

—Una cosa más —dijo el viejo, cuando Pitt ya iba hacia la puerta—. Si se encuentra otra vez con ese tal Booth, dígale que iré a por él con un pico si alguna vez lo veo.

La temperatura había bajado mucho debido a la llegada de un frente frío que ya había cubierto el cielo con oscuros nubarrones. Pitt esperó a que la calefacción del coche se pusiera en marcha antes de salir del aparcamiento de la cooperativa. Comió deprisa en un café de Blind River y emprendió el camino de regreso al aeropuerto por la sinuosa carretera de montaña, con la mente puesta en la historia del rutenio de los inuit. El mineral había llegado del Ártico, al parecer de un lugar cercano al poblado inuit en Adelaida. ¿Cómo habían logrado los inuit, con una tecnología primitiva, extraer el rutenio? ¿Había todavía reservas importantes en el lugar? ¿Quién era John Booth y por qué le interesaba el mineral inuit?

No encontró respuesta a ninguna de esas preguntas mientras cruzaba las montañas a escasa velocidad, ya que iba detrás de una autocaravana que circulaba mucho más lentamente. Al llegar a un tramo recto, el conductor de la autocaravana se apartó hacia el arcén e hizo una seña a Pitt para que pasara. Pitt aceleró y adelantó al vehículo con matrícula de Colorado.

Más adelante, la carretera zigzagueaba, con los dos carriles cortados en la rocosa ladera que bajaba hasta un río. Al trazar por una curva cerrada, Pitt vio que unos dos kilómetros más allá la carretera corría en paralelo a él. Por un momento, atisbó un coche blanco aparcado en el arcén. Era el mismo vehículo al que había subido John Booth en la cooperativa. Lo perdió de vista en la siguiente curva.

Tras pasar otra doble curva había un corto tramo recto. A la izquierda, la ladera bajaba casi vertical hasta el río, centenares de metros más abajo. Entre el ruido del motor del coche, a medida que ganaba velocidad en la recta, Pitt escuchó un débil estampido a lo lejos, como el de un petardo. Miró hacia delante sin ver nada en particular cuando un profundo estruendo siguió al primero. Un movimiento captó su atención y, al mirar hacia arriba, vio un peñasco del tamaño de una casa que se deslizaba por la ladera por encima de él. Por su trayectoria, supo que el enorme pedrusco caería delante del coche de Pitt, sesenta metros más adelante.

Pitt pisó el pedal de freno a fondo. Los neumáticos chirriaron en protesta, pero el ABS impidió que se bloqueasen las ruedas y el vehículo derrapase sin control. En los pocos segundos que Pitt tuvo que esperar para que el coche se detuviera, vio que se trataba de un desprendimiento masivo. Al enorme pedrusco lo seguía un muro de piedras y grava. Con la sensación de que media montaña se le echaba encima, comprendió que solo tenía una posibilidad de escapar.

La brusca frenada le había salvado del primer peñasco. La enorme roca golpeó el asfalto seis metros por delante de él, y se partió en varios trozos que, llevados por la inercia, saltaron por encima del guardarraíl para precipitarse por el abismo hasta el río. Algunos trozos más grandes cayeron en el camino, donde muy pronto quedaron enterrados por la avalancha.

El coche de Pitt patinó, fue a dar contra un trozo de granito con la forma de una lápida y se detuvo en seco. Aunque el parachoques y la parrilla estaban aplastados, el motor no había sufrido ningún daño. En el interior, Pitt solo sintió una sacudida lo bastante fuerte para que se disparara el airbag del volante mientras el vehículo rebotaba. Sin embargo, Pitt se había adelantado al airbag. Ya había puesto la transmisión automática en marcha atrás y pisó el acelerador en el momento del impacto.

Los neumáticos traseros echaron humo cuando giraron a gran velocidad antes de agarrarse al pavimento y llevar el coche hacia atrás. Pitt sujetó el volante con fuerza mientras el coche coleaba por la súbita marcha atrás antes de seguir una línea estable. La transmisión rechinó debajo del pie de Pitt con el repentino aumento de las revoluciones. Pitt miró montaña arriba y vio la enorme masa de piedras que caía hacia él. El desprendimiento se había extendido en un largo frente que llegaba hasta muy atrás de su posición. Comprendió que no había forma alguna de evitarlo.

Como una ola de color gris, la pared de piedra cayó sobre la carretera, a unos pocos metros por delante. Por un momento, pareció que el coche podría escapar del diluvio, pero entonces se desprendió otro grupo de piedras que cayó en el camino detrás del coche. Pitt no pudo hacer otra cosa sino sujetarse cuando el vehículo fue a dar contra las piedras en movimiento con un terrible estrépito de metales retorcidos.

El coche pasó sobre un gran peñasco que rompió el eje trasero; una de las ruedas salió disparada montaña abajo. Pitt se vio echado hacia atrás en el asiento mientras más piedras aplastaban el asiento del copiloto y levantaban el coche en una vuelta de campana. El impacto lo arrojó contra el lado izquierdo; su cabeza golpeó contra el airbag lateral en el momento en el que se hinchaba. Segundos más tarde, se repitió el movimiento, pero esta vez la cabeza, al no encontrar la resistencia del airbag que ya se deshinchaba, golpeó de lleno contra la ventanilla del conductor. Un ensordecedor estallido llenó sus oídos mientras el coche se movía por la carretera hasta que acabó deteniéndose con una brutal sacudida. Dentro, Pitt bordeaba la inconsciencia rodeado del estrépito de la lluvia de piedras. Aplastado en el asiento, con la visión cada vez más confusa, notó algo húmedo y caliente en el rostro. Un segundo más tarde desaparecieron todas las sensaciones y se hundió en un silencioso y oscuro vacío.

38

Pitt supo que estaba vivo por los terribles martillazos que le machacaban el cráneo. Luego empezó a despertar el sentido auditivo, que captó muy cerca un rítmico roce. Movió los dedos y, al encontrar una fuerte resistencia, comprendió que continuaba sujetando el volante del coche de alquiler. Tenía la cabeza, el pecho y los brazos inmovilizados; solo podía mover las piernas con libertad. La desesperación al ver que le costaba respirar bastó para que, en un instante, desapareciese la confusión mental y comenzara a forcejear para librarse, aunque tenía la sensación de haberse convertido en una momia. Le costó abrir los párpados pegados por el polvo; lo único que veía era oscuridad.

La presión en los pulmones aumentaba por momentos, por lo que forcejeó con más fuerza, hasta que consiguió liberar de la misteriosa sujeción una mano y el antebrazo. Oyó una voz y un frenético escarbar, seguidos por algo áspero que le rozaba el rostro y un rayo de luz que lo cegó. Respiró a fondo el aire polvoriento y, a continuación, miró a través de una espesa bruma. Se encontró ante unos afectuosos ojos castaños y la pequeña cabeza de un perro salchicha negro y rojizo. Para su mayor desconcierto, el animal parecía estar cabeza abajo. El perro se acercó un poco más y olisqueó el rostro de Pitt antes de lamerle la nariz.

—Aparta de ahí, Mauser, todavía está vivo —dijo una voz de hombre.

Aparecieron unas gruesas manos que apartaron la tierra y

los pedruscos que habían sepultado la cabeza y el torso de Pitt. En cuanto consiguió soltar los brazos, ayudó a apartar los escombros que le aprisionaban hasta por debajo de la cintura. Con la manga, se limpió la sangre y el polvo pegoteado de los ojos y por fin pudo mirar en derredor. Con el cinturón de seguridad todavía cruzado sobre el pecho, acabó comprendiendo que era él quien estaba cabeza abajo y no el perro. Las manos de su salvador buscaron hasta dar con el botón que soltaba el cinturón, y Pitt cayó del techo del coche. Sin perder ni un segundo se movió hacia la ventanilla del conductor, pero las manos lo llevaron hacia la puerta del copiloto, que estaba abierta.

—Será mejor que no vaya por ahí, señor. El primer paso es un tanto vertical.

Pitt hizo caso de la voz y se movió hacia la puerta del copiloto, donde el desconocido lo ayudó a salir y a levantarse. El retumbar de los latidos en su cabeza disminuyeron en cuanto se puso de pie, y un ligero reguero de sangre le corrió por la mejilla. Al mirar el coche destrozado, sacudió la cabeza y supo que había salvado la vida de milagro.

La masa de rocas que había aplastado el coche y lo había dejado bocabajo, también lo había empujado a través de la carretera hasta el borde del profundo abismo que bajaba hasta el río. El coche habría podido despeñarse y arrastrar a Pitt a la muerte, de no haber sido por un mojón. El parachoques delantero se había enganchado al delgado poste metálico y lo había mantenido sujeto al borde mientras toneladas de roca se deslizaban por la colina para precipitarse al abismo por ambos extremos del vehículo. Incluso la carretera había quedado sepultada por el desprendimiento en un tramo de casi cincuenta metros.

—Debe de ser la vida sana lo que le salvó de caer al precipicio —escuchó Pitt que decía su salvador, un hombre mayor de pelo blanco y barba que lo miraba con unos joviales ojos grises.

—No fue la vida sana lo que me salvó, se lo aseguro —respondió Pitt—. Gracias por sacarme. Habría muerto asfixiado de no ser por usted.

—No se preocupe. Venga a la autocaravana y deje que le

cure las heridas —dijo el hombre, y señaló el vehículo aparcado unos pocos metros más atrás. Era el mismo que Pitt había adelantado hacía un rato.

Pitt siguió al hombre y al pequeño perro salchicha hasta la puerta lateral abierta de la caravana. Se sorprendió al ver el interior de acabados de teca y latón pulido, que le daban el aspecto de un camarote de lujo de un velero. Uno de los costados lo ocupaba una librería, donde predominaban los textos de minería y geología.

—Lávese un poco mientras yo busco el botiquín —dijo el hombre.

Pitt se lavó la cara y las manos en una pila de loza. En el exterior se escuchó la sirena de un vehículo de la Real Policía Montada de Canadá, que aparcó junto a la caravana con las luces de emergencia encendidas.

El viejo salió para hablar con los agentes y volvió unos minutos más tarde para ayudar a Pitt a ponerse un vendaje en el corte en zigzag que tenía en el lado izquierdo del cuero cabelludo.

—Los policías dicen que se está construyendo una carretera, a unos pocos kilómetros de aquí. Traerán una pala mecánica muy pronto, y en un par de horas habrán despejado por lo menos un carril. Quieren que declare cuando se sienta mejor.

—Gracias por hacerlos esperar. Apenas empiezo a reaccionar.

—Perdone por no habérselo preguntado antes. Supongo que necesitará una copa. ¿Qué puedo ofrecerle?

—Daría lo que no tengo por una copa de tequila —afirmó Pitt, que se acomodó en una pequeña butaca de cuero.

El perro saltó de inmediato sobre su regazo y empujó con el hocico para que le rascase detrás de las orejas.

—Está de suerte. —El hombre sacó de un armario una botella de tequila Don Julio. Agitó la botella y añadió—: Todavía queda para algunas copas.

—Hoy soy afortunado por partida doble. Es un tequila excelente —comentó Pitt, al ver la etiqueta del caro destilado de agave azul.

—A Mauser y a mí nos gusta viajar con estilo —manifestó el hombre con una sonrisa mientras servía dos generosas copas.

Pitt dejó que el líquido corriese por su garganta y admiró su complejo sabor. Se le despejó la cabeza en el acto.

—Fue un desprendimiento en toda regla —continuó su anfitrión—. Dé gracias al cielo de que no lo pilló un poco más adelante.

—Lo vi venir e intenté retroceder, pero no me dio tiempo.

—No sé quién debe de ser el loco al que se le puede ocurrir provocar una explosión sobre una carretera abierta. Espero que lo pillen.

—¿Explosión? —preguntó Pitt, que de pronto recordó el coche blanco que había visto aparcado en la carretera.

—Oí una detonación y vi una nube de humo blanco en la ladera antes de que comenzasen a caer las piedras. Se lo he contado a los polis, pero dicen que por esta zona no había ningún equipo que estuviese realizando voladuras.

—¿No cree que haya sido una roca que se soltó la que empezó el desprendimiento?

El hombre se agachó para abrir un cajón de la estantería. Buscó debajo de una gruesa manta y dejó a la vista una pequeña caja de madera con un rótulo que decía DYNO NOBEL. Pitt vio que el fabricante había elegido el apellido de Alfred Nobel, inventor de la dinamita, para denominar su producto. Levantó la tapa y mostró a Pitt varios cartuchos amarillos de unos veinte centímetros de longitud guardados en el interior.

—Yo también hago alguna voladura de vez en cuando, si se da el caso de que encuentre una posible veta.

—¿Es usted un buscador? —preguntó Pitt, que señaló la estantería llena de libros de geología.

—Es más un pasatiempo que una profesión —fue la respuesta—. Me divierte buscar cosas de valor. Nunca se me ocurriría hacer una voladura cerca de un sitio habitado, pero eso es lo que ha pasado aquí. Algún idiota encontró algo en lo alto de la colina y decidió mirar más de cerca. A mí desde luego no me gustaría tener que pagar la factura que recibirá si lo atrapan.

Pitt asintió en silencio, dominado por la sospecha de que el estallido no lo había causado un minero inconsciente.

—¿Qué lo trae a esta zona? —preguntó Pitt.

—La plata —contestó el viejo. Cogió la botella de tequila y le sirvió otra copa—. Había por aquí una mina de plata, cerca de Algoma Mills, antes de que todos se volviesen locos por el uranio. Me dije que si habían encontrado una buena veta en esta zona, quizá quedaría algo más modesto para alguien como yo. —Sacudió la cabeza y sonrió—. Pero hasta ahora, mi teoría no ha dado resultado.

Pitt sonrió y bebió la copa de tequila de un trago. Miró al minero.

—¿Qué sabe usted de un mineral llamado rutenio?

El buscador se rascó la barbilla unos instantes.

—Es un mineral relacionado con el platino, aunque no está asociado con los depósitos en estas partes. Sé que ha subido el precio, así que lo más probable es que haya mucha gente buscándolo, pero yo nunca lo he encontrado. Tampoco sé de nadie que lo haya hecho. Si mal no recuerdo, hay muy pocos lugares en el mundo donde lo extraen. Mi único recuerdo sobre el rutenio es que algunos lo creen relacionado con la historia del viejo Pretoria Lunatic Mill.

—No la conozco —admitió Pitt.

—Un viejo cuento de mineros en Sudáfrica. Lo leí mientras hacía una investigación referente a los diamantes. Al parecer, había una mina a finales del siglo XIX cerca de Pretoria. Después de un año de explotación, comenzaron a ver que los trabajadores se volvían locos. La situación se hizo tan grave que se vieron obligados a cerrar. La locura tal vez tenía alguna relación con los productos químicos que utilizaban, aunque nunca se supo con certeza. Más tarde, se dieron cuenta de que la refinería estaba cerca de una mina de platino donde abundaba el rutenio, y que el mineral de rutenio, que en aquel entonces tenía muy poco valor, estaba amontonado en grandes pilas cerca de la refinería. Al menos un historiador sostuvo que el extraño mineral tenía algo que ver con la locura.

—Es una historia interesante —manifestó Pitt, al recordar la conversación en la cooperativa—. ¿Por casualidad sabe algo de una explotación minera de los inuit, hace ya más de un siglo, en el Ártico?

—No puedo decir que sí. Aunque, actualmente, el Ártico está considerado un paraíso minero. Diamantes en los Territorios del Noroeste, carbón en la isla Ellesmere y, por supuesto, perspectivas de yacimientos de petróleo y gas natural por todas partes.

Un fornido policía que asomó la cabeza por la puerta les interrumpió y pidió a Pitt que rellenase el formulario de la denuncia por el coche de alquiler destrozado. El equipo de construcción de carreteras llegó un poco más tarde y comenzó a abrir un paso entre los escombros. La pala mecánica inició la tarea de retirar tierra y rocas, y poco tiempo después quedó un carril abierto en la zona afectada.

—¿Puedo pedirle que me lleve hasta el aeropuerto de Elliot Lake? —preguntó Pitt al viejo buscador.

—Yo voy hacia la región de Sudbury, así que me queda de paso. Venga, siéntese adelante —respondió el hombre, y se puso al volante.

La gran autocaravana apenas pasaba por el carril abierto, pero después se encontró con la carretera despejada. Los dos hombres charlaron de historia y minería hasta que el vehículo se detuvo delante de la pequeña terminal del aeropuerto.

—Ya hemos llegado, señor...

—Pitt. Dirk Pitt.

—Me llamo Clive Cussler. Que la suerte le acompañe, señor Pitt.

Pitt estrechó la mano que le tendía, dio una palmadita a Mauser y bajó de la autocaravana.

—Una vez más, gracias por su ayuda —dijo Pitt, que miró al buscador con la sensación de estar despidiéndose de un pariente lejano—. Buena suerte para usted también y que encuentre la madre de todas las minas.

Pitt entró en el edificio y se acercó al director de la terminal, que lo miró boquiabierto. Pitt tenía el aspecto de haber sido atropellado por un autocar. Estaba cubierto de polvo de pies a cabeza, y llevaba un abultado vendaje con manchas de sangre por encima de la sien. Cuando Pitt le contó que el coche de alquiler había acabado destrozado por un desprendimiento en la carretera de montaña, al director casi le dio un ataque.

Mientras rellenaba una interminable serie de papeles para la compañía de seguros, Pitt miró a través de la ventana y vio que el avión Gulfstream ya no estaba en la pista.

—¿Cuánto hace que se marchó el otro avión? —preguntó.

—Hará más o menos un par de horas. La estancia de su pasajero no ha sido mucho más larga que la suya.

—Me pareció verlo en la ciudad. Un tipo grandote con un traje marrón.

—Sí, ese es.

—¿Le importa si le pregunto adónde iba?

—Veo que ambos son personas muy curiosas. Él me preguntó quién era usted.

El hombre cogió una carpeta y buscó en la corta lista de llegadas y salidas de aviones. Pitt miró por encima del hombro y vio la matrícula de registro del avión: C-FTGI. La memorizó.

—Aunque no puedo informarle de quién iba a bordo, sí puedo decirle que el avión iba a Vancouver, con una parada para repostar en Regina, Saskatchewan.

—¿Vienen con frecuencia a Elliot Lake?

—Nunca había visto ese avión por aquí. —El director señaló con la cabeza un pequeño cuarto en un rincón de la terminal—. Vaya a tomarse un café mientras yo aviso a su tripulación de que está aquí.

Pitt fue a la sala de espera, donde se sirvió una taza de café de una cafetera de cristal. En la televisión ofrecían un programa de rodeos en Calgary, pero no se fijó en los jinetes; pensó en las piezas dispersas del rompecabezas de esos últimos días. Había viajado hasta la cooperativa de mineros por una corazonada, que había resultado correcta. Encontrar una fuente de rutenio era de una importancia global, y alguien más participaba en esa búsqueda. Pensó en el tipo bien vestido del coche blanco, John Booth. Había algo que le resultaba familiar en ese hombre, pero Pitt no conocía a nadie en Vancouver que dispusiera de un avión particular.

El director entró en la sala y se sirvió una taza de café.

—Su tripulación ya está a bordo —le avisó—. Les he dicho que en un par de minutos estará con ellos.

Abrió un sobre de azúcar para echarlo en el café, pero la bolsa se partió por la mitad y el azúcar cayó sobre la moqueta.

—Mierda —se lamentó, y arrojó a un lado el sobre roto—. Bueno, al menos el encargado de la limpieza tendrá algo que hacer esta noche —murmuró.

Pitt también miraba el azúcar pero su reacción fue totalmente diferente. Sus ojos se iluminaron y una sonrisa apareció en su rostro.

—Un accidente muy afortunado —dijo al hombre, que lo miró sin entender—. Gracias por su ayuda. Tengo que hacer un par de llamadas antes de embarcar.

Cuando cruzó la pista unos minutos más tarde, Pitt caminaba con paso ágil pese a sus doloridos huesos, y el corte en la cabeza había dejado de molestarlo. En su rostro, la sonrisa se mantenía con la misma firmeza.

39

—Ministro Jameson, tengo a Mitchell Goyette en la línea uno —dijo la secretaria de pelo gris, que asomó la cabeza en el despacho de Jameson como un topo.

El ministro asintió desde su mesa y esperó a que la secretaria cerrase la puerta antes de coger el teléfono.

—Arthur, ¿cómo están las cosas por nuestra querida capital? —preguntó Goyette en tono de falsa amistad.

—Ottawa está disfrutando de una cálida primavera, acompañada por el caliente clima patriotero del Parlamento.

—Ya es hora de que conservemos los recursos de Canadá para los canadienses —afirmó Goyette.

—Sí, para que podamos vendérselos a los chinos —replicó el ministro secamente.

Goyette cambió de tono en el acto.

—Hay unos pequeños peñascos en el Ártico, al sudeste de la isla Victoria, llamadas islas Royal Geographical Society. Necesitaré los derechos mineros de toda esa tierra —dijo como quien pide una taza de café.

—Deje que eche un vistazo.

Jameson sacó los mapas que guardaba en un cajón de la mesa. Buscó el correspondiente al estrecho Victoria, que estaba marcado en una cuadrícula, y se acercó al ordenador. Introdujo las coordenadas y accedió a los archivos de licencias de exploración y extracción otorgadas por el gobierno. En cuestión de minutos, ya tenía una respuesta para Goyette.

—Me temo que ya hemos otorgado una licencia de producción que abarca un treinta por ciento de las islas, en la parte sur de la isla West. Es una licencia por diez años, y solo llevan dos en activo. La licencia está a nombre de Kingfisher Holdings, una filial de la Mid-America Mining Company con sede en Butte, Montana. Han construido unas pequeñas instalaciones mineras para la extracción de zinc, solo durante los meses de verano.

—¿Una compañía estadounidense tiene la licencia?

—Así es, aunque a través de una filial canadiense. No hay ninguna ley que lo impida, siempre y cuando cumplan con el depósito de garantía y los requisitos de la licencia.

—Quiero que rescinda la licencia y que extienda otra a una de mis empresas —dijo Goyette, sin inmutarse.

Jameson sacudió la cabeza ante la insolencia de Goyette.

—Para eso tendrían que incurrir en alguna violación de la licencia, como contaminar el medio ambiente o no cumplir con los pagos de los royalties. No se puede hacer de forma unilateral, Mitchell. El gobierno correría el riesgo de enfrentarse a una demanda.

—Entonces ¿cómo puedo obtener los derechos?

—Mid-America está cumpliendo con todos los requisitos, según el informe de la última inspección. Por lo tanto, la única vía que puede intentar es comprarle los derechos. Sin duda ellos intentarán sacar el máximo partido de su interés. —El ministro hizo una pausa para pensar en algo que se le acaba de ocurrir—. Aunque quizá haya otra posibilidad.

—Adelante —le urgió Goyette, impaciente.

—Hay una cláusula de defensa nacional en la licencia. Si todo este revuelo con Estados Unidos continúa aumentando, existe la posibilidad de utilizarlo como una justificación para revocar la licencia. La cláusula permite la anulación de todas las licencias en poder de extranjeros en caso de guerra, conflicto o ruptura de las relaciones diplomáticas. Una posibilidad remota, por supuesto, pero nunca se sabe. ¿Cuál es su interés por esas islas?

—Algo que es tan bueno como el oro —respondió Goyette

en voz baja. Luego recuperó el descaro y añadió—: Prepare todo lo necesario, voy a solicitar una nueva licencia. Ya buscaré la manera de que la Mid-America Corporation renuncie a los derechos.

—Muy bien —asintió Jameson, con una mueca de disgusto—. Esperaré sus resultados.

—Eso no es todo. Como sabe, las prospecciones hechas en los yacimientos de Melville Sound confirman la existencia de unas enormes reservas de gas natural, pero yo solo tengo los derechos de una pequeña parte de los campos. Necesitaré conseguir los derechos de extracción para todo el territorio.

Se hizo el silencio antes de que Jameson finalmente murmurara:

—No creo que sea posible.

—Nada es imposible, si se paga el precio correcto. —Goyette se rió—. Verá que la mayor parte de esos territorios estuvieron cubiertos de hielo y que nadie mostró el menor interés por ellos. Hasta ahora.

—Ese es el problema. Se ha corrido la voz de que ya se están haciendo envíos importantes desde Melville. Estamos recibiendo docenas de peticiones de licencias de exploración en la zona.

—Si es así, no se moleste en responderlas. Los campos de gas de Melville valdrán miles de millones, y no permitiré que se me escapen de las manos. Le enviaré varios mapas a la mayor brevedad posible. Indican las zonas de exploración que me interesan. Abarcan gran parte de Melville Sound y otras regiones árticas. Tengo la intención de ampliar las exploraciones en el Ártico y quiero las licencias de explotación para todo. Se podrán ganar sumas millonarias, y usted recibirá la adecuada recompensa; así que no lo estropee. Adiós, Arthur.

Jameson escuchó un clic. El ministro de Recursos Naturales permaneció inmóvil por un momento hasta que lo dominó la furia; entonces colgó el teléfono con un golpe seco.

Tres mil doscientos kilómetros al oeste, Goyette apagó el altavoz y se reclinó en la silla. Miró los ojos fríos de Clay Zak, sentado al otro lado de la mesa.

—No existe nada fácil —se quejó—. Explíqueme de nuevo por qué el rutenio es tan importante.

—Es muy sencillo —manifestó Zak—. Si logra monopolizar el suministro de rutenio tendrá el control de lo que puede ser la solución para el calentamiento global. Lo que decida hacer con el mineral es cuestión de dinero... y orgullo, supongo.

—Le escucho —gruñó Goyette.

—Supongamos que se hace con el control del suministro principal, entonces tendrá que elegir. Mitchell Goyette, el paladín de los ecologistas, se convierte en salvador del planeta y de paso se embolsa unos cuantos dólares, al ayudar a la expansión de las instalaciones de fotosíntesis artificial por todo el mundo.

—Existe el riesgo de la demanda —señaló Goyette—. En realidad no sabemos cuánto rutenio hará falta; por lo tanto, los beneficios pueden ser enormes o tan solo unas pocas monedas. He puesto la mayor parte de mi dinero en obtener el control del Paso del Noroeste. He invertido mucho en las infraestructuras necesarias para transportar la producción de gas natural y las arenas petrolíferas a través del Paso con mi flota de naves árticas. He firmado acuerdos de exportación a largo plazo con los chinos y muy pronto tendré a los estadounidenses suplicando de rodillas. Por otro lado, dispongo de lo que puede ser un negocio floreciente: las plantas de captura de dióxido de carbono. Si el calentamiento global se invierte, o se detiene, corro el riesgo de tener que enfrentarme a varios grandes problemas que podrían acabar con mi estrategia empresarial.

—En ese caso, creo que deberíamos escoger a Mitchell Goyette el capitalista impenitente, capaz de reconocer con los ojos vendados cualquier oportunidad para conseguir nuevos beneficios, y que no se detiene ante nada cuando se trata de continuar aumentando su imperio financiero.

—Me halaga —dijo Goyette, en un tono sarcástico—. Pero me ha puesto muy fácil tomar una decisión. No puedo permitirme que el Paso del Noroeste vuelva a convertirse en una placa de hielo. Que se haya derretido es lo que me ha permitido obtener el control de los yacimientos de gas de Melville Sound y tener el monopolio del transporte en la región. Quizá dentro de diez o quince años, cuando las reservas de gas y de petróleo estén casi agotadas, me ocupe de salvar el planeta. Para entonces, tal vez el rutenio habrá triplicado o incluso cuadruplicado su valor.

—Habla como un verdadero capitalista.

Goyette recogió las dos hojas de papel que estaban sobre la mesa. Eran las páginas del registro que Zak había robado de la cooperativa minera.

—La base sobre la que se fundamenta toda esta historia del rutenio es bastante endeble —comentó—. Un comerciante compró el mineral en 1917 a un inuit cuyo abuelo lo había comprado unos setenta años antes. El abuelo era de Adelaida y dijo que el rutenio procedía de las islas Royal Geographical Society. Para colmo, lo llamó kobluna negro y dijo que la fuente estaba maldita por los espíritus malignos. No parece una base excesivamente científica para iniciar una actividad minera. —Miró a Zak, sin tener claro si todo este asunto no era en realidad un engaño por parte del asesino a sueldo.

Zak le devolvió la mirada sin pestañear.

—Quizá esté disparando a ciegas, pero el rutenio tuvo que venir de alguna parte, y estamos hablando de ciento sesenta años atrás en medio del Ártico. En el registro hay un mapa de la isla, donde se muestra la ubicación exacta donde se extrajo. Por aquel entonces, los inuit no tenían ni camiones ni palas mecánicas, por lo tanto debieron de encontrar el mineral a flor de tierra. Tiene que haber más. La Mid-America Company está en la zona, aunque en el otro lado de la isla, y solo les interesa el zinc. No niego que quizá sea aventurado, pero también puede haber grandes ganancias si todavía hay rutenio, y también una enorme pérdida para usted si alguien lo encuentra primero.

—¿No somos los únicos que conocemos los depósitos inuit?

Zak entrecerró los ojos, con los labios apretados.

—Existe la posibilidad de que Dirk Pitt esté al corriente de esa pista.

—¿Pitt? —preguntó Goyette, que sacudió la cabeza al no reconocer el nombre.

—Es el director de la National Underwater and Marine Agency en Estados Unidos. Me crucé con él en el laboratorio en Washington y vi cómo ayudaba a la bioquímica herida después de la explosión. Apareció de nuevo en Ontario, en la cooperativa minera, cuando acababa de hacerme con estas hojas. Intenté que tuviera un accidente en la carretera, pero un viejo lo ayudó a escapar. Es obvio que está al corriente de la importancia del rutenio para el funcionamiento de la fotosíntesis artificial.

—Puede que también le esté siguiendo a usted —manifestó Goyette, con el entrecejo fruncido.

—Puedo ocuparme de él sin problemas.

—No es una buena idea andar matando altos cargos. Y tampoco puede hacer nada desde Estados Unidos. Mandaré que lo sigan, solo para asegurarme de que se queda allí. Además, necesito que vaya al Ártico e investigue las islas. Llévese a un equipo de seguridad y yo le enviaré a algunos de mis mejores geólogos. Busque la manera de quitar de en medio a la Mid-America. Quiero que encuentre el rutenio. Obténgalo a cualquier precio. Todo.

—Ese es el Goyette que conozco y admiro —dijo Zak con una sonrisa retorcida—. Aún no hemos hablado de mi parte.

—De momento no es más que un sueño. Una participación del diez por ciento de los royalties es más que generosa.

—Yo pensaba en el cincuenta.

—Eso es absurdo. Seré yo quien ponga todo el dinero. Quince por ciento.

—Tendrá que ser el veinte.

Goyette rechinó los dientes.

—Salga de mi barco, y disfrute del frío.

40

A pesar de las súplicas de Loren para que se quedara en cama y descansase, Pitt se levantó temprano a la mañana siguiente y se vistió para ir al trabajo. El cuerpo le dolía más que el día anterior, por lo que se movió poco a poco hasta que las articulaciones se le calentaron. Pensó en beber un vaso de tequila con zumo de naranja para amortiguar el dolor, pero acabó desistiendo. Los dolores de la herida tardarían más en desaparecer, pensó, y maldijo el modo en el que el tiempo y los esfuerzos repercutían en su cuerpo.

Loren lo llamó desde el baño. Le limpió el corte en la cabeza y le cambió el vendaje.

—Al menos, el pelo te lo cubrirá. —Pasó un dedo por las cicatrices que Pitt tenía en el pecho y la espalda. Los numerosos encuentros que había tenido con la muerte en el pasado habían dejado su rastro de marcas físicas, y también algunas psicológicas.

—Tuve suerte con ese golpe en la cabeza —comentó él.

—Quizá sirva para que tengas un poco más de juicio —señaló Loren, que rodeó su torso con los brazos.

Aunque Pitt había contado a Loren los hechos ocurridos en Ontario, no había mencionado que el desprendimiento no había sido un accidente. Su esposa se puso de puntillas y le besó el cráneo, antes de recordarle que había prometido llevarla a comer.

—Te recogeré al mediodía —dijo Pitt.

Llegó a su despacho a las ocho y asistió a un par de reuniones antes de llamar a Dan Martin. El director del FBI pareció entusiasmado al escuchar su voz.

—Dirk, su pista de ayer ha dado resultado. Tenía razón, el servicio de limpieza del laboratorio de la Universidad George Washington trabaja por las noches. Buscamos en los vídeos de las cámaras de vigilancia y encontramos una imagen nítida del limpiador de la mañana. Encaja con la descripción hasta el último detalle.

En la sala del aeropuerto en Elliot Lake, Pitt había por fin relacionado al hombre que había visto en la cooperativa con el empleado de limpieza que se había cruzado con él en el laboratorio momentos antes de la explosión.

—¿Han podido identificarlo? —preguntó Pitt.

—Después de confirmar que no formaba parte del personal de mantenimiento del edificio, introdujimos la foto en la base de datos del Departamento de Seguridad Nacional. No es infalible, pero obtuvimos una lista de posibles identificaciones y una, en particular, que era buena. En este lado de la frontera, el tipo se llama Robert Ford, de Buffalo, Nueva York. Ya hemos confirmado que la dirección es falsa, y también el nombre.

Pitt repitió el nombre de Robert Ford y luego pensó en el alias que había empleado en Blind River, John Booth. Parecía demasiada coincidencia, pero John Wilkes Booth era el hombre que había asesinado a Lincoln, y Robert Ford quien había matado a Jesse James.

—Siente admiración por los asesinatos históricos —comentó Pitt.

—Puede que sea su línea de trabajo. Cruzamos nuestros registros con las autoridades canadienses, y creen que lo tienen fichado con el nombre de Clay Zak.

—¿Van a detenerlo?

—Lo harían si supiesen dónde encontrarlo. Es sospechoso de haber cometido un asesinato veinte años atrás en una mina de níquel. Desde entonces, nadie ha sabido de su paradero.

—¿Una mina de níquel? Podría estar relacionado con el uso que hace de la dinamita.

—Es el rastro que estamos siguiendo ahora. Puede que los canadienses no lo encuentren, pero si vuelve a poner un pie en este país tendremos la oportunidad de detenerlo.

—Buen trabajo, Dan. Ha conseguido mucho en muy poco tiempo.

—Ha sido una suerte que recordase el encuentro. Hay otra cosa que puede interesarle. Se trata del ayudante de Lisa Lane: Bob Hamilton. Obtuvimos una autorización para investigar las cuentas de ese tipo. Al parecer, acaba de ingresar cincuenta mil dólares en su cuenta bancaria en un paraíso fiscal.

—Ya me parecía que había algo sospechoso en él.

—Investigaremos un poco más y luego lo llamaremos para interrogarlo antes de que acabe la semana. Ya veremos si hay alguna relación, pero debo decir que las cosas por el momento pintan bien.

—Me alegra que la investigación marche a buen ritmo. Gracias por sus esfuerzos.

—Gracias a usted, Dirk. Nos dio una muy buena pista.

Pitt se preguntó qué tal debía de ir su propia investigación. Bajó por la escalera hasta el centro informático en el piso diez y encontró a Yaeger sentado a su consola conversando de nuevo con Max, que estaba delante de una gran pantalla. En ella aparecía un planisferio, con docenas de puntos luminosos esparcidos por todos los océanos. Cada luz representaba una boya que, vía satélite, transmitía información del tiempo y del mar hasta el ordenador central.

—¿Problemas con el sistema de boyas? —preguntó Pitt, y se sentó al lado de Yaeger.

—Tenemos un problema de conexión con varios segmentos —respondió Yaeger—. Max está haciendo una serie de comprobaciones de software para aislar el problema.

—Si el último programa de software se hubiese probado correctamente antes de ponerlo en funcionamiento, ahora no tendríamos este contratiempo —señaló Max. Miró a Pitt, le dio los buenos días y se fijó en el vendaje—. ¿Qué le ha pasado a su cabeza?

—Tuve un accidente en una carretera sinuosa.

—Hemos buscado la información del número de registro del avión que nos diste por teléfono —dijo Yaeger.

—Puedo esperar. Corregir el problema de transmisión de datos de las boyas es más importante.

—Puedo hacer varias tareas a la vez —señaló Max, ligeramente indignada.

—El ordenador está realizando una prueba que le llevará veinte minutos —dijo Yaeger—. Dejémoslo hasta que lleguen los resultados. —Miró la imagen holográfica—. Max, danos la información del avión canadiense.

—El aparato es un flamante Gulfstream G650 con capacidad para dieciocho pasajeros y construido en 2009. Según los registros aeronáuticos canadienses, la matrícula C-FTGI pertenece a Terra Green Industries, de Vancouver, en la Columbia Británica. Terra Green es una empresa privada que preside un hombre llamado Mitchell Goyette.

—De ahí el TGI en el timón —señaló Yaeger—. Al menos no exhibe las iniciales, como hacen la mayoría de los millonarios dueños de aviones privados.

—Goyette —murmuró Pitt—. ¿No es un hombre importante en el campo de las energías alternativas?

—Entre sus empresas hay parques eólicos, centrales hidroeléctricas y geotérmicas y un pequeño número de granjas solares —recitó Max.

—Al ser de propiedad privada, las cosas no son tan claras —precisó Yaeger—, así que investigamos un poco. Encontramos otras dos docenas de empresas que son propiedad de Terra Green. Resulta que muchas de estas empresas están relacionadas con el gas, el petróleo y la minería, en particular en la región de Athabasca, en Alberta.

—Así que Terra Green no es tan verde como aparenta —dijo Pitt.

—Es peor de lo que crees. Al parecer, otra filial de Terra Green controla un yacimiento de gas natural encontrado hace poco en Melville Sound. Su valor podría superar a todos los demás que tiene. También hemos encontrado una interesante relación náutica con la NUMA. Al parecer, en los últimos años, Terra Green ha encargado la construcción de varios grandes rompehielos a un astillero en el golfo del Mississippi, junto con varios grandes buques cisterna, para el transporte de gas natural licuado y barcazas. Fue el mismo astillero que construyó nuestro último barco de investigación, cuya botadura se retrasó en parte por su trabajo para Terra Green.

—El astillero Lowden en Nueva Orleans —recordó Pitt—. Vi una de las barcazas en el dique seco. Era enorme. Me pregunto qué transportarán.

—No he intentado localizar los barcos, pero puedo hacerlo si quiere —ofreció Max.

—No creo que sea importante. —Pitt sacudió la cabeza—. Max, ¿puedes determinar si Terra Green está realizando algún tipo de investigación relacionada con la fotosíntesis artificial o algunas otras contramedidas para los gases de efecto invernadero?

Max no se movió mientras buscaba en las bases de datos cualquier informe publicado o alguna noticia.

—No hay ninguna referencia a Terra Green y la fotosíntesis artificial. Tienen unas pequeñas instalaciones dedicadas a la investigación solar y han publicado trabajos sobre la captura de dióxido de carbono. La compañía acaba de abrir una planta de captura de dióxido de carbono en Kitimat, en la Columbia Británica. Se sabe que la compañía está negociando con el gobierno canadiense para construir muchas otras plantas de captura por todo el país.

—¿Kitimat? Acabo de recibir un correo electrónico de Summer, que está allí —apuntó Yaeger.

—Los chicos se detuvieron allí unos días en su camino por el Paso del Interior, para tomar muestras de la alcalinidad del agua —dijo Pitt.

—¿Crees que la planta de captura de dióxido de carbono puede ser un motivo para querer acabar con las investigaciones de Lisa Lane? —preguntó Yaeger.

—No lo sé, pero podría ser una posibilidad. Está claro que Goyette anda tras el rutenio.

Les contó su visita a la cooperativa minera y el encuentro casual con el hombre que había visto en el laboratorio de la Universidad George Washington. Recitó la parte del registro que había leído y entregó sus notas a Yaeger.

—Max, la última vez que hablamos dijiste que había muy poca, si es que había alguna, extracción de rutenio.

—Así es, solo se extrae una pequeña cantidad de mineral de bajo contenido de una mina en Bolivia.

—La cooperativa minera solo tiene en existencias una cantidad limitada. ¿Tienes alguna información sobre posibles depósitos en el Ártico?

Max permaneció inmóvil durante un momento, y luego sacudió la cabeza.

—No, señor. No he encontrado ninguna mención a exploraciones o reclamaciones de derechos mineros a los que yo tenga acceso; casi todo es información de la década de los sesenta.

Pitt echó un vistazo a las notas.

—Tengo apuntada, en 1917, una cantidad de rutenio llamado kobluna negro que obtuvieron unos sesenta y ocho años antes un grupo de inuits en la península de Adelaida. ¿Significa algo para ti, Max?

—Lo siento, señor, sigo sin encontrar ninguna referencia minera importante —respondió Max con una expresión decepcionada en sus ojos transparentes.

—A mí nunca me llama «señor» —protestó Yaeger en voz baja.

Max no hizo caso de Yaeger; intentaba ofrecer a Pitt una respuesta más amplia.

—La península de Adelaida está ubicada en la costa norte de Nunavut, un poco al sur de la isla del Rey Guillermo. La península es una tierra deshabitada que desde hace siglos solo visitan durante el deshielo pequeños grupos nómadas de inuit.

—Max, ¿qué significa kobluna negro? —preguntó Yaeger.

Max titubeó mientras accedía a una base de datos lingüística de la Universidad de Stanford. Luego, inclinó la cabeza hacia Yaeger y Pitt con una mirada confusa.

—Son términos contradictorios —respondió.

—Por favor, explícate —le pidió Yaeger.

—Kobluna es el término inuit para «hombre blanco». Por lo que la traducción significa: «hombre blanco negro».

—Contradictorio a todas luces —manifestó Yaeger—. Quizá significa hombre blanco vestido de negro o al revés.

—Es posible —asintió Pitt—. No obstante, aquella era una remota zona del Ártico. No estoy muy seguro de que un hombre blanco o negro hubiera puesto alguna vez el pie allí en aquellos tiempos. ¿No es así, Max?

—Casi está en lo cierto. Las primeras exploraciones y el trazado de mapas del Ártico canadiense comenzaron cuando los británicos se propusieron buscar un paso en el noroeste hasta el océano Pacífico. Gran parte de las regiones occidentales y orientales del Ártico canadiense ya habían sido bien cartografiadas a mediados del siglo XIX. Las regiones intermedias, incluidos algunos pasos alrededor de la península de Adelaida, fueron las zonas menos cartografiadas.

Pitt miró de nuevo las notas de la cooperativa minera.

—El registro indica que los inuit consiguieron el rutenio alrededor de 1849.

—Los datos históricos muestran que una expedición enviada por la Hudson Bay Company exploró una región cerca de la costa de Norteamérica entre 1837 y 1839.

—Son más de diez años antes —señaló Yaeger.

—La siguiente exploración conocida fue dirigida por John Rae en 1851, cuando buscaba a los supervivientes de la expedición Franklin. Se sabe que navegó a lo largo de la costa sudeste de la isla Victoria, que está a unas cien millas de la península de Adelaida. No fue hasta 1859 cuando se visitó de nuevo la zona, esta vez fue Francis McClintock, que estuvo en la isla del Rey Guillermo, al norte de Adelaida, durante otra de las expediciones que buscaban a Franklin.

—Eso ya es muy tarde —dijo Yaeger.

—Pero hubo la expedición de Franklin —señaló Pitt, que buscó en su memoria—. ¿Cuándo navegó en aquellas aguas y dónde se perdió?

—Zarpó de Inglaterra en 1845. Pasaron el invierno del primer año en la isla de Beechey, y luego navegaron hacia el sur hasta que quedaron atrapados en el hielo cerca de la isla del Rey Guillermo. Las tripulaciones abandonaron los barcos de la expedición en la primavera de 1848, pero murieron en tierra poco después.

Pitt pensó en las fechas y agradeció a Max la información. La mujer holográfica asintió para luego continuar analizando el programa de las boyas.

—Si los hombres de Franklin dejaron los barcos en 1848 al norte de la península, no parece lógico que cargaran con unos minerales —señaló Yaeger.

—Es posible que los inuit se equivocaran de fecha —opinó Pitt—. El otro aspecto que habría que considerar es el comentario de Max acerca de que la península de Adelaida era un lugar de descanso para los inuit. Pero que acampasen en la península no significa que sea donde consiguieron el mineral.

—Bien visto. ¿Crees que tiene alguna relación con la expedición de Franklin?

Pitt asintió con expresión pensativa.

—Podría ser nuestra única conexión real.

—Ya has escuchado lo que ha dicho Max. Murió toda la tripulación. Eso parece eliminar cualquier posibilidad de encontrar allí una respuesta.

—Siempre hay esperanzas —afirmó Pitt, con un brillo en los ojos. Consultó su reloj y se levantó—. Te diré más, Hiram, espero estar en el camino correcto esta misma tarde.

41

Pitt se agenció un jeep de la NUMA, recogió a Loren en el Capitolio y luego cruzó el centro de Washington.

—¿Tienes tiempo para un largo almuerzo? —preguntó mientras esperaban que cambiase el semáforo.

—Estás de suerte. Esta tarde no hay sesión. Solo debo revisar un proyecto de ley. ¿Qué tienes en mente?

—Una excursión a Georgetown.

—¿A mi apartamento para pasar una tarde deliciosa? —preguntó Loren con coquetería.

—Una proposición tentadora —respondió Pitt, y le apretó la mano—, pero me temo que tenemos una reserva que no podemos cancelar.

El tráfico del mediodía llenaba las calles, pero, finalmente, Pitt consiguió doblar en M Street, que llevaba al corazón de Georgetown.

—¿Qué tal está Linda? —preguntó Pitt.

—Le han dado el alta hoy mismo, y no ve la hora de volver al trabajo. Pediré una cita con el director de la Oficina de Ciencia y Tecnología de la Casa Blanca en cuanto ella acabe de preparar un resumen de sus hallazgos. Claro que eso puede llevar algunas semanas. Lisa me ha llamado esta mañana un tanto preocupada; al parecer, su ayudante ha aceptado un puesto fuera del estado y se ha marchado sin avisar.

—¿Bob Hamilton?

—El mismo. Aquel que te provocaba desconfianza.

—Se suponía que a finales de semana tenía que hablar con el FBI. Algo me dice que no podrá marcharse muy pronto a ese nuevo trabajo.

—Todo esto comenzó de forma muy prometedora, pero desde luego se ha convertido en un embrollo. Vi un informe privado del Ministerio de Energía que avisaba que el impacto económico y medioambiental debido al calentamiento global es mucho más grave de lo que se dice. Los últimos estudios indican que los gases de efecto invernadero crecen a un ritmo alarmante. ¿Crees que se puede encontrar una fuente de rutenio lo bastante rápido como para convertir en realidad el proceso de la fotosíntesis artificial?

—Todo lo que tenemos es un vago relato histórico acerca de una fuente olvidada hace decenas de años. Puede que esté agotada, pero lo mejor que podemos hacer es buscarla.

Pitt entró en una pintoresca calle residencial bordeada de históricas mansiones que databan de 1840. Encontró un lugar donde aparcar a la sombra de un imponente roble; luego, fueron hasta una pequeña residencia que antaño había sido el garaje de la finca contigua. Pitt golpeó con el pesado llamador de bronce y la puerta se abrió casi de inmediato; apareció un gigante vestido con una chaqueta de satén roja.

—¡Dirk! ¡Loren! Ya estáis aquí —exclamó Saint Julien Perlmutter con voz entusiasta. El barbudo gigante, que casi pesaba doscientos kilos, dio a ambos un sentido abrazo mientras les hacía entrar.

—Julien, se te ve estupendo. ¿Has perdido peso? —comentó Loren dándole unas palmaditas en la gran barriga.

—¡Cielo santo, no! —exclamó el anfitrión—. El día que deje de comer será el día de mi muerte. En cambio, tú estás más preciosa que nunca.

—Será mejor que centres tus apetitos en la comida —dijo Pitt con una sonrisa.

Perlmutter se inclinó para hablar a Loren al oído.

—Si alguna vez te cansas de vivir con este viejo aventurero, no tienes más que llamarme —dijo, lo bastante fuerte para que

Pitt lo oyese. Luego se irguió como un oso y cruzó la habitación—. Vayamos al comedor.

Loren y Pitt lo siguieron a través de la sala de estar y continuaron por un pasillo, que a ambos lados tenía estanterías altas hasta el techo con los estantes curvados por el peso de centenares de volúmenes. Había libros por toda la casa; parecía más una majestuosa biblioteca que un domicilio particular. Entre sus paredes estaba la mayor colección de libros y revistas de historia naval del mundo. Insaciable coleccionista de archivos náuticos, a Perlmutter se le consideraba uno de los más destacados expertos en la materia.

Su anfitrión los llevó a un pequeño pero muy bien decorado comedor, donde solo había unas pocas pilas de libros discretamente amontonados junto a una de las paredes. Se sentaron a una mesa de caoba que tenía las patas curvas y rematadas con garras de león. La mesa había formado parte del camarote de un capitán de un antiguo velero, una de las muchas antigüedades náuticas metidas entre la multitud de libros.

Julien abrió una botella de Pouilly-Fumé y sirvió tres copas de vino blanco seco.

—Mucho me temo que ya di buena cuenta de aquella botella de *airag* que me enviaste de Mongolia —dijo a Pitt—. Una bebida magnífica.

—Bebí una buena cantidad mientras estuve allí. Los lugareños la consumen como si fuese agua —comentó Pitt, que recordó el sabor un tanto amargo de la bebida elaborada con leche de yegua.

Perlmutter probó el vino, dejó la copa y dio unas palmadas.

—Marie —llamó—. Puedes servir la sopa.

Una mujer con un delantal salió de la cocina con una bandeja. Era físicamente opuesta a Perlmutter, pequeña y enjuta, con el pelo corto oscuro y ojos color café. Con una sonrisa, colocó en silencio un cuenco de sopa delante de cada comensal y desapareció de nuevo en la cocina. Pitt tomó una cucharada y asintió.

—Vichyssoise. Deliciosa.

Perlmutter se inclinó sobre la mesa para susurrarles:

—Marie es ayudante del chef en el Citronelle, aquí mismo, en Georgetown. Estudió en una de las mejores escuelas de cocina de París. Y por si fuese poco, su padre fue cocinero en Maxim's. —Se besó la punta de los dedos en un gesto de deleite—. Aceptó cocinar para mí tres veces por semana. La vida no puede ser más maravillosa —afirmó con una profunda carcajada que sacudió su gran papada.

El segundo plato consistió en mollejas rebozadas con un acompañamiento de arroz y nabos, y de postre mousse de chocolate. Pitt apartó el plato de postre con un suspiro de satisfacción. Loren arrojó la toalla antes de acabar el suyo.

—Sobresaliente, Julien, de principio a fin. Si alguna vez te cansas de la historia naval, creo que tendrías un fantástico futuro como restaurador —comentó Loren.

—Quizá, pero me temo que eso sería mucho trabajo —manifestó Julien en tono risueño—. Además, como sin duda has aprendido de tu marido, la pasión por el mar nunca muere.

—Es verdad. No sé qué habríais hecho si el hombre no hubiese navegado nunca por esos mares.

—¡Qué pensamiento más blasfemo! —exclamó Perlmutter—. Por cierto, Dirk, dijiste que el motivo de la visita no solo era para comer con un querido amigo.

—Así es, Julien. Voy detrás de un mineral que por lo visto es muy escaso. Apareció en el Ártico alrededor de 1849.

—Parece interesante. ¿A qué se debe tu interés?

Pitt le contó en pocas palabras la importancia del rutenio y la historia del mineral de los inuit que le habían contado en la cooperativa minera.

—¿Has dicho la península de Adelaida? Si la memoria no me falla, eso está justo debajo de la isla del Rey Guillermo, en el mismo centro del Paso del Noroeste —dijo Perlmutter, acariciando su abundante barba gris—. En 1849, los únicos exploradores en aquella región tuvieron que ser los del grupo de Franklin.

—¿Quién era Franklin? —preguntó Loren.

—Sir John Franklin. Oficial de la marina británica y famoso

explorador ártico. Si no recuerdo mal, siendo muy joven combatió en Trafalgar a bordo del *Bellerophon*. Aunque ya había cumplido los cincuenta y nueve años, zarpó con dos barcos en un intento por encontrar y navegar por el Paso del Noroeste. Estuvo a un tris de conseguirlo, pero sus naves quedaron atrapadas en el hielo. Los hombres que sobrevivieron se vieron obligados a abandonar los barcos e intentar llegar a un almacén de cazadores de pieles a centenares de millas al sur. Franklin y los ciento treinta y cuatro hombres de la expedición acabaron muriendo. Es la mayor tragedia en la historia de la exploración ártica.

Perlmutter fue a una de sus salas de lectura y regresó con varios libros antiguos y un manuscrito mal encuadernado. Buscó en uno de los libros, encontró la página que le interesaba y leyó en voz alta.

—Aquí está. Franklin zarpó del Támesis en mayo de 1845 con dos barcos, el *Erebus* y el *Terror*. La última vez que los vieron fue entrando en la bahía de Baffin, lejos de la costa de Groenlandia, a finales del verano. Con provisiones para tres años, esperaban pasar al menos uno de los inviernos en el hielo antes de intentar cruzar hasta el Pacífico, o sino regresar a Inglaterra con la prueba de que no existía ningún paso. Sin embargo, Franklin y su tripulación murieron en el Ártico. Nadie volvió a ver sus barcos.

—¿Nadie fue a buscarlos cuando no aparecieron al cabo de tres años? —preguntó Loren.

—Claro que sí. Comenzaron a preocuparse a finales de 1847 cuando no recibieron ninguna noticia; los preparativos para ir a buscarlos se iniciaron al año siguiente. Se enviaron docenas de expediciones en busca de Franklin, con barcos que intentaron entrar por los dos extremos del Paso. La esposa de Franklin, lady Jane, financió ella sola numerosas expediciones para buscar a su esposo. No fue hasta 1854, nueve años después de que zarpasen de Inglaterra, cuando los restos de algunos de los tripulantes fueron encontrados en la isla del Rey Guillermo. Un macabro descubrimiento que fue la confirmación de la tragedia.

—¿Dejaron un cuaderno de bitácora o algún diario de a bordo? —preguntó Pitt.

—Solo encontraron un escrito. Una escalofriante nota resguardada en un montículo de piedra de la isla. Se halló en 1859. —El historiador buscó la reproducción de la nota en otro de los libros y se la pasó a Loren y a Pitt para que la leyesen.

—Aquí hay una anotación donde dice que Franklin murió en 1847, pero no menciona el motivo —comentó Loren.

—La nota plantea más preguntas que respuestas. Estaban muy cerca de atravesar la peor parte del Paso, pero quizá se encontraron con un verano demasiado corto y el hielo destrozó los barcos.

Pitt encontró en el libro un mapa que mostraba el lugar de la desaparición de Franklin. El punto donde sus barcos habían sido abandonados estaba a menos de cien millas de la península de Adelaida.

—El rutenio encontrado en la región aparece citado con el nombre de kobluna negro —dijo Pitt, mientras buscaba en el mapa alguna posible pista geográfica.

—Kobluna. Esa es una palabra inuit —comentó Perlmutter, y abrió el manuscrito mal encuadernado.

Loren vio que todo el documento estaba escrito a mano.

—Sí —respondió Pitt—. En inuit significa hombre blanco.

Perlmutter golpeó las amarillentas páginas con los nudillos.

—En 1860, un periodista de Nueva York llamado Stuart Leuthner intentó desentrañar el misterio de la expedición de Franklin. Viajó al Ártico y vivió en un poblado inuit durante siete años, donde aprendió la lengua y las costumbres. Recorrió la isla del Rey Guillermo y entrevistó a todos los habitantes que pudo encontrar y que hubiesen podido tener algún contacto con Franklin o su tripulación. Pero las pistas eran escasas y regresó a Nueva York decepcionado. Nunca encontró la respuesta definitiva que buscaba. Por alguna razón decidió no publicar sus hallazgos y dejó sus escritos atrás cuando regresó al Ártico. Se casó con una joven inuit, se dedicó a vivir de la tierra y nunca más se supo nada de él.

—¿Ese es el diario del tiempo que pasó entre los inuit? —preguntó Pitt.

—Logré comprarlo en una subasta unos años atrás, a un precio muy razonable.

—Me sorprende que nunca fuese publicado —señaló Loren.

—No lo habrías hecho de haberlo leído. Prácticamente el noventa por ciento consiste en una larga explicación de cómo cazar y descuartizar focas, construir iglúes y sobrevivir al aburrimiento de los largos y oscuros meses de invierno.

—¿Y el otro diez por ciento? —preguntó Pitt.

—Veámoslo. —Julien sonrió.

Durante la hora siguiente, Perlmutter fue pasando las hojas del diario; de vez en cuando leía en voz alta algún pasaje donde un inuit decía haber visto unos trineos en las lejanas costas de la isla del Rey Guillermo o haber divisado dos grandes barcos atrapados en el hielo. Casi al final del manuscrito, el periodista entrevistaba a un joven cuyo relato hizo que Loren y Pitt se sentasen en el borde de las sillas.

El relato era de un adolescente llamado Koo-nik que en 1849 tenía trece años. Había ido a cazar focas con su tío en la parte oeste de la isla del Rey Guillermo. Él y su tío habían subido una colina y se encontraron con un enorme barco encajado en una placa de hielo.

«Kobluna», le dijo su tío, mientras se acercaban a la nave. Fue entonces cuando escucharon gritos y alaridos que llegaban del interior del barco. Un hombre de largos cabellos y ojos desorbitados les hizo señas para que se acercaran. Como tenían una foca que acababan de cazar, los invitaron a subir a bordo. Aparecieron varios hombres más, sucios y esqueléticos, con sangre seca en las prendas. Uno de los hombres miró a Koo-nik diciendo incoherencias, mientras otros dos bailaban en la cubierta. La tripulación entonaba un extraño canto y se llamaban a sí mismos los «hombres de la negrura». El chiquillo creyó que estaban poseídos por los demonios. Asustado, se mantuvo junto a su tío, que cambió la carne de foca por dos cuchillos y unas piedras brillantes y plateadas que los koblunas dijeron que iban muy bien para calentarse. Los hombres les prometieron más herramientas cortantes y piedras si el inuit les llevaba más carne de foca. Koo-nik se marchó con su tío, pero nunca más volvió a ver el barco. Dijo que su tío y algunos otros hombres llevaron muchas focas al barco unas pocas semanas después y que regresaron con cuchillos y un kayak cargado con kobluna negro.

—No puede ser otra cosa que el rutenio —afirmó Loren, entusiasmada.

—El kobluna negro —asintió Pitt—. ¿Dónde lo consiguió la tripulación de Franklin?

—Es posible que lo descubriesen en una de las islas próximas, durante uno de los viajes de exploración, cuando los barcos estaban atrapados en el hielo —aventuró Perlmutter—. Aunque quizá descubrieron una mina mucho antes, en cualquier lugar desde Groenlandia hasta la isla Victoria, en ese recorrido de miles de kilómetros. Me temo que no sea un buen punto de partida.

—Lo que me resulta extraño es el comportamiento de la tripulación —dijo Loren.

—He escuchado un relato similar respecto a unos mineros en Sudáfrica que se volvieron locos; la locura se atribuyó a una posible exposición al rutenio —manifestó Pitt—. Sin embargo, no tiene sentido, porque no hay nada peligroso en el mineral.

—Quizá solo fue a consecuencia de las horribles condiciones que soportaron. Hambrientos y muertos de frío durante todos aquellos inviernos, atrapados en un oscuro barco —señaló Loren—. En mi caso, habría bastado para volverme loca.

—Si le añades la congelación y el escorbuto, por no mencionar el botulismo provocado por alimentos envasados en recipientes sellados con plomo, hay motivos de sobra para trastornar a un hombre —declaró Julien.

—Es una más de las muchas preguntas sin respuesta relacionadas con la expedición —manifestó Pitt.

—El relato parece confirmar la historia que te contaron en la cooperativa minera —opinó Perlmutter.

—Quizá la respuesta a de dónde vino el mineral todavía esté en el barco —aventuró Loren.

Pitt ya había tenido la misma idea. Sabía que las heladas aguas del Ártico permitían una notable conservación de las antigüedades. El *Breadalbane*, un barco de madera construido en 1843, que había participado en una de las expediciones de rescate y que había naufragado cerca de la isla Beechey, había sido descubierto hacía muy poco, intacto, con los mástiles todavía erguidos en la cubierta. Que aún hubiese en el barco alguna pista acerca de la fuente del rutenio era perfectamente posible. Pero ¿qué barco era y dónde estaba?

—¿No hay ninguna mención a un segundo barco? —preguntó Pitt.

—No —respondió Perlmutter—. La ubicación aproximada que dieron está bastante al sur del lugar donde se supone que abandonaron los barcos de Franklin.

—Quizá la deriva del hielo los separó —aventuró Loren.

—Es muy plausible —admitió Julien—. Leuthner apuntó algo interesante en su diario. —Pasó unas cuantas páginas—. Un tercer inuit afirmó que había visto que uno de los barcos se hundía mientras que el otro desaparecía. Pero nunca pudo conseguir que el inuit los describiera.

—Si suponemos que fue uno de los barcos de Franklin, podría ser fundamental para identificar la nave, en el caso de que el mineral no estuviese a bordo de ambas, del *Erebus* y el *Terror* —observó Pitt.

—Lo lamento, pero Koo-nik nunca identificó el barco. Además, las naves eran muy similares —dijo Perlmutter.

—Pero dijo que la tripulación se había dado un nombre —les recordó Loren—. ¿Cómo los llamó, los «hombres negros»?

—Los «hombres de la negrura» es como se describieron a ellos mismos —puntualizó Julien—. Es extraño, aunque supongo que se dieron ese nombre después de haber sobrevivido a tantos inviernos oscuros.

—Puede que haya otra razón —intervino Pitt, con una amplia sonrisa—. Si de verdad eran los hombres de la negrura, entonces acaban de decirnos en qué barco servían.

Loren lo miró intrigada; en cambio, Perlmutter lo entendió en el acto.

—¡Por supuesto! —gritó el gigante—. Tiene que ser el *Erebus*. ¡Bien hecho, muchacho!

Loren miró a su marido.

—¿Qué se me ha escapado?

—Erebus —dijo Pitt—. En la mitología griega, es una parada en el camino al infierno. Es un lugar de perpetua oscuridad, o negrura.

—Justo es decir que es donde acabaron el barco y la tripulación. —Julien miró a Pitt—. ¿Crees que podrás encontrarlo?

—Es una zona de rastreo muy grande, pero valdrá la pena el esfuerzo. Lo único que puede impedirnos tener éxito es el mismo peligro que acabó con Franklin: el hielo.

—Nos acercamos al verano, que es cuando se puede navegar por la región. ¿Lograrás tener un barco allí a tiempo para realizar la busca?

—No te olvides de los canadienses —le advirtió Loren—. Quizá no te abran la puerta.

En los ojos de Pitt resplandeció el optimismo.

—Resulta que tengo un barco cerca de allí, y al hombre adecuado para que encuentre el camino —manifestó, con una sonrisa de confianza.

Perlmutter sacó una polvorienta botella de oporto añejo y sirvió unas copitas.

—Que Dios te acompañe, muchacho —brindó—. Que puedas arrojar alguna luz sobre el oscurecido *Erebus*.

Después de dar las gracias a Perlmutter por la comida y recibir la promesa del historiador naval de que le enviaría copias de cualquier material que tuviese sobre la posible ubicación del barco, Loren y Pitt salieron de la casa y volvieron al coche. Ya en el vehículo, Loren se mostró muy callada. Su sexto sentido se había puesto en marcha, y la advertía de un peligro invisible. Sabía que no podía impedir que Pitt partiese a resolver un misterio, pero siempre le costaba dejar que se marchara.

—El Ártico es un lugar peligroso —acabó diciendo en voz baja—. Me preocupará saber que estás por allí.

—No olvidaré llevarme los calzoncillos largos y me mantendré apartado de los icebergs —dijo él en tono alegre.

—Sé que es importante, pero, de todos modos, desearía que no tuvieses que ir.

Pitt sonrió para devolverle la tranquilidad, pero en sus ojos ya había aparecido aquella mirada distante y decidida. Loren miró a su marido y supo que él ya estaba allí.

42

Mitchell Goyette leía un informe financiero cuando su secretaria apareció en la cubierta de popa del yate con un teléfono inalámbrico de línea segura.

—El ministro de Recursos Naturales Jameson quiere hablar con usted —dijo la atractiva morena y le pasó el teléfono.

Goyette le dedicó una sonrisa lujuriosa y cogió el aparato.

—Arthur, le agradezco la llamada. Dígame, ¿qué tal va la concesión de mis licencias de exploración en el Ártico?

—Ese es precisamente el propósito de mi llamada. Recibí los mapas de las zonas de exploración que desea. Esas regiones abarcan casi cinco millones de hectáreas. Me sorprendió mucho. Debo decir que es algo sin precedentes.

—Puede que lo sea, pero es allí donde tienen que estar las riquezas. Sin embargo, vayamos por orden. ¿Qué pasa con las licencias de explotación minera en las islas Royal Geographical Society?

—Como ya sabe, una parte de las licencias para la exploración y explotación de los recursos de las islas está en manos de la Mid-America Mining Company. Mi despacho ha redactado una orden para anular las licencias por incumplimiento de los plazos. Si no satisfacen las cuotas de producción en los próximos tres meses, podremos rescindir las licencias. Si la actual crisis política con Estados Unidos va en aumento, quizá podríamos actuar incluso antes.

—Tengo la casi absoluta seguridad de que no cumplirán con

las cuotas del verano —afirmó Goyette en un tono cargado de malicia.

—La rescisión se puede acelerar si la firma el primer ministro. ¿Es ese el camino que quiere seguir?

—El primer ministro Barrett no será ningún impedimento. —Goyette soltó una carcajada—. Podríamos decir que es un socio silencioso en esta empresa.

—Anunció públicamente una política de protección del Ártico —le recordó Jameson.

—Firmará cualquier cosa que le pida. ¿Qué hay del resto de mis licencias?

—Mi gente ha descubierto que solo una pequeña parte de la zona de Melville Sound tiene concedida una licencia. Al parecer, ha ganado usted a todos sus rivales.

—Únicamente porque gran parte de la región ha sido inaccesible. Con las temperaturas más altas y mi flota de rompehielos y barcazas transoceánicas, podré explotar todo aquello antes de que cualquiera llegue siquiera a poner un pie allí. Con su ayuda, por supuesto —añadió, en tono ácido.

—Podré ayudarle con las licencias de exploración marina, ya que son de mi competencia. En lo que se refiere a los permisos en el sector terrestre, parte de las licencias las otorga la División de Asuntos Indios y Nativos.

—¿El titular de la división lo designa el primer ministro?

—Eso creo.

Goyette rió de nuevo.

—Entonces no habrá ningún problema. ¿Cuánto tiempo tardaré en conseguir los permisos?

—Es un territorio muy grande el que hay que revisar y aprobar —manifestó Jameson, con cierto titubeo.

—No se preocupe, ministro. Una muy generosa transferencia llegará a su cuenta dentro de poco, y otra cuando se otorguen las licencias. Nunca olvido pagar a aquellos que me ayudan en mis empresas comerciales.

—Muy bien. Intentaré tener los documentos preparados en las próximas semanas.

—Este es mi muchacho. Ya sabe dónde encontrarme —dijo Goyette, y cortó la comunicación.

En su despacho en Ottawa, el ministro colgó el teléfono y miró al otro lado de la mesa. El jefe de la Real Policía Montada de Canadá apagó el magnetófono y se quitó los auriculares con los que había estado escuchando.

—Dios mío, también ha comprometido al primer ministro —manifestó el policía, que sacudió la cabeza con asombro.

—El dinero fácil corrompe —afirmó Jameson—. ¿Tendrá mi acuerdo de inmunidad para mañana?

—Sí —respondió el jefe, muy alterado—. Usted accede a entregar las pruebas y no se presentarán cargos. Por supuesto, tendrá que renunciar a su cargo de inmediato. Me temo que su carrera en el servicio público habrá terminado.

—Puedo aceptarlo —declaró Jameson con expresión sombría—. Es preferible a continuar siendo un sirviente de ese cerdo codicioso.

—¿Podrá soportar también haber provocado la caída del primer ministro?

—Si el primer ministro está en el bolsillo de Goyette, entonces no merece otra cosa.

El jefe de policía se levantó, guardó los auriculares y el magnetófono y una libreta en el maletín.

—No se muestre tan alterado, jefe —dijo Jameson, al ver la preocupación reflejada en el rostro del hombre—. En cuanto se sepa la verdad acerca de quién es Goyette, se convertirá usted en un héroe nacional por llevarlo a la cárcel. Es más, usted sería un magnífico candidato de la ley y el orden para reemplazar al primer ministro.

—Mis aspiraciones no apuntan tan alto. Solo me asusta el desastre que un multimillonario puede provocar en el sistema de justicia criminal.

Cuando ya iba hacia la puerta, Jameson le dijo:

—La verdad siempre acaba triunfando.

El jefe continuó caminando, a sabiendas de que eso no siempre era así.

43

La parte de la embarcación de Trevor que estaba a la vista aún humeaba cuando una grúa flotante, pedida en préstamo a la fundición de aluminio, la sacó del agua. La grúa la llevó hasta un astillero cercano y la dejó en una plataforma de cemento, donde permanecería hasta que los técnicos de la policía y los inspectores de seguros acabaran de revisarla. Después de que le curasen las heridas, Trevor respondió a las preguntas de la policía; luego, dedicó unos minutos a rebuscar entre los restos del casco antes de volver a la lancha de la NUMA. Dirk lo invitó a subir a bordo y le preguntó cuál había sido la actitud de la policía.

—El jefe no está dispuesto a aceptar que se trató de una bomba hasta que los investigadores no hayan hecho su trabajo —dijo Trevor.

—Las embarcaciones no estallan porque sí, y, desde luego, no de esa manera —señaló Dirk.

—Me preguntó si sospechaba de alguien, y le respondí que no.

—¿No crees que pueda ser de alguna ayuda? —preguntó Summer.

—Todavía no. No hay suficientes pruebas que permitan apuntar a algún sospechoso.

—Todos sabemos que alguien de la planta está detrás.

—En ese caso, necesitamos descubrir cuál es el misterio —afirmó Trevor. Miró a los mellizos—. Sé que vais cortos de tiempo, pero ¿podríais hacerme el favor de llevarme hasta la isla Gil antes de que os vayáis?

—La lancha está a punto, y nos encantará llevarte —contestó Dirk—. Suelta las amarras y zarparemos ahora mismo.

Hicieron el trayecto por el canal Douglas en relativo silencio; cada uno de ellos se preguntaba en qué tipo de peligro se habían metido. Al pasar por delante de las instalaciones de Terra Green, Dirk vio que el buque cisterna había abandonado el muelle cubierto. Aceleró al máximo, ansioso por llegar al lugar y ver qué había debajo de las aguas de la isla Gil.

Se encontraban muy cerca del lugar de destino cuando Summer se puso de pie para señalar a través de la ventana de la timonera. Vieron la silueta negra del buque cisterna, que pasaba por la siguiente curva; navegaba por el canal a baja velocidad.

—Fijaos qué hundido navega —dijo Dirk, al observar que el agua casi rozaba el tope de la línea de flotación.

—Tenías razón, Summer —comentó Trevor—. Estaba cargando dióxido de carbono licuado en la planta. No tiene el menor sentido.

La lancha de la NUMA adelantó al buque cisterna y no tardó en llegar a la parte abierta del estrecho. Dirk fue hacia el extremo sur y puso el motor al ralentí cuando estaba a la altura de la punta de la isla. Fue a popa y bajó un sónar por encima de la borda mientras Summer programaba una cuadrícula de búsqueda en el sistema de navegación. Al cabo de unos minutos estaban otra vez en marcha, para iniciar las idas y venidas a todo lo ancho del estrecho arrastrando el sónar.

Las imágenes en la pantalla mostraban un fondo rocoso y empinado que bajaba desde los quince metros cerca de la costa a casi los sesenta en el centro del estrecho. Dirk se ocupaba de bajar y subir el cable de arrastre del sónar como si fuese un yoyó, para adaptarlo al cambio de profundidad. La primera hora de búsqueda no mostró nada de interés, solo un fondo uniforme cubierto de rocas y algún tronco hundido. Trevor no tardó en aburrirse de ver una y otra vez las mismas imágenes y dedicó su atención al buque cisterna. Había llegado por fin al estrecho, y navegaba al norte de ellos a la velocidad de un caracol. Acabó de pasar el extremo norte de la isla y desapareció de la vista.

—Me encantaría saber qué rumbo lleva —comentó Trevor.

—Cuando regresemos a Seattle, veré si con los recursos de nuestra agencia podemos averiguarlo —dijo Summer.

—Detestaría creer que esté vaciando todo ese dióxido de carbono en el mar.

—Es poco probable que se atrevan —señaló la joven—. Sería demasiado peligroso para la tripulación si cambia el viento.

—Supongo que tienes razón. De todos modos, aquí hay algo que no cuadra.

La voz de Dirk los interrumpió desde la timonera.

—Tengo algo.

Summer y Trevor asomaron la cabeza y miraron el monitor del sónar. En un lado de la pantalla aparecía una delgada línea que cruzaba el fondo.

—Puede ser una tubería —dijo Dirk—. Todo apunta a que es algo hecho por el hombre. Podremos ver un poco más en la siguiente pasada.

Tuvieron que esperar diez minutos, para dar la vuelta al extremo de la isla y volver hacia el estrecho en la siguiente pasada. La delgada línea cruzaba el monitor en dirección noroeste.

—Parece demasiado grande para ser un cable de comunicaciones —opinó Summer, con la mirada puesta en el monitor.

—Resulta difícil imaginar qué puede haber allí —señaló Trevor—. Aparte de unas chozas de cazadores y pescadores, la isla está deshabitada.

—Tiene que llevar a alguna parte —insistió Dirk—. Mientras no esté enterrada, podremos averiguar dónde.

Continuaron recorriendo la cuadrícula, pero lejos de resolver el misterio submarino se hizo aún más complicado. No tardaron en aparecer una segunda y una tercera línea, todas formando un ángulo convergente hacia el norte. Al final llegaron a la unión. Como una gigantesca mano de siete dedos, el sónar mostraba otras cuatro líneas que se unían a las demás. Al superponer las imágenes, vieron que todas las líneas se desplegaban en un tramo de unos quince metros, y luego acababan sin más. Una única línea más gruesa se extendía hacia el norte a partir de la unión, en paralelo a la costa. El sónar pudo rastrearla durante un corto tramo antes de que desapareciese de pronto en el sedimento cercano a la costa. Cuando llegaron al final de la cuadrícula, Dirk apagó el motor y recogió el sónar con la ayuda de Trevor.

—Son casi las siete —avisó Summer—. Tendremos que volver antes de una hora si queremos evitar recorrer el canal en la oscuridad.

—Sobra tiempo para una rápida inmersión —dijo Dirk—. Podría ser nuestra única oportunidad.

Nadie se opuso. Dirk se vistió con el traje de neopreno mientras Summer llevaba la embarcación al punto marcado donde convergían las siete líneas.

—La profundidad es de treinta y un metros —avisó—. Ten cuidado, porque en el radar aparece una embarcación de gran tamaño que viene hacia aquí, a unas quince millas al norte. —Miró a Trevor—. ¿No me habías dicho que aquí no hay tráfico de cruceros durante la semana?

Trevor la miró desconcertado.

—Es lo que tengo entendido. Siguen un programa muy rígido. Tal vez sea un carguero retrasado.

Dirk asomó la cabeza para mirar la pantalla del radar.

—Tendré tiempo para echar una buena ojeada antes de que se acerque demasiado.

Summer colocó la lancha de proa a la corriente y Trevor echó el ancla. Dirk se acomodó la botella de aire, se abrochó el cinturón de lastre y se dejó caer de espalda por la borda.

Cayó en el agua con la marea casi baja y se tranquilizó al ver que la corriente era mínima. Nadó hasta la proa, para bajar hasta el fondo guiándose con la cadena del ancla.

Las frías aguas verdes poco a poco se tragaron la luz de la superficie y lo obligaron a encender la pequeña linterna sujeta a la capucha. El fondo ocre salpicado de estrellas de mar y erizos apareció en la penumbra. Confirmó que la profundidad era de treinta y un metros y ajustó el chaleco de flotabilidad. Luego soltó la cadena y nadó en un amplio círculo hasta encontrar el objeto captado por el sónar.

Era un tubo de metal oscuro que cruzaba el fondo hasta más allá de su campo visual. Tenía unos quince centímetros de diámetro y era obvio que lo habían colocado hacía poco, porque no había algas ni incrustaciones en la pulida superficie.

Volvió hasta el ancla y la arrastró para pasarla por encima del tubo, donde la sujetó con unas cuantas piedras. Luego siguió el tubo por una suave pendiente hacia aguas profundas hasta que encontró el extremo abierto, unos veinte metros más allá. Un pequeño cráter se había abierto en el fondo alrededor de la abertura, y Dirk observó la ausencia de cualquier tipo de vida marina en derredor.

Siguió el tubo en la dirección opuesta, donde la profundidad era menor, hasta que encontró la unión. En realidad eran tres juntas soldadas para formar un colector que alimentaba a las seis tuberías desplegadas a cada lado, más una tubería al final. Un tubo más grueso, de unos veinticinco centímetros, alimentaba el colector y se dirigía hacia la isla Gil. Dirk nadó a lo largo del tubo principal durante un centenar de metros hasta que se desviaba en un ángulo de noventa grados hacia el norte, a una profundidad de diez metros. Continuó recorriéndolo y vio que estaba parcialmente enterrado en una trinchera de sedimentos, lo que había impedido que el sónar lo detectase. Siguió la tubería varios minutos más antes de decidir abandonar la investigación y volver a la superficie, ya que el suministro de aire comenzaba a disminuir. Acababa de dar la vuelta cuando de pronto detectó un rumor subacuático. Era un sonido profundo, pero en el agua no podía definir de qué dirección venía. Continuó a lo largo de la tubería y vio que la arena comenzaba a desprenderse de los costados. Apoyó la mano enguantada en el tubo y notó una fuerte vibración. Dominado por un súbito temor, comenzó a nadar a toda prisa hacia el colector.

En cubierta, Summer consultó su reloj y vio que Dirk llevaba casi media hora sumergido. Se volvió hacia Trevor, que la miraba con admiración desde la borda.

—Desearía que pudiéramos quedarnos más tiempo —dijo la muchacha como si le hubiese leído el pensamiento.

—Yo también. He recordado que tengo que viajar a Vancouver para presentar el informe de lo ocurrido y ver si me entregan otra embarcación. Me llevará unos días, quizá algunos más si puedo alargarlo —añadió con una sonrisa—. ¿Hay alguna posibilidad de que pueda ir a verte a Seattle?

—Me enfadaría si no lo hicieses —respondió ella, sonriendo—. Solo es un viaje de tres horas en tren.

Trevor iba a responder cuando advirtió algo en el agua, por encima del hombro de Summer. Vio unas burbujas a unos veinte metros de la lancha. Se levantó para mirar mejor cuando Summer le señaló otra zona de burbujas a una corta distancia de la popa. Juntos, miraron alrededor de la nave y vieron una media docena de erupciones.

Las burbujas se extendieron como una tempestad que despedía nubecillas blancas. El vapor creció deprisa a medida que unas grandes nubes blancas emergían de las profundidades para extenderse a través de la superficie. En cuestión de segundos, las nubes habían formado una muralla alrededor de la lancha, con Summer y Trevor atrapados en el centro. Cuando el vapor empezó a acercarse, Trevor exclamó asustado:

—¡Es el aliento del diablo!

44

Con un vigoroso movimiento de las piernas, Dirk nadó a toda prisa a lo largo de la tubería principal. Aunque la visibilidad era casi nula, notaba una turbulencia cercana en el agua y el instinto lo avisó de que había algo peligroso en aquellas emisiones. La imagen del *Ventura* y su tripulación muerta pasó por su mente. Al pensar en Summer y Trevor, que se encontraban en la superficie, nadó aún más rápido, sin hacer caso de la creciente protesta de sus pulmones.

Llegó al colector y de inmediato dobló a la izquierda, para seguir el recorrido de la primera tubería que lo había llevado hasta allí. Escuchaba con toda claridad la turbulencia de las burbujas provocadas por una descarga a alta presión. Continuó avanzando a lo largo de la tubería, hasta que por fin vio delante de él la cadena del ancla. Sin perder ni un segundo fue hacia la superficie, en un ángulo que lo llevó hasta la proa de la lancha.

Asomó a la superficie y en el acto tuvo la sensación de encontrarse en medio de la niebla londinense. Un espeso manto blanco se extendía sobre el agua. Con la cabeza gacha, nadó a lo largo del casco hasta la popa, donde estaba la escalerilla que Summer había colocado en la borda. Apoyó los pies en el primer travesaño y se levantó lo justo para espiar por encima del espejo. Las nubes de vapor blancas flotaban sobre la cubierta y casi oscurecían totalmente la timonera, que estaba a unos pocos metros de distancia.

Dirk se sacó el regulador de la boca el tiempo necesario para gritar el nombre de Summer. De inmediato, notó un sabor acre y se apresuró a ponerse de nuevo el regulador, para respirar el aire de la botella. Permaneció atento durante unos segundos antes de apartarse de la escalerilla y sumergirse de nuevo con un nudo en la garganta.

No había recibido ninguna respuesta porque la embarcación estaba desierta.

Doscientos metros al oeste y tres metros debajo del agua, Trevor creía que estaba a punto de morir. Le parecía increíble lo rápido que el agua gélida había acabado con sus fuerzas y casi con su voluntad de vivir. De no haber sido porque los brillantes ojos grises de Summer le imploraban que aguantase, quizá ya se habría rendido.

Mientras le ponía el regulador en la boca para que respirase, tuvo que admitir que eran unos ojos muy bellos. Aquellos ojos casi le daban calor. Respiró a fondo y le devolvió el regulador, consciente de que su mente comenzaba a extraviarse. Intentó concentrarse en sus piernas cansadas y las movió con más fuerza, recordándose que debía llegar a la orilla.

Había sido una decisión instantánea, y la única que podía salvarles la vida. Con la nube de dióxido de carbono rodeándolos por completo, la única vía de escape era el agua. Summer había pensado en soltar el ancla e intentar huir a través de la nube, pero si había cualquier problema al poner en marcha el motor habrían muerto. Además, estaba en peligro la vida de Dirk. Si salía a la superficie debajo de la popa cuando se ponían en marcha, la hélice lo cortaría a tiras. Aunque las probabilidades de que salvase la vida eran pocas, siempre quedaba la esperanza de que pudiese alejarse de la nube de gas con el aire que le quedaba en la botella.

—Tenemos que lanzarnos al agua —gritó a Trevor en cuanto asomaron las primeras nubes, y fue hacia el equipo de buceo que estaba preparado junto a la borda—. Ponte el traje. Yo recogeré la botella.

Menos de un minuto antes de que la lancha quedase cubierta por la niebla, Summer se puso el traje y cogió la máscara mientras Trevor se apresuraba a sujetarle la botella. Acabó de pasar los brazos por las correas del chaleco de flotabilidad casi en el mismo instante en el que el dióxido de carbono cubría toda la embarcación. Se lanzaron por encima de la borda y, con un sonoro chapuzón, se sumergieron por debajo de la nube letal.

Sin ninguna protección contra el frío, Trevor notó como una descarga eléctrica al entrar en contacto con el agua. Solo la descarga de adrenalina impidió que se quedase paralizado. Abrazados cara a cara, se impulsaron con las piernas y se fueron pasando el regulador para compartir el aire. Por fin consiguieron establecer un ritmo y empezaron a avanzar a toda prisa hacia la isla.

Sin embargo, el frío comenzó muy pronto a hacer sentir sus efectos a Trevor. Al principio fueron imperceptibles, pero luego Summer vio que ya no pateaba con la misma rapidez. Los labios y las orejas mostraban un tono azulado, y comprendió que se acercaba a la hipotermia. Movió las piernas con más rapidez, dispuesta a no perder el impulso. Se esforzó durante otros treinta metros, al tiempo que notaba que él se convertía en un peso muerto. Miró hacia abajo con la ilusión de ver el fondo; pero lo que vio fueron solo unos pocos metros de agua turbia. No tenía ni idea de lo lejos que se encontraban de la isla o si habían estado nadando en círculos. Había llegado el momento de arriesgarse a salir a la superficie.

Respiró hondo antes de poner de nuevo la boquilla en la boca de Trevor y lo arrastró hacia arriba con un vigoroso movimiento de piernas. Al salir a la superficie en calma, se apresuró a mover la cabeza en todas las direcciones, para orientarse. Su peor temor había resultado infundado. Habían escapado, al menos de momento, de las espesas nubes de dióxido de carbono, que aún subían hacia el cielo un poco más allá. En la dirección opuesta, las verdes colinas de la isla Gil aparecían a menos de cuatrocientos metros. Aunque no habían nadado en línea recta, el rumbo había sido lo bastante certero como para acercarlos a la orilla.

Summer respiró unas cuantas veces sin ninguna consecuencia antes de pasar una mano por debajo del brazo de Trevor y pulsar el botón que hinchaba el chaleco de flotabilidad. La prenda levantó el torso de Trevor fuera del agua. Lo miró a la cara y recibió un guiño a modo de respuesta, aunque la mirada de sus ojos opacos era un tanto perdida. Cogió las correas del chaleco y remolcó a su compañero hacia la costa. Trevor, por su parte, intentaba ayudarla moviendo las piernas todo lo que le permitían sus mermadas fuerzas.

La fatiga hacía que a Summer, suficientemente abrumada por tener que llevar a Trevor a tierra firme, le pareciese que la isla continuaba a la misma distancia mientras el cansancio la dominaba poco a poco. Intentó no mirar la costa y concentrarse en el movimiento de las piernas, pero eso solo le hizo darse cuenta de que le pesaban como plomo. Se esforzaba por mantener el ritmo cuando de pronto le arrebataron de las manos el chaleco de Trevor y su cuerpo la adelantó. Sorprendida por el súbito avance lo soltó, pero su desconcierto aumentó al ver que sus miembros seguían inertes. Al cabo de un segundo apareció una cabeza junto al pecho de Trevor.

Dirk se volvió para mirar a Summer y escupió el regulador.

—Debe de estar helado. ¿Ha respirado el gas? —preguntó.

—No, solo es el frío. Tenemos que llevarlo a la orilla. ¿Cómo nos has encontrado?

—Vi que faltaba una botella de aire en la lancha y deduje que ibas hacia la costa. He salido a la superficie un poco más al sur y te he visto.

Sin decir nada más, fueron hacia la isla lo más rápido que pudieron. La aparición de Dirk le había devuelto los ánimos y la muchacha comenzó a nadar con renovado vigor. Juntos avanzaron a buen ritmo arrastrando a Trevor y muy pronto lo sacaron a una pequeña playa de piedras. Trevor, pese a temblar como un azogado, fue capaz de sentarse pero con la mirada perdida.

—Tenemos que quitarle la ropa mojada. Le daré mi traje —dijo Dirk.

Summer asintió al tiempo que señalaba algo un poco más

allá en la playa. Había una pequeña estructura de madera junto al agua a unos cien metros de distancia.

—Parece un refugio de pescadores.

—¿Por qué no vas a ver qué encuentras mientras yo le quito la ropa?

—De acuerdo. —Dirk se quitó la botella de aire y el cinturón de lastre—. No te diviertas mucho —bromeó, antes de alejarse hacia la choza.

No perdió tiempo, porque Trevor corría un grave peligro. Al trote cubrió la distancia en un par de minutos. Summer tenía razón, era una choza de pescadores, utilizada por los miembros de un club de pesca local cuando querían pasar la noche en la isla; una sencilla construcción de troncos, más pequeña que un garaje para un solo coche. Había un bidón de combustible de doscientos litros y una pila de leña junto a la pared exterior. Se acercó a la puerta y la abrió de un puntapié. El mobiliario era espartano: un catre, una estufa de leña y un ahumadero de pescado. Cogió la caja de cerillas y un puñado de pequeñas ramas que estaban junto a la estufa; en cuanto acabó de encender el fuego, emprendió el camino de vuelta.

Trevor estaba sentado en un tronco sin la camisa y Summer le estaba quitando los pantalones empapados. Dirk lo ayudó a levantarse y con la joven al otro lado, lo llevaron hacia la choza. Los hermanos no perdieron de vista el estrecho ni por un momento. Las blancas nubes de dióxido de carbono continuaban saliendo del agua como una erupción volcánica. El vapor se había convertido en una enorme masa que se extendía a través del estrecho hasta una altura de más de quince metros. Vieron un color rojizo en el agua y docenas de peces muertos que asomaban a la superficie.

—El responsable no puede ser otro que el barco cisterna —opinó Dirk—. Es probable que lo estén descargando en una terminal al otro lado de la isla.

—¿Por qué lo hacen en pleno día?

—Porque saben que estamos aquí —respondió él en voz baja, en un leve tono de furia.

Entraron en la choza y acomodaron a Trevor en el camastro. Summer lo tapó con una vieja manta de lana y Dirk se ocupó de traer una brazada de leña de la pila que había en el exterior. La pequeña estufa ya había comenzado a calentar el ambiente, y Dirk fue añadiendo troncos hasta conseguir un buen fuego. Se disponía a ir a buscar más leña cuando se escuchó a lo lejos el aullido de una sirena que resonó en las colinas de la isla.

Dirk y Summer corrieron al exterior y el horror apareció en sus rostros al mirar hacia el estrecho. Dos millas al norte, un gran barco de pasajeros que hacía un crucero por la costa de Alaska iba en línea recta hacia la letal nube de dióxido de carbono.

45

El *Dauphine*, con bandera francesa, había zarpado de Vancouver para realizar un crucero de una semana por la costa de Alaska. La aparición de un súbito brote de gastroenteritis, que había afectado a casi trescientos pasajeros, había obligado al capitán a acortar el viaje y poner rumbo de regreso al puerto de origen ante la posibilidad de que muchos de ellos necesitasen ser hospitalizados.

Con una eslora de trescientos metros, el *Dauphine* era uno de los más nuevos y mayores barcos de pasajeros que recorrían el Paso del Interior. Con tres piscinas climatizadas, ocho restaurantes y una enorme sala de observación por encima del puente, llevaba a dos mil cien pasajeros con el máximo lujo y comodidades.

En la costa de la isla Gil, Dirk y Summer miraban el resplandeciente barco blanco, pero solo veían una nave de muerte. El mortal dióxido de carbono continuaba saliendo por las siete tuberías; la nube aumentaba en más de ochocientos metros en cada dirección. Una ligera brisa del oeste mantenía a la nube apartada de la isla pero la empujaba a través del estrecho. La nave tardaría unos cinco minutos en pasar a través de aquel humo, tiempo más que suficiente para que el dióxido de carbono entrase en los conductos y los sistemas de aire acondicionado de todo el barco. El gas acabaría con la vida de todos los pasajeros y tripulantes en cuestión de minutos.

—Debe de haber miles de personas a bordo —dijo Summer—. Tenemos que avisarles.

—Tal vez haya una radio en la choza —señaló Dirk.

Corrieron al interior de la cabaña. No hicieron caso de los murmullos de Trevor mientras buscaban por todos los rincones, pero para su desesperación acabaron con las manos vacías. Dirk salió al exterior y miró hacia la nube blanca intentando ver la lancha. Continuaba atrapada dentro de la nube.

—¿Cuánto aire queda en tu botella? —se apresuró a preguntar a Summer—. Podría intentar ir hasta la lancha y llamarlos por radio, pero mi botella está vacía.

—No puede ser —respondió Summer—. Mi botella también está casi vacía, porque tuvimos que compartirla. No llegarías vivo a la lancha. No permitiré que vayas.

Dirk aceptó la súplica de su hermana, consciente de que sería un intento fatal. Miró a un lado y a otro buscando algo que les sirviese para alertar a la nave, y entonces reparó en el bidón junto a la choza. Corrió hasta el recipiente cubierto de suciedad, apoyó las manos en el borde superior y empujó hasta conseguir vencer la resistencia. Se escuchó un leve chapoteo, una clara señal de que estaba casi lleno. Desenroscó la tapa, metió un dedo y olió el líquido.

—Gasolina —dijo a Summer cuando se acercó a él—. Una reserva para que los pescadores reposten.

—Podemos encender una hoguera —propuso Summer, entusiasmada.

—Sí —asintió Dirk—, o quizá algo un poco más llamativo.

El capitán del *Dauphine* se encontraba en el puente leyendo el parte meteorológico cuando lo llamó el primer oficial.

—Capitán, al parecer hay algún obstáculo en el agua, justo a proa.

El capitán acabó de leer el parte, y, sin prisas, se acercó a su segundo, que miraba por los prismáticos. Debido a la presencia de ballenas, delfines y también troncos caídos de los barcos madereros, siempre había obstáculos en el Paso. Sin embargo, no era motivo de preocupación para la gran nave, que pasaba por encima de todo ello como si fueran mondadientes.

—Media milla más adelante, señor —dijo el primer oficial, y le pasó los prismáticos.

El capitán se los llevó a los ojos y vio la nube blanca en su trayectoria.

Justo delante de la niebla había un objeto casi sumergido con una joroba negra y otra más pequeña de color azul al costado. Ajustó el enfoque para observar el obstáculo con mayor nitidez.

—Hay un hombre en el agua —anunció al cabo de un minuto—. Al parecer es un buceador. Timonel, reduzca la velocidad a cinco nudos y prepárese para un cambio de rumbo.

Devolvió los prismáticos a su subordinado y se acercó al monitor, donde aparecía la posición de la nave sobre una carta náutica del Paso. Leyó las profundidades del agua y comprobó satisfecho que disponía de profundidad suficiente por el lado este del estrecho. Se disponía a dar la orden al timonel para que tomase un rumbo con el que evitarían al buceador cuando el primer oficial lo llamó de nuevo.

—Señor, será mejor que vea esto. Hay alguien en la costa que parece estar haciéndonos señales.

El capitán cogió los prismáticos por segunda vez y miró a proa. El barco había avanzado lo suficiente para ver a Dirk con su traje de neopreno azul junto a un tronco con forma de Y. Encajado entre los dos brazos llevaba un bidón de doscientos litros. Vio que Dirk señalaba hacia la costa, se apartaba del tronco y se sumergía. Apuntó los prismáticos hacia la costa y vio a Summer metida en el agua hasta el pecho. Sostenía una tea por encima de la cabeza. Se quedó boquiabierto al ver que lanzaba la tea hacia el tronco en el que estaba el bidón. En cuanto la tea tocó el agua, aparecieron llamas en la superficie. El reguero de fuego serpenteó poco a poco hasta envolver el tronco, que se encendió con furia de un extremo al otro. Solo pasaron unos segundos antes de que los vapores de gasolina del interior del bidón detonasen; la explosión resultante lanzó el bidón como un obús a través del estrecho. El capitán miró incrédulo el fuego, pero reaccionó en una fracción de segundo.

—¡Atrás a toda máquina! ¡Atrás a toda máquina! —ordenó—. Que alguien me ponga en contacto con la guardia costera.

46

Dirk salió a la superficie a unos veinte metros de la gasolina ardiendo y nadó en dirección al barco; de vez en cuando levantaba un brazo y golpeaba el agua —era la señal de socorro de los submarinistas—. Observaba atento la nube de dióxido de carbono, que aún se mantenía a unos cincuenta o sesenta metros detrás del tronco incendiado. Escuchó gritos que procedían de la playa y al mirar en aquella dirección vio que Summer se desgañitaba mientras agitaba los brazos hacia la nave para que se detuviese.

Cuando miró de nuevo hacia el enorme barco comprobó que continuaba navegando hacia él. Se preguntó si había alguien despierto en el puente y si habían llegado a ver su exhibición pirotécnica. Consciente del riesgo que corría si continuaba en la misma posición, nadó unas cuantas brazadas hacia la costa. Después escuchó el aullido distante de una alarma y vio una súbita turbulencia a popa de la nave. Era la prueba de que habían visto la señal y de que el capitán había ordenado dar marcha atrás. Sin embargo, se preguntó si no sería demasiado tarde.

El *Dauphine* continuó su marcha hacia la nube tóxica sin dar ninguna muestra de que reducía la velocidad. Dirk nadó con más fuerza para evitar que la proa se le echara encima. En cuestión de segundos se encontró en la sombra de la nave; la proa cortó el agua a solo unos metros de distancia. Ya había perdido la esperanza de que el barco se detuviera cuando de pronto vio que se sacudía y temblaba. La proa llegó hasta la línea de fuego y se detuvo.

Con una desesperante lentitud, el *Dauphine* comenzó a retroceder por el estrecho hasta alejarse unos cien metros al norte; luego se detuvo.

Arriaron una pequeña neumática naranja que se acercó a gran velocidad al submarinista. Cuando llegó a su lado, dos tripulantes se inclinaron por encima de la borda y lo sacaron del agua sin ningún miramiento. Un hombre de expresión grave sentado a popa lo miró furioso.

—¿Está usted loco? ¿Pertenece a Greenpeace? —preguntó con acento francés.

Dirk señaló la nube de vapor blanco al sur de ellos.

—Pase por allí y será hombre muerto. Si no hace caso de mi advertencia el loco será usted.

Hizo una pausa y miró al tripulante a los ojos. De pronto, poco seguro de sí mismo, el francés permaneció en silencio.

—Tengo a un hombre herido en la playa que necesita atención médica inmediata —añadió Dirk y señaló hacia la choza.

Sin decir otra palabra, fueron a toda velocidad hacia la costa. Dirk saltó de la neumática y corrió hacia la choza, donde ahora hacía mucho calor gracias a la estufa. Summer estaba sentada en el camastro con un brazo alrededor de Trevor y le hablaba. Los ojos habían recuperado algo de brillo, pero no dejaba de decir incoherencias. Los marineros ayudaron a llevarlo hasta la embarcación y emprendieron el regreso al *Dauphine*.

Cuando Trevor fue subido a bordo, Summer lo acompañó hasta la enfermería mientras Dirk era conducido al puente. El capitán, un hombre bajo con una incipiente calvicie, miró a Dirk de pies a cabeza con desprecio.

—¿Quién es usted y por qué ha encendido una hoguera en nuestra trayectoria? —preguntó, airado.

—Me llamo Pitt y pertenezco a la National Underwater and Marine Agency. Si mantiene ese rumbo matará a todos los que están a bordo. La niebla blanca que tiene delante es una nube mortal de dióxido de carbono que está descargando un buque cisterna. Tuvimos que abandonar nuestra lancha y nadar hasta la costa. Mi hermana y el hombre que está en la enfermería salvaron la vida por los pelos.

El primer oficial, que escuchaba con atención, sacudió la cabeza con expresión burlona.

—Qué relato más absurdo —comentó a uno de los tripulantes lo bastante fuerte para que Dirk lo escuchase.

Dirk no le hizo caso y continuó enfrentándose con el capitán.

—Lo que le estoy diciendo es la pura verdad. Si quiere correr el riesgo de matar a los miles de pasajeros que lleva a bordo, entonces adelante. Pero tenga la bondad de desembarcarnos antes.

El capitán observó el rostro de Dirk buscando alguna señal de locura, pero solo se encontró una fría reserva. El operador de radar rompió la tensión.

—Señor, hay una embarcación inmóvil en la niebla, al parecer a media milla a proa, por la banda de estribor.

El capitán recibió la información sin comentarios, y miró de nuevo a Dirk.

—De acuerdo, cambiaremos de rumbo e interrumpiremos la navegación por el estrecho. Por cierto, la guardia costera viene de camino. Si está en un error, señor Pitt, se las verá con la justicia.

Un minuto más tarde, se escuchó el batir de las palas de un helicóptero y, por la ventana de babor, vieron un aparato naranja y blanco de los guardacostas de Estados Unidos procedente de la base de Prince Rupert.

—Capitán, por favor, comunique al piloto que evite volar por encima de la nube blanca. Quizá también sería útil que hiciera una pasada por la costa noroeste de la isla Gil —pidió Dirk.

El capitán aceptó y comunicó al piloto la petición. El helicóptero desapareció durante veinte minutos; a su regreso se comunicó con el puente.

—*Dauphine*, hemos confirmado la presencia de un barco cisterna en una terminal flotante en la costa norte de la isla Gil. Al parecer es cierto que está descargando gas ilegalmente. Estamos enviando avisos de emergencia a través de la guardia costera canadiense y la Real Policía Montada. Le recomendamos que cambie el rumbo y siga por el canal oeste de la isla Gil.

El capitán le dio las gracias al piloto y ordenó tomar una ruta alternativa alrededor de la isla. Unos minutos más tarde, se acercó a Dirk.

—Por lo visto ha salvado usted a mi barco de una dramática tragedia, señor Pitt. Me disculpo por nuestro escepticismo y le doy las gracias por el aviso. Si hay algo que pueda hacer para devolverle el favor, solo tiene que decírmelo.

Dirk pensó unos instantes.

—Bien, capitán, en algún momento me gustaría recuperar mi embarcación.

Dirk y Summer tuvieron que permanecer a bordo hasta que el *Dauphine* atracó en Vancouver a última hora del día siguiente. Para cuando llegaron a puerto, Trevor ya se había levantado, pero de todas maneras lo trasladaron a un hospital para pasar la noche en observación. Dirk y Summer fueron a visitarlo antes de tomar el tren a Seattle.

—¿Has acabado ya de descongelarte? —preguntó Summer, al ver a Trevor debajo de una montaña de mantas.

—Sí, pero ahora intentan asarme vivo —respondió Trevor, feliz al verla de nuevo—. La próxima vez, el traje de neopreno será para mí.

—Hecho —respondió la joven con una carcajada.

—¿Han pillado al barco cisterna? —preguntó Trevor.

—El *Dauphine* vio que ponía rumbo a mar abierto cuando virábamos alrededor de la isla Gil. Es obvio que decidieron emprender la fuga en cuanto apareció el helicóptero. Por fortuna, el helicóptero de la guardia costera tenía la cámara de vídeo en marcha, así que hay imágenes que demuestran su presencia en la terminal flotante.

—Estoy seguro de que podrán rastrear el barco hasta alguna de las empresas de Goyette —añadió Dirk—. Aunque ya encontrará la manera de librarse de toda culpa.

—Eso fue lo que mató a mi hermano —afirmó Trevor con voz solemne—. Y casi nos mata a nosotros también.

—¿Summer te ha dicho que ha descifrado el mensaje que dejó tu hermano en el *Ventura*? —preguntó Dirk.

—No. —Trevor se sentó en la cama y miró a Summer.

—Lo he estado pensando desde que encontramos el *Ventura* —dijo la joven—. Se me ocurrió anoche en el barco. El mensaje no era que se habían asfixiado con los gases del escape, sino que los había matado gas grisú.

—No conozco ese término —dijo Trevor.

—Proviene de los viejos tiempos de la minería, cuando los mineros llevaban con ellos canarios para que los avisaran de la presencia del gas. Yo no supe qué era hasta que estuve investigando en una vieja mina inundada en Ohio donde podía haber objetos precolombinos. Tu hermano era médico, así que sin duda lo sabía. Creo que intentó escribir el mensaje para advertir a los navegantes.

—¿Se lo has dicho a alguien más? —preguntó Trevor.

—No —respondió Summer—. Supuse que a tu regreso querrías tener otra conversación con el jefe de policía en Kitimat.

Trevor asintió con una expresión distante en los ojos.

—Tenemos que coger el tren —dijo Dirk, después de consultar el reloj—. La próxima vez haremos inmersiones en agua caliente —le prometió a Trevor, y le estrechó la mano.

Summer besó a Trevor con pasión.

—Recuerda, Seattle está a solo ciento sesenta kilómetros.

—Sí. —Trevor sonrió—. Quién sabe cuánto habré de quedarme en Vancouver hasta que me den una nueva embarcación.

—Lo más probable es que esté al timón de la suya mucho antes de que nosotros volvamos a ver la nuestra —se lamentó Dirk cuando salían del hospital.

Resultó que estaba en un error. Dos días después de su regreso a la oficina regional de la NUMA en Seattle, llegó un camión con la lancha que habían dejado en la isla Gil. Tenía el tanque de combustible lleno y en el asiento del piloto había una cara botella de borgoña francés.

47

De acuerdo con la orden presidencial, el guardacostas estadounidense *Polar Dawn* cruzó el límite marítimo con Canadá un poco más al norte del Yukón, con rumbo este. El capitán Edwin Murdock miró a través de la ventana del puente las aguas grises del mar de Beaufort y respiró más tranquilo. En contra de los augurios de algunos de los tripulantes, no había ninguna flotilla canadiense dispuesta a interceptarlos.

La misión había comenzado unos meses atrás con la propuesta de hacer un mapa sísmico de la placa de hielo periférica a lo largo del Paso del Noroeste. Sin embargo, había sido mucho antes de los incidentes del *Atlanta* y el Laboratorio Polar Ártico 7. El presidente, interesado en no avivar las llamas de la indignación canadiense, había decidido en un primer momento cancelar el viaje, pero el ministro de Defensa había acabado convenciéndole de que debía realizarse, ya que según él los canadienses habían dado su aprobación implícita. Podían pasar años, señaló, antes de que Estados Unidos pudiese discutir la reclamación de aguas internas canadienses sin una provocación abierta.

—Cielo despejado, nada en la pantalla de radar y el mar está en calma —informó el primer oficial del *Polar Dawn*, un afroamericano llamado Wilkes, delgado como un poste—. Las condiciones perfectas para recorrer el Paso.

—Confiemos en que se mantengan durante los próximos seis días —comentó Murdock. Vio un destello en el cielo por la ventana de estribor—. ¿La escolta aérea continúa siguiéndonos?

—Creo que nos vigilarán durante las primeras cincuenta millas en aguas canadienses —manifestó Wilkes. La escolta era un aparato de reconocimiento P-3 Orion de la marina que volaba en círculos a gran altura sobre la nave—. Después, nos quedaremos solos.

En realidad, nadie esperaba que los canadienses se opusieran, aunque los oficiales y la tripulación eran muy conscientes de las acaloradas proclamas patrióticas que resonaban en Ottawa desde hacía dos semanas. La mayoría de ellos lo consideraban una simple puesta en escena por parte de algunos políticos que intentaban conseguir votos. Al menos, era lo que deseaban.

El *Polar Dawn* continuó navegando hacia el este por el mar de Beaufort, muy cerca del borde dentado de la placa de hielo que, de vez en cuando, se partía en trozos flotantes más o menos irregulares. A popa arrastraba un sensor sísmico con forma de trineo que medía la profundidad y la densidad de la placa de hielo.

Salvo por algún pesquero de arrastre o una nave de exploración petrolífera, no había tráfico en la zona. Murdock comenzó a relajarse cuando la primera breve noche ártica transcurrió sin incidentes. La tripulación se dedicaba a los trabajos que la mantendría ocupada durante las casi tres semanas de viaje hasta el puerto de Nueva York. El hielo se había acumulado cerca de la costa y poco a poco estrechaba la vía de agua; cuando se acercaron al golfo de Amundsen, al sur de la isla Banks, era de menos de treinta millas. Al pasar la marca de las quinientas millas desde Alaska, el capitán se sorprendió de que siguieran sin encontrar ningún barco canadiense. Le habían informado que dos patrulleras de la guardia costera canadiense recorrían el golfo e interceptaban a todos los barcos que no hubiesen pagado el derecho de paso.

—La isla Victoria a la vista —avisó Wilkes.

Todas las miradas en el puente se esforzaron para ver la isla a través de la bruma gris. Más extensa que el estado de Kansas, la enorme isla tenía una costa de seiscientos cuarenta kilómetros frente al continente. Delante del *Polar Dawn* el Paso volvió a angostarse cuando entraron en el estrecho de Dolphin y Union, que recibía ese nombre por las dos pequeñas embarcaciones utilizadas por Franklin en una antigua expedición ártica. La placa de hielo salía de ambas orillas y reducía el mar abierto a menos de diez millas. El *Polar Dawn* podía moverse sin problemas a través de la placa de hielo de un metro de espesor si era necesario, pero el barco lograba mantenerse en el camino libre de hielo gracias a la cálida temperatura de la primavera.

El *Polar Dawn* recorrió otras cien millas por el estrecho en su segunda noche ártica en aguas canadienses. Murdock acababa de volver al puente después de una cena tardía cuando el operador de radar le comunicó un contacto en superficie y después otro.

—Ambos permanecen inmóviles por el momento —avisó el operador—. Uno está al norte; el otro al sur. Con el rumbo que llevamos pasaremos entre ellos.

—Por fin ha aparecido nuestro piquete —comentó Murdock en voz baja.

No les faltaba mucho para llegar a los dos barcos, cuando un tercero mucho más grande apareció en la pantalla unas diez millas a proa. No vieron ninguna actividad en las embarcaciones de vigilancia mientras pasaban entre ellas. El guardacostas estadounidense continuó navegando sin obstáculos. Murdock se acercó al radar y miró la pantalla por encima del hombro del operador. Un tanto irritado, vio que los dos barcos dejaban a marcha lenta sus posiciones y se colocaban en su estela.

—Al parecer han decidido venir a cobrar sus doscientos dólares —comentó a Wilkes.

—La radio permanece en silencio —dijo el primer oficial—. Quizá solo estén aburridos.

Un atardecer brumoso se había extendido sobre el estrecho, tiñendo la distante costa de la isla Victoria de un color violeta oscuro. Murdock intentó observar por los prismáticos el barco que se acercaba por avante, pero solo distinguió una masa gris oscura. El capitán ordenó un pequeño cambio de rumbo para pasar al navío por la banda de babor con suficiente espacio. Pero nunca tendría la posibilidad de hacerlo.

Faltaban unas dos millas para el cruce cuando en la penumbra del ocaso brilló un súbito estallido naranja en la sombra gris. La tripulación en el puente del *Polar Dawn* escuchó un leve silbido y casi de inmediato vieron cómo se elevaba un surtidor de agua de quince metros de altura a un cuarto de milla por la banda de proa causado por la explosión.

—Acaban de dispararnos —exclamó Wilkes, atónito.

Un segundo más tarde, se rompió el prolongado silencio de la radio.

—*Polar Dawn, Polar Dawn*, aquí el barco de guerra canadiense *Manitoba*. Acaban de invadir una zona de aguas soberanas. Por favor, deténganse y prepárense para el abordaje.

Murdock se acercó a la radio.

—*Manitoba*, habla el capitán del *Polar Dawn*. Nuestra ruta de paso ha sido debidamente presentada en el Ministerio de Asuntos Exteriores en Ottawa. Solicitamos que se nos deje pasar.

Murdock apretó las mandíbulas mientras esperaba respuesta. Había recibido órdenes tajantes de evitar a cualquier precio una confrontación. También le habían garantizado que nadie pondría obstáculos al paso de su nave. Sin embargo, el *Manitoba*, un flamante crucero canadiense construido para la navegación en el Ártico, le había disparado. Aunque técnicamente era una nave de guerra, el *Polar Dawn* carecía de armamento. Tampoco era rápido; a todas luces, era imposible que superase a un crucero moderno. Además, con otras dos pequeñas embarcaciones canadienses a popa, no tenían ninguna vía de escape.

No hubo respuesta inmediata a la llamada de Murdock. Solo otra pausa, seguida de un segundo fogonazo naranja desde la cubierta del *Manitoba*. Esta vez, el proyectil estalló a unos cincuenta metros del guardacostas; la onda expansiva submarina se sintió por todo el barco. En el puente, la radio sonó de nuevo.

—*Polar Dawn*. Aquí el *Manitoba* —dijo una voz con una amabilidad que resultaba paradójica en aquella situación—.

Debo insistir en que se detenga para el abordaje. Mucho me temo que tengo órdenes de hundirlo si no obedece.

Murdock no esperó a ver otro destello naranja en el *Manitoba.*

—Paren las máquinas —ordenó al timonel.

Con voz triste, comunicó al *Manitoba* que acataba la orden. Luego indicó al operador que enviase un mensaje cifrado al cuartel general de la Guardia Costera en Juneau, en el que explicara la situación. Después esperó en silencio a que llegasen los canadienses, preguntándose si su carrera había llegado a su fin.

Un equipo de las fuerzas especiales canadienses llegó junto al *Polar Dawn* en cuestión de minutos y subió a bordo. El primer oficial Wilkes recibió a los soldados y los llevó hasta el puente. El jefe del equipo, un hombre bajo con la mandíbula prominente, saludó a Murdock.

—Soy el teniente Carpenter, del Grupo de Tareas Conjuntas 2 de las fuerzas especiales —dijo—. Tengo órdenes de tomar el control de su barco y llevarlo al puerto de Kugluktuk.

—¿Qué pasará con la tripulación? —preguntó Murdock.

—Eso es algo que deben decidir los jefes.

Murdock se acercó algo más y agachó un poco la cabeza para mirar al teniente.

—¿Qué sabe un soldado de pilotar una nave de cien metros de eslora? —preguntó, en un tono escéptico.

—Soy ex marino mercante —respondió Carpenter con una sonrisa—. Ayudé a remolcar barcazas de carbón por el San Lorenzo en el remolcador de mi padre desde que tenía doce años.

Murdock no pudo hacer otra cosa que torcer el gesto.

—El timón es suyo —acabó diciendo, y se apartó.

Tal como había afirmado, Carpenter guió con mano experta el *Polar Dawn* a través del estrecho y la parte occidental del golfo de la Coronación, y entró en el pequeño puerto de Kugluktuk ocho horas más tarde.

Un pequeño contingente de la Policía Montada estaba formado en el muelle cuando el barco amarró. El *Manitoba*, que había escoltado al *Polar Dawn* hasta el puerto, hizo sonar su sirena desde la bahía y luego viró para dirigirse otra vez hacia el golfo.

Los agentes reunieron a los oficiales y a la tripulación para llevarlos a un edificio blanco, con la pintura desconchada, que había sido un depósito de pescado. Dentro, habían dispuesto varias hileras de camastros para instalar a los prisioneros. Los hombres gozaron de relativa comodidad; además, los agentes les suministraron comida caliente, cerveza fría, y libros y vídeos para entretenerse. Murdock se acercó al policía montado que estaba al mando, un gigante de ojos azules.

—¿Cuánto tiempo estaremos prisioneros aquí? —preguntó el capitán.

—En realidad no lo sé. Lo único que puedo decirle es que nuestro gobierno reclama una disculpa, una indemnización por la destrucción del campamento científico en el mar de Beaufort y el reconocimiento de que el Paso del Noroeste forma parte de las aguas interiores de Canadá. Ahora son sus gobernantes quienes deben dar una respuesta. Sus hombres serán tratados con toda consideración, pero debo advertirle que no intenten escapar. Tenemos autorización para emplear la fuerza si es necesario.

Murdock asintió y reprimió una sonrisa. Aquellas peticiones caerían en Washington como una bomba.

48

Pitt acababa de descender del avión que lo había llevado a Calgary cuando se hizo pública la noticia de la captura del *Polar Dawn*. Una multitud de pasajeros se apiñaba delante de los televisores del aeropuerto, intentando digerir el impacto del acontecimiento. Pitt se detuvo y escuchó durante unos momentos a un comentarista político canadiense que reclamaba la interrupción inmediata de todas las exportaciones de petróleo, gas y energía hidroeléctrica a Estados Unidos hasta que aceptasen la soberanía canadiense del Paso del Noroeste. Pitt se dirigió hacia un rincón, junto a una puerta de embarque cerrada, y marcó el número directo del despacho del vicepresidente. Una secretaria le pasó la llamada. La voz de James Sandecker sonó seca e irritada.

—Deprisa, Dirk. Estoy hasta el cuello con esta situación en Canadá —manifestó, sin preámbulos.

—Acabo de ver las noticias en Calgary —dijo Pitt.

—Eso está muy lejos de Washington. ¿Qué estás haciendo en Calgary?

—Espero el vuelo a Yellowknife, donde tengo que hacer transbordo para ir a Tuktoyaktuk. El *Narwhal* está amarrado en el puerto desde que recogió a los supervivientes del laboratorio polar canadiense.

—Es allí donde comenzó todo este embrollo. Me gustaría echarle mano al mal nacido que destrozó aquel campamento. Mientras tanto, lo mejor será que saques cuanto antes ese barco de aguas canadienses y regreses a Washington.

—Rudi ya va de regreso a Washington con una directiva para suspender todos los proyectos de investigación de la NUMA en Canadá y llevar nuestros barcos a aguas neutrales. Pero yo debo realizar un trabajo especial.

—¿Tiene algo que ver con ese proyecto científico que tu preciosa esposa no deja de mencionarme?

«Bendita sea Loren», pensó Pitt. Ya había ido a por el viejo.

—Así es. Necesitamos encontrar la fuente del mineral, almirante.

Se hizo un silencio, pero Pitt escuchó al otro lado un ruido de papeles.

—Loren escribe unos informes muy precisos —comentó Sandecker—. Me gustaría tenerla entre mi personal si alguna vez se cansa de servir en el Congreso.

—Mucho me temo que sus votantes jamás se lo permitirían.

—¿El rutenio es tan fundamental como parece?

—Está comprobado de forma concluyente. Hay alguien más que lo busca, lo que confirma su valor.

—Si puede poner en marcha la fotosíntesis artificial, no tendrá precio. No es necesario que te diga lo mal que van las cosas en la economía debido a la crisis energética. La orden del presidente acerca de las emisiones de dióxido de carbono nos pone todavía más en la cuerda floja. Si no encontramos una salida, iremos directos al desastre.

—Encontrar el mineral podría ser nuestra única posibilidad —señaló Pitt.

—La carta de Loren dice que puede haber una fuente relacionada con la expedición perdida de Franklin.

—Hay algunas pistas que señalan en esa dirección. Al parecer, es el único dato concreto para encontrar una provisión del mineral a corto plazo.

—¿Tú quieres realizar esa búsqueda?

—Sí.

—Has elegido un mal momento, Dirk.

—No he podido evitarlo. Es demasiado importante para no

intentarlo. Y no sirve de nada llegar el segundo. Solo me gustaría saber cómo van las cosas con el *Polar Dawn*.

—¿Estás en una línea segura?

—No.

Sandecker titubeó.

—Las gallinas quieren poner algunos huevos, pero el gallo todavía esta paseando por el gallinero.

—¿Cuánto falta para el desayuno?

—Poco. Muy poco.

Pitt sabía que Sandecker a menudo se refería a los generales del Pentágono como gallinas, debido a la insignia de un águila que llevaban en las gorras. El mensaje era claro. El ministro de Defensa reclamaba una respuesta militar, pero el presidente aún no había tomado una decisión. De todas maneras, no tardarían mucho.

—Se está considerando a fondo la demanda canadiense —continuó Sandecker—. Tendrás que llegar a tu barco y llevarlo a Alaska, suponiendo que los canadienses te permitan salir del puerto. No te busques problemas, Dirk. No puedo darte ningún apoyo en aguas canadienses. Esto se resolverá en unas pocas semanas y entonces podrás continuar con tu búsqueda.

Unas pocas semanas podían convertirse fácilmente en meses, y el verano en el Ártico se acabaría. Si a ello se sumaba que el frío se adelantara, les resultaría imposible explorar la isla del Rey Guillermo hasta el deshielo de primavera.

—Tiene razón, almirante. Me llevaré el *Narwhal* a aguas más tranquilas.

—Hazlo, Dirk, y no pierdas tiempo.

Pitt colgó el teléfono sin la menor intención de llevar el *Narwhal* a Alaska. Pero no podía decir otra cosa, por si alguien había espiado la conversación. Aunque no había mentido a Sandecker. Llevar el *Narwhal* a lo largo del Paso sería mucho más tranquilo que navegar por el mar de Beaufort.

En su despacho, Sandecker colgó el teléfono y sacudió la cabeza. Conocía a Pitt como si fuese su hijo. Tenía muy claro que no tenía intenciones de llevar el *Narwhal* a Alaska.

49

Las manchas blancas parecían flotar en su lento descenso contra el telón de fondo del cielo oscuro; su tamaño iba en aumento a medida que se acercaban al suelo. Fue solo al llegar a una altura de unos treinta metros cuando las formas se hicieron visibles. Unos segundos más tarde, golpearon la capa de hielo con un sonoro estampido. Los primeros en tocarla fueron tres grandes cajones de madera, pintados de blanco para confundirse con el entorno. Los siguieron cuerpos humanos, diez en total; cada uno de ellos se hacía una bola cuando sus pies tocaban tierra. Un instante más tarde, todos los hombres se habían quitado el arnés y habían doblado el paracaídas para enterrarlo bajo treinta centímetros de hielo.

Una brisa moderada había dispersado a los paracaidistas en un radio de ochocientos metros, pero en cuestión de minutos se habían reunido cerca de uno de los cajones. Aunque era una noche sin luna, la visibilidad alcanzaba casi los cien metros, ya que las estrellas brillaban con fuerza. Se apresuraron a formar delante de su comandante, un hombre alto y muy bronceado llamado Rick Roman. Al igual que la tropa a su mando, Roman vestía un traje de camuflaje blanco con casco a juego y gafas de visión nocturna. En la cadera llevaba una pistola Colt 45.

—Buen salto. Solo tenemos una hora de oscuridad por delante, así que empecemos con el trabajo. El comando verde se encargará de la pista, y el comando azul se ocupará de montar las Zodiac y el campo base. En marcha.

Los miembros de la Fuerza Delta del ejército se apresuraron a abrir los grandes cajones y sacar su contenido. En dos de ellos había una neumática Zodiac junto con el equipo de campamento de invierno. En el tercero había dos palas mecánicas Bobcat, que funcionaban con motores eléctricos. Un pequeño contenedor guardaba armas, municiones, raciones y botiquines.

—Sargento Bojorquez, acompáñeme —ordenó Roman.

Un hombre que parecía un toro, con ojos negros y pelo gris, arrojó al suelo el lateral de un cajón y se acercó a Roman. El capitán fue hasta un promontorio paralelo a la zona de aterrizaje.

—Una bonita y clara noche, señor —comentó Bojorquez.

—Clara y fría como el culo de un pingüino —afirmó Roman, que hizo una mueca ante la temperatura bajo cero. Había pasado su juventud en Hawai y seguía sin acostumbrarse al frío a pesar de años de entrenamiento en el Ártico.

—Podría ser peor —dijo Bojorquez con una sonrisa que dejó a la vista unos brillantes dientes blancos—. Al menos no nieva.

Subieron por la ladera del promontorio acompañados por el crujir del hielo aplastado por las botas. Al llegar a lo alto, miraron más allá de la suave pendiente que se extendía por el lado opuesto. Las aguas negras como la tinta del golfo de la Coronación se extendían hasta casi dos kilómetros de distancia, y tres kilómetros más allá se veían las luces de Kugluktuk. Roman y su equipo, que habían saltado de un C-130 de la base de la fuerza aérea Eielson, en Fairbanks, tenían la orden de liberar a la tripulación del *Polar Dawn* en una misión autorizada por el presidente.

—¿Qué le parece? —preguntó Roman, con la mirada puesta en las luces de la ciudad.

El sargento era un veterano que había estado destinado en Somalia e Irak antes de ser reclutado para la Fuerza Delta. Como la mayoría de los miembros de la unidad ártica, había servido en diversas ocasiones en las escabrosas montañas de Afganistán.

—El reconocimiento vía satélite parece muy preciso. Aquella llanura es bastante nivelada. —Señaló hacia atrás, la zona en la que habían caído—. Allí podremos despejar una pista sin problemas. —Luego levantó un brazo para señalar las aguas del golfo—. El tramo hasta la orilla es un poco más largo de lo que me habría gustado.

—A mí también me preocupa —admitió Roman—. La noche será corta, y detestaría perder la ventaja de la oscuridad mientras intentamos llevar las neumáticas al agua.

—No hay ninguna razón por la que no podamos comenzar esta noche, capitán.

Roman consultó su reloj y asintió.

—Lleve las Zodiac tan lejos como pueda hasta antes del amanecer y después tápelas. Podemos gastar energías porque mañana tendremos todo el día para descansar.

Al amparo de la oscuridad, el equipo de hombres se movió por el hielo como conejos con anfetaminas. Los hombres del comando verde se pusieron de inmediato a preparar una pista de hielo que soportara el aterrizaje y despegue de los dos aviones Osprey CV-22, que irían a recogerlos. La zona del lanzamiento de los paracaidistas había sido seleccionada por esa misma razón, pues ofrecía una llanura oculta de la vista y al mismo tiempo muy cerca de Kugluktuk. Si bien los Osprey, con sus motores de posición variable, podían aterrizar y despegar en vertical, el riesgo que planteaba el caprichoso clima ártico aconsejaba que aterrizasen de forma convencional. Los soldados midieron y marcaron un angosto rectángulo de ciento sesenta metros de longitud en la llanura y pusieron en marcha las pequeñas palas mecánicas. Las máquinas impulsadas por los motores eléctricos comenzaron a rascar y empujar el hielo a los lados hasta que comenzó a tomar forma una rudimentaria pista de aterrizaje.

En un extremo de la pista, el comando azul abrió un agujero en el hielo, donde ocultaron parcialmente la media docena de tiendas blancas que les servirían de refugio. Cuando acabaron de montar el campamento, los soldados comenzaron a hinchar las neumáticas, con capacidad para veinte hombres, y las colocaron en remolques equipados con patines de aluminio para transportarlas por el hielo.

Roman y Bojorquez echaron una mano a los cuatro hombres del comando azul en la pesada tarea de empujar las dos embarcaciones a través del hielo. Cuando llegaron a lo alto del promontorio, el cielo ya comenzaba a iluminarse por el sur. Roman se detuvo para descansar un momento con la mirada puesta en las distantes luces de un barco que cruzaba el golfo hacia Kugluktuk. Dio la orden de continuar la marcha e iniciaron el descenso por la ladera. Pese a la ventaja de la bajada, las numerosas grietas y los montículos hacían que el avance fuese mucho más arduo. A menudo, los patines delanteros quedaban encajados en las pequeñas grietas, lo que les obligaba a gastar más fuerzas para sacarlos.

Habían arrastrado las embarcaciones unos ochocientos metros cuando aparecieron por el sudeste las primeras luces del amanecer. Los comandos redoblaron sus esfuerzos para arrastrar la pesada carga más deprisa, conscientes de que quedar expuestos representaba el mayor riesgo que entrañaba la misión. No obstante, Roman abandonó su plan de ocultar las Zodiac con las primeras luces y decidió seguir adelante.

Tardaron una hora antes de que los hombres, agotados, llegasen a la orilla del golfo de la Coronación. Roman mandó que las colocaran invertidas y las ocultasen con un manto de nieve y hielo. Emprendieron el regreso al campamento a paso ligero. Al llegar, vieron que sus compañeros ya habían acabado de construir la pista. Roman hizo una rápida inspección y se retiró a su tienda muy satisfecho. Los preparativos se habían llevado a cabo sin el menor problema. Cuando acabase el largo día ártico, estarían preparados para entrar en acción.

50

El *De Havilland Otter* se posó con fuerza en la pista helada y rodó hasta un pequeño edificio con un cartel que decía TUKTOYAKTUK pintado con letras descoloridas. En cuanto las dos hélices del avión se detuvieron, un trabajador del aeropuerto vestido con un grueso mono naranja se acercó a paso rápido y abrió la puerta lateral. Una ráfaga de viento helado entró en la cabina. Pitt esperó en el fondo a que los demás pasajeros, la mayoría de ellos empleados de una compañía petrolera, se abrigasen con sus gruesos chaquetones antes de bajar la escalerilla. El viento hacía que la sensación térmica fuese de varios grados bajo cero.

Encorvado, se dirigió rápidamente hacia la pequeña terminal. Estuvo a punto de ser embestido por una vieja camioneta que cruzó la pista a toda velocidad y fue a detenerse delante de la puerta del edificio con un fuerte rechinar de los frenos. Un hombre rechoncho se apeó del vehículo, enfundado de pies a cabeza en múltiples capas de ropa de invierno. Las abultadas prendas le daban el aspecto de ser un gigantesco cojín con patas.

—¿Será la momia de Tutankamón o mi director de tecnología submarina el que está debajo de tanto vendaje? —le preguntó Pitt cuando el hombre le cerró el paso.

El otro se quitó la bufanda que le tapaba la nariz, la boca y la barbilla para dejar a la vista el rostro de Al Giordino.

—Soy yo, tu director de tecnología y amante de los trópicos —respondió—. Sube a mi carroza con calefacción antes de que ambos nos convirtamos en carámbanos.

Pitt recogió el equipaje del carro que lo llevaba hacia la terminal y lo arrojó a la caja de la camioneta. En el interior del edificio, una mujer de pelo corto, de pie junto a una de las ventanas, observaba con atención a los dos hombres. Esperó a que subiesen al vehículo para ir al teléfono público y hacer una llamada a cobro revertido a Vancouver.

Giordino arrancó el motor y acercó las manos enguantadas a la salida de aire del calefactor durante unos segundos. Después, puso la marcha y pisó el acelerador.

—Te hago saber que la tripulación ha votado por unanimidad que nos debes una paga extraordinaria por trabajar con este frío, además de una semana de vacaciones en Bora Bora cuando terminemos este trabajo.

—No lo entiendo —dijo Pitt con una sonrisa—. Los largos días de verano en el Ártico son famosos por su clima templado.

—Todavía no es verano. Ayer la máxima fue de cuatro bajo cero, y se acerca otro frente frío. Eso me recuerda una cosa: ¿Rudi escapó con éxito de nuestro precioso paraíso del frío?

—Sí. No nos vimos en tránsito, pero me llamó para decirme que estaba bien abrigado en las oficinas centrales de la NUMA.

—Lo más probable es que ahora este tomándose una copa a orillas del Potomac, solo para cabrearme.

El aeropuerto estaba cerca de la pequeña ciudad, por lo que Giordino únicamente tuvo que recorrer unas pocas manzanas para llegar a los muelles. Ubicado en la inhóspita costa de los Territorios del Noroeste, Tuktoyaktuk era un pequeño poblado inuvialuit que había crecido hasta convertirse en un centro de servicios para las compañías dedicadas a buscar yacimientos de petróleo y gas natural.

Apareció a la vista el casco turquesa del *Narwhal,* y Giordino condujo hasta un poco más allá de la nave para aparcar la camioneta delante de un edificio que albergaba la oficina del capitán del puerto. Devolvió las llaves del vehículo prestado y después ayudó a Pitt con las maletas. El capitán Stenseth y Jack Dahlgren se apresuraron a saludar a Pitt cuando subió a bordo del barco de la NUMA.

—¿Acaso Loren se ha decidido por fin a darte un buen coscorrón con el rodillo? —preguntó Dahlgren al ver el vendaje en la cabeza de Pitt.

—Todavía no. Es la consecuencia de un error de conducción por mi parte —respondió Pitt, sin dar más explicaciones.

Ocuparon una de las mesas en el pequeño comedor junto a la cocina y esperaron a que les sirviesen unas tazas de café antes de entrar en materia. Dahlgren informó a Pitt del descubrimiento de la chimenea hidrotermal y Stenseth habló del rescate de los supervivientes del laboratorio ártico canadiense.

—¿Quiénes creen por aquí que fueron los presuntos responsables? —preguntó Pitt.

—Dado que la descripción de uno de los supervivientes encaja a la perfección con la fragata *Ford*, todos creen que fue la marina estadounidense. Pero ellos, por supuesto, nos han dicho que en aquel momento estaban a trescientas millas del lugar —dijo Giordino.

—Lo que nadie parece tomar en cuenta es que hay muy pocos rompehielos en activo por aquí —señaló Stenseth—. A menos que fuese un carguero dispuesto a jugársela para no pagar el peaje o que hubiese equivocado el rumbo, solo hay un puñado de presuntos culpables.

—El único rompehielos estadounidense en estas aguas es el *Polar Dawn* —precisó Giordino.

—Que en estos momentos es un rompehielos canadiense —añadió Dahlgren sacudiendo la cabeza.

—No encaja con la descripción —le recordó Stenseth—. Eso nos deja con un puñado de naves de guerra canadienses, los barcos de escolta de Athabasca o algún rompehielos extranjero, tal vez ruso o danés.

—¿Crees que uno de sus propios navíos destrozó el campamento por accidente y que ahora tratan de encubrirlo? —preguntó Pitt.

—Uno de los científicos, que se llama Bue, jura que vio una bandera estadounidense además de un número en el casco que corresponde al de la fragata *Ford* —dijo Dahlgren.

—No me cuadra —objetó Giordino—. Los militares canadienses no intentarían provocar un conflicto camuflando uno de sus barcos como estadounidense.

—¿Qué hay de los barcos de escolta de Athabasca? —preguntó Pitt.

—De acuerdo con las leyes canadienses, todo el tráfico comercial a través del Paso del Noroeste, donde haya hielos flotantes, requiere la escolta de un rompehielos —respondió Stenseth—. Una empresa privada, la Athabasca Shipping, se encarga de la escolta. Disponen de varios grandes remolcadores rompehielos, que también utilizan para arrastrar su flota de barcazas transoceánicas. Vimos uno que arrastraba una hilera de enormes barcazas cargadas con gas natural licuado en su paso por el estrecho de Bering, unas semanas atrás.

Los ojos de Pitt se iluminaron. Abrió el maletín y sacó una foto de una enorme barcaza en las gradas de un astillero de Nueva Orleans. Le pasó la foto a Stenseth.

—¿Algún parecido con esta? —preguntó Pitt.

El capitán miró la foto y asintió.

—Sí, no hay duda de que es del mismo tipo. No ves barcazas de este tamaño muy a menudo. ¿Qué significa?

Pitt les informó de su busca de rutenio, del viaje hasta el Ártico y de la posible participación de Mitchell Goyette. Rebuscó entre otros documentos que le había proporcionado Yaeger, en los que se confirmaba que la Athabasca Shipping Company era propiedad de una de las compañías de Goyette.

—Si Goyette está transportando gas y crudo del Ártico, entonces todas sus proclamas ecologistas son un puro fraude —manifestó Giordino.

—Un trabajador portuario con el que hablé en un bar me dijo que alguien estaba enviando a los chinos enormes cargamentos de arenas petrolíferas, o bitumen, desde Kugluktuk —dijo Dahlgren—, y que hacían caso omiso del cierre gubernamental de las refinerías de Alberta en cumplimiento de las nuevas restricciones a las emisiones de gases de efecto invernadero.

—Parece obvio que utilizan las barcazas de Goyette —manifestó Pitt—. Quizá sean sus propias arenas petrolíferas.

—Todo apunta a que el tal Goyette tiene un poderoso incentivo para conseguir la fuente de rutenio —opinó el capitán—. ¿Cómo te propones aventajarlo?

—Lo haré si consigo encontrar un barco de ciento ochenta y cinco años de antigüedad —respondió Pitt. Les relató los hallazgos de Perlmutter y las pistas que relacionaban el mineral con el *Erebus*, una de las dos naves que iban en la expedición de Franklin—. Sabemos que los abandonaron al noroeste de la isla del Rey Guillermo. El relato inuit sitúa al *Erebus* más al sur; por lo tanto, es posible que la placa de hielo en movimiento se llevase las naves en esa dirección antes de hundirse.

Stenseth se disculpó y se dirigió hacia el puente, mientras Dahlgren preguntaba a Pitt qué esperaba encontrar.

—Siempre y cuando el hielo no haya aplastado completamente los barcos, hay bastantes probabilidades de encontrarlos intactos y en perfecto estado de conservación, gracias a las bajas temperaturas del agua.

Stenseth entró de nuevo en el comedor cargado de mapas y fotografías. Desplegó una carta náutica que mostraba la zona alrededor de la isla del Rey Guillermo y buscó entre las fotografías una de la misma zona tomada desde un satélite.

—Esta es una foto del estrecho de Victoria. Tenemos actualizaciones de todo el Paso. Algunas áreas al norte de aquí todavía están rodeadas de hielo marino, pero las aguas alrededor de la isla del Rey Guillermo ya han comenzado a abrirse gracias a que este año el deshielo ha llegado pronto. —Dejó la foto sobre la mesa para que todos la viesen—. El mar está despejado en la zona en la que Franklin quedó atrapado hace ciento sesenta y cinco años. Todavía queda un poco de hielo a la deriva, pero no será un impedimento para realizar una búsqueda.

Pitt asintió satisfecho. Dahlgren, en cambio, sacudió la cabeza.

—¿No estamos olvidando un detalle muy importante? —preguntó—. Los canadienses nos han expulsado de sus aguas. La única razón por la que hemos podido quedarnos en Tuktoyaktuk durante tanto tiempo es porque hemos fingido que teníamos una avería en el timón.

—Con tu llegada, la avería acaba de repararse —dijo Stenseth a Pitt, con una sonrisa taimada.

El director de la NUMA se volvió hacia Giordino.

—Creo que eras el responsable de proponer una estrategia para resolver la preocupación de Jack.

—Verás, como Jack puede atestiguar, hemos tenido la oportunidad de hacernos amigos del pequeño contingente de la guardia costera destinado en Tuk —comenzó Giordino, que utilizó la abreviatura local para el nombre inuit de la ciudad—. Si bien todo esto ha significado pagar de mi bolsillo unas cuentas de bar de escándalo, y a Jack un par de resacas, creo que he hecho grandes progresos.

Abrió una de las cartas náuticas del capitán, que mostraba la parte occidental del Paso, y siguió con el dedo el trazado de la costa.

—El cabo Bathurst está a unas doscientas millas al este de nosotros. Los canadienses tienen allí una estación de radar para controlar el tráfico que atraviesa el Paso con rumbo este. Pueden comunicarse por radio con Kugluktuk, donde tienen amarradas dos corbetas, o llamar aquí a Tuk, donde hay una patrullera. Por fortuna para nosotros, la mayoría de las naves de intercepción están situadas al otro lado del Paso, para pillar el grueso del tráfico que entra por la bahía de Baffin.

—La última vez que lo comprobé, aun no éramos capaces de convertir en invisibles nuestros barcos —señaló Pitt.

—No lo necesitamos —continuó Giordino—. Tenemos la suerte de que, ahora mismo, hay en los muelles un barco coreano con una avería en los motores. El capitán del puerto me ha dicho que ya han acabado las reparaciones y que zarparán a última hora de hoy. Se dirige hacia Kugluktuk con un cargamento de recambios para una compañía petrolera, por lo que no necesitará que un rompehielos lo escolte.

—¿Estás proponiendo que lo sigamos? —preguntó Pitt.

—Así es. Si podemos mantenernos pegados a su banda de babor cuando pasemos por Bathurst, quizá no nos detecten.

—¿Qué hay de las naves canadienses? —preguntó Dahlgren.

—El guardacostas de Tuk entró a puerto esta mañana. Dudo que vuelva a salir hoy mismo —respondió Giordino—. Eso nos deja con dos barcos en Kugluktuk. Estoy seguro de que uno de ellos monta guardia junto al *Polar Dawn*, que está amarrado allí. Cuando pasemos habrá un único barco de vigilancia.

—Yo diría que vale la pena correr el riesgo —declaró Pitt.

—¿Qué hay de la vigilancia aérea? ¿Podemos descartar que no haya una patrulla aérea? —preguntó Dahlgren.

El capitán sacó otra página de la pila.

—Aquí nos echará una mano la madre naturaleza. El pronóstico meteorológico para la próxima semana es horrible. Si zarpamos hoy, es probable que acompañemos a un frente de bajas presiones que cruzará el archipiélago.

—Tiempo tempestuoso —dijo Giordino—. Así sabremos por qué no hay aviones en el cielo.

Pitt miró con profunda confianza a todos los sentados a la mesa. Eran hombres de una lealtad indiscutible en los que podía confiar en momentos difíciles.

—Entonces, decidido —dijo—. Daremos al carguero un par de horas de ventaja, y luego saldremos nosotros. Fingiremos que regresamos a Alaska. Una vez lejos de la costa, daremos la vuelta y alcanzaremos al carguero mucho antes de que llegue a Bathurst.

—Eso no será ningún problema —afirmó Stenseth—. Somos por los menos entre ocho o diez nudos más rápidos.

—Una cosa más —dijo Pitt—. Hasta que los políticos resuelvan la situación del *Polar Dawn*, estamos solos. Hay bastantes probabilidades de que acabemos como ellos. Solo quiero a bordo una tripulación mínima de voluntarios. Todos los científicos y la tripulación no esencial desembarcarán aquí con la mayor discreción posible. Haz lo que puedas para conseguirles habitaciones y pasajes en el primer vuelo disponible. Si alguien pregunta, di que son empleados de una compañía petrolera que se marchan a sus nuevos destinos.

—Yo me ocuparé de todo —prometió el capitán.

Pitt dejó la taza de café y miró al otro lado de la mesa con súbita inquietud. En el mamparo opuesto colgaba una pintura de un velero del siglo XIX atrapado en una terrible tormenta, con las velas hechas trizas y los mástiles medio desplomándose. Unos inmensos escollos se alzaban en su camino, dispuestos a destrozar la nave.

«Tiempo tormentoso, desde luego», pensó.

51

Una densa columna de humo negro salía de la chimenea del carguero cuando soltaron las amarras y el casco azul se apartó poco a poco del muelle. De pie en el puente del *Narwhal,* Bill Stenseth observó cómo el barco coreano salía del pequeño puerto de Tuktoyaktuk y entraba en el mar de Beaufort. Cogió el teléfono y marcó el número de un camarote bajo cubierta.

—Aquí Pitt —fue la respuesta después de un solo timbrazo.

—El carguero coreano ha zarpado.

—¿Cuál es la situación de nuestra tripulación?

—Todo el personal no esencial ha desembarcado. Creo que hemos llenado todos los hoteles de la ciudad. Claro que solo hay dos. Se han comprado billetes de avión a Whitehorse para todos. Desde allí no tendrán problemas para viajar a Alaska o incluso a Vancouver. Nos hemos quedado con catorce hombres a bordo.

—Es un contingente pequeño. ¿Cuándo podemos zarpar?

—Pensaba soltar amarras dentro de dos horas, para no despertar sospechas.

—Entonces solo nos queda notificar a nuestros anfitriones que volvemos a casa.

—Es el siguiente punto de mi lista —dijo Stenseth.

El capitán colgó, buscó a Giordino para que lo acompañase y se marcharon juntos al puesto de los guardacostas canadienses. Al comandante pareció importarle menos la partida de Stenseth que la pérdida de las generosas invitaciones de Giordino en el bar de los marineros. Puesto que no tenía ninguna razón para temer al barco científico, el comandante les deseó buen viaje, sin preocuparse de asignarles una escolta hasta que abandonasen las aguas canadienses.

—Con esas muestras de buena voluntad internacional, quizá tengas un futuro en el cuerpo diplomático —comentó el capitán a Giordino, en tono de burla.

—Mi hígado protestaría —respondió Giordino.

Los hombres se detuvieron en el despacho del capitán del puerto, donde Stenseth pagó la tarifa del amarre. Al salir de la oficina se tropezaron con Pitt, que salía de una pequeña ferretería con un paquete triangular bajo el brazo.

—¿Nos falta alguna cosa a bordo? —preguntó Stenseth.

—No —contestó Pitt con una sonrisa—. Solo otra póliza de seguro para cuando estemos navegando.

El cielo se había cubierto de oscuros nubarrones cuando el *Narwhal* soltó amarras dos horas más tarde y salió lentamente del puerto. Un pequeño barco pesquero pasó en la dirección opuesta en busca de refugio ante el inminente mal tiempo. Pitt lo saludó desde el puente, en una muestra de admiración por aquel barco pintado de negro y la valiente tripulación de pescadores que se enfrentaban a diario con el mar de Beaufort para ganarse el sustento.

Las olas alcanzaron una altura de casi dos metros cuando la costa del Territorio del Noroeste se perdió de vista. Una ligera cellisca reducía la visibilidad a menos de una milla. El mal tiempo ayudaba al sigiloso viaje del *Narwhal*, por lo que no tardaron mucho en cambiar de rumbo hacia el este. El carguero coreano les llevaba una ventaja de veinticinco millas, pero la nave de la NUMA era más rápida y muy pronto comenzó a reducir la brecha. En escasas horas, la imagen oblonga del carguero apareció en el borde de la pantalla del radar del *Narwhal*. Stenseth ordenó reducir la velocidad hasta igualar la del otro barco cuando estaban a una distancia de tres millas. Como el ténder de una locomotora, siguió al carguero en su travesía de cabotaje a lo largo de la abrupta costa.

Sesenta y cinco millas más adelante, el cabo Bathurst entraba en el mar de Beaufort como un pulgar torcido. Era la ubicación ideal para controlar el tráfico marítimo que entraba por la ruta oeste en el golfo de Amundsen. Aunque la tierra firme más cercana en la zona norte, la isla de Banks, se encontraba a unas cien millas, las masas de hielo flotante se habían acercado hasta unas treinta millas del cabo. Con un alcance de radar superior a las cincuenta millas, la pequeña estación de la guardia costera podía rastrear sin problemas todas las naves que navegaban por mar abierto.

Mientras Pitt y Stenseth estudiaban una carta del cabo, Dahlgren entró en el puente cargado con un ordenador portátil y un manojo de cables. Tropezó con una bolsa de lona que estaba en el suelo junto a un mamparo, y aunque dejó caer los cables, en un gesto instintivo sujetó bien el ordenador.

—¿Quién se ha dejado la colada por aquí? —maldijo.

Vio que la bolsa contenía unas muestras de rocas y recogió una piedra pequeña que había rodado por el suelo.

—Resulta que es tu colada —dijo el capitán—. Son las muestras de roca que tú y Al trajisteis de la chimenea hidrotermal. Rudi tenía que llevárselas a Washington para que las analizaran pero se las olvidó en el puente.

—El bueno de Rudi. —Dahlgren soltó una carcajada—. Es capaz de fabricar una bomba atómica con una lata de comida para perros, pero es incapaz de recordar que tiene que atarse los cordones de los zapatos por la mañana.

Dahlgren se guardó la piedra en el bolsillo, recogió los cables y se acercó al timón. Sin más comentarios, abrió un panel debajo de la consola y comenzó a conectar los cables.

—No es el mejor momento para hacer reformas en nuestro sistema de navegación, Jack —le reprochó Stenseth.

—Solo estoy buscando unos datos para un juego —respondió Dahlgren, que se levantó y encendió el ordenador.

—En realidad no creo que necesitemos juegos en el puente —manifestó el capitán, con creciente agitación.

—Creo que este os gustará mucho a todos vosotros —afirmó

Dahlgren. Se apresuró a teclear una serie de órdenes—. Yo lo llamo el Conductor Fantasma.

En la pantalla apareció la imagen de dos barcos que navegaban en paralelo de arriba abajo. Un cono de color gris que apuntaba hacia la esquina superior ocupaba casi todo el monitor, salvo por una sombra en movimiento detrás del barco más grande.

—Es un pequeño programa de software que acabo de hacer con la ayuda del GPS y el sistema de radar del barco. Este cono se emite desde Bathurst, y reproduce la cobertura de la estación de radar.

—¿Eso nos permitirá permanecer fuera del ojo del radar? —preguntó Pitt.

—Has dado en el clavo. Debido a nuestro ángulo variable respecto a la estación de radar, tendremos que ajustar constantemente nuestra posición detrás del carguero para eludir la señal. No nos vale navegar pegado a su lado, porque en ese caso nos verían en los bordes. Si el timonel nos mantiene dentro de esta sombra, tendremos muchas posibilidades de pasar por delante de Bathurst como el hombre invisible.

El capitán observó la pantalla del ordenador y se volvió hacia el timonel.

—Pongámoslo a prueba antes de entrar en su radio de alcance. Máquinas avante un tercio. Llévenos a quinientos metros de la banda de babor, e iguale la velocidad.

—¿Jugaré al Conductor Fantasma? —preguntó el timonel con una sonrisa.

—Si esto funciona, te invitaré a una caja de seis botellas, Jack —prometió el capitán.

—Si es de Lone Star puede darlo por hecho —dijo Jack con un guiño.

El *Narwhal* aceleró hasta que las luces de navegación del carguero aparecieron ante la proa. El timonel desvió el barco de la NUMA a babor y continuó acercándose.

—Hay una cosa que me preocupa —comentó Stenseth, con la mirada fija en el barco coreano—. Si ven que los estamos siguiendo, lo más probable es que recibamos una llamada de su capitán. Estoy seguro de que nuestros amigos canadienses en Bathurst también tienen oídos además de ojos.

—Mi póliza de seguros —murmuró Pitt—. Casi la había olvidado.

Fue a su camarote y volvió al cabo de unos minutos con el paquete triangular que había comprado en Tuktoyaktuk.

—Prueba con esto —dijo, y le entregó el paquete a Stenseth.

El capitán rompió el papel y vio que contenía una tela doblada. Al extenderla vio que era la bandera canadiense con la hoja de arce.

—Me parece que quieres meterte en líos —afirmó Stenseth, que miró la bandera con gesto de duda.

—Es solo para engañar al carguero. Dejemos que crean que somos parte de la patrulla ártica canadiense. De ese modo no se preocuparán si nos mantenemos a su flanco durante unas horas.

El capitán miró a Pitt y a Dahlgren, y luego sacudió la cabeza.

—Recordadme que nunca me ponga a malas con vosotros, tíos.

Dio la orden de que izasen la bandera en el mástil de inmediato. Con la hoja de arce ondeando con la fuerte brisa del oeste, el *Narwhal* se acercó al carguero coreano e igualó su velocidad, cabeceando en el oleaje a su mismo ritmo. Juntos navegaron durante la corta noche y el gris amanecer. En el puente, Pitt mantenía una tensa vigilia con Stenseth, que indicaba al timonel los cambios de rumbo. Giordino aparecía cada hora con tazas de café caliente. Mantener al buque a la sombra del carguero en aguas turbulentas era una tarea agotadora. Aunque el carguero medía treinta y cinco metros más que el *Narwhal,* la distancia entre ambos hacía que el pasadizo de sombra fuese muy angosto. El programa informático de Dahlgren resultó ser un regalo del cielo, por lo que el capitán no tuvo el menor reparo en aumentar el pago en cerveza con cada hora que avanzaban sin ser detectados.

Cuando los barcos llegaron al norte de Bathurst, los hombres que estaban en el puente se quedaron de piedra al escuchar de pronto una llamada en la radio.

—A todas las estaciones, aquí la guardia costera de Bathurst, llamando al buque en la posición 70.8590 Norte, 128.4082 Oeste. Por favor, identifíquese y comunique su destino.

Nadie respiró hasta que el barco coreano respondió con su nombre y destino, Kubluktuk. Después de que la guardia costera comunicase al carguero el visto bueno, todos rogaron en silencio que no hubiese una segunda llamada. Pasaron cinco minutos, diez, y la radio continuó en silencio. Cuando pasaron veinte minutos sin ninguna llamada, la tripulación comenzó a relajarse. Continuaron navegando durante otras tres horas cerca del carguero sin que tuviesen ningún sobresalto. En cuanto el *Narwhal* llegó a un recodo en el golfo de Amundsen donde quedaban fuera de la línea de visión de la estación de radar de Bathurst, el capitán aumentó la velocidad a veinte nudos y rebasó al lento carguero.

El capitán del barco coreano observó el buque turquesa con la bandera de la hoja de arce ondeando en lo alto del mástil cuando lo adelantó. Al mirar el puente del *Narwhal* a través de los prismáticos, le sorprendió ver que la tripulación reía a mandíbula batiente y agitaba los brazos en su dirección. El capitán se limitó a encogerse de hombros. «Demasiado tiempo en el Ártico», murmuró para sí mismo, antes de seguir calculando su rumbo hacia Kugluktuk.

—Bien hecho, capitán —dijo Pitt.

—Supongo que ahora ya no hay vuelta atrás —manifestó Stenseth.

—¿Cuál es la hora estimada de llegada a la isla del Rey Guillermo? —preguntó Giordino.

—Nos quedan poco más de cuatrocientas millas, o sea unas veintidós horas con esta mala mar, si el mal tiempo sigue acompañándonos. Eso suponiendo que no nos encontremos con ningún barco de vigilancia.

—Ese es el menor de tus problemas, capitán —señaló Pitt.

Stenseth lo miró, intrigado.

—¿Lo es?

—Sí —asintió Pitt, con una amplia sonrisa—, porque me gustaría saber cómo piensas conseguir en el Ártico dos cajas de cerveza Lone Star.

52

Kugluktuk, conocida antiguamente como Coppermine por el nombre del río que pasaba a su lado, es una pequeña ciudad comercial que se levanta en las orillas del golfo de la Coronación. Situada en la costa norte de la provincia canadiense de Nunavut, forma parte del puñado de ciudades y pueblos al norte del círculo ártico.

Era el puerto de aguas profundas lo que había atraído a Mitchell Goyette a Kugluktuk. La ciudad le ofrecía las instalaciones portuarias más cercanas a los campos de arenas petrolíferas de Athabasca en Alberta, y Goyette había invertido una suma enorme en la construcción de una terminal que le permitiese exportar el bitumen sin refinar. Había comprado a bajo precio una línea férrea poco usada que iba de Athabasca a Yellowknife, para prolongarla hasta Kugluktuk. Con las locomotoras equipadas con palas quitanieves que abrían el camino, los convoyes de vagones cisterna transportaban veinticinco mil barriles de bitumen en cada viaje. En Kugluktuk cargaban el valioso crudo en las gigantes barcazas de Goyette, que lo transportarían a través del Pacífico a China, con un considerable beneficio.

Dado que faltaban varios días para que llegase el próximo cargamento por ferrocarril, la terminal de la Athabasca Shipping Company era un desierto. El rompehielos *Otok* estaba amarrado en el muelle, con una barcaza vacía atada a popa. Otras dos de las enormes barcazas estaban fondeadas en la bahía, con las líneas de flotación muy altas por encima del agua.

Solo el rítmico sonido de un surtidor de gasóleo que llenaba los depósitos del rompehielos revelaba una mínima actividad en el muelle.

No ocurría lo mismo en el interior de la nave, donde la tripulación se apresuraba con los preparativos para zarpar. Instalado en la cámara de oficiales, Clay Zak agitaba la copa de bourbon con hielo mientras estudiaba una gran carta de las islas Royal Geographical Society. Al otro lado de la mesa se encontraba el capitán del *Otok,* un hombre de rostro abotargado y con el pelo gris cortado casi al rape.

—No tardaremos mucho en acabar de repostar —dijo el capitán con voz fatigada.

—No tengo el menor deseo de pasar en Kugluktuk ni un minuto más de lo que sea necesario —afirmó Zak—. Zarparemos con el alba. Al parecer hay aproximadamente unas cuatrocientas millas hasta las islas —añadió dirigiendo una mirada al capitán.

—No hay hielo en todo el camino hasta la isla del Rey Guillermo, y tampoco más allá. Este es un barco rápido, por lo que llegaremos fácilmente en un día de navegación.

Zak bebió un sorbo de su copa. Había emprendido el apresurado viaje al Ártico sin un plan detallado, y eso le incomodaba. De todas maneras pocas cosas podían salir mal. Desembarcaría a un equipo de geólogos de Goyette en la costa norte de la isla principal, para que buscasen la mina de rutenio, y él haría una visita a la explotación minera de la Mid-America en el sur. Si era necesario, acabaría con la actividad de la compañía con la ayuda de un equipo de guardias armados que iban a bordo, junto con explosivos suficientes para volar la mitad de la isla.

Se abrió la puerta de la cámara de oficiales, y un hombre con un uniforme negro y un grueso abrigo se acercó a toda prisa a Zak. Llevaba un fusil de asalto en el hombro y unos abultados prismáticos de visión nocturna en una mano.

—Señor, dos lanchas neumáticas se han acercado por la bahía y han amarrado en el muelle, a popa de la barcaza. He contado un total de siete hombres —dijo, con voz jadeante.

Zak miró los prismáticos del hombre y luego el reloj en el mamparo, que marcaba las doce y media de la noche.

—¿Van armados? —preguntó.

—Sí, señor. Han pasado de largo las instalaciones de carga y el muelle público; luego los he perdido de vista.

—Van a por el *Polar Dawn* —señaló el capitán, entusiasmado—. Deben de ser estadounidenses.

El *Polar Dawn* estaba atracado solo unos centenares de metros más allá. Zak se había fijado en la multitud de lugareños que miraban el barco estadounidense cuando había llegado a Kugluktuk. Él también había ido a echar una mirada al barco capturado. Agentes de la Policía Montada junto con infantes de marina se ocupaban de la custodia. Era imposible que siete hombres pudiesen recuperar el barco.

—Han venido a por la tripulación —dijo Zak, sin saber que la tripulación estaba prisionera en un viejo almacén de pesca a un tiro de piedra. Una sonrisa maliciosa apareció lentamente en su rostro—. Ha sido muy amable de su parte presentarse. Creo que serán una excelente ayuda para librarnos de la Mid-America Mining Company.

—No lo entiendo —admitió el capitán.

—A ver si entiende esto —respondió Zak, y se levantó—. Hay un cambio de planes. Zarpamos dentro de una hora.

Con el mercenario pegado a sus talones, abandonó sin más la sala de oficiales.

53

Rick Roman se agachó detrás de unos bidones vacíos y consultó su reloj. En la esfera luminosa se leían las doce cuarenta y cinco. Iban veinte minutos por delante del horario. Haber llevado las Zodiac hasta la orilla la noche anterior había sido algo que ahora les resultaría beneficioso, pensó. Podrían realizar la evacuación sin miedo a perder el amparo de la oscuridad.

Hasta ese momento, no había habido ningún fallo en la misión. Con un equipo de seis hombres, había embarcado en las neumáticas poco antes de medianoche, en cuanto el sol había acabado su breve retirada bajo el horizonte. Impulsadas por los motores eléctricos, las neumáticas habían cruzado en silencio el golfo hasta la desembocadura del río Coppermine y las habían amarrado sin llamar la atención en el muelle de la Athabasca Shipping Company. Las fotos de satélite tomadas setenta y dos horas antes mostraban el muelle vacío; en cambio, ahora, estaban amarrados un gran remolcador con una enorme barcaza atada a popa. Roman los observó durante unos momentos: parecían desiertos, al igual que el muelle. Un poco más allá, se encontraba el *Polar Dawn*, iluminado de proa a popa por las luces del pantalán. Incluso a esa hora tardía, vio a unos guardias que recorrían la cubierta de un extremo a otro en un esfuerzo por mantenerse calientes.

Roman volvió su atención hacia un viejo edificio blanco que estaba a poco más de una veintena de metros de su posición. Los informes de inteligencia lo habían señalado como la cárcel improvisada para la tripulación del guardacostas. En vista de que solo había un policía montando guardia en la puerta, las perspectivas seguían siendo buenas. El capitán había supuesto que la vigilancia de los prisioneros sería mínima, y no se había equivocado. La dureza del entorno era suficiente para acabar con cualquier idea de fuga, por no hablar de los más de mil kilómetros que había hasta la frontera de Alaska.

Un susurro sonó de pronto en los auriculares.

—Los patos están en la charca. Repito, los patos están en la charca.

Era Bojorquez. Confirmaba que había visto a los prisioneros a través de una pequeña ventana en un costado del viejo edificio.

—¿Los equipos están en posición? —susurró Roman en el micro.

—Mutt está en posición —respondió Bojorquez.

—Jeff está en posición —dijo una segunda voz.

Roman volvió a consultar su reloj. Los aviones de rescate aterrizarían en la pista de hielo dentro de noventa minutos. Era tiempo más que suficiente para llevar a la tripulación del *Polar Dawn* a través de la bahía hasta el campo base. Quizá incluso era demasiado tiempo.

Echó una última mirada a un lado y a otro del muelle, sin ver ninguna señal de vida. Respiró a fondo y transmitió la orden.

—Comenzamos en noventa segundos.

Se echó hacia atrás y rogó para que la suerte no los abandonara.

El capitán Murdock estaba sentado sobre un ladrillo de hormigón fumando un cigarrillo cuando escuchó un sonoro golpe en la parte de atrás del edificio. La mayoría de los tripulantes dormían en los camastros, para aprovechar las pocas horas de oscuridad. Algunos de ellos, que no conseguían dormir, se apiñaban en un rincón y se entretenían mirando películas que ofrecían en uno de los canales de televisión. El policía montado que vigilaba a los prisioneros dentro del edificio, sin más armas que una radio, se apartó del grupo para ir a hablar con el capitán.

—¿Ha oído algo? —preguntó.

Murdock asintió.

—Parecía un trozo de hielo que se hubiera desprendido del tejado.

El policía montado se volvió para ir a un pequeño cuarto que hacía las veces de almacén en la parte de atrás cuando, de repente, dos hombres salieron en silencio de entre las sombras. Los dos comandos de la Fuerza Delta habían cambiado los uniformes blancos de camuflaje ártico por ropa de fajina negra y chalecos antibalas. Cada uno llevaba un casco de Kevlar con una pantalla colgada sobre uno de los ojos y un equipo de micrófono y auricular plegables. Uno de ellos iba armado con una carabina M4 con la que apuntó a Murdock y al policía, y el otro empuñaba una pistola que parecía una caja.

El policía de inmediato echó mano de la radio, pero antes de que pudiese llevársela a los labios, el hombre con la pistola disparó. Murdock se sorprendió al no escuchar una detonación sino un sonido que sonó como el descorchar de una botella. En lugar de un proyectil, el arma paralizante había disparado dos pequeños dardos; cada uno conectado a un alambre del grosor de un cabello. En cuanto los dardos se clavaron en el policía, el arma soltó una descarga de cincuenta mil voltios que paralizó toda su musculatura.

El agente soltó la radio, se quedó rígido y, acto seguido, se desplomó. Incluso antes de que tocara el suelo, el autor del disparo ya estaba a su lado para atarle las muñecas y los tobillos con bridas de plástico y amordazarlo con un trozo de cinta adhesiva.

—Buen disparo, Mike —dijo el otro comando, que se adelantó al tiempo que recorría la habitación con la mirada—. ¿Usted es Murdock? —le preguntó al capitán.

—Sí —consiguió responder Murdock, todavía atónito por la súbita intrusión.

—Soy el sargento Bojorquez. Vamos a llevarlo a usted y a su

tripulación a dar un pequeño paseo en barco. Por favor, despierte a sus hombres y que se vistan rápido y en silencio.

—Desde luego. Gracias, sargento.

Murdock buscó a su primer oficial y juntos despertaron a los demás hombres. La puerta principal del edificio se abrió de pronto, y otros dos soldados de la Fuerza Delta entraron, arrastrando entre ellos el cuerpo inerte del otro policía montado. Los dardos de la pistola paralizante sobresalían de sus piernas; habían tenido que dispararle allí para evitar el obstáculo del grueso abrigo. Como su compañero, el policía fue esposado y amordazado en un par de segundos. Murdock tardó menos de cinco minutos en despertar y reunir a su asombrada tripulación. Algunos de los hombres bromearon sobre las ventajas de cambiar Moosehead por Budweiser y *Red Green Show* por *American Idol*, pero la mayoría permaneció en silencio, conscientes del riesgo de intentar una huida sin incidentes.

Una vez fuera del edificio, Roman mantuvo su puesto de observación, atento a una posible reacción canadiense en el muelle. Pero el sigiloso asalto había sido realizado sin disparar ninguna alarma, y los centinelas a bordo del *Polar Dawn* seguían sin darse cuenta de la fuga. En cuanto recibió la orden que le transmitió Bojorquez, Roman no perdió tiempo en poner a los tripulantes en marcha. Salieron por la parte de atrás del edificio en grupos de tres y de cuatro, y los guiaron en la oscuridad hasta el muelle, donde estaban amarradas las neumáticas. Las dos lanchas se llenaron de inmediato, pero Roman permaneció en la orilla mientras Bojorquez le transmitía por radio que estaba escoltando al último grupo.

Roman esperó hasta que vio que Bojorquez cruzaba la zona de la Athabasca Shipping Company y echaba una última mirada a lo largo del muelle. Seguía desierto en la noche fría y solo se escuchaba a lo lejos el sonido de unas bombas y el zumbido de unos generadores. Abandonó la posición para ir hacia las embarcaciones con la seguridad de que la misión tendría éxito. Sacar a la tripulación del *Polar Dawn* sin alertar a las fuerzas canadienses era lo más difícil de la operación y, al parecer, lo habían conseguido. Ahora solo les quedaba ir hasta la pista y esperar la llegada de los aviones de rescate.

Pasó junto a la oscura silueta de la barcaza y vio a Bojorquez, que subía a una de las lanchas con los últimos tripulantes del guardacostas. La tripulación del *Polar Dawn* estaba formada por treinta y seis hombres entre marineros y oficiales, y no faltaba ninguno. En el momento en el que soltaban las amarras, Roman saltó del muelle a una de las Zodiac.

—Salgamos de aquí —susurró al encargado de guiar la embarcación.

—Les aconsejo que se queden donde están —tronó una voz desde lo alto.

No se había apagado el eco de la orden cuando se encendió una batería de focos halógenos. La potencia de las luces instaladas en la popa de la barcaza cegó por un momento a Roman. En un movimiento instintivo levantó el arma para disparar, pero se detuvo cuando Bojorquez gritó:

—¡No dispare, no dispare!

En cuanto sus ojos se acostumbraron a la intensidad de las luces, el capitán miró hacia la barcaza y contó por lo menos a media docena de hombres acodados en la barandilla que apuntaban a las dos embarcaciones con armas automáticas. Roman bajó la carabina y sus comandos lo imitaron. Miró al hombre alto y fornido que le sonreía desde la barcaza.

—Ha sido una decisión inteligente —dijo Clay Zak—. ¿Por qué no dice a sus hombres que desembarquen y así nos conocemos todos?

Roman miró a Zak y las armas automáticas que apuntaban a sus hombres y asintió. La inesperada emboscada cuando estaban a punto de escapar hizo que Roman se enfureciera como un mastín de pelea. Se levantó para desembarcar, dirigió una mirada de rabia a sus captores y escupió al aire.

54

El sargento de artillería Mike Tipton miró con mucha atención a través de los prismáticos de visión nocturna, atento a cualquier aparición en la llanura que se extendía desde el risco hasta la costa del golfo de la Coronación. Aunque el borde del ocular helado le entumecía la frente, mantuvo los prismáticos fijos, a la espera de cualquier señal de movimiento. Acabó bajando los prismáticos cuando otro hombre se acercó arrastrándose por el hielo hasta llegar a su lado.

—¿Alguna señal del capitán? —preguntó el joven cabo con el rostro cubierto con un pasamontañas.

Tipton sacudió la cabeza y consultó su reloj.

—Llegan tarde, y nuestro avión estará aquí dentro de veinte minutos.

—¿Quieres que rompa el silencio radiofónico y haga una llamada?

—Adelante. Averigua qué está pasando y cuándo llegarán. No podemos mantener los pájaros en tierra mucho tiempo. —Se puso de pie y se volvió hacia la pista—. Voy a encender los faros.

El sargento se alejó en silencio. No quería escuchar la llamada de radio. El instinto le decía que algo había salido mal. El capitán había salido temprano. Tendría que haber regresado con la tripulación del *Polar Dawn* hacía casi una hora. Al menos, ya tendrían que estar a la vista. Roman era un excelente comandante, y el equipo estaba muy bien entrenado. Por lo tanto, la única explicación posible era que hubiese ocurrido algo muy grave.

Tipton llegó a la cabecera de la pista y encendió dos balizas azules. Luego fue hasta el extremo opuesto para encender el segundo par de balizas. Después, fue al campamento base donde el cabo insistía en llamar al equipo de asalto con la radio portátil. Un tercer comando montaba guardia a unos pasos de la tienda.

—No recibo ninguna respuesta —informó el cabo.

—Sigue intentándolo hasta que hayan aterrizado los aviones. —Tipton miró a los dos hombres—. Tenemos unas órdenes que cumplir: esté o no aquí el resto del equipo, nos largamos.

El sargento se acercó al centinela, que apenas se distinguía del cabo abrigado con el voluminoso chaquetón blanco.

—Johnson, diga a los pilotos que aguarden cinco minutos. Estaré en el risco, esperando ver al capitán. No os marchéis sin mí.

—Sí, sargento.

Un minuto más tarde, un débil zumbido sonó en el frío aire nocturno. El sonido se fue haciendo más fuerte hasta convertirse en el tronar de un avión, seguido de otro. Los dos Osprey volaban sin las luces de navegación y eran invisibles en el cielo negro. Modificados para aumentar su radio de vuelo, los dos aviones habían recorrido casi mil cien kilómetros desde una base en Eagle, Alaska, casi junto a la frontera del Yukón. Habían volado muy bajo sobre la tundra para evitar ser detectados a su paso por una de las regiones más remotas de Canadá.

Tipton llegó a lo alto del risco y miró atrás, hacia la pista, cuando el primero de los aparatos empezó la aproximación. El piloto esperó hasta que estuvo a solo quince metros por encima del suelo para encender las luces de aterrizaje. El Osprey entró bajo y despacio; se detuvo casi de inmediato en la irregular superficie mucho antes de las balizas azules del perímetro. Después rodó hasta el final de la pista y dio media vuelta en un arco cerrado. Un instante más tarde, el segundo aparato se posó con un rebote en el hielo, e hizo la misma maniobra para colocarse detrás del otro, preparado para el despegue.

El sargento alzó los prismáticos para observar de nuevo la costa del golfo.

—Roman, ¿dónde estás? —preguntó en voz alta, furioso por la tardanza del equipo.

Siguió sin ver ninguna señal de las neumáticas o de los hombres que habían navegado en ellas. Solo la vacía extensión del mar y el hielo ocupaban los objetivos. Esperó con paciencia cinco minutos, y luego otros cinco, aun a sabiendas de que era inútil. El equipo de asalto y los marineros ya no regresarían.

Escuchó que uno de los aviones aceleraba los motores y salió de su ensimismamiento para abandonar la vigilancia. Corrió, entorpecido por el abultado equipo invernal, hacia la puerta de embarque del primer avión. Subió a bordo y lo primero que vio fue la furibunda mirada del piloto, que se apresuró a mover la palanca del acelerador hacia delante. Tipton fue tambaleándose hasta un asiento vacío junto al cabo mientras el avión rodaba por la pista y despegaba.

—¿Ninguna señal? —gritó el cabo por encima del estrépito de los motores.

Tipton sacudió la cabeza al tiempo que repetía para sus adentros: «No dejar atrás a ningún hombre». Dio la espalda al cabo y buscó algún consuelo mirando a través de la ventanilla.

Los Osprey volaron sobre el golfo de la Coronación para ganar altura, y después viraron hacia el oeste para dirigirse a su base en Alaska. Tipton miró con expresión ausente las luces de un barco que navegaba hacia el este. Con las primeras luces del alba, vio que se trataba de un rompehielos que remolcaba una enorme barcaza.

—¿Dónde están? —murmuró el sargento.

Cerró los ojos y se obligó a dormir.

55

Tipton nunca sabría que había mirado hacia sus camaradas de la Fuerza Delta, ni tampoco que los hombres estaban padeciendo todas las incomodidades de una mazmorra medieval.

El equipo de seguridad de Zak había despojado a los comandos de sus armas y aparatos de comunicación antes de llevarlos a la cubierta de la barcaza, junto con la tripulación del *Polar Dawn*. Los estadounidenses habían sido obligados a punta de pistola a bajar a una pequeña bodega en la proa de la barcaza. Cuando el último prisionero descendió por los escalones de acero, Roman vio que dos de los guardias cargaban las neumáticas a bordo y las ataban junto a la borda de popa.

Como única muestra de compasión hacia los prisioneros, les lanzaron dos cajas de botellas de agua, congelada por el frío, antes de cerrar la pesada trampilla de acero. Vieron cómo se movía la palanca de cierre, y escucharon el estrépito de una cadena que aseguraba la palanca en su lugar. En el silencio y la oscuridad de la gélida bodega, los hombres tomaron conciencia del funesto destino que se cernía sobre ellos. De repente se encendió una linterna, y luego otra. Roman encontró la suya en el bolsillo de la camisa y la encendió, agradecido porque no le hubiesen confiscado algo tan útil.

Los múltiples rayos recorrieron la bodega, iluminando los rostros asustados de los cuarenta y cinco hombres. El capitán observó que la bodega no era grande. Había una escotilla abierta en el mamparo de popa, además de la escotilla cerrada por la que habían entrado. Dos enormes rollos de cabos ocupaban un rincón, y una montaña de neumáticos bordeaban uno de los mamparos. Los sucios y gastados neumáticos eran las protecciones que colgaban en la borda de la barcaza cuando estaba amarrada. Mientras mentalmente hacía el inventario, Roman escuchó que arrancaban los poderosos motores diésel del rompehielos, que se quedaron funcionando al ralentí con un ronco retumbar.

Roman volvió la luz hacia los tripulantes del *Polar Dawn*.

—¿El capitán está entre vosotros?

Un hombre de aspecto distinguido con una perilla gris se adelantó.

—Soy Murdock, el capitán del *Polar Dawn*.

Roman se presentó y comenzó a explicarle su misión, pero Murdock lo interrumpió.

—Capitán, fue un admirable esfuerzo de conseguir rescatarnos. Pero perdóneme si no le doy las gracias por librarnos de las manos de la Policía Montada —manifestó en tono seco, y movió el brazo para mostrar la húmeda celda.

—Es obvio que no preveíamos una interferencia exterior —manifestó Roman—. ¿Sabe usted quién es esa gente?

—Yo podría hacerle la misma pregunta —respondió Murdock—. Sé que una empresa privada utiliza estos rompehielos como barcos de escolta con licencia del gobierno canadiense. Es obvio que también son los propietarios de las barcazas. En cuanto a por qué tienen guardias armados y su interés por hacernos rehenes, no tengo la menor idea.

El jefe del comando también estaba asombrado. El informe de inteligencia previo a la misión no mencionaba ninguna amenaza, aparte de la marina canadiense y la Policía Montada. Aquello no tenía sentido.

Los hombres escucharon cómo aceleraban los motores del rompehielos y notaron un leve tirón cuando el barco guía se apartó del muelle y tocó la barcaza. Los motores aceleraron de nuevo en cuanto abandonaron el puerto; el cabeceo de la barcaza les indicó que habían entrado en las encrespadas aguas del golfo de la Coronación.

—Capitán, ¿se le ocurre a qué lugar quieren llevarnos? —preguntó Roman.

Murdock se encogió de hombros.

—Estamos a mucha distancia de cualquier puerto importante. No creo que quieran abandonar las aguas canadienses, pero me temo que tenemos un largo y frío viaje por delante.

Roman escuchó algunos gruñidos y golpes al otro extremo de la bodega y alumbró los escalones de la entrada. En el rellano, el sargento Bojorquez forcejeaba con la trampilla. Descargaba todo su peso contra la palanca de cierre, y cada fracaso iba acompañado por una retahíla de maldiciones. En cuanto el rayo de luz lo enfocó, se irguió para mirar a su superior.

—No hay nada que hacer, señor. La palanca exterior está sujeta con una cadena. Necesitaríamos un soplete para abrir esto.

—Gracias, sargento. —Roman miró a Murdock—. ¿Hay otra manera de salir de aquí?

Murdock le señaló la escotilla abierta que daba a popa.

—Estoy seguro de que eso lleva a la escalerilla de la bodega número uno. Esta bañera tiene cuatro bodegas, cada una lo bastante grande para contener un rascacielos. Tendría que haber una pasarela interior que comunique las bodegas, a la que se accedería bajando por esta escalera y subiendo por la otra, en el lado opuesto.

—¿Qué pasa con las trampillas de las bodegas? ¿Alguna posibilidad de abrirlas?

—Es imposible sin una grúa. Cada una debe de pesar unas tres toneladas. Yo diría que nuestra única posibilidad está en la popa. Allí tendría que haber un recinto como este o un acceso separado que lleve a la cubierta principal. —Miró a Roman con decisión—. Llevará algún tiempo encontrarlo solo con una linterna tipo lápiz.

—Bojorquez —llamó Roman.

El sargento apareció a su lado casi en el acto.

—Acompañe al capitán a popa. Busque una manera de salir de esta ratonera.

—Sí, señor —respondió Bojorquez, y añadió con un guiño a su capitán—: ¿Merece un galón?

—Al menos uno —prometió Roman—. Ahora, muévase.

Un rayo de esperanza pareció inspirar a todos los hombres, incluido Roman. Pero entonces recordó el comentario de Murdock sobre un largo viaje y comprendió que el entorno ártico aún iba a plantearles una dura lucha por la supervivencia. Recorrió la bodega una vez más, con el único pensamiento de cómo conseguiría evitar que muriesen congelados.

56

En el perfectamente caldeado puente de mando del *Otok,* Clay Zak, repatingado en una silla, se entretenía mirando cómo avanzaban entre la multitud de trozos de hielo. Había sido un acto impulsivo y peligroso capturar a los estadounidenses y también encerrarlos en la barcaza y llevárselos. Aún no tenía claro qué haría con los prisioneros, pero daba gracias por su buena fortuna. La tripulación del *Polar Dawn* había caído en sus manos y, con ella, la oportunidad de avivar el fuego de la disputa entre Canadá y Estados Unidos. El gobierno canadiense se enfurecería al creer que la tripulación había escapado gracias a una operación militar estadounidense que había cruzado sus fronteras. Zak se rió ante esa perspectiva, porque el primer ministro no permitiría a los estadounidenses que pusieran un pie en el Ártico canadiense durante mucho tiempo.

Era más de lo que Goyette habría esperado. El empresario le había hablado de las riquezas en el Ártico que estaban allí, esperando a ser tomadas, a medida que el calentamiento global continuaba derritiendo las barreras de acceso. Goyette ya había acertado con el yacimiento de gas natural de Melville Sound, pero también había petróleo. Según algunas estimaciones, el veinticinco por ciento de las reservas de crudo mundiales estaba atrapado debajo del Ártico. El rápido deshielo lo estaba haciendo ahora accesible a todos aquellos que lo habían anticipado.

El primero en hacerse con los derechos y explotar los recursos sería el que prosperaría, había dicho Goyette. Las grandes compañías petroleras y mineras estadounidenses ya habían comenzado a extender su influencia en la región. Goyette nunca podía esperar competir con ellas en pie de igualdad, pero si los apartaba del campo de juego, sería otra historia. Podría monopolizar enormes cantidades de recursos árticos, y en el proceso ganaría millones de millones.

«Serían ganancias aún mayores que con el rutenio», pensó Zak. Existía la posibilidad de ganar en los dos frentes. Encontrar el mineral sin interferencias estaba casi asegurado. Y eliminar la competencia estadounidense de las futuras exploraciones estaba al alcance de la mano. Goyette estaría en deuda con él, y sería una deuda muy grande.

Con una expresión de satisfacción, Zak miró de nuevo los trozos de hielo y esperó tranquilamente el momento de desembarcar en las islas Royal Geographical Society.

TERCERA PARTE

Persecución en el norte

57

Durante unas pocas semanas a finales de verano, el archipiélago en el Ártico canadiense parece un desierto multicolor. El deshielo deja a la vista una desolada belleza oculta bajo el paisaje helado. El terreno rocoso y sin árboles aparece a menudo teñido con sorprendentes trazos de oro, rojo y púrpura. Los líquenes, los helechos y una sorprendente variedad de flores, que luchan por absorber la última luz del estío, florecen para añadir nuevos racimos de color. Se encuentran liebres, pájaros y bueyes almizcleros en grandes cantidades, y su presencia suaviza la crudeza del entorno. Una variada y rica vida salvaje prospera en los meses de verano para después desaparecer durante los largos y oscuros días del invierno.

Durante el resto del año, las islas forman una impresionante colección de colinas cubiertas de hielo y bordeadas de costas de piedra. Un vacío y estéril paisaje que durante siglos ha atraído a los hombres como un imán; a algunos en busca de su destino; a otros en busca de sí mismos. Al mirar desde el puente una cinta de hielo pegada a la abrupta costa de la isla Victoria, Pitt no pudo menos que pensar que se trataba de uno de los lugares más solitarios donde había estado.

Pitt se acercó a la mesa de mapas, donde Giordino estudiaba la carta náutica del estrecho de Victoria. El fornido italiano señaló una extensión de agua al este de la isla Victoria.

—Estamos a menos de cincuenta millas de la isla del Rey Guillermo. ¿Qué ideas tienes para una cuadrícula de búsqueda?

Pitt acercó un taburete, se sentó y estudió la carta. La masa de tierra con forma de pera que era la isla del Rey Guillermo aparecía al este. Cogió un lápiz y marcó una X en un punto a quince millas al noroeste del extremo superior de la isla.

—Aquí es donde, según todos los indicios, las tripulaciones abandonaron el *Erebus* y el *Terror.*

Giordino no pasó por alto una nota de desinterés en la voz de Pitt.

—Sin embargo, tú no crees que fuese allí donde se hundieron. ¿Me equivoco? —preguntó.

—Así es. El relato inuit, aunque vago, parece indicar que el *Erebus* estaba más al sur. Antes de salir de Washington, pedí a los chicos del departamento de Climatología que hiciesen unas simulaciones. Intentaron recrear las condiciones meteorológicas en abril de 1848, cuando abandonaron los barcos, y calcular el posible comportamiento del hielo marino.

—¿Crees que los barcos no se fueron a pique cuando se fundió el hielo marino, donde marca la X?

—Es posible, pero no probable.

Pitt señaló una gran masa de agua al norte de Rey Guillermo que correspondía al estrecho de Larsen.

—El congelamiento invernal empuja el banco de hielo desde el noreste, por el estrecho de Larsen. Si la banquisa frente a la isla del Rey Guillermo no se fundió en el verano de 1848, como suponen los climatólogos, entonces las naves tuvieron que ser empujadas al sur durante el invierno de 1849. No sabemos si un pequeño grupo de supervivientes decidió regresar a bordo, aunque es coherente con el relato inuit.

—Fantástico, un blanco en movimiento —exclamó Giordino—. Eso hace que no tengamos una zona de búsqueda definida.

Pitt movió el dedo por la costa oeste de la isla del Rey Guillermo y se detuvo en un archipiélago ubicado a unas veinte millas de la costa sudoeste.

—Mi teoría es que estas islas de aquí, las Royal Geographical Society, actuaron de muro ante el banco de hielo que iba hacia el sur. Es probable que este escollo lo desviase y lo rompiese parcialmente, de forma que acabó formando una banquisa en la costa norte.

—Es un camino bastante directo desde tu X —señaló Giordino.

—Eso es lo que espero. No hay manera de saber cuánto se movieron los barcos antes de hundirse en el hielo. Me gustaría comenzar con una cuadrícula de diez millas por encima de las islas e ir avanzando hacia el norte si no encontramos nada.

—Me parece muy buena idea —asintió Giordino—. Solo roguemos para que bajaran hasta el fondo de una pieza; nos darían una bonita y clara imagen de sónar. —Consultó su reloj—. Será mejor que vaya a despertar a Jack para preparar el VAS antes de que lleguemos al lugar. Tenemos dos a bordo, así que podemos establecer dos cuadrículas separadas y buscar en ellas simultáneamente.

Mientras Pitt se ocupaba de establecer las coordenadas para dos cuadrículas de búsqueda unidas, Giordino y Dahlgren prepararon los VAS para el lanzamiento. La sigla correspondía a «vehículo autónomo sumergible». Eran aparatos autopropulsados con forma de torpedo, equipados con diversos tipos de sensores y un sónar que les permitía trazar un mapa electrónico del fondo. Una vez introducidos los parámetros correspondientes a la cuadrícula de búsqueda, se moverían a unos pocos metros sobre el lecho marino a una velocidad de casi diez nudos; los sensores compensarían de forma automática los cambios en el fondo, para mantenerlo a una altura constante.

En cuanto pasaron por el norte de las islas Royal Geographical Society y entraron en la primera de las cuadrículas de búsqueda de Pitt, el capitán ordenó reducir la velocidad del *Narwhal.* Arriaron un transpondedor flotante por la popa; luego, el barco fue hasta la esquina opuesta de la cuadrícula, donde soltó una segunda boya. Conectados a los satélites GPS, los transpondedores suministrarían los puntos de referencia para la navegación de los VAS.

En la cubierta de popa, Pitt ayudó a Giordino y a Dahlgren a programar el plan de búsqueda en el ordenador del primer sumergible. En cuanto acabaron, una grúa levantó el gran pez amarillo por encima de la borda. Se puso en marcha la pequeña hélice y lo soltaron. El VAS recorrió unos pocos metros en la superficie antes de desaparecer bajo las oscuras y encrespadas aguas. Guiado por la información suministrada por los transpondedores, el sumergible fue hasta el punto de partida y comenzó su recorrido hacia delante y hacia atrás para explorar el fondo con sus ojos electrónicos.

Completado con éxito el lanzamiento del primer vehículo, Stenseth llevó el *Narwhal* al norte hasta la segunda cuadrícula, donde repitió la maniobra. Un viento helado azotaba a los hombres en cubierta, por lo que, en cuanto soltaron el segundo VAS, corrieron a buscar el abrigo del centro de operaciones. Un técnico ya tenía las cuadrículas de búsqueda en la pantalla principal, con las representaciones visuales de los dos sumergibles y las boyas de comunicación. Pitt se quitó el chaquetón, atento a las columnas de números que se actualizaban cada pocos segundos a un lado de la pantalla.

—Los VAS han alcanzado la profundidad establecida y funcionan sin problemas —comentó—. Buen trabajo, caballeros.

—Ahora ya no están en nuestras manos —dijo Giordino—. Calculo que tardarán unas doce horas en recorrer toda la cuadrícula y volver a emerger.

—Una vez los tengamos a bordo, no tardaremos mucho en descargar la información, cambiarles las baterías y soltarlos de nuevo para que busquen en las otras dos cuadrículas —aclaró Dahlgren.

Giordino enarcó las cejas y Pitt le dirigió una mirada de reproche.

—¿Qué he dicho? —preguntó Dahlgren, desconcertado.

—En este barco —respondió Pitt, con una sonrisa—, se acierta a la primera.

58

Sesenta millas al oeste, el *Otok* navegaba por aguas agitadas por el viento en un rumbo que lo llevaría directamente a las islas Royal Geographical Society. En el puente, Zak observaba una imagen de satélite de las islas, provisto de una lupa. Dos grandes islas dominaban la cadena: la isla del Oeste, que estaba separada por un angosto canal de la del Este, un poco más pequeña. Las instalaciones mineras de la Mid-American estaban ubicadas en la costa sur de la isla del Oeste, frente al golfo de la Reina Maud. Vio dos edificios y un largo muelle, y cerca la mina a cielo abierto.

—Ha llegado un mensaje para usted.

El capitán del *Otok*, mal afeitado, se acercó para darle una hoja de papel. Zak la leyó.

> Pitt llegó a Tuktoyaktuk desde Washington a primera hora del sábado. Embarcó en la nave de investigación de la NUMA *Narwhal*. Zarpó a las dieciséis, supuestamente con destino a Alaska. M.G.

—Alaska —dijo Zak en voz alta—. No pueden ir a ninguna otra parte, ¿verdad? —añadió con una sonrisa.

—¿Todo en orden?

—Sí, solo un desesperado esfuerzo por parte de la competencia.

—¿Por dónde nos acercaremos a las islas? —preguntó el capitán, que miró por encima del hombro de Zak.

—Por la costa sur de la isla del Oeste. Primero pasaremos por las instalaciones mineras. Nos acercaremos al muelle para ver si hay alguien por allí. Apenas ha comenzado la estación, y no creo que ya hayan iniciado las operaciones de verano.

—Quizá sea buen lugar para dejar a nuestros prisioneros.

Zak miró a través de la ventana de popa la barcaza que cabeceaba sacudida por las olas del mar embravecido.

—No —respondió después de unos segundos—. Ya están cómodos donde están.

Cómodo no era precisamente lo que pensaba Rick Roman. No obstante, dadas las circunstancias, debía admitir que habían sacado el máximo provecho de lo que tenían a su disposición.

El frío acero de la cubierta y los mamparos de la cárcel flotante habían hecho inútiles sus esfuerzos por mantenerse calientes, pero habían encontrado la solución en los neumáticos y los cabos que tenían a mano. Roman organizó a los hombres y los puso a trabajar primero con las pilas de neumáticos. Cubrieron el suelo con ellos formando una capa, y con el resto levantaron tabiques hasta disponer de un espacio aislado donde cabían todos los hombres. A continuación, desenrollaron los cabos y los colocaron a modo de forro sobre el suelo y las paredes, para contar con una segunda capa de aislante que al mismo tiempo era un acolchado donde podían acostarse. Acurrucados en ese pequeño recinto, el calor corporal aumentó poco a poco la temperatura ambiente. Al cabo de unas horas, Roman alumbró una botella de agua a sus pies y vio que había unos tres dedos de líquido sobre el resto helado. Gruñó satisfecho al tener una prueba de que la temperatura interior estaba por encima de los cero grados.

Era la única satisfacción que había recibido desde hacía mucho rato. Cuando Murdock y Bojorquez habían regresado de su recorrido de dos horas por el interior de la barcaza, las noticias habían sido malas. Murdock no había encontrado ninguna posible salida a popa, excepto por sus enormes bodegas. Pero las gigantescas trampillas debían de estar soldadas, porque no habían logrado moverlas en absoluto.

—Encontré esto —dijo Bojorquez, y le mostró un pequeño martillo sacaclavos con el mango de madera—. A alguien debió de caérsele en la bodega y no se molestó en recuperarlo.

—Ni siquiera un mazo nos habría servido de mucho en la escotilla —opinó el capitán.

Sin desanimarse, Bojorquez comenzó a golpear la palanca de la escotilla con la pequeña herramienta. Muy pronto el golpeteo del martillo se convirtió en un acompañamiento constante a los crujidos de la barcaza en movimiento. Los hombres formaron una hilera para turnarse con el martillo, la mayoría llevados por el aburrimiento, o en un intento de mantenerse calientes con el esfuerzo. Contra el fondo del incesante martilleo, la voz de Murdock se alzó de pronto sobre el estrépito.

—El remolcador está reduciendo la velocidad.

—Dejad de martillear —ordenó Roman.

Escucharon cómo aminoraba el profundo rugido de los motores del rompehielos. Unos minutos más tarde, los motores funcionaron al ralentí y la barcaza golpeó contra un objeto inmóvil. Con el oído atento los hombres esperaron con ansia que su helado encarcelamiento hubiese llegado a su fin.

59

Las islas Royal Geographical Society parecían una masa de colinas amarillentas que se alzaban sobre las agitadas aguas color pizarra. Las islas habían sido bautizadas por el explorador Roald Amundsen en 1905, durante su épico viaje en el *Gjoa*; fue el primer hombre en navegar con éxito por todo el Paso del Noroeste. Remotas y olvidadas durante más de un siglo, las islas no habían sido más que una nota al pie hasta que una compañía de exploración minera había encontrado un yacimiento de zinc en la isla del Oeste y había vendido los derechos a la Mid-American.

El campamento minero estaba construido en una gran bahía en la costa sur de la isla, que zigzagueaba entre numerosas calas y lagunas. Un canal de aguas profundas de formación natural permitía a los grandes barcos el acceso a la bahía, siempre que el hielo marino se hubiese derretido. La empresa había construido un pantalán de cien metros de longitud que se extendía desde la costa y que ahora se veía desierto en medio de los trozos de hielo que flotaban a su alrededor.

Zak ordenó al capitán que se acercase al muelle mientras él observaba la costa con los prismáticos. Vio un par de edificios prefabricados al pie de un pequeño acantilado, al lado de una carretera de gravilla que se acababa no mucho más allá. Las ventanas de los edificios se veían oscuras, y la nieve se acumulaba en las puertas. Tras confirmar que las instalaciones continuaban desiertas debido al cierre invernal, ordenó que el remolcador amarrase en el pantalán.

—Que el equipo de geólogos se prepare y desembarque —dijo Zak al capitán—. Quiero saber el contenido mineral de lo que extraen aquí, además de la geología de la zona.

—Creo que el equipo no ve la hora de desembarcar —comentó el capitán después de haber visto a muchos de los geólogos padeciendo mareos en la cocina.

—Capitán, mandé traer al barco un baúl antes de subir a bordo. ¿Lo recibió en Tuktoyaktuk?

—Sí, está a bordo. Ordené que lo dejasen en la bodega de proa.

—Por favor, que lo lleven a mi camarote. Contiene algunos materiales que necesitaré en tierra.

—Ahora mismo me encargo. ¿Qué pasa con nuestros prisioneros de la barcaza? Lo más probable es que estén a punto de morir —dijo el capitán mirando el termómetro digital instalado en la consola. Indicaba una temperatura exterior de quince grados centígrados bajo cero.

—Ah sí, nuestros congelados estadounidenses. Estoy seguro de que su desaparición tiene a unas cuantas personas muy preocupadas —manifestó Zak en tono arrogante—. Que les den comida y algunas mantas. Quizá nos sea útil mantenerlos vivos.

Zak fue a su camarote, mientras los geólogos desembarcaban acompañados por guardias armados. Al entrar vio que ya le habían llevado el baúl de metal. Quitó el candado y levantó la tapa. Dentro había diversos detonadores, mechas y dinamita suficiente para destruir una manzana de edificios. Zak escogió algunos de los objetos y los guardó en una pequeña bolsa; luego, cerró el baúl con el candado. Se puso el chaquetón y salió para ir a la cubierta principal. Se disponía a desembarcar cuando un tripulante lo detuvo.

—Tiene una llamada en el puente. El capitán le pide que vaya de inmediato.

Zak fue por un pasillo hasta el puente, donde el capitán estaba hablando por un teléfono de línea segura.

—Sí, aquí está —dijo el capitán, y le pasó el teléfono a Zak.

La voz irritada de Goyette sonó en el auricular.

—Zak, el capitán me ha dicho que han amarrado en las instalaciones de la empresa estadounidense.

—Así es. Aún no han comenzado las actividades del verano, así que el lugar está desierto. Ahora iba a asegurarme de que continúen sin trabajar durante todo el verano.

—Excelente. Las cosas comienzan a calentarse en Ottawa. Dudo que ningún estadounidense vuelva a poner el pie allí. —La codicia de Goyette comenzó a imponerse—. Intente no destruir ninguna infraestructura que pueda resultarme útil cuando compre todo aquello a un precio de saldo —añadió.

—Lo tendré en cuenta —prometió Zak.

—Dígame, ¿qué sabe del rutenio?

—Los geólogos acaban de empezar la primera inspección por el campamento minero. Ahora mismo estamos en la parte sur de la isla, y el mapa de la cooperativa minera indica que la mina inuit estaba en la costa norte. Iremos allí dentro de unas pocas horas.

—Muy bien. Manténgame informado.

—Hay algo que debe saber —dijo Zak, y soltó la bomba—. Tenemos prisionera a la tripulación del *Polar Dawn*.

—¿Que tiene qué? —gritó Goyette con tanta fuerza que Zak apartó el teléfono del oído.

El multimillonario seguía rabioso incluso después de que Zak le describiese las circunstancias del secuestro.

—No me sorprende que los políticos estén hechos un basilisco —gritó—. Está a punto de hacer estallar la tercera guerra mundial.

—Es una manera infalible de que los estadounidenses no tengan acceso a esta región durante mucho tiempo —afirmó Clay Zak.

—Puede que sea verdad, pero no sacaré provecho de ello si estoy metido en una celda. Arregle este asunto, sin más incidentes —ordenó—. Haga lo que haga, será mejor que no tenga ninguna relación conmigo.

Zak colgó el teléfono cuando se cortó la comunicación. Solo otro matón sin imaginación que había conseguido ganar millones, pensó Zak. Luego se puso de nuevo el chaquetón y bajó a tierra.

Un anillo de rocas y gravilla ocres rodeaban la bahía, fundiéndose con el blanco manto de hielo a medida que se avanzaba hacia el interior. La excepción era un gran rectángulo que se adentraba varios centenares de metros en la ladera y terminaba en una pared vertical cortada por palas mecánicas. La extracción de zinc se realizaba, como en todas las minas, a cielo abierto, con las palas recogiendo el mineral en bruto que se encontraba en la superficie. A lo lejos, Zak vio a algunos de los geólogos buscando entre los restos de las excavaciones más recientes.

El interior de la bahía estaba protegido de los vientos del oeste, pero Zak recorrió el pantalán a paso ligero, poco dispuesto a soportar el frío. Echó un rápido vistazo a la instalación minera, que era sencilla y de baja tecnología. El mayor de los dos edificios era un depósito y garaje donde guardaban el equipo minero —un camión volquete, palas mecánicas y retroexcavadoras—, que recogía el mineral y lo descargaba a continuación en una cinta transportadora que lo llevaba hasta los barcos de carga. El pequeño edificio junto al depósito debía de albergar el alojamiento de los trabajadores y la oficina de administración.

Zak se dirigió hacia el más pequeño, pero se encontró con que habían cerrado la puerta con llave. Sacó una pistola Glock del bolsillo, disparó dos veces a la cerradura y abrió la puerta de un puntapié. El interior era como una gran casa, con dos enormes dormitorios llenos de literas, una cocina amplia, un comedor y una sala de estar. Entró en la cocina para buscar la tubería de gas y siguió su recorrido hasta un cubículo donde había un gran tanque de gas propano. Metió la mano en la bolsa, sacó una carga de dinamita, la colocó debajo del tanque y a continuación añadió el detonador. Tras consultar su reloj, ajustó el temporizador del fusible para que se encendiese al cabo de noventa minutos; luego abandonó el edificio.

Fue hasta el garaje y observó el exterior durante unos momentos antes de ir hasta la parte de atrás. Por encima del edificio asomaba un pequeño acantilado. Subió por la empinada ladera sembrada de peñascos y rocas sueltas cubiertas de hielo hasta una angosta cornisa horizontal en la cara superior. Abrió a puntapiés un agujero en el suelo helado debajo de un peñasco del tamaño de un coche, se quitó los guantes y colocó otra carga de dinamita debajo de la roca. Con los dedos entumecidos por el frío, se apresuró a colocar el detonador. Se alejó unos metros y colocó una tercera carga debajo de otro grupo de peñascos.

Bajó la ladera, fue hasta el frente del edificio y colocó una cuarta carga junto a las bisagras de la gran puerta batiente. Tras colocar el detonador, se apresuró a volver al pantalán para ir hacia el rompehielos. Al acercarse vio que el capitán lo miraba desde el puente. Zak movió el brazo arriba y abajo para indicarle que hiciera sonar la sirena del barco. Un segundo más tarde se escucharon dos atronadores pitidos que retumbaron en las colinas, la señal para que los geólogos regresaran a la nave.

Esperó a comprobar que los geólogos hubieran recibido el aviso, y fue hasta la barcaza. El final del pantalán solo llegaba a la proa de la embarcación, por lo que tuvo que esperar a que la corriente la empujase contra los pilones para saltar a la escalerilla de acero que subía hasta la cubierta. Pasó junto a la bodega número cuatro en su camino hacia popa, donde había un hueco en la cubierta. Se arrodilló junto al mamparo para colocar el resto de la dinamita y, esta vez, instaló en los cartuchos un detonador controlado por radio. No estaba por debajo de la línea de flotación, como había querido, pero de todos modos cumpliría con su trabajo en el mar agitado que encontrarían. Sin preocuparse por las vidas de los hombres encerrados a un par de metros de distancia, Zak bajó de la barcaza muy satisfecho. A Goyette no le haría ninguna gracia perder una barcaza nueva, pero ¿qué podía decir? Las órdenes de Zak eran no dejar ninguna prueba, así que hundirla donde nadie pudiese encontrarla era la solución perfecta.

El último de los geólogos y la escolta armada estaban subiendo al rompehielos cuando Zak llegó a la escalerilla. Fue directamente al puente, agradecido por el agradable calor que reinaba en el interior.

—Todo el mundo a bordo —informó el capitán—. ¿Está preparado para zarpar o quiere hablar antes con los geólogos?

—Pueden informarme durante el camino. Tengo mucho interés en investigar la costa norte. —Consultó su reloj—. Aunque quizá podríamos disfrutar del espectáculo antes de marcharnos.

Dos minutos más tarde, estalló la cocina, arrastrando consigo las paredes de todo el edificio. El tanque de propano, que estaba casi lleno, estalló en una enorme bola de fuego que lanzó llamas naranjas hacia el cielo; la onda expansiva hizo que se sacudieran las ventanas del barco. Unos segundos más tarde, detonó la carga en el depósito; la puerta batiente voló por los aires y el techo se derrumbó. Luego estallaron las cargas en el acantilado, que provocaron un desprendimiento sobre el techo destruido. Cuando por fin se depositó la espesa nube de polvo, Zak vio que todo el edificio había desaparecido debajo de toneladas de escombros.

—Muy efectivo —comentó el capitán—. Supongo que ahora ya no tendremos que preocuparnos de la presencia de estadounidenses en las cercanías.

—Así es —afirmó Zak con arrogante certeza.

60

Los vientos del oeste que cruzaban el estrecho de Victoria levantaban olas que pasaban por encima de los esporádicos trozos de hielo flotante. En su avance por las aguas oscuras, el reluciente buque color turquesa de la NUMA parecía un faro en un mundo sin color. Con las islas Royal Geographical Society visibles a proa, el barco navegaba a marcha lenta hacia el sur por la primera de las cuadrículas de búsqueda de Pitt.

—Al parecer hay un barco que rodea la costa noroeste —informó el timonel, con la mirada puesta en la pantalla del radar.

El capitán Stenseth cogió los prismáticos y observó un par de puntos en el horizonte.

—Probablemente es un carguero asiático que viaja por el Paso con una escolta —dijo. Miró a Pitt, que estaba sentado a la mesa de mapas, ocupado en el estudio de una fotocopia de las naves de Franklin—. Nos estamos acercando al final de la línea. ¿Alguna idea de cuándo emergerá tu torpedo?

Pitt consultó la esfera naranja de su reloj de inmersión Doxa.

—Tendría que emerger durante la próxima media hora.

Habían pasado veinte minutos cuando uno de los tripulantes vio el torpedo amarillo flotando en la superficie. Stenseth mandó colocar el barco a su lado y se apresuraron a izar el VAS a bordo. Giordino le quitó el disco duro y lo llevó a una pequeña sala de proyección, donde había un ordenador y una pantalla.

—¿Vas a ver las películas? —preguntó Stenseth a Pitt cuando este se levantó y se desperezó.

—La primera de dos largas sesiones dobles. ¿Tienes localizados los transpondedores?

—Ahora iremos a recogerlos. Se han apartado mucho debido a la fuerte corriente que va hacia el sur. Tendremos que darnos prisa si no queremos que acaben destrozados en las rocas.

—Avisaré a Dahlgren para que se prepare —dijo Pitt—. Luego iremos a buscar el número dos.

Pitt bajó a la sala de proyección. En la penumbra vio a Giordino, que ya tenía en la pantalla la información recogida por el sónar. Las imágenes doradas sobre un fondo casi plano y rocoso pasaban poco a poco.

—Una imagen muy nítida —comentó Pitt. Se sentó junto a Giordino.

—Aumentamos la frecuencia a la máxima resolución —explicó Giordino. Ofreció a Pitt un cuenco con palomitas hechas en el microondas—. De todas maneras, no es *Casablanca*.

—No pasa nada. Siempre y cuando encontremos algo que valga la pena tocar de nuevo, Sam.

Los dos hombres se acomodaron en las sillas y miraron en la pantalla, donde continuaba pasando un interminable fondo marino.

61

La Zodiac cabalgaba sobre las crestas de las olas, en un rápido avance entre los trozos de hielo marino y el aire cargado con una niebla helada que se espesaba por momentos. El piloto mantuvo el acelerador al máximo hasta acercarse a una amplia banquisa que se extendía desde la costa. Encontró un tramo con el borde inclinado y llevó la neumática por la pendiente fuera del agua. El casco semirrígido de la Zodiac se deslizó varios metros por el hielo marino antes de detenerse al embestir una pequeña elevación. Sentado cerca de la popa, Zak esperó a que el equipo de geólogos desembarcara; luego bajó detrás de un guardia que llevaba un fusil de caza y cuya única tarea consistía en mantener alejado a cualquier oso curioso.

—Recójanos a una milla costa abajo dentro de dos horas —ordenó Zak al piloto, y señaló con una mano hacia el oeste.

A continuación, ayudó a empujar la neumática de nuevo al agua y observó cómo regresaba al *Otok,* fondeado a media milla de distancia.

Zak podría haberse quedado en su bien acondicionado camarote leyendo una biografía de Wild Bill Hickok que llevaba consigo, pero temía que los geólogos no hiciesen bien su trabajo con aquel frío. Lo que en realidad lo había impulsado a ir a la costa, aunque no quería admitirlo, era su decepción ante el resultado de las evaluaciones geológicas de la mina de la Mid-America.

Si bien no era una sorpresa que hubiesen confirmado el elevado contenido de zinc y hierro en el sur de la isla, había esperado que al menos apareciesen algunos rastros de rutenio. Sin embargo, no había sido así. Los geólogos no habían encontrado el menor rastro de elementos relacionados con el platino en la mina a cielo abierto.

No tenía importancia, se dijo a sí mismo, porque sabía el lugar exacto donde encontraría el rutenio. Metió la mano en el bolsillo del chaquetón y sacó las páginas que había arrancado del libro de registro de la cooperativa minera. En una de ellas había un croquis dibujado al carboncillo que representaba con toda claridad la isla del Oeste. Una pequeña X aparecía marcada en la costa norte. En la parte superior de la página, otra mano había escrito a plumilla y con letra victoriana el nombre de las islas: Royal Geographical Society. Según se explicaba en una página anterior del libro, era la copia de un mapa inuit del lugar donde los cazadores de focas de Adelaida habían encontrado el rutenio que habían bautizado con el curioso nombre de kobluna negra.

Zak comparó los contornos con un mapa moderno de las islas e identificó el punto señalado un poco al oeste de donde habían desembarcado.

—La mina tendría que estar más o menos a unos ochocientos metros costa abajo —anunció después de que el grupo cruzase la banquisa hasta una playa cubierta de rocas—. Mantengan los ojos bien abiertos.

Zak se avanzó a los geólogos, entusiasmado con la idea de ser él quien hiciese el descubrimiento. El frío pareció esfumarse cuando imaginó las riquezas que le esperaban un poco más allá. Goyette siempre estaría en deuda con él por haber librado al Ártico canadiense de los inversores estadounidenses. Encontrar el rutenio sería la guinda del pastel.

En el borde de la áspera costa se veía una ondulante serie de acantilados y hondonadas que subían hacia el interior. Las hondonadas estaban cubiertas de hielo apisonado, y las cumbres se veían desnudas; el efecto visual era el de una superficie jaspeada como el pelaje de una yegua torda. Muy por detrás de Zak, los geólogos se movían poco a poco con aquel tiempo frío, y se detenían con frecuencia a examinar lugares expuestos de las laderas y a recoger muestras de rocas. Cuando llegó a la zona determinada sin encontrar ninguna prueba física de una mina, Zak se paseó ansioso hasta que se acercaron los geólogos.

—La mina tiene que estar por aquí —gritó—. Recorred la zona a fondo.

Mientras los geólogos se desplegaban, el guardia de seguridad hizo un gesto a Zak para que se acercase al borde de la banquisa. A los pies del hombre, vio el cuerpo destrozado de una foca. La carne de la bestia había sido arrancada a grandes dentelladas. El guardia le señaló el cráneo, donde se apreciaban con toda claridad las huellas de unas zarpas.

—Solo un oso puede haber dejado estas marcas —opinó el guardia.

—Por lo que parece, la ha matado hace poco —señaló Zak—. Manténgase alerta, pero no diga nada de esto a nuestros amigos científicos. Ya tienen bastantes problemas con el frío.

El oso polar no apareció y, para desconsuelo de Zak, tampoco el rutenio. Después de una hora de intensa búsqueda, los ateridos geólogos se le acercaron con una expresión de desconcierto.

—Los resultados visuales son los mismos que en el lado sur de la isla —le informó uno de los geólogos, un hombre de barba y ojos castaños con los párpados caídos—. Hemos encontrado algunas formaciones con rastros de hierro, zinc y algo de plomo. Pero no hay ninguna prueba evidente de minerales de la familia del platino, incluido el rutenio. No obstante, tendremos que analizar las muestras en el barco, para descartar su presencia de forma concluyente.

—¿Qué me dice de los rastros de una explotación minera? —preguntó Zak.

Los geólogos se miraron los unos a los otros y sacudieron las cabezas.

—Cualquier explotación minera realizada por los inuit ciento sesenta años atrás tuvo que hacerse, en el mejor de los casos, con medios primitivos —contestó el geólogo jefe—. Tendría que haber alguna prueba de excavaciones en la superficie. A menos que esté debajo de una de estas placas de hielo, no hemos visto ninguna señal.

—Comprendo —dijo Zak, con desánimo—. Muy bien. Volvamos al barco. Quiero ver los resultados de sus análisis cuanto antes.

Mientras cruzaban la banquisa para ir al lugar de recogida, la mente de Zak era un torbellino. No tenía sentido. El registro decía con toda claridad que el rutenio procedía de esa isla. ¿Era posible que el mineral se hubiese agotado después de extraer aquella pequeña cantidad? ¿Era un error en el registro o se trataba de un engaño? Mientras esperaba la llegada de la Zodiac, miró mar adentro y de pronto divisó un barco color turquesa que se acercaba a la isla.

Su asombro se convirtió de inmediato en ira.

62

Pitt y Giordino llevaban tres horas mirando las imágenes captadas por el sónar cuando apareció el barco naufragado. Giordino había puesto la velocidad de reproducción al doble, así que ya prácticamente habían completado los resultados de la primera cuadrícula. El veloz paso de las imágenes del fondo marino casi los había adormecido, pero se irguieron en los asientos cuando apareció el pecio. Giordino pulsó de inmediato la tecla para congelar la imagen.

Se distinguía claramente la sombra de una nave de considerables dimensiones con toda la quilla apoyada en el fondo, apenas un poco ladeada. El contorno del barco parecía intacto, excepto por una grieta que corría en horizontal a través de la proa.

—Es un barco de madera —señaló Pitt, y apuntó al trío de altos y afinados mástiles que desde la cubierta se proyectaban sobre el lecho marino—. La proa es roma, una característica de los bombarderos que originariamente eran el *Erebus* y el *Terror*.

Giordino utilizó el cursor para medir las dimensiones de la nave.

—¿Una eslora de treinta y dos metros encaja? —preguntó.

—Como un guante —respondió Pitt, con una sonrisa de fatiga—. Este tiene que ser uno de los barcos de Franklin.

Se abrió la puerta de la sala de proyección y Dahlgren entró con un disco duro debajo del brazo.

—El segundo VAS ha regresado a bordo, y aquí está lo que tiene que decir —anunció.

Entregó la caja metálica a Giordino. Luego miró la pantalla y se quedó boquiabierto.

—Caray, ya lo habéis encontrado. Un naufragio en muy buen estado —añadió, señalando la imagen con un gesto.

—La mitad de la pareja —dijo Pitt.

—Me ocuparé ahora mismo de preparar el sumergible. Será una inmersión perfecta hasta el fondo.

Pitt y Giordino acabaron de ver las imágenes del primer sumergible y luego revisaron la información del segundo VAS. No encontraron nada. El barco gemelo debía de estar en algún lugar fuera de las dos cuadrículas de búsqueda. Decidió no marcar otra cuadrícula hasta saber cuál de los barcos habían encontrado.

Fue al puente con las coordenadas del naufragio. Allí encontró al capitán Stenseth, que miraba por el ala de estribor. A menos de dos millas, el rompehielos *Otok* navegaba hacia el norte con la barcaza vacía a remolque.

—Admira y contempla. Es una de las barcazas de tu amigo Goyette —comentó Stenseth.

—¿Una coincidencia? —preguntó Pitt.

—Es probable. La barcaza navega muy alta, por lo tanto está vacía. Quizá navega hacia la isla Ellesmere para cargar carbón y regresar por el Paso para dirigirse hacia China.

Pitt observó las embarcaciones a medida que se acercaban, asombrado por las enormes dimensiones de la barcaza. Se acercó a la mesa de mapas para buscar la fotografía que Yaeger le había dado de la que Goyette estaba construyendo en el astillero de Nueva Orleans. Observó la fotografía y vio que era la réplica exacta de la barcaza que se acercaba por estribor.

—Tenemos una coincidencia —avisó Pitt.

—¿Crees que informarán de nuestra posición a las autoridades canadienses?

—Lo dudo. En cambio, existe la posibilidad de que estén aquí por la misma razón que nosotros.

Pitt miró atentamente el rompehielos cuando pasó a una distancia de un cuarto de milla. No hubo ninguna charla amistosa por radio, solo el silencioso balanceo provocado por la estela de la barcaza. Continuó vigilando el *Otok* en su marcha hacia el norte.

Stenseth debía de estar en lo cierto, pensó. Era lógico que una barcaza vacía en esta zona fuese a recoger una carga, y la isla Ellesmere estaba mucho más al norte. No obstante, había algo inquietante en la aparición de las dos embarcaciones. De alguna manera, tenía claro que no se trataba de una simple coincidencia.

63

—Se llama *Narwhal.* Es canadiense.

Zak cogió los prismáticos de las manos del capitán y miró. Mientras observaba el barco de investigación científica leyó el nombre en letras blancas pintadas en la popa. También vio un sumergible amarillo en la cubierta de popa con el nombre de NUMA pintado en un costado. En su rostro apareció una expresión contrariada al ver la bandera con la hoja de arce que ondeaba en lo alto del mástil.

—Una jugada atrevida, señor Pitt —murmuró—. Ese no es un barco canadiense, capitán. Es un barco de investigación científica estadounidense que pertenece a la NUMA.

—¿Cómo puede haber llegado hasta aquí un barco de investigación científica estadounidense?

Zak sacudió la cabeza.

—Al parecer, valiéndose de un engaño. No tengo ninguna duda de que están aquí por el rutenio. Esos idiotas deben de creer que lo encontrarán debajo del agua.

Observó al barco de la NUMA hasta que desapareció de la vista mientras continuaban su viaje al norte.

—Mantenga este rumbo hasta que estemos fuera del alcance del radar, y espere un par de horas. Después, vuelva atrás hasta que aparezca de nuevo en la pantalla. Si se mueve, sígalo. —Miró el reloj del puente—. Volveré poco antes de medianoche con nuestra siguiente jugada.

Zak bajó por la escalerilla hasta su camarote, con la intención de echar una cabezada. Sin embargo, el fracaso lo irritaba. Los análisis de los minerales que contenían las rocas recogidas en la costa norte no habían encontrado rutenio, y ahora aparecía de repente ese barco de la NUMA. Cogió una botella de bourbon y se sirvió una copa, pero se derramó un poco cuando el barco roló de pronto. Unas cuantas gotas cayeron sobre el mapa inuit, que había dejado sobre la mesita de noche. Recogió el mapa y lo sostuvo en alto mientras un reguero de alcohol corría por la página. El líquido dividió la isla como si fuera un río marrón, de tal modo que parecían dos islas separadas. Zak miró el mapa durante un largo rato; luego fue rápidamente a buscar la imagen de satélite de todo el archipiélago. Al comparar las imágenes de la isla del Oeste, había observado que las costas sur y oeste eran iguales, pero no ocurría lo mismo con la costa oriental. Movió el mapa inuit, para comparar la silueta con la imagen correspondiente a la isla del Este. Las costas orientales encajaban a la perfección, pero allí acababan las similitudes.

—Eres un idiota —exclamó en voz alta—. Estabas buscando en el lugar equivocado.

Tenía la respuesta ante sus narices. La angosta vía de agua que separaba las islas del Oeste y del Este estaba helada ciento cincuenta años atrás. En realidad, el mapa inuit representaba las dos islas, dibujadas como una única masa de tierra. Por tanto, la posición de la fuente de rutenio estaba casi dos millas más al este de lo que había calculado.

Se acostó en la litera y terminó su copa, mucho más animado. Aún no estaba todo perdido, porque la mina de rutenio debía estar allí. Tenía que estarlo. Satisfecho con ese descubrimiento, pensó en problemas más inmediatos. Primero, se dijo, debía decidir qué hacía con Pitt y el barco de la NUMA.

64

Los fuertes vientos del oeste por fin empezaron a amainar, y solo quedó una moderada marejada. Con el viento encalmado llegó la fina niebla gris habitual en la región durante los meses de primavera y verano. El termómetro subió unos cuantos grados, lo que propició algunos comentarios jocosos sobre lo benigno que era allí el tiempo.

Pitt agradeció que el mar se hubiese calmado lo suficiente para botar el sumergible sin riesgos. Bajó por la escotilla del *Bloodhound*, y en cuanto se acomodó en el asiento del piloto, comenzó a comprobar los indicadores de potencia. En el asiento del copiloto, Giordino repasaba la lista de verificaciones previas a la inmersión. Ambos vestían suéteres delgados pese al frío que reinaba en la cabina, ya que la temperatura en el habitáculo subiría en cuestión de minutos debido al calor que desprendían los equipos eléctricos. Pitt miró hacia arriba cuando Jack Dahlgren asomó su rostro impasible por la escotilla.

—Chicos, recordad que las baterías no conservan bien la carga con tiempo frío. Si me traéis de vuelta la campana del barco, quizá os deje encendidas las luces.

—Tú deja las luces encendidas y puede que yo te permita conservar el empleo —respondió Giordino.

Dahlgren le dedicó una sonrisa y comenzó a tararear una canción de Merle Haggard: «Okie from Muskogge», antes de cerrar y sellar la escotilla. Unos minutos más tarde, manipuló los controles de una pequeña grúa para levantar el sumergible de la cubierta y depositarlo en la iluminada piscina en el centro de la nave. Desde el interior, Pitt señaló que lo soltasen, y el sumergible amarillo con forma de puro comenzó el descenso.

El fondo marino estaba a poco más de trescientos treinta metros de profundidad, por lo que *Bloodhound*, con su lento descenso, tardó unos quince minutos en alcanzarlo. Las aguas verde gris se volvieron negras al otro lado de la gran ventana de babor. Sin embargo, Pitt esperó hasta pasar la marca de los doscientos cincuenta metros para encender las baterías de focos exteriores.

Giordino se frotó las manos en la cabina, que se calentaba poco a poco, y miró a Pitt con expresión de fingido sufrimiento.

—¿Alguna vez te he dicho que soy alérgico al frío? —preguntó.

—Por lo menos mil veces.

—La espesa sangre italiana de mi madre no fluye bien en estas neveras.

—Yo diría que eso tiene más que ver con tu afición a los puros y a las pizzas de salchichón que con tu madre.

Giordino le dirigió una mirada de agradecimiento por recordárselo y sacó del bolsillo los mordisqueados restos de un puro, que se metió entre los dientes. Después cogió una copia de la imagen del sónar correspondiente al naufragio y la desplegó sobre su regazo.

—¿Cuál es nuestro plan de ataque una vez que lleguemos al lugar donde está el barco?

—Tenemos tres objetivos —respondió Pitt, que ya había planeado la inmersión—. El primero, y más obvio, es intentar identificar la nave. Sabemos que el *Erebus* está relacionado con el rutenio que acabó en las manos de los inuit. Pero no sabemos si lo mismo es válido para el *Terror.* Si el barco naufragado es el *Terror*, es probable que no encontremos ninguna pista a bordo. El segundo es entrar en la bodega y ver si aún quedan cantidades significativas del mineral. El tercero es un disparo al azar. Se trataría de encontrar el Gran Camarote y el de la cabina del capitán para ver si todavía existe el diario de a bordo.

—Tienes toda la razón —asintió Giordino—. El diario de a bordo del *Erebus* sería el Santo Grial. Sin duda nos diría dónde encontraron el rutenio. De todas maneras, hay que ser muy optimista para confiar en que haya sobrevivido intacto.

—Puede que sí, pero no es imposible. El diario de a bordo solía ser un libro con una encuadernación en cuero muy resistente y se guardaba en un cofre. En estas aguas tan frías, al menos existe la posibilidad de que aún esté de una pieza. Después, correspondería a los restauradores decidir si se puede salvar y leer.

Giordino miró la ecosonda de profundidad.

—Nos estamos acercando a los trescientos quince metros.

—Ajusto la flotabilidad neutral —dijo Pitt y reguló los tanques de lastre variable del sumergible.

La velocidad del descenso se redujo al mínimo cuando pasaron la marca de los trescientos treinta y tres metros; minutos más tarde, el fondo marino plano y rocoso apareció debajo de ellos. Pitt puso en marcha los controles de propulsión y llevó el sumergible hacia delante, a poco más de un metro sobre el lecho marino.

En el áspero fondo rocoso apenas había señales de vida; era un mundo frío y desierto no muy diferente de las heladas tierras en la superficie. Pitt metió el sumergible en la corriente y lo guió en un trazado serpenteante. Aunque el *Narwhal* estaba fondeado en la vertical del naufragio, habían derivado mucho al sur durante el descenso.

Giordino, que fue el primero en ver la nave, señaló una sombra oscura en la banda de estribor. Pitt viró a la derecha hasta que el majestuoso pecio apareció debajo de los focos.

Delante de ellos tenían una nave de madera del siglo XIX. Era uno de los naufragios más impresionantes que Pitt había visto jamás. Las gélidas aguas árticas habían mantenido el barco en un estado de conservación casi perfecto. Cubierto con una fina capa de sedimentos, la nave parecía intacta, desde el bauprés hasta el timón. Solo los mástiles, que se habían desprendido de la cubierta durante el largo descenso hasta el fondo, estaban fuera de lugar, caídos sobre la borda.

Atrapado en su desolado fondeadero eterno, el viejo barco estaba rodeado de una aureola de tristeza. Para Pitt, el barco parecía una tumba en un cementerio vacío. Sintió que lo recorría un escalofrío al pensar en los hombres que lo habían tripulado y después se habían visto forzados a abandonar la nave que había sido su casa durante tres años transcurridos en una situación desesperada.

Pitt navegó a marcha lenta formando un arco cerrado alrededor de la nave mientras Giordino ponía en marcha la cámara de vídeo situada en la proa. Las planchas del casco se veían sólidas, y había lugares donde el poco espesor de la capa de sedimento les permitía ver la pintura negra todavía adherida a la madera. Al pasar por la popa, a Giordino le sorprendió ver las puntas de las palas de una hélice que asomaban por encima de la arena.

—¿Disponían de motores de vapor? —preguntó.

—Como una ayuda a las velas, una vez que llegaran a la placa de hielo —confirmó Pitt—. Ambos barcos habían sido provistos con motores de locomotoras de vapor, para reforzar la propulsión a través de la placa de hielo marino si era de poco grosor. Los motores de vapor también eran útiles para calentar el interior del barco.

—No hay duda de que Franklin confiaba en navegar por el estrecho de Victoria a finales del verano.

—Quizá lo que no tenía en ese momento de la expedición era carbón. Algunos creen que se quedaron cortos de combustible, lo que explicaría que los barcos quedasen atrapados en el hielo.

Pitt llevó el sumergible por la banda de babor, intentando encontrar las letras en la proa que le revelaran el nombre del barco. Se llevó una desilusión al descubrir los únicos daños reales en la nave: el casco debajo de la proa se había convertido en un amasijo de maderos, como consecuencia de la presión del hielo. El daño se había extendido a la cubierta de la superestructura cuando la sección debilitada había golpeado contra el fondo, lo que había hecho que los maderos superiores se curvasen. Una ancha sección de la proa, por ambos lados del eje central, se había plegado como un acordeón solo unos pocos metros detrás de la proa roma. Pitt mantuvo el sumergible estable a ambos lados de la proa, para permitir que Giordino apartase los sedimentos con el brazo articulado, con la intención de descubrir el nombre, pero no encontraron ninguno.

—Creo que intenta hacerse la dura —murmuró Pitt.

—Como la mayoría de las mujeres con las que he salido —se quejó Giordino—. Supongo que al final tendremos que aceptar la propuesta de Dahlgren de buscar la campana.

Pitt elevó el sumergible por encima de la cubierta y fue hacia popa. La cubierta se veía casi libre de obstáculos debido a que el barco estaba preparado para pasar el invierno cuando lo abandonaron. El único elemento poco habitual era una gran estructura de lona atravesada en la cubierta a la altura de la manga. El director de la NUMA sabía por los relatos históricos que estas estructuras parecidas a una tienda se montaban en la cubierta durante el invierno para que la tripulación pudiese salir al exterior y hacer ejercicio.

Continuó hacia popa, donde encontró el puesto del timonel y la gran rueda todavía en pie y conectada al timón. Había una pequeña campana cerca, pero, después de un cuidadoso escrutinio, no encontró ninguna marca visible.

—Sé dónde está la campana —afirmó Pitt, que volvió de nuevo hacia proa.

Se deslizó sobre la masa de maderos, donde la proa se había doblado, y señaló hacia abajo.

—Tiene que estar ahí, en la sentina.

—Sin duda —asintió Giordino con un gesto—. No es nuestro día, o noche. —Miró las esferas de los instrumentos que tenía delante—. Nos quedan poco menos de cuatro horas de batería. ¿Quieres continuar buscando la campana o echar una mirada en el interior?

—Llevemos el Rover a dar un paseo. Por lo menos hay algo bueno en este desastre. Nos permitirá un acceso más fácil al interior.

Pitt acercó el *Bloodhound* a una sección despejada de la cubierta para posarlo con mucho cuidado. En cuanto tuvo la confirmación de que las tablas no se hundirían con el peso, apagó los motores.

En el asiento del copiloto, Giordino estaba ocupado preparando otro aparato. Encajado entre los patines del sumergible había un pequeño ROV del tamaño de una maleta pequeña. Equipado con unas minúsculas cámaras de vídeo y una batería de focos, podía maniobrar hasta en los rincones más pequeños de un naufragio.

Giordino utilizó el joystick para sacar el Rover de la canastilla y guiarlo hacia la sección abierta de la cubierta. Pitt bajó una pantalla sujeta al borde superior de la ventana de proa para ver las imágenes transmitidas en directo desde el aparato. Giordino guió el ROV por encima y alrededor de los maderos, hasta encontrar un hueco lo bastante grande que le permitió llevarlo hacia las entrañas de la nave.

Pitt desplegó un diagrama de la sección transversal del *Erebus* e intentó ubicar el ROV en su avance por debajo de la cubierta principal. Había dos niveles bajo cubierta, además de lo que se llamaba la bodega húmeda, donde estaban el motor, la caldera y el carbón almacenado debajo de la línea de flotación. El comedor y los alojamientos de la tripulación y los oficiales se encontraban en la cubierta inferior, un nivel por debajo de la principal. Más abajo estaban los pañoles, donde se almacenaban las provisiones, las herramientas y los recambios de la nave.

—Tendrías que estar cerca de la cocina —comentó Pitt—. Se encuentra junto al sollado de la tripulación, que es un compartimiento de considerables dimensiones.

Giordino guió el Rover hasta que apareció la cubierta; entonces lo movió para tener una visión general. El agua en calma dentro de la nave era de una transparencia absoluta y una visibilidad perfecta. Pitt y Giordino vieron, a apenas metro y medio del ROV, la gran cocina instalada sobre una plataforma de ladrillos. Era una estructura muy grande de hierro colado con seis grandes fuegos. Encima de ellos había varios peroles de hierro negro de diferentes tamaños.

—Marchando una cocina —dijo Giordino.

Recorrió el espacio en lentas pasadas hacia delante y hacia atrás para ofrecer una visión general. Los delgados mamparos que limitaban la cocina habían caído y dejaban a la vista el alojamiento de la tripulación. El lugar estaba casi limpio de escombros, salvo por un gran número de planchas de madera repartidas a distancias iguales por la cubierta.

—Son las mesas —explicó Pitt cuando las cámaras del Rover enfocaron una de las tablas—. Las subían al techo para dejar espacio para las hamacas de los marineros y las bajaban con cuerdas a las horas de la comida. Debieron de caer al suelo cuando se deshicieron las cuerdas.

El ROV continuó avanzando por el compartimiento, que se iba estrechando hasta formar un pasillo que acababa en un mamparo.

—Esa tiene que ser la escotilla principal —supuso Pitt—. Continúa y llegaremos a una escalerilla que baja a los pañoles. La cubrían con una tapa para evitar que llegasen corrientes desde abajo. Confiemos en que se desencajara cuando se hundió el barco.

Giordino guió el Rover alrededor de la escotilla y de repente lo detuvo. Lo inclinó hacia la cubierta y en la pantalla apareció un gran agujero circular.

—Aquí no hay ninguna puerta —avisó.

—Por supuesto, podemos bajar por el collarín del mástil —señaló Pitt.

El collarín correspondía a uno de los tres mástiles que bajaban hasta la bodega. Al hundirse la nave, los mástiles se habían soltado y habían dejado un paso abierto hasta las partes más profundas.

El Rover pasó por la abertura y los potentes focos iluminaron los pañoles. Durante casi cincuenta minutos, el ROV recorrió metódicamente hasta el último rincón en busca de cualquier posible rastro del mineral. Pero todo lo que encontraron fue una gran provisión de herramientas, armas y velas de recambio que nunca volverían a sentir la brisa marina. Salieron por el agujero del collarín y dedicaron unos minutos a buscar en la bodega húmeda, donde no encontraron más que unos restos de carbón cerca de la enorme caldera. En vista de que no había nada en ambos niveles, Giordino llevó el Rover hacia la cubierta inferior. De repente, sonó la radio.

—¿*Narwhal* a *Bloodhound*, me escucháis? —preguntó la clara voz de Jack Dahlgren.

—Aquí el *Bloodhound*. Adelante, Jack —respondió Pitt.

—El capitán quiere que os diga que nuestro amigo de la barcaza ha vuelto a aparecer en la pantalla. Mantiene la posición a unas diez millas al norte de nosotros.

—Afirmativo. Mantennos informados.

—De acuerdo. ¿Habéis tenido suerte allá abajo?

—Hasta ahora no hemos encontrado nada interesante. Llevamos el Rover sujeto por la correa y ahora iremos a buscar el camarote del capitán.

—¿Qué tal vais de energía?

Pitt miró los indicadores.

—Podemos permanecer otros noventa minutos en el fondo, y probablemente los necesitaremos.

—De acuerdo. Os buscaremos en la superficie dentro de hora y media. *Narwhal*, cambio y fuera.

Pitt miró el oscuro abismo más allá del sumergible, con el pensamiento puesto en el rompehielos. ¿Estarían vigilando el *Narwhal*? Su instinto le decía que sí. Ahora sabía que no sería su primer encuentro con las fuerzas de Goyette. ¿Qué pasaba con Clay Zak? ¿Era posible que el matón de Goyette estuviese a bordo del rompehielos?

Giordino lo sacó de su ensimismamiento.

—Preparado para ir a popa.

—El reloj está en marcha —dijo Pitt, en voz baja—. Acabemos con esto.

65

Una densa y helada niebla envolvió el *Otok* al mismo tiempo que la penumbra del ocaso caía sobre el estrecho de Victoria. El *Narwhal* estaba muy lejos del alcance visual, por lo que Zak lo buscó en la pantalla del radar; el barco de investigación científica aparecía como una mancha alargada en la parte superior. Al otro lado del puente, el capitán del rompehielos iba de una ventana a otra, muerto de aburrimiento por llevar horas con el barco en la misma posición.

Sin embargo, el capitán no veía ninguna muestra de aburrimiento en el rostro de Zak. Todo lo contrario, parecía extrañamente tenso. Como en el momento anterior a un asesinato, estaba totalmente alerta, con los sentidos afinados al máximo. Aunque había cometido numerosos asesinatos, nunca lo había hecho a esta escala. Le gustaba pensar que era una prueba de astucia, lo que hacía que su sangre se acelerase. Le daba una sensación de invencibilidad, aumentada por el conocimiento de que siempre salía ganador.

—Llévenos a cinco millas del *Narwhal* —dijo finalmente al capitán—, y hágalo con toda discreción.

El capitán se colocó al timón y tras poner en marcha el motor realizó un giro para llevar el *Otok* y la barcaza rumbo sur. Ayudado por la rápida corriente, el rompehielos navegaba con el motor apenas por encima del ralentí. Recorrió la distancia en menos de una hora. Al llegar a la nueva posición, el capitán viró para ponerse de cara a la corriente y así permanecer inmóvil.

—Cinco millas y esperando —informó a Zak.

El asesino observó la penumbra al otro lado de la ventana del puente y sonrió.

—Prepárese para soltar la barcaza cuando dé la orden —dijo.

El capitán lo miró por un momento como si se hubiese vuelto loco.

—¿Qué ha dicho? —preguntó.

—Ya me ha oído. Vamos a soltar la barcaza.

—Es una embarcación de diez millones de dólares. Con esta niebla y la corriente será imposible volver a engancharla. El casco se destrozará contra el hielo o acabará varada en las islas. En cualquiera de los dos casos, el señor Goyette me rebanará el cuello.

Zak sacudió la cabeza con una débil sonrisa.

—No irá muy lejos. En cuanto a Goyette, por favor recuerde la carta firmada que le di en Kugluktuk, que me confiere autoridad absoluta mientras esté a bordo de esta nave. Créame, lo considerará una pérdida insignificante si con ello acaba con un problema que podría costarle centenares de millones de dólares. Además —añadió, con una sonrisa astuta—, ¿no es para eso que para lo que están los seguros marítimos?

El capitán ordenó a regañadientes a los tripulantes que fuesen a popa para ocuparse de las amarras. Los hombres esperaron en el frío mientras Zak iba a su camarote y volvía al puente cargado con su bolsa de cuero. A una orden de Zak, el capitán invirtió la marcha del motor y retrocedió hacia la barcaza hasta que las gruesas amarras tocaron el agua. Los tripulantes soltaron los enganches, y levantaron los pesados extremos de las amarras sujetos a los bolardos de popa. Acabada la tarea, miraron cómo los gruesos cabos se deslizaban hasta desaparecer en el agua negra.

Cuando en el puente recibieron la señal de que todo estaba despejado, el capitán llevó el rompehielos hacia delante y, a continuación, a una orden de Zak, se acercó a la banda de estribor de la barcaza. La oscura silueta de la embarcación apenas era visible a unos pocos metros de distancia debido a la niebla cada vez más espesa. Zak sacó de la bolsa un radiotransmisor de alta frecuencia y salió al puente volante. Subió la pequeña antena, encendió el aparato y de inmediato pulsó el botón rojo de transmitir.

La señal de radio solo tuvo que recorrer una corta distancia para activar el detonador colocado en la popa de la barcaza. Menos de un segundo más tarde, estalló la carga de dinamita.

La explosión no fue fuerte ni visualmente impresionante. Sonó como cuando se descorcha una botella de champán; después, una pequeña nube de humo apareció en la cubierta de popa de la barcaza. Zak observó la escena durante unos segundos y luego volvió al calor del puente, donde guardó el radiotransmisor en la bolsa.

—No me gusta mancharme las manos con la sangre de todos esos hombres —protestó el capitán.

—Se equivoca, capitán. La pérdida de la barcaza solo ha sido un accidente.

El capitán miró a Zak con desconsuelo.

—Es muy sencillo —continuó Zak—. Escribirá en el diario de a bordo, e informará a las autoridades cuando entre en puerto, que el barco de investigación científica estadounidense chocó con nuestra barcaza en la niebla y que ambas embarcaciones se hundieron. Nosotros, por supuesto, fuimos muy afortunados al poder soltar las amarras en el último momento y no sufrir bajas. Sin embargo, no logramos encontrar a ningún superviviente del barco de la NUMA pese a nuestros esfuerzos.

—Pero si el barco de la NUMA no se ha hundido —se sorprendió el capitán.

—Eso —respondió Zak con voz siniestra— está a punto de cambiar.

66

A trescientos treinta metros debajo de la superficie, la hora transcurrida había sido una absoluta pérdida de tiempo para los tripulantes del *Bloodhound.* Cuando llevaba el Rover hacia popa por la cubierta inferior, Giordino vio cómo el artefacto se detenía y se negaba a avanzar. Siguió el recorrido del cable y descubrió que se había enganchado en unos maderos en la entrada de la cocina. Las cosas empeoraron cuando las hélices del ROV levantaron una gran nube de sedimentos alrededor del lugar donde se había trabado. Tuvo que esperar diez minutos a que volviese la visibilidad y pudiera soltar el cable.

En el interior del sumergible la temperatura había subido mucho. El sudor resbalaba por el rostro de Giordino, concentrado en intentar llevar de nuevo el ROV por el alojamiento de la tripulación y el pasillo principal hacia popa.

—¿Dónde está el bar en este barco? —protestó—. Rover y yo nos beberíamos gustosamente una cerveza fría.

—Tendrías que haber entrado en la bodega, donde guardaban el ron. Aunque, si este es el *Erebus* estás de mala suerte, porque Franklin era abstemio.

—Pues está claro —afirmó Giordino—. No hacen falta más pruebas. Dada mi suerte, este tiene que ser el *Erebus.*

Pese a que los minutos que les quedaban para permanecer en el fondo se agotaban, ninguno de los dos estaba dispuesto a rendirse. Insistieron en llevar el ROV hacia delante; pasaron por el único pasillo de popa, más allá de los pequeños camarotes de los oficiales, hasta llegar a un gran compartimiento en la popa. Llamado el Gran Camarote, iba de una banda a la otra, y era el único lugar realmente cómodo para los hombres del barco, o al menos para los oficiales. Provisto con una biblioteca, juegos de ajedrez, cartas y otros entretenimientos, también era sin duda el lugar más indicado para guardar el diario de a bordo. Sin embargo, como en el resto del barco, en el Gran Camarote no hallaron ninguna pista sobre la identidad de la nave.

Desparramados por el suelo y alrededor de una mesa volcada había montañas de libros. Debían de estar en los estantes de los armarios que había a cada lado de la habitación, pero durante el hundimiento, al romperse los cristales de las puertas, se habían caído. Giordino recorrió todo el camarote con el ROV, buscando en aquel desorden.

—Parece la biblioteca de San Francisco después del gran terremoto —comentó Giordino.

—La biblioteca del barco tenía mil doscientos volúmenes —le explicó Pitt, con una mirada triste al ver todo aquel desorden—. Si el diario de a bordo está enterrado aquí, necesitaríamos un mes y una pata de conejo para encontrarlo.

Su irritación fue interrumpida por otra llamada de Dahlgren.

—Lamento aguaros la fiesta, pero la aguja grande del reloj dice que es hora de que empecéis a subir.

—No tardaremos —contestó Pitt.

—De acuerdo. El capitán me ha pedido que te diga que nuestra sombra se ha acercado a cuatro millas y otra vez permanece inmóvil. Creo que se sentiría mucho más a gusto si subís pronto a bordo.

—Recibido. *Bloodhound*, fuera.

Giordino miró a Pitt y vio preocupación en sus ojos verdes.

—¿Crees que aquel amigo tuyo de la cooperativa de mineros está a bordo del rompehielos?

—Es lo que estoy empezando a preguntarme.

—Encontremos el camarote del capitán y después nos largamos.

La cabina del capitán estaba al otro extremo del Gran Camarote y era la última esperanza de encontrar el diario de a bordo. Pero la pequeña puerta corredera que daba acceso estaba cerrada, y por mucho que ROV la golpeó no consiguieron abrirla. Con menos de una hora de energía en las baterías y un trayecto de veinte minutos hasta la superficie, Pitt dio por terminada la búsqueda y dijo a Giordino que recogiese el Rover.

Giordino guió el aparato de nuevo hasta la cocina y hacia el agujero de entrada en la proa, mientras un tambor recogía el cable eléctrico. Pitt puso en marcha los motores del *Bloodhound* y miró por la ventana de babor la cápsula metálica que contenía los sensores electrónicos mientras esperaba la llegada del ROV.

—¿Qué tal ha funcionado el sensor de minerales? —preguntó señalando la cápsula.

—Al parecer funciona como un campeón —dijo Giordino, con la mirada fija en el monitor, atento a la delicada maniobra de llevar el ROV a través de los maderos caídos a proa—. Aunque no podremos juzgar su exactitud hasta que se analicen las muestras en el laboratorio central.

Pitt puso en marcha el sensor y observó en la pantalla las lecturas de minerales. No le sorprendió leer que había una gran concentración de hierro, junto con rastros de cobre y zinc.

El hierro tenía sentido, porque lo había por todas partes, desde las anclas y cadenas que tenían debajo hasta el motor de locomotora situado en la bodega. Pero fue el rastro de otro metal lo que llamó su atención. Mientras esperaba a que el ROV saliese de la cubierta inferior, puso en marcha los impulsores y elevó el sumergible. Avanzó a velocidad mínima hasta situarlo encima de la sección dañada de la proa y observó atentamente las lecturas del sensor.

—Si fueras capaz de encontrar oro en esta bañera, nos redimiría de una inmersión para olvidar —comentó Giordino.

Pitt movió el sumergible por encima de los restos y, poco a poco, fue centrándose en una pequeña sección cerca del eje de la nave. Después, posó de nuevo el *Bloodhound* en una parte despejada de la cubierta. Giordino había acercado el ROV y se preparaba para colocarlo en su canastillo.

—Espera —dijo Pitt—. ¿Ves aquel trozo de madera roto en posición vertical a unos tres metros delante de nosotros?

—Lo veo.

—Hay un objeto cubierto cerca de la base, un poco a la derecha. A ver si puedes moverlo con el ROV.

En unos segundos, Giordino acercó el Rover al lugar señalado. Cortó la energía y dejó que el aparato se posara sobre una pequeña pila de restos cubierta por una capa de sedimentos. Cuando el ROV hizo contacto, puso a plena potencia los pequeños impulsores. El ROV salió disparado hacia arriba; la maniobra hizo que se levantara una densa nube de sedimentos. La corriente del fondo despejó casi de inmediato el agua turbia. Los hombres vieron un objeto curvo con un brillo dorado entre los maderos.

—¡Mis lingotes de oro! —exclamó Giordino, en tono de burla.

—Me parece que es algo mejor —afirmó Pitt.

No esperó a que Giordino llevase el ROV por encima del objeto; movió el sumergible para mirar de cerca. Al observar a través de la ventanilla de babor, vieron la forma inconfundible de una gran campana.

—Por todos los demonios, ¿cómo la has visto en medio de tanta basura? —preguntó Giordino.

—Lo ha hecho el detector de metales del *Bloodhound*. Vi una pequeña lectura de cobre y zinc, y recordé que son dos de los componentes del latón. Si no era una cornamusa tenía que ser la campana del barco.

Miraron la campana y vieron algo grabado en un costado, aunque no lograban leerlo. Pitt retrocedió un par de metros y dejó que el teleobjetivo del ROV lo enfocase.

La campana aún estaba cubierta con sedimentos e incrustaciones, pero en la imagen en primer plano que transmitía la cámara del Rover se veían dos de las letras grabadas: ER.

—No se puede escribir *Erebus* sin ellas —comentó Giordino con cierto alivio.

—Dale otro empujón —dijo Pitt.

Giordino movió el Rover para apartar más sedimentos; mientras, Pitt aprovechó para comprobar la reserva de las baterías. Solo quedaba energía para otros treinta minutos. No podían perder mucho más tiempo.

El sedimento estalló en una gran nube de partículas marrones con el segundo golpe del Rover. A Pitt le pareció que el agua tardaba horas en despejarse, aunque en realidad solo fueron segundos. Giordino guió de inmediato el Rover sobre la campana mientras esperaban a que la corriente se llevase la nube. Ambos miraron en silencio el monitor mientras las letras grabadas en la campana iban apareciendo poco a poco.

Formaban la palabra TERROR.

67

Después de tres días de confinamiento en la gélida oscuridad, los cautivos en la barcaza estaban experimentando otro tipo de terror. Roman había ordenado que las linternas se utilizasen lo menos posible, para no gastar las pilas, así que la mayor parte del tiempo los hombres tenían que moverse a tientas. El sentimiento de rabia y la voluntad de escapar que les habían dominado en los primeros momentos habían dado paso a la desesperación; los cautivos se acurrucaban los unos contra los otros para mantener a raya la hipotermia. Habían visto un rayo de esperanza cuando la barcaza se había detenido en el pantalán y habían abierto la escotilla durante unos minutos. Resultó ser una inspección de varios guardias armados, pero al menos les habían dado comida y mantas antes de marcharse. Roman lo había interpretado como una buena señal. Se dijo que no les darían comida si no tuvieran la intención de mantenerlos vivos.

Pero ahora ya no estaba tan seguro. Cuando Bojorquez lo despertó para informarlo de un cambio en el sonido de los motores del rompehielos, sospechó que habían llegado a su destino. Sin embargo, el rítmico tirar de las amarras cesó de pronto al tiempo que continuaba el balanceo provocado por la marejada. Comprendió que los habían dejado a la deriva.

Segundos más tarde, los explosivos de Zak detonaron con una sacudida. El estallido resonó en las bodegas vacías como una tormenta en una botella. Los comandos y la tripulación del

Polar Dawn se levantaron como un solo hombre, mientras se preguntaban qué había sucedido.

—Capitán Murdock —llamó Roman, y encendió la linterna.

Murdock se adelantó, con los ojos inyectados en sangre por la falta de sueño.

—¿Alguna idea de qué ha sido eso? —preguntó Roman en voz baja.

—Ha sonado muy a popa. Propongo que vayamos a echar una mirada.

Roman asintió. Después, al ver las expresiones de miedo en los rostros de los hombres, llamó a Bojorquez.

—Sargento, vuelva al trabajo en la escotilla. Quiero tener un poco de aire fresco aquí dentro antes del desayuno.

Momentos más tarde, el fornido sargento golpeaba la palanca de la escotilla con su pequeño martillo. Roman confiaba en que el ruido distrajera a los hombres y sirviese para enmascarar el sonido de lo que fuese que estaba pasando a popa.

Roman llevó a Murdock por la escotilla de popa y enfocó con la linterna por encima del umbral. Una escalerilla de acero bajaba en vertical al oscuro espacio vacío.

—Después de usted, capitán —dijo Murdock.

Roman sujetó la linterna lápiz con los dientes, puso los pies en el primer escalón y comenzó a bajar poco a poco. Aunque no tenía miedo a las alturas, le inquietaba bajar a un agujero negro aparentemente sin fondo dentro de una embarcación que cabeceaba.

Estuvo a punto de perder pie en el escalón inferior, pero después de descender trece metros, llegó al suelo de la bodega número uno. Alumbró con la linterna el pie de la escalerilla, por donde Murdock apareció. El capitán de barba gris, un hombre musculoso que tenía poco más de sesenta años, ni siquiera jadeaba por el esfuerzo.

Murdock abrió la marcha a través de la bodega. Un par de ratas que de algún modo habían conseguido sobrevivir en aquel terrible frío escaparon a toda prisa.

—No he querido decirlo delante de los hombres, pero ha sonado como una explosión —explicó.

—Lo mismo he pensado yo —asintió Roman—. ¿Cree que pretenden hundirnos?

—No tardaremos en saberlo.

Los dos hombres encontraron otra escalerilla de acero al otro lado de la bodega, que les permitió acceder a un corto pasillo que comunicaba con la bodega número dos. Repitieron la maniobra otras dos veces, para pasar a las bodegas siguientes. Mientras subían por la última escalerilla de la bodega número tres, escucharon el lejano chapoteo del agua. Al llegar al último pasillo, Roman alumbró con la linterna la bodega número cuatro.

En un rincón del lado opuesto, vieron un pequeño torrente que entraba por el mamparo y formaba un charco cada vez más grande. La explosión no había abierto un boquete en el casco, pero había retorcido las planchas de acero y por las junturas abiertas se filtraba el agua como por la manga de un colador. Murdock observó el daño y sacudió la cabeza.

—No podemos hacer nada para detener la inundación —opinó—. Incluso si dispusiéramos de los materiales necesarios, es demasiado grande.

—La entrada de agua no parece excesiva —dijo Roman, intentando encontrar algo positivo.

—Solo irá a peor. Parece que el daño se encuentra por encima de la línea de flotación, pero las olas hacen que entre el agua. A medida que se llene la bodega, la barcaza irá hundiéndose por la popa, lo que permitirá que entre más agua. Se acelerará la inundación.

—Hay una escotilla en el pasillo. Podríamos cerrarla. Si el agua permanece encerrada en esta bodega, ¿no estaríamos a salvo? —preguntó Roman.

Murdock señaló hacia arriba. Tres metros por encima de sus cabezas, se acababa el mamparo; solo se veían las columnas que servían de soporte a las vigas que sostenían la cubierta otro par de metros más arriba.

—Las bodegas no son compartimientos estancos —explicó—. Cuando esta bodega se inunde, el agua se derramará por encima del mamparo a la bodega tres y continuará avanzando hacia la proa.

—¿Hasta dónde puede inundarse sin hundirse?

—Dado que la barcaza no está cargada, podrá mantenerse a flote con dos bodegas inundadas. Con el mar en calma, incluso podría aguantar con una tercera llena. Pero en cuanto el agua comience a llenar la bodega número uno, entonces todo habrá acabado.

Roman, aunque no le apetecía nada hacerlo, preguntó de cuánto tiempo disponían.

—Solo puedo intentar adivinarlo —respondió Murdock en voz baja—. Yo diría que dos horas como máximo.

Roman apuntó la débil luz de la linterna hacia el chorro de agua y lo siguió hasta el fondo de la bodega. Un creciente charco de agua negra se reflejó en la distancia. Su resplandeciente superficie era una tarjeta de visita de la muerte.

68

Tras las primeras señales visibles de que la popa se hundía, Zak ordenó que el *Otok* se apartase de la barcaza. El casco negro desapareció muy pronto en un banco de niebla; su agonía tendría lugar sin público. Zak dio la espalda a la embarcación y a sus ocupantes condenados.

—Vaya hacia el barco de la NUMA —ordenó—, y apague todas las luces de navegación.

El capitán asintió y giró el timón para ponerlo rumbo a la posición del barco de investigación científica. Fue aumentando la velocidad poco a poco hasta los diez nudos. Las luces del *Narwhal* no podían verse a causa del manto de niebla, así que la persecución se haría con la ayuda del radar. La nave de la NUMA continuaba inmóvil mientras el rompehielos acortaba la distancia minuto a minuto.

—Capitán, cuando nos encontremos a dos millas, quiero que acelere al máximo de potencia. Nos cruzaremos por delante de la proa a poco más de media milla, para hacerles creer que vamos hacia tierra, y después viraremos para embestirlos por el medio.

—¿Quiere que lo embista? —preguntó el capitán, incrédulo—. Nos matará a todos.

Zak le dirigió una mirada divertida.

—En absoluto. Como sabe, esta embarcación tiene una proa de acero de metro y medio de espesor y un casco doble reforzado. Podría atravesar la presa Hoover sin ni siquiera un rasguño.

Siempre que evite la proa del *Narwhal*, lo atravesaremos como si fuese mantequilla.

El capitán observó a Zak con reticente respeto.

—Veo que ha estudiado bien mi barco —manifestó en tono brusco—. Solo espero que el señor Goyette descuente los gastos de la reparación de su salario y no del mío.

Zak soltó una carcajada.

—Mi querido capitán, si jugamos bien nuestras cartas yo mismo le compraré una flota de remolcadores.

Pese a la oscuridad y la niebla que impedían ver el mar, Bill Stenseth seguía con gran atención cada movimiento del rompehielos. Como el operador de radar era uno de los muchos tripulantes que habían bajado a tierra en Tuktoyaktuk, él se había hecho cargo del radar. Se había puesto alerta en cuanto vio que la imagen en el monitor se separaba poco a poco hasta convertirse en dos. Dedujo acertadamente que la barcaza se había separado del barco de arrastre, y con mucho cuidado comenzó a rastrear ambas imágenes.

Observó preocupado que el rompehielos se acercaba a una distancia de tres millas en un rumbo de intercepción, por lo que no esperó para hacer una llamada de radio.

—Navío no identificado que se acerca por el sur a 69.2955 Norte, 100.1403 Oeste. Aquí la nave de investigación científica *Narwhal*. En estos momentos estamos realizando una exploración submarina. Por favor, desvíese milla y media, cambio.

Stenseth repitió la llamada sin recibir respuesta.

—¿Cuándo debe emerger el *Bloodhound*? —preguntó al timonel.

—El último informe de Dahlgren decía que aún estaban en el lugar del naufragio. Por lo tanto, tardarán por lo menos veinte minutos.

Stenseth miró de nuevo la pantalla de radar con mucha atención, y tomó nota del aumento gradual de velocidad del rompehielos mientras se acercaba hasta llegar a una distancia de dos millas. Luego vio que había un ligero cambio en el rumbo del barco, se apartaba de la proa del *Narwhal* como si fuese a pasar por la banda de estribor. Fuera cual fuese la intención, Stenseth no se fiaba en absoluto.

—Avante un tercio —ordenó al timonel—. Rumbo trescientos grados.

Stenseth sabía muy bien que una colisión en una niebla espesa era una de las peores pesadillas de los marinos. Con las imágenes del *Stockholm* chocando contra el *Andrea Doria* en la mente, llevó el barco hacia el noroeste, con el propósito de evitar una colisión frontal. Sintió un momentáneo alivio al ver que la otra nave mantenía el rumbo sudeste, con lo que aumentaba el ángulo entre sus trayectorias. Sin embargo, su aparente alejamiento duró poco.

Cuando los dos barcos estaban a menos de una milla, el rompehielos aceleró repentinamente; casi duplicó su velocidad en cuestión de minutos. Impulsado por las gigantescas turbinas capaces de arrastrar una hilera de pesadas barcazas, el *Otok* era pura potencia desatada. Libre de impedimentos, se había convertido en un galgo capaz de surcar el agua a más de treinta nudos. En respuesta a la orden de Zak, el barco había desplegado toda su velocidad y volaba sobre las olas con el acelerador al máximo.

Stenseth solo tardó unos segundos en advertir el cambio en la velocidad del *Otok*. Mantuvo el curso firme hasta que el radar mostró que la otra nave efectuaba un viraje cerrado al oeste.

—¡Avante a toda máquina! —ordenó, con la mirada fija en la pantalla del radar.

Se quedó atónito al ver el rumbo del rompehielos, que ahora viraba para ir hacia su barco. Desapareció en el acto cualquier duda sobre las intenciones del rompehielos. Pretendía embestir el *Narwhal.*

La orden de Stenseth para acelerar acabó con el intento de Zak de pillar al barco y a la tripulación desprevenidos. Sin embargo, el rompehielos seguía contando con una clara ventaja en velocidad, aunque no con el factor sorpresa. El *Otok* se había acercado a un cuarto de milla antes de que el barco de investigación científica pudiese alcanzar los veinte nudos. Stenseth miró por la ventana de popa sin ver nada a través de la oscura niebla.

—Viene a toda máquina —avisó el timonel, que observaba cómo la mancha que correspondía al rompehielos se acercaba al centro de la pantalla. El capitán se sentó y ajustó el alcance para obtener lecturas cada noventa metros.

—Dejaremos que se acerque. Cuando llegue a noventa metros, vire todo a estribor, con rumbo este. Aún queda bastante hielo marino a lo largo de la costa de la isla del Rey Guillermo. Si podemos acercarnos lo suficiente, quizá pierda nuestra imagen de radar.

Miró la carta y vio que la distancia hasta la isla del Rey Guillermo era de más de quince millas. Demasiado lejos, pero sus opciones eran escasas. Si podían aguantar un poco más, quizá los perseguidores abandonarían la caza. Se puso de pie y observó la pantalla hasta que el perseguidor se acercó lo suficiente; entonces hizo un gesto al timonel.

El pesado barco de la NUMA se sacudió y gimió cuando el timón se movió a fondo para situarlo en su nuevo rumbo. Era un letal juego de la gallina ciega. En la pantalla, el rompehielos parecía confundirse con su propia posición, por lo que Stenseth seguía sin verlo. El *Otok* continuó con su rumbo oeste casi durante un minuto, antes de advertir la maniobra del *Narwhal* y hacer un viraje cerrado hacia el este para continuar la persecución.

La acción de Stenseth dio al barco los preciosos segundos que necesitaba para ganar velocidad, al tiempo que se avisaba a la tripulación para que subiesen todos a cubierta. Pero no pasó mucho rato antes de que el rompehielos volviese a acercarse por la popa.

—Esta vez todo a babor —ordenó Stenseth, cuando el *Otok* cruzó otra vez la marca de los noventa metros.

En esta ocasión el rompehielos se anticipó a la maniobra, pero erró al virar a estribor. Reanudó la persecución mientras Stenseth intentaba acercarse a la isla del Rey Guillermo. El otro barco, gracias a su velocidad, acortó distancias, y el *Narwhal* se vio forzado a virar de nuevo. Stenseth optó por hacerlo a babor, y esta vez, Zak acertó.

Como un tiburón hambriento que ataca desde las profundidades del mar, el rompehielos apareció de pronto entre la niebla y la mortífera proa embistió el flanco del *Narwhal*. La terrible colisión se produjo un poco más allá de la piscina, y la proa del rompehielos entró cinco metros desde la barandilla. El barco de la NUMA casi zozobró a consecuencia del impacto; se escoró hasta casi ponerse en paralelo con las olas. Una enorme avalancha de agua gélida cayó sobre la cubierta mientras el barco se esforzaba por recuperar el centro de gravedad. La colisión fue acompañada por una multitud de chirridos mecánicos: el roce de los elementos de acero, la rotura de las tuberías hidráulicas, el retorcimiento de las planchas del casco, el estallido de los motores. Antes de que la destrucción llegara a su punto máximo hubo un extraño momento de silencio; luego, los aullidos de violencia se convirtieron en los gorgoteantes estertores de la muerte.

El rompehielos se apartó a marcha lenta de la herida abierta, y al hacerlo arrancó una sección de la popa del *Narwhal*. La afilada proa se había aplastado un poco, pero no había ninguna otra muestra de daños, y el doble casco no había sufrido ni un rasguño. El *Otok* permaneció en la escena unos momentos, para dar a Zak y a la tripulación la oportunidad de admirar su obra de destrucción. Después, como un espectro letal, el barco asesino desapareció en la noche.

El *Narwhal*, mientras tanto, se acercaba a un rápido naufragio. La sala de máquinas se inundó casi en el acto, lo que provocó que se hundiera la popa. Dos de los mamparos de la parte delantera de la piscina estaban aplastados, y eso permitió que otra riada penetrara en las cubiertas inferiores. Aunque había sido construido para abrirse paso por una placa de hielo de hasta casi dos metros de grosor, no había sido diseñado para soportar un golpe de tal fuerza en la banda. En cuestión de minutos, el barco estaba medio sumergido.

Stenseth se levantó de la cubierta y vio que el puente se había convertido en una oscura caverna. Habían perdido toda la potencia, y el generador de emergencia situado en el centro de la nave también había quedado destrozado por la colisión. Ahora, en el barco reinaba la más absoluta oscuridad.

El timonel llegó antes que Stenseth a un armario de emergencia en la parte de atrás del puente y sacó una linterna.

—¿Capitán, está bien? —preguntó, al tiempo que movía el rayo de luz a un lado y otro hasta enfocar la alta figura de Stenseth.

—Mejor que mi barco —fue la respuesta. Stenseth se frotó un brazo dolorido—. Vayamos a ver cómo está la tripulación. Mucho me temo que nos convertiremos en náufragos dentro de muy poco.

Los hombres se pusieron los chaquetones y bajaron a la cubierta principal, que ya se inclinaba hacia popa. Entraron en la cocina, donde había luz gracias a dos lámparas de emergencia conectadas a una batería. La escasa tripulación del barco ya se había vestido con el equipo de invierno, y el miedo se reflejaba en los ojos de todos ellos. Un hombre bajo con cara de bulldog se acercó al capitán y al timonel.

—Capitán, la sala de máquinas está inundada y ha desaparecido una sección de la popa —informó el jefe de máquinas—. El agua ya ha entrado en la cubierta de proa. No hay manera de detenerla.

—¿Alguna baja? —preguntó Stenseth.

El jefe de máquinas señaló hacia un rincón de la cocina, donde a uno de los tripulantes, con gesto de intenso dolor, le vendaban el brazo izquierdo para ponérselo en cabestrillo.

—El cocinero se fracturó el brazo al caer cuando se produjo el impacto. Todos los demás están ilesos.

—¿Quiénes faltan? —preguntó Stenseth, que se apresuró a contarlos y vio que faltaban dos.

—Dahlgren y Rogers, el electricista. Están intentando arriar la motora.

El capitán se volvió para mirar a sus hombres.

—Mucho me temo que debemos abandonar el barco. Que todos vayan ahora mismo a cubierta. Si no podemos arriar la motora, utilizaremos una de las balsas de emergencia de la banda de babor. En marcha.

Stenseth guió a los hombres fuera de la cocina, y solo se detuvo un momento para ver cómo el agua ya llegaba hasta la base de la superestructura. Aceleró el paso y fue hacia la helada cubierta de proa, luchando para mantener el equilibrio en la pendiente que aumentaba por momentos. Al otro lado de la cubierta, en la banda de estribor, vio un rayo de luz entre dos hombres que hacían girar una polea manual. Una embarcación de madera de cuatro metros de eslora colgaba de los pescantes por encima de sus cabezas, pero la inclinación del barco impedía que la popa pasara por encima de la borda. El sonido de las maldiciones dichas con acento texano resonaban en el gélido aire nocturno.

El capitán se apresuró a ir hacia ellos y, con la ayuda de varios tripulantes, levantaron la popa por encima de la borda. Dahlgren giró la manivela y en unos momentos la embarcación se posó en el agua. Stenseth sujetó el cabo de proa y arrastró la motora unos seis metros hacia popa, hasta que el agua en cubierta le llegó a las botas. La tripulación no tuvo más que apoyar un pie en la borda del *Narwhal* para embarcar en la motora.

Stenseth contó de nuevo a su gente, y esperó a que el cocinero herido embarcase para abandonar el barco. Se abrió paso para ir a sentarse cerca de la popa. Volvía a soplar una ligera brisa que abría brechas en la niebla y encrespaba un poco más el mar. La lancha se apartó lo suficiente del barco naufragado para no correr el peligro de quedar atrapados por la succión.

Apenas se habían alejado cuando la proa del barco turquesa se elevó en el aire nocturno, luchando contra la fuerza de la gravedad. Después, con un profundo gemido, el *Narwhal* se hundió en las oscuras aguas en medio de un súbito estallido de burbujas en su viaje final hacia las profundidades.

Una encendida ira creció dentro de Stenseth, pero luego miró a su tripulación y sintió alivio. Era un milagro que nadie hubiese muerto en la colisión y que todos hubiesen conseguido abandonar el barco sanos y salvos. El capitán se estremeció al pensar en el número de bajas que habrían sufrido de no haber decidido Pitt desembarcar a los científicos y a la mayor parte de la tripulación en Tuktoyaktuk.

—Me olvidé de las malditas rocas.

Stenseth se volvió hacia el hombre que tenía a su lado, y en la oscuridad se dio cuenta de que era Dahlgren quien llevaba el timón.

—De la chimenea hidrotermal —añadió el texano—. Rudi se las dejó en el puente.

—Considérate afortunado de haber salvado el pellejo —respondió Stenseth—. Por cierto, buen trabajo por conseguir arriar la motora.

—La verdad es que no me apetecía nada estar bailando en el Ártico en un bote de goma —afirmó el texano. En voz baja, añadió—: Por lo que parece, esos tipos no se andan con chiquitas, ¿no?

—Está claro que no, cuando se trata del rutenio.

Stenseth levantó la cabeza, en un intento por descubrir la presencia del rompehielos. Un leve rumor a lo lejos le dijo que el barco ya había abandonado la zona.

—Señor, hay un pequeño asentamiento llamado Gjoa Haven en el extremo sudeste de la isla del Rey Guillermo —le informó el timonel, sentado más hacia proa—. A unas cien millas de aquí. Según las cartas, es el único lugar poblado.

—Tenemos combustible suficiente para llegar a la isla del Rey Guillermo. Allí tendremos que seguir a pie —comentó Stenseth. Miró de nuevo a Dahlgren—. ¿Has enviado un mensaje a Pitt?

—Les avisé que abandonábamos la posición, pero nos quedamos sin electricidad antes de poder comunicarles que no volveríamos. —Intentó ver la esfera de su reloj—. Tendrían que salir a la superficie dentro de muy poco.

—Solo podremos intentar adivinar dónde emergerán. Encontrarlos en esta niebla es totalmente imposible. Haremos una pasada por la zona, y a continuación iremos hacia la costa en busca de ayuda. No podemos arriesgarnos a permanecer en el agua si aumenta el viento.

Dahlgren asintió con expresión severa. Se dijo que Pitt y Giordino no estaban peor que ellos. Puso en marcha el motor, viró al sur y desapareció en un oscuro banco de niebla.

69

Pitt y Giordino estaban flotando cerca de la campana del pecio cuando recibieron la breve transmisión de Dahlgren diciendo que el *Narwhal* abandonaba la posición. Concentrados en ver la inscripción en la campana, no respondieron a la llamada.

El descubrimiento de que la nave hundida era el *Terror* resultó ser un pobre consuelo para Pitt. Sin embargo, pese a no haber encontrado a bordo ni el menor rastro de rutenio, se dijo que aún quedaba lugar para la esperanza. Sin duda, los inuit habían obtenido el mineral del *Erebus*, por lo que quizá era allí donde se guardaba el secreto del codiciado mineral. Ahora lo importante era dar con la respuesta a la pregunta de dónde había acabado el *Erebus*. Se sabía que ambos barcos habían sido abandonados al mismo tiempo, por lo tanto, era lógico creer que se habían hundido muy cerca el uno del otro. Pitt confiaba en que al aumentar la cuadrícula de búsqueda de los VAS acabarían dando con el segundo barco.

—*Bloodhound* a *Narwhal*, iniciamos la ascensión —transmitió Giordino—. ¿Cuál es tu posición?

—Ahora mismo estamos en movimiento. Estoy intentando que me digan algo desde el puente. Te informaré cuando lo consiga. Cambio.

Fue lo último que escucharon de Dahlgren. Tras haber superado el tiempo de permanencia en el fondo, lo que les preocupaba era llegar a la superficie sin agotar las baterías. Pitt apagó las luces exteriores y todos los equipos de sensores para ahorrar energía. Giordino hizo lo mismo con todos los ordenadores no esenciales. El *Bloodhound*, convertido en una masa oscura, comenzó a subir; Giordino se echó hacia atrás en el asiento, cruzó los brazos sobre el pecho y cerró los ojos.

—Despiértame cuando sea la hora de dejar que entre un poco de aire fresco a diez grados bajo cero —murmuró.

—Me ocuparé de que Jack te tenga preparadas las pantuflas y el periódico.

Pitt controló de nuevo las lecturas de potencia eléctrica con un ojo alerta. Había energía de reserva suficiente para los sistemas de soporte vital y las bombas que controlaban los tanques de lastre, pero poco más. A regañadientes, apagó el sistema de propulsión a sabiendas de que se verían empujados por las fuertes corrientes durante el ascenso. Salir en la piscina del *Narwhal* quedaba descartado, porque se hallarían un par de millas más allá cuando asomaran a la superficie. Siempre y cuando el *Narwhal* volviese a estar en posición.

Apagó algunos controles más y después miró el negro abismo más allá de la ventanilla de babor. De pronto, un grito urgente sonó en la radio.

—*Bloodhound*, hemos sido...

La transmisión se cortó en mitad de la frase y fue seguida por un absoluto silencio. Giordino se incorporó en su asiento para devolver la llamada incluso antes de abrir los ojos. A pesar de sus reiterados intentos, sus transmisiones al *Narwhal* no obtuvieron respuesta.

—Quizá hemos perdido la señal en una capa termoclinal —opinó Giordino.

—Puede que se cortase el cable del transpondedor cuando aceleraron —dijo Pitt.

Eran excusas para no admitir una verdad que ninguno de los dos quería aceptar: que el *Narwhal* estaba en peligro. Giordino continuó llamando cada cinco minutos, sin recibir respuesta. No había nada que ninguno de los dos pudiesen hacer. Pitt miró la pantalla de la ecosonda y se preguntó si se habrían quedado enganchados en el fondo. Desde que habían recibido la llamada interrumpida, la velocidad de ascenso se había reducido al mínimo, o así se lo parecía. Intentó despreocuparse de las lecturas, consciente de que cuanto más mirase, más lentas se moverían. Se reclinó en el asiento, cerró los ojos e intentó imaginar las dificultades a las que podría estar enfrentándose el *Narwhal*; mientras, Giordino mantenía la vigilia radiofónica. Por fin abrió los ojos y vio que se encontraban a una profundidad de treinta metros. Unos pocos minutos más tarde salieron a la superficie en un torrente de burbujas y espuma. Pitt encendió las luces exteriores, que solo alumbraron la espesa niebla que los envolvía. La radio permaneció en silencio.

Solos en el frío y desierto mar, mecidos por el oleaje, Pitt y Giordino comprendieron que había ocurrido lo peor. El *Narwhal* ya no estaba.

70

—¿Qué quiere decir con que el equipo de rescate ha desaparecido?

La voz furiosa del presidente resonó en las paredes de la Sala de Crisis de la Casa Blanca en el sótano del Ala Oeste. Un coronel del ejército, que los generales del Pentágono habían elegido como chivo expiatorio, respondió en voz baja:

—Señor, el equipo no apareció en el punto de recogida a la hora señalada. El equipo de apoyo en la pista de aterrizaje no recibió ningún aviso de problemas por parte del grupo de ataque y ellos mismos fueron evacuados a la hora convenida.

—Me prometieron una misión de bajo riesgo con un noventa por ciento de probabilidades de éxito —afirmó el presidente, con una mirada de ira hacia el ministro de Defensa.

En la habitación se hizo el silencio; nadie deseaba enfurecer todavía más a Ward.

Sentado dos asientos más allá del titular del Ejecutivo, el vicepresidente Sandecker encontraba cierta diversión en aquel interrogatorio. Cuando el consejero de Seguridad Nacional lo había llamado para una reunión de emergencia, le sorprendió encontrar en la sala a cinco generales sentados junto al ministro de Defensa. Era una clara señal de que las cosas no iban bien. No tenía ninguna simpatía personal hacia el ministro, un hombre al que tenía por corto de miras y demasiado dispuesto a utilizar la fuerza. No obstante, dejó a un lado los sentimientos personales para ocuparse de la crisis.

—Coronel, ¿por qué no nos dice con toda exactitud lo que sí sabe? —preguntó Sandecker, para desviar el enojo del primer mandatario.

El coronel describió el plan de la misión con todo detalle y los informes de inteligencia que habían apoyado el intento de rescate.

—Lo más desconcertante es que hay indicios de que el equipo había conseguido rescatar a los prisioneros. Las comunicaciones que hemos interceptado de la radio de las fuerzas canadienses en Tuktoyaktuk informan de un ataque en el lugar donde los retenían y de la fuga de la tripulación del *Polar Dawn*. No captamos nada de que hubiesen vuelto a capturarlos.

—¿No podría ser que el equipo de las fuerzas especiales hubiese sufrido algún retraso? —preguntó Sandecker—. Allá arriba las noches son cortas. Quizá se vieron obligados a ocultarse en alguna parte durante un tiempo antes de dirigirse a la pista.

El coronel sacudió la cabeza.

—Enviamos un avión al amparo de la oscuridad hace unas horas. Aterrizaron y esperaron unos minutos, pero allí no había nadie, y nadie respondió a las llamadas de radio.

—Es imposible que desapareciesen sin más —protestó el presidente.

—Hemos escuchado todas las comunicaciones vía satélite, por radio y de los contactos locales. No se ha encontrado nada —informó Julie Moss, la consejera del presidente en Seguridad Nacional—. La única conclusión que se puede sacar es que los capturaron de nuevo y los llevaron a algún otro lugar. Puede que estén otra vez en el *Polar Dawn* o que los hayan llevado a alguna otra zona por vía aérea.

—¿Cuál ha sido la respuesta oficial canadiense a nuestra petición de que liberasen el barco y a la tripulación? —preguntó Sandecker.

—No hemos recibido ninguna respuesta —contestó Moss—. No han hecho ningún caso a nuestras peticiones a través de los canales diplomáticos, y tanto el primer ministro como los parlamentarios continúan haciendo descabelladas acusaciones de imperialismo estadounidense, más propias de una república bananera.

—No se han limitado a las palabras —señaló el ministro de Defensa—. Han puesto en alerta a las fuerzas militares, además de haber cerrado los puertos.

—Es verdad —asintió Moss—. La guardia costera canadiense ha comenzado a desviar todos los barcos de bandera estadounidense que se acercan a Vancouver y a Quebec, además de impedir el paso de barcazas a Toronto. Se espera que también cierren los pasos fronterizos dentro de un par de días.

—Esto se nos está escapando de las manos —afirmó el presidente.

—La cosa no acaba ahí. Hemos recibido aviso de que las importaciones de gas natural procedentes de Melville Sound han sido suspendidas. Tenemos razones para creer que el gas ha sido enviado a los chinos, aunque no sabemos si esto fue ordenado por el gobierno o si es decisión del explotador del yacimiento.

El presidente se hundió en su silla con una mirada de desconcierto.

—Eso amenaza todo nuestro futuro —manifestó en voz baja.

—Señor —intervino el ministro de Defensa—, con el debido respeto, el gobierno canadiense nos ha acusado sin razón de la pérdida de su laboratorio ártico y de los daños a una de sus embarcaciones. Han capturado ilegalmente una nave de los guardacostas estadounidenses en aguas internacionales y están tratando a la tripulación como prisioneros de guerra. Han hecho lo mismo con nuestro equipo de la Fuerza Delta, y quién sabe si no los han matado a ellos y a la tripulación. Además, están amenazando a nuestra nación con un chantaje energético. La diplomacia ha fracasado, señor. Es hora de contemplar otras opciones.

—Todavía no hemos llegado a una escalada militar —señaló Sandecker en tono amargo.

—Puede que tengas razón, Jim, pero las vidas de esos hombres están en juego —intervino el presidente—. Quiero que se presente una demanda formal al primer ministro para que libere a la tripulación y al equipo de rescate en un plazo de veinticuatro horas. Que se haga con discreción; de ese modo, el primer ministro, a quien tanto le gusta la prensa, podrá salvar la cara. Ya negociaremos por el barco más tarde, pero quiero a esos hombres libres ahora mismo. También quiero que se reemprendan los envíos de gas natural.

—¿Cuál será nuestra respuesta si no cumplen? —preguntó Moss.

El ministro de Defensa se apresuró a intervenir.

—Señor presidente, tenemos varias opciones para un primer ataque limitado.

—Un primer ataque limitado... ¿Eso qué significa? —peguntó el presidente.

Se abrió la puerta de la sala y un ayudante de la Casa Blanca entró en silencio y entregó una nota a Sandecker.

—Un primer ataque limitado —explicó el ministro de Defensa—, consistiría en desplegar los recursos mínimos necesarios para incapacitar a gran parte de las fuerzas aéreas y navales canadienses a través de ataques puntuales.

El rostro del presidente se congestionó.

—No pretendo iniciar una guerra a gran escala. Solo necesito algo para llamar su atención.

El ministro de Defensa se apresuró a dar marcha atrás.

—También tenemos opciones para misiones con un solo objetivo —dijo en voz baja.

—¿Tú qué opinas, Jim? —preguntó el presidente a Sandecker.

Una expresión grave había aparecido en el rostro del vicepresidente cuando acabó de leer la nota y la sostuvo en alto.

—Rudi Gunn, de la NUMA, acaba de informarme que el *Narwhal*, un barco de investigación científica, ha desaparecido en el Paso del Noroeste, frente a la isla Victoria. Se cree que el barco ha sido capturado o hundido con toda la tripulación, incluido el director de la NUMA, Dirk Pitt.

El secretario mostró una sonrisa de lobo cuando miró a Sandecker desde la mesa.

—Por lo visto —declaró con toda intención—, parece que ya hemos llegado a la escalada militar.

71

Estados Unidos había realizado incursiones armadas en Canadá al menos media docena de veces. La invasión más sangrienta había ocurrido durante la guerra de Independencia, cuando el general Richard Montgomery marchó al norte desde Fort Ticonderoga y capturó Montreal, para después seguir hacia Quebec. Allí se unió una segunda fuerza que había entrado en Canadá por Maine, al mando de Benedict Arnold. Atacaron Quebec el 31 de diciembre de 1775, aunque tuvieron que retirarse al poco tiempo tras librar una encarnizada batalla con los británicos. La escasez de suministros y refuerzos, además de la muerte de Montgomery durante el combate, hizo que los estadounidenses se vieran obligados a interrumpir su invasión de Canadá.

Cuando las hostilidades volvieron a reavivarse durante la guerra de 1812, los estadounidenses lanzaron repetidos ataques en Canadá para luchar contra los británicos. La mayoría acabaron en fracaso. El éxito más notable fue en 1813, cuando Toronto (que entonces se llamaba York) fue saqueada y los edificios del Parlamento reducidos a cenizas. Pero esa victoria acarreó un duro castigo para Estados Unidos cuando, un año más tarde, los británicos marcharon sobre Washington. Furiosos por la anterior destrucción, los británicos se vengaron pegando fuego a todos los edificios públicos de la capital estadounidense.

Tras conseguir la independencia colonial en 1867, Canadá y Estados Unidos muy pronto se convirtieron en amistosos vecinos y aliados. Sin embargo, las semillas de la desconfianza nunca desaparecieron del todo. En los años veinte, el Ministerio de la Guerra estadounidense desarrolló planes estratégicos para invadir Canadá como parte de una hipotética guerra contra el Reino Unido. «El Plan de Guerra Rojo», como se llamó, planeaba invasiones terrestres a Winnipeg y Quebec, junto con un ataque naval a Halifax. Para no ser menos, los canadienses elaboraron el «Esquema de Defensa Número 1», con una contrainvasión de Estados Unidos. Albany, Minneapolis, Seattle y Great Falls, en Montana, fueron los objetivos seleccionados para los ataques por sorpresa, con la ilusión de que los canadienses pudiesen disponer de tiempo hasta que llegasen los refuerzos británicos.

El tiempo y la tecnología habían cambiado al mundo de forma considerable desde los años veinte. Gran Bretaña ya no se ocupaba de la defensa de Canadá, y el poder militar estadounidense creaba un desequilibrio de poder. Aunque la desaparición del *Narwhal* enfurecía al presidente, no justificaba una invasión. Al menos no todavía. En cualquier caso tardarían semanas en organizar una ofensiva terrestre, si las cosas continuaban deteriorándose, y él quería una rápida y contundente respuesta en cuarenta y ocho horas.

El plan de ataque escogido, en el caso de que no liberasen a los prisioneros, era sencillo pero severo. Enviarían navíos de guerra para que bloqueasen Vancouver en el oeste, y el río San Lorenzo en el este; de ese modo impedirían el tráfico comercial extranjero. Los bombarderos invisibles empezarían atacando las bases de aviones de combate en Cold Lake, en Alberta y Bagotville, en Quebec. Los equipos de las fuerzas especiales también estarían preparados para ocupar las principales centrales hidroeléctricas de Canadá, por si había un intento de cortar la exportación de energía eléctrica. Una incursión posterior se encargaría de ocupar los yacimientos de gas de Melville.

El ministro de Defensa y sus generales sostenían que poco podían hacer los canadienses en respuesta. Ante la amenaza de continuados ataques aéreos, tendrían que liberar a los prisioneros y aceptar la libre navegación por el Paso del Noroeste. No obstante, todos estaban de acuerdo en que nunca debían llegar a esto. Advertirían a los canadienses de las consecuencias si no cumplían con el plazo límite de veinticuatro horas. No tendrían más alternativa que aceptar.

Sin embargo, había un problema que los halcones del Pentágono no habían considerado: el gobierno canadiense no tenía ni idea de qué le había ocurrido a la tripulación del *Polar Dawn*.

72

Atrapados en un ataúd de hierro que se hundía, la tripulación del *Polar Dawn* habría suplicado disponer de otras veinticuatro horas, pero sus perspectivas de supervivencia se habían reducido a minutos.

Hasta ahora, el cálculo de Murdock había sido correcto. La bodega cuatro se había inundado y comenzaba a derramarse en la bodega tres. A medida que la popa se hundía a causa del peso, el agua entraba más rápidamente. En el pequeño compartimiento de proa, el suelo se inclinaba cada vez más debajo de los pies de los hombres, mientras el sonido del agua sonaba cada vez más cerca.

Un hombre apareció en la escotilla de popa, uno de los comandos de Roman, jadeando por el esfuerzo de subir la escalerilla de la bodega.

—Capitán —llamó. Movió la linterna por el recinto hasta ver a su comandante—. El agua está entrando en la bodega número dos.

—Gracias, cabo —dijo Roman—. Siéntese y descanse. Ya no harán falta más reconocimientos.

El capitán buscó a Murdock y se lo llevó aparte.

—Cuando la barcaza comience a hundirse —susurró—, ¿saltarán las tapas de las bodegas?

Murdock sacudió la cabeza y lo miró titubeante.

—Sin duda se hundirá antes de que la bodega número uno se inunde completamente. Eso significa que habrá una bolsa de aire debajo, que se irá comprimiendo a medida que la barcaza se hunda. Es muy probable que la escotilla salte, pero quizá nos encontremos a una profundidad de doscientos metros antes de que eso ocurra.

—De todos modos, es una posibilidad —señaló Roman en voz baja.

—Y después, ¿qué? —señaló Murdock—. Un hombre no duraría ni diez minutos en estas aguas. —Sacudió la cabeza como muestra de su enfado—. Muy bien, adelante. Dé a los hombres algo de esperanza. Yo le avisaré cuando crea que esta bañera está a punto de hundirse; entonces podrá reunir a los hombres al pie de la escalerilla. Al menos así tendrán algo a que aferrarse durante el viaje a la perdición.

En la escotilla de entrada, Bojorquez, que había escuchado la conversación, reanudó el martilleo contra la palanca. Ahora sabía que era inútil. El pequeño martillo era inofensivo contra el acero. Tras pasar horas golpeando solo había conseguido dejar una pequeña huella en la palanca. Estaba a muchas horas, sino días, de conseguir aflojar el mecanismo de cierre.

En cada descanso miraba a sus compañeros. Helados, hambrientos y abatidos, permanecían reunidos, y muchos lo miraban con una ilusión desesperada. Por extraño que pareciese, no había ninguna señal de pánico. Con sus emociones heladas como el frío acero de la barcaza, los cautivos aceptaban con resignación su destino.

73

La sobrecarga de la motora del *Narwhal* la ponía en peligro. Diseñada para llevar a doce hombres, llevaba ahora a los catorce náufragos sin muchos apretujamientos, pero el peso suplementario bastaba para alterar sus características de navegación en un mar con fuerte marejada. Con las olas que saltaban por la borda, muy pronto una capa de agua helada comenzó a chapotear en el fondo.

Stenseth se había hecho cargo del timón después de un laborioso esfuerzo para poner en marcha el motor agarrotado por el frío. Los dos bidones de cuarenta litros de gasolina les proporcionaban el combustible justo para llegar a la isla del Rey Guillermo. Pero al capitán le inquietaba pensar que seguirían las huellas de la condenada tripulación de Franklin si querían llegar a la seguridad de Gjoa Haven.

Intentando que no entrara mucha agua en el bote salvavidas, navegó a poca velocidad a través de las olas. La niebla aún se extendía sobre la zona, pero ya se veía un leve resplandor en las crestas, una señal de que llegaba a su fin la corta noche ártica. Evitó poner rumbo este hacia la isla del Rey Guillermo, para cumplir con la promesa de realizar una breve búsqueda de Pitt y Giordino. Con una visibilidad casi nula, sabía que las probabilidades de localizar al sumergible eran muy pocas. Para empeorar las cosas no había ningún GPS en la embarcación. Con una simple brújula, alterada por la cercanía del polo norte magnético, Stenseth hizo todo lo posible para llevarlos de vuelta al lugar del naufragio.

El timonel estimaba que el rompehielos los había embestido a unas seis millas al noroeste del barco hundido. Con un cálculo aproximado de la corriente y la velocidad de la motora, Stenseth navegó hacia el sudeste durante veinte minutos y luego apagó el motor. Dahlgren y los demás gritaron los nombres de sus compañeros en la niebla, pero el único sonido que escucharon en respuesta fue el chapoteo de las olas contra el casco.

El capitán puso de nuevo en marcha el motor para continuar navegando hacia al sudeste; transcurridos otros diez minutos, lo apagó. Los repetidos gritos en la niebla no fueron respondidos. Lo intentaron una tercera vez. Cuando la última ronda de gritos tampoco dio resultado, se dirigió a la tripulación.

—No podemos permitirnos quedarnos sin combustible. Nuestras posibilidades pasan por ir al este, a la isla del Rey Guillermo, y allí buscar ayuda. En cuanto aclare el tiempo, será mucho más fácil encontrar el sumergible. Además, os aseguro que Pitt y Giordino estarán mucho más cómodos en el *Bloodhound* de lo que estamos nosotros en este cascarón.

Todos asintieron. Sentían un enorme respeto por Pitt y Giordino, pero su situación tampoco era envidiable. Otra vez en marcha, navegaron hacia el este hasta que el motor fuera borda se detuvo, tras haber agotado el primer bidón de combustible. Stenseth conectó las mangueras al segundo bidón y se disponía a poner en marcha el motor cuando el timonel soltó un grito.

—¡Espere!

Stenseth se volvió hacia el hombre.

—Creo haber escuchado algo —dijo al capitán, esta vez en un susurro.

Guardaron absoluto silencio, cada hombre temeroso de respirar, con los oídos alertas al menor sonido en el aire nocturno. Pasaron varios segundos antes de que lo escuchasen. Un débil tintineo a lo lejos, casi como el repique de una campana.

—¡Son Pitt y Giordino! —gritó Dahlgren—. No pueden ser otros. Mandan una señal de SOS golpeando el casco del *Bloodhound*.

Stenseth lo miró con escepticismo. Dahlgren tenía que estar en un error. Se habían apartado mucho de la última posición conocida del sumergible. Sin embargo, si no eran ellos, ¿quién podía estar enviando una señal en la desolada noche ártica?

Puso el motor en marcha y navegó en círculos cada vez más grandes; cerraba el acelerador a intervalos regulares en un intento por descubrir de dónde venía el sonido. Por fin advirtió que sonaba más fuerte por el este y fue en esa dirección. Avanzaba poco a poco pese al temor de que el golpeteo cesara antes de haber determinado el rumbo correcto. La espesa niebla aún ocultaba las primeras luces del amanecer. A medida que se acercaban, comprendió lo fácil que sería perder el sumergible si se interrumpía la señal.

Por fortuna, el golpeteo continuó. Se hizo cada vez más fuerte; se escuchaba incluso por encima del ruido del motor fuera borda. Stenseth fue corrigiendo el rumbo con leves movimientos del timón hasta tener la seguridad de que había localizado la fuente. Navegó a ciegas por un oscuro banco de niebla, y de pronto apagó el motor cuando una enorme silueta negra se alzó ante ellos.

La barcaza parecía haber perdido su gigantesca escala desde que Stenseth la había visto por última vez, remolcada por el rompehielos. Entonces descubrió la razón: se hundía por la popa; casi la mitad de la eslora estaba sumergida. La popa se alzaba en un ángulo agudo que recordaba los últimos minutos del *Narwhal*. Después de haber visto cómo se hundía su barco, Stenseth supo que a la barcaza solo le quedaban unos minutos, quizá segundos.

Stenseth y la tripulación reaccionaron con decepción ante el descubrimiento. Tenían la esperanza de encontrar a Pitt y a Giordino.

Sin embargo, la desilusión se convirtió en horror al comprender que aquel golpeteo era obra de alguien atrapado en la barcaza a punto de hundirse.

74

Dahlgren alumbró con la linterna la cubierta de la barcaza en busca de un punto de entrada, pero no vio ninguna escotilla en el mamparo de la bodega de proa.

—Llévanos a la banda de estribor, capitán.

Stenseth condujo la motora alrededor de la proa alzada y redujo la velocidad a medida que se acercaba a la bodega. El rítmico martilleo metálico se hizo mucho más fuerte.

—¡Allí! —exclamó Dahlgren, al iluminar la escotilla lateral. Vio la cadena, rodeando la palanca de cierre y asegurada a una cornamusa.

Sin decir palabra, Stenseth llevó la embarcación a lo largo de la barcaza hasta que golpeó en la barandilla metálica que sobresalía del agua. Dahlgren ya estaba de pie y saltó a la cubierta; fue a caer junto a la escotilla de la bodega número tres, inundada a medias.

—Date prisa, Jack —gritó Stenseth—. No aguantará mucho más fuera del agua.

Apartó la motora para que no los succionara si de pronto se hundía en las profundidades.

Dahlgren ya corrió por la empinada cubierta y subió un corto tramo de escaleras hasta el compartimiento cerrado. Golpeó en la escotilla con la mano enguantada y gritó:

—¿Hay alguien en casa?

La sorprendida voz del sargento Bojorquez respondió en el acto.

—Sí. ¿Puede sacarnos?

—En eso estoy —contestó Dahlgren.

Calculó el largo de la cadena, anudada alrededor de la palanca de la escotilla y a la cornamusa de la cubierta. No había mucha cadena floja, ya que los largueros retorcidos de la barcaza que se hundía habían estirado la cadena. Miró cada extremo a la luz de la linterna y se dio cuenta de que el nudo en la cornamusa era más accesible, por lo que centró allí sus esfuerzos.

Se quitó los guantes, cogió el eslabón exterior del nudo y tiró con todas sus fuerzas. Los helados eslabones de acero se le clavaron en la carne pero no se movieron. Recuperó el aliento y tiró de nuevo apoyándose con todas sus fuerzas en las piernas. Casi se descoyuntó los dedos, pero la cadena siguió sin moverse.

De pronto, la cubierta debajo de sus pies se movió y notó cómo la embarcación se giraba un poco debido al desequilibrio de las bodegas, que se inundaban por momentos. Apartó los dedos lastimados y entumecidos de los eslabones, miró la cadena y lo intentó de otra manera. Se inclinó para poder golpear desde un ángulo recto y comenzó a dar puntapiés al nudo con las botas. Desde el compartimiento llegaban gritos que lo animaban a darse prisa. Desde la lancha, algunos de los miembros de la tripulación del *Narwhal* también le daban ánimos. Como si quisiera añadirse a aquella presión, la barcaza soltó un profundo gemido metálico desde algún lugar muy por debajo de la superficie.

Con el corazón en la boca, Dahlgren dio un puntapié a la cadena, y después la aplastó con el talón. Continuó dando puntapiés cada vez más fuertes, con una creciente sensación de furia. Pateaba a la cadena como si le fuese la vida en ello. Continuó intentándolo hasta que un eslabón de la cadena por fin escapó del ajustado nudo. Al aflojarse, pudo soltar otro eslabón con el siguiente puntapié, y luego otro más. Dahlgren se arrodilló y pasó el extremo libre de la cadena a través del nudo suelto con los dedos entumecidos. En un segundo quitó la cadena de la cornamusa y la palanca quedó libre. Se puso de pie, movió la palanca y abrió la escotilla.

Dahlgren no sabía con qué se iba a encontrar; alumbró con la linterna el interior de la bodega mientras unas siluetas se movían hacia la escotilla. Se sorprendió al ver a cuarenta y seis hombres esqueléticos y muertos de frío que lo miraban como su salvador. Bojorquez, el que estaba más cerca de la escotilla, aún sujetaba el martillo.

—No sé quién es usted, pero desde luego me alegra mucho verlo —dijo el sargento con una amplia sonrisa.

—Jack Dahlgren, del barco de investigación científica de la NUMA, *Narwhal.* ¿Qué os parece, muchachos, si os dais prisa en salir?

Los cautivos se apresuraron a pasar por la escotilla y se tambalearon en la cubierta inclinada. Dahlgren no disimuló su desconcierto al ver que varios de los hombres llevaban prendas militares, con insignias estadounidenses en los hombros. Roman y Murdock fueron los dos últimos en salir y se acercaron a Dahlgren con una expresión de alivio en sus rostros.

—Soy Murdock del *Polar Dawn*. Él es el capitán Roman que intentó rescatarnos en Kugluktuk. ¿Su barco está por aquí cerca?

El asombro de Dahlgren al comprender que había encontrado a los estadounidenses prisioneros quedó atemperado por la noticia que debía darles.

—Su remolcador chocó contra nuestro barco y lo hundió —dijo en voz baja.

—Entonces ¿cómo ha llegado aquí? —preguntó Roman.

Dahlgren señaló la motora, que permanecía inmóvil a unos pocos metros de la barcaza.

—Escapamos por los pelos. Oímos los golpes en la escotilla y creímos que era uno de nuestros sumergibles.

Miró a los hombres vencidos que le rodeaban e intentó hacerse cargo de su sufrimiento. Su fuga de la muerte solo era momentánea, y ahora se sentía como su verdugo. Se volvió hacia Roman y Murdock, con una expresión de desconsuelo.

—Lamento tener que decirlo, pero no tenemos espacio para llevar ni a un solo hombre más.

75

Stenseth miró cómo las olas saltaban por encima de la bodega número dos; solo quedaban la bodega número uno y la sección de proa por encima del agua. No sabía por qué la barcaza aún no se había hundido, aunque no dudaba que le quedaba muy poco tiempo.

Volvió la mirada a los hombres macilentos alineados en la borda con miradas de súplica y desesperación en los ojos. Como Dahlgren, se sorprendió al contar cuántos salían de la bodega. El descarado intento de un asesinato a tal escala por parte de la tripulación del rompehielos lo dejaba pasmado. ¿Qué tipo de bestia estaba al mando de aquella nave?

Su preocupación se centró en la seguridad de sus hombres. Cuando la barcaza se hundiese, los náufragos intentarían por todos los medios subir a la motora. No podía arriesgarse a cargarla hasta los topes y enviar a sus hombres a la muerte. Se mantuvo a una distancia prudente mientras se preguntaba cómo podría rescatar a Dahlgren sin que el resto de los hombres intentasen acompañarlo.

Vio que Dahlgren estaba hablando con dos hombres, y que uno de ellos señalaba en dirección a la popa sumergida. Dahlgren fue hasta la borda y gritó a Stenseth que se acercase. El capitán se dirigió a la embarcación hasta colocarse debajo de Dahlgren, con un ojo siempre atento a los demás hombres. Pero ninguno de ellos se abalanzó hacia la embarcación cuando Dahlgren saltó a bordo.

—Capitán, por favor, vaya hacia la popa, unos sesenta metros más allá. Deprisa —le pidió Dahlgren.

Stenseth viró para ir hacia la popa oculta bajo la superficie. No advirtió que Dahlgren se había quitado las botas y se desnudaba hasta quedarse en ropa interior antes de volver a ponerse el chaquetón.

—Tienen dos neumáticas amarradas a popa —gritó Dahlgren como única explicación.

De poco servirían ahora, pensó Stenseth. Si no se habían soltado e iban a la deriva, estarían atadas a la cubierta diez metros bajo el agua. Vio que Dahlgren, de pie en la proa, alumbraba con la linterna algo que se movía en el agua.

—¡Allí! —gritó.

Stenseth fue hacia unos objetos oscuros que sobresalían en la superficie. Eran cuatro protuberancias cónicas que se movían al unísono separadas por un par de metros. Al acercarse, distinguió los extremos de los flotadores de dos lanchas neumáticas. Las dos Zodiac estaban sumergidas en posición vertical con las proas atadas por un único cabo a la barcaza.

—¿Alguien tiene un cuchillo? —preguntó Dahlgren.

—Jack, no puedes zambullirte —le advirtió Stenseth, al ver que Dahlgren se había desnudado—. Morirás a consecuencia del frío.

—No pienso darme un baño muy largo —respondió Jack, con una sonrisa.

El jefe de máquinas tenía una navaja. La sacó del bolsillo y se la dio a Dahlgren.

—Un poco más cerca, por favor, capitán —pidió Dahlgren, y se quitó el chaquetón.

Stenseth llevó la embarcación hasta un par de metros de las Zodiac y cerró el acelerador. Dahlgren, de pie en la proa, abrió la navaja y, sin vacilar, respiró a fondo y se zambulló.

Dahlgren era un experto submarinista y había buceado en mares fríos de todo el mundo, pero nada lo había preparado para el choque de una inmersión en unas aguas con una temperatura de cinco bajo cero. Un millar de terminaciones nerviosas se contrajeron de inmediato. Sus músculos se tensaron y el aire escapó de sus pulmones. Todo su cuerpo se puso rígido, incapaz de obedecer las órdenes de su cerebro para que se moviese. El miedo lo urgía a volver de inmediato a la superficie. Dahlgren tuvo que luchar contra el instinto mientras forzaba a sus miembros a que reaccionaran. Poco a poco superó la conmoción y se obligó a nadar.

No tenía una linterna, pero no la necesitaba a pesar de las oscuras aguas. Rozar con una mano el flotador de unas de las Zodiac le daba toda la guía que necesitaba. Con poderosos movimientos de piernas, descendió varios metros a lo largo del casco antes de notar que se desviaba hacia la proa. Con los dedos a modo de ojos, pasó de largo la proa hasta tocar el tenso cabo. Lo sujetó con la mano libre y bajó siguiendo el cabo en busca del punto que amarraba las dos Zodiac.

La exposición al agua gélida, comenzó a disminuir sus capacidades motoras y tuvo que obligarse a seguir descendiendo. Seis metros por debajo de la Zodiac, llegó a la barcaza; su mano se deslizó sobre una cornamusa de gran tamaño que aseguraba los cabos de ambas embarcaciones. De inmediato atacó el primer cabo con la navaja, pero la hoja no estaba afilada, por lo que tuvo que utilizarla como si fuese una sierra. Le llevó varios segundos cortar el cabo, que se alejó hacia la superficie. Al buscar el segundo, comenzaron a dolerle los pulmones por contener la respiración, al tiempo que notaba un entumecimiento general. El cuerpo le urgía a soltar el cabo e ir hacia la superficie, pero su determinación interior se negó a escuchar. Con la navaja hacia delante hasta encontrar el cabo, repitió los movimientos de sierra con las fuerzas que le quedaban.

El cabo se cortó con un chasquido que se escuchó bajo el agua. Al igual que la otra neumática, la Zodiac salió disparada hacia la superficie como un cohete y trazó un arco en el aire antes de caer sobre el agua. Dahlgren apenas fue consciente de la mayor parte del trayecto; después de ser arrastrado menos de un metro hacia arriba fue incapaz de mantenerse sujeto. No obstante, el tirón ayudó a su ascenso y salió a la superficie. Comenzó a respirar a grandes bocanadas mientras agitaba los helados miembros para mantenerse a flote.

La motora apareció a su lado un segundo más tarde, y tres pares de brazos lo sacaron del agua. Lo secaron con una manta vieja y luego lo vistieron con múltiples capas de camisas y calzoncillos largos cedidos por sus compañeros. Por fin calzado, envuelto en el chaquetón y temblando como un azogado miró al capitán con los ojos muy abiertos.

—Menuda piscina más fría —murmuró—. Juro que no volveré a darme otro baño.

Stenseth no perdió ni un minuto en dar la vuelta para ir donde estaban las neumáticas, recoger los cabos y volver a acelerar. Con las Zodiac dando saltos a popa, la lancha cruzó a toda mecha el tramo que lo separaba de la estructura de proa, que se hundía por momentos. El nivel del agua ya había alcanzado más de la mitad de la tapa de la bodega número uno, pero la gigantesca barcaza se negaba a hundirse.

Los rescatados estaban juntos en la proa, convencidos de que los habían dejado librados a su suerte. En el momento en que escucharon el sonido del motor, escrutaron la oscuridad con una mirada de esperanza. Segundos más tarde, la motora salió de la penumbra con las dos Zodiac vacías a remolque. Unos pocos hombres comenzaron a dar vivas; poco a poco se fueron sumando los demás, hasta que toda la barcaza se sacudió con un grito de emocionada gratitud.

Stenseth llevó la lancha hasta delante mismo de la bodega uno, y la detuvo en cuanto las dos Zodiac golpearon contra el costado. Los náufragos comenzaron a embarcar en las neumáticas, y Murdock aprovechó la espera para acercarse a la motora.

—Dios los bendiga —dijo a toda la tripulación.

—Podrá darle las gracias a aquel texano de la proa en cuanto deje de temblar —le corrigió Stenseth—. Mientras tanto, propongo que ambos nos alejemos de este monstruo antes de que nos arrastre a todos al fondo.

Murdock asintió y fue hacia una de las Zodiac. Las neumáticas se llenaron de inmediato; no perdieron ni un instante en apartarse de la barcaza. Con los motores inundados y sin remos, dependían de la lancha para que los remolcase. Uno de los tripulantes del *Narwhal* arrojó un cabo a la primera Zodiac y la otra se amarró a la popa de esta.

Las tres embarcaciones fueron a la deriva hasta asegurarse de apartarse lo suficiente de la barcaza; luego, Stenseth tensó el cabo de arrastre y puso en marcha el motor. No hubo ninguna mirada ni una despedida emocionada a aquella barcaza que solo había llevado el más triste de los infortunios a los hombres que había retenido prisioneros. Stenseth puso rumbo al este, y pronto la embarcación naufragada se perdió en la niebla. Casi sin un gorgoteo, el negro leviatán, con sus bodegas llenas hasta los topes, desapareció de la superficie un instante más tarde.

76

—Aquí arriba está tan oscuro como a trescientos metros.

No era exagerado el comentario de Giordino sobre lo que se veía al otro lado de la ventanilla de babor. Solo unos momentos antes, el *Bloodhound* había salido a la superficie entre un surtidor de espuma y burbujas. Los dos ocupantes aún tenían la esperanza de encontrar el *Narwhal* iluminado de proa a popa; en cambio, se encontraron con un mar oscuro y frío cubierto por una espesa niebla.

—Mejor será llamar otra vez por radio antes de que nos quedemos sin batería —dijo Pitt.

Las baterías de reserva del sumergible casi estaban agotadas, y Pitt quería conservar lo que quedaba para la radio. Bajó una mano y tiró de una palanca que cerraba los tanques de lastre. Después, cerró el sistema interior de filtración de aire, que apenas funcionaba a bajo voltaje. Tendrían que abrir la escotilla superior para poder respirar un poco de aire puro, aunque muy frío.

Llamaron desde la superficie, pero sus llamadas siguieron sin ser atendidas. Las débiles señales solo fueron captadas por el *Otok*, aunque desoídas por orden de Zak. Ahora no les quedaba ninguna duda de que el *Narwhal* había desaparecido de la zona.

—Ni una palabra —comentó Giordino, desanimado. Al pensar en un motivo para el silencio de la radio, preguntó—: ¿Hasta qué punto se mostraría amistoso tu amigo del rompehielos si tuvo un encuentro con el *Narwhal*?

—Muy poco —contestó Pitt—. Tiene tendencia a volarlo

todo sin preocuparse por las consecuencias. Quiere conseguir el rutenio a cualquier precio. Si él está a bordo del rompehielos, también vendrá a por nosotros.

—Yo diría que Stenseth y Dahlgren son dos huesos duros de roer.

Era un pobre consuelo para Pitt. Él era quien había llevado el barco hasta allí y quien había puesto a la tripulación en peligro. Aunque no sabía qué le había pasado al barco, suponía lo peor y se culpaba por ello. Giordino vislumbró la culpa en los ojos de Pitt e intentó cambiar de conversación.

—¿Nos hemos quedado sin propulsión? —preguntó, aunque sabía la respuesta.

—Sí, ahora estamos a merced del viento y de la corriente.

Giordino miró por la ventanilla de babor.

—Me pregunto cuál será la próxima parada.

—Si tenemos suerte, acabaremos en una de las islas Royal Geographical Society. Pero si la corriente nos empuja alrededor de ellas, entonces iremos a la deriva durante un tiempo.

—De haber sabido que daríamos un paseo, me habría traído un buen libro... y los calzoncillos largos.

Ambos hombres solo vestían unos suéteres livianos, porque no habían pensado que pudiesen necesitar prendas de más abrigo. Con los equipos electrónicos del sumergible apagados, en el interior comenzaba a notarse el frío.

—Pues yo me conformaría con un buen bocadillo de rosbif y una copa de tequila —dijo Pitt.

—Ni se te ocurra empezar a hablar de comida —se lamentó Giordino. Se echó hacia atrás en el sillón y se cruzó de brazos, en un intento por mantenerse caliente—. Sabes, hay días en los que aquella cómoda butaca en un despacho del cuartel general no me parece tan mala.

Pitt lo miró con las cejas enarcadas.

—¿Ya das por terminados tus días de trabajo de campo?

Giordino gruñó, y luego sacudió la cabeza.

—No, tengo muy clara cuál es la realidad. En cuanto pusiera un pie en aquel despacho querría volver al agua. ¿Y tú?

Pitt ya había pensado en esta pregunta. Había pagado un coste muy alto, física y mentalmente, por sus aventuras a lo largo de los años. Pero nunca se acostumbraría a otra cosa.

—La vida es una búsqueda, y yo siempre he hecho que la búsqueda sea mi vida. —Miró a Giordino y sonrió—. Supongo que tendrán que arrancarnos de los controles.

—Me temo que lo llevamos en la sangre.

Incapaces de controlar su destino, Pitt se arrellanó en el asiento y cerró los ojos. Pensamientos acerca del *Narwhal* y su tripulación pasaron por su cabeza, seguidos por visiones de Loren en Washington. Pero, sobre todo, su mente volvía una y otra vez al retrato solitario de un hombre de hombros anchos con un rostro amenazador. La imagen de Clay Zak.

77

El sumergible roló y cabeceó en la fuerte marejada, siempre empujado hacia el sur a una velocidad de casi tres nudos. Poco a poco, la aurora ártica empezó a iluminar la espesa niebla gris que flotaba sobre el agua. Con poco más que hacer aparte de estar atentos a la radio, los dos hombres intentaron descansar, pero la temperatura cada vez más gélida del interior hacía muy difícil conciliar el sueño.

Pitt estaba ajustando la escotilla superior cuando se escuchó el ruido de un roce y el *Bloodhound* se detuvo en seco.

—Tierra a la vista —murmuró Giordino, con ojos somnolientos.

—Casi —respondió Pitt, que miraba a través de la ventanilla de babor. Una leve brisa había abierto una pequeña brecha en la niebla y dejaba a la vista una llanura blanca. La extensión desaparecía en un banco de niebla treinta metros más allá.

—Estoy seguro de que al otro lado de esta superficie de hielo hay tierra —manifestó Pitt.

—¿Es allí donde encontraremos algún quiosco donde vendan café caliente? —preguntó Giordino, que se frotó las manos para mantenerlas calientes.

—Por supuesto… a unos tres mil doscientos kilómetros al sur de aquí. —Pitt miró a su compañero—. Tenemos dos opciones: quedarnos aquí en nuestra cómoda torre de titanio o salir a ver si encontramos ayuda. Los inuit todavía cazan en la región, así que quizá haya algún poblado cerca. Si el tiempo mejora, siempre queda la posibilidad de detener algún barco que pase. —Se miró las prendas—. Desgraciadamente, no vamos vestidos para una excursión a campo traviesa.

Giordino se desperezó.

—Por lo que a mí respecta, estoy cansado de estar sentado en esta lata de sardinas. Vayamos a estirar las piernas y veamos qué hay por aquí.

—De acuerdo —asintió Pitt.

Giordino hizo un último intento para establecer contacto con el *Narwhal* y después apagó la radio. Los dos hombres salieron por la escotilla superior y los recibió un frío de diez bajo cero. La proa había quedado firmemente encajada en el grueso hielo marino, por lo que pudieron saltar del sumergible a la superficie helada. Una fuerte brisa comenzó a barrer la niebla. Solo había hielo delante de ellos, así que echaron a andar, acompañados por el crujido de la nieve seca debajo de sus pies.

El hielo era en su mayor parte llano, con pequeños montículos que se levantaban aquí y allá. Solo habían avanzado un centenar de metros cuando Giordino vio algo a su izquierda. Parecía una pequeña cueva excavada en un risco de hielo.

—Parece hecha por el hombre —comentó Giordino—. Quizá alguien se dejó alguna bufanda adentro.

Giordino fue hasta la entrada de la cueva, se agachó y metió la cabeza. Pitt se acercó y se detuvo para observar una huella en la nieve. Se quedó tieso al reconocer la forma.

—Al —susurró en tono de advertencia.

Giordino entró titubeando. Unos pocos pasos más adelante en el pasaje en penumbra, vio que la caverna se ampliaba en una gran guarida. Dentro apenas alcanzó a distinguir una gran masa de piel blanca que subía y bajaba con una sonora respiración. El oso polar ya había salido de la hibernación pero había vuelto a visitar su zona de caza para echar una siesta de primavera. Conocido por su comportamiento impredecible, un oso polar hambriento podía comérselos sin problemas.

Giordino reconoció de inmediato el peligro y retrocedió hasta salir de la cueva. Movió los labios para formar la palabra «oso» y ambos se apresuraron a alejarse de allí, con la precaución de hacer el menor ruido posible. Cuando ya estuvieron lejos, Giordino acortó el paso, su rostro pálido había recuperado un poco el color.

—Solo espero que las focas sean abundantes y muy lentas en esta zona —dijo, y sacudió la cabeza al recordar ese descubrimiento.

—Detestaría verte convertido en una alfombra dentro de una osera —dijo Pitt, reprimiendo una carcajada.

Ambos sabían que el peligro era muy real, por lo que no dejaron de mirar atrás una y otra vez mientras se iban alejando del mar.

A medida que la osera desaparecía en la niebla, una oscura franja de tierra rocosa empezó a aparecer entre la bruma. Manchas marrones y grises se alzaban en el horizonte cercano en un ondulado despliegue de riscos y hondonadas. Habían desembarcado en la costa norte de las islas Royal Geographical Society, tal como había dicho Pitt, y se encontraban en la isla del Oeste. La banquisa creada por las corrientes de invierno que cruzaban el estrecho de Victoria había tapado la costa creando una ancha faja que en algunas zonas se adentraba en el mar casi un kilómetro. Visto desde la banquisa, el paisaje desierto de la isla era de fría desolación.

Los dos hombres ya estaban cerca de la costa cuando Pitt se detuvo. Giordino se volvió y, al ver la expresión en el rostro de su compañero, prestó atención al sonido del viento. Un débil crujido resonaba a lo lejos, acompañado por un sordo tronar. El sonido aumentaba a medida que se acercaba la fuente.

—Está claro que es un barco —murmuró Giordino.

—Un rompehielos —dijo Pitt.

—¿El rompehielos?

La pregunta de Giordino obtuvo respuesta unos minutos más tarde, cuando la proa del *Otok* apareció entre la bruma a cien metros de la orilla. La alta proa cortaba el hielo de treinta centímetros de espesor como si fuera mantequilla y arrojaba trozos de hielo en todas las direcciones. Como si hubiese detectado la presencia de Pitt y Giordino, el tronar de los motores fue bajando hasta quedar al ralentí, y la nave se detuvo.

Pitt miró el remolcador y sintió como si un puño helado lo retorciese por dentro. Había visto de inmediato que la proa estaba aplastada, el resultado obvio de una fuerte colisión. Se trataba de un golpe reciente; lo demostraba la ausencia de pintura en varias de las planchas de acero a causa del impacto y el hecho de que no había el menor rastro de óxido. Lo más revelador eran los restos de pintura turquesa que cubrían parte de la proa aplastada.

—Arrolló el *Narwhal* —afirmó Pitt sin necesidad de pensarlo.

Giordino asintió, pues había llegado a la misma conclusión. La visión aturdió a los dos hombres, porque ahora se confirmaban sus peores temores. El *Narwhal* sin duda estaba en el fondo del estrecho de Victoria, junto con la tripulación. De repente, Giordino advirtió otro detalle inquietante.

—El *Narwhal* no es lo único que ha embestido —dijo—. Mira las planchas cerca del escobén.

Pitt miró donde le indicaba Giordino. La capa de pintura roja del casco había saltado y dejaba a la vista otra capa de color gris. Se distinguía un rectángulo blanco al final del desconchado.

—¿Acaso era un barco de guerra gris en una vida anterior? —aventuró.

—Para ser exactos, ¿qué te parece la FFG-54? Una de nuestras fragatas, conocida con el nombre de *Ford.* Pasamos junto a ella en el mar de Beaufort unas semanas atrás. Los supervivientes del campamento polar canadiense dieron la misma descripción. Estoy seguro de que eso que se ve allí es un número cinco pintado en blanco.

—Una rápida mano de pintura gris y te encuentras con un incidente internacional.

—Si cruzaron por un campamento en el hielo en medio de una tormenta con la bandera estadounidense enarbolada, resulta fácil comprender que engañaran a los científicos. La pregunta es: ¿por qué tomarse tantas molestias?

—Entre el rutenio y las reservas de petróleo y gas que hay por aquí, yo diría que Goyette quiere convertirse en el rey del Ártico —manifestó Pitt—. Y es evidente que le costará menos conseguirlo si los estadounidenses desaparecen de la región.

—Que, en este momento, se reducen a ti y a mí.

Mientras hablaban, tres hombres abrigados con chaquetones negros aparecieron en la cubierta del rompehielos y se acercaron a la borda. Sin vacilar, levantaron las metralletas, apuntaron a Pitt y a Giordino y abrieron fuego.

78

Algunas millas al noroeste, un fuerte chisporroteo resonó sobre las olas. Sediento de combustible, el motor fuera borda agotó las últimas gotas de gasolina y se detuvo con un gorgoteo. Los hombres a bordo permanecieron en silencio al tiempo que se miraban los unos a los otros, inquietos. Por fin, el timonel del *Narwhal* levantó en alto un bidón de cuarenta litros.

—Está seco, señor —dijo a Stenseth.

El capitán del *Narwhal* sabía lo que se avecinaba. Habrían llegado a la costa de haber navegado solos. Pero las dos neumáticas cargadas hasta los topes habían actuado como un ancla, que había retrasado el avance. Tampoco había ayudado mucho el mar agitado y una fuerte corriente que los llevaba hacia el sur. Sin embargo, en ningún momento se les ocurrió abandonar a los hombres en las otras embarcaciones.

—Sacad los remos, un hombre por banda —ordenó Stenseth—. Vamos a intentar mantener el rumbo.

Se inclinó hacia el timonel, que era un experto navegante, y le preguntó en voz baja:

—¿Qué distancia calcula que hay hasta la isla del Rey Guillermo?

El timonel torció el gesto.

—Es difícil calcular nuestro avance en estas condiciones —respondió también en voz baja—. Me parece que debemos de estar a unas cinco millas o poco más de la isla. —Se encogió de hombros para señalar que no estaba seguro.

—Yo pienso lo mismo —dijo Stenseth—, aunque esperaba que estuviésemos bastante más cerca.

La perspectiva de no llegar a tierra comenzaba a despertar sus temores. El estado del mar no había cambiado, pero estaba seguro de que la brisa había aumentado un poco. Las décadas pasadas navegando habían afinado sus sentidos en lo que se refería al tiempo. Notaba en los huesos cuando las aguas iban a cambiar. En sus precarias condiciones de navegación, podría significar el final para todos ellos.

Miró las neumáticas negras que remolcaban en medio de la niebla. A la débil luz del alba, comenzó a distinguir los rostros de los rescatados. Vio que muchos mostraban claros síntomas de una prolongada exposición a la intemperie. Sin embargo, como grupo, eran un modelo de silenciosa valentía; ninguno de ellos se lamentaba de su situación.

Murdock cruzó la mirada de Stenseth y gritó:

—Capitán, ¿puede decirnos dónde estamos?

—En el estrecho de Victoria. Al oeste de la isla del Rey Guillermo. Me gustaría decir que un crucero viene hacia aquí, pero debo comunicarle que estamos librados a nuestra suerte.

—Le agradecemos el rescate, y mantenernos a flote. ¿Le sobran un par de remos?

—Mucho me temo que siguen dependiendo de nosotros para avanzar. No creo que tardemos mucho más en llegar a tierra —afirmó Stenseth con falso optimismo.

La tripulación del *Narwhal* se turnó en los remos, e incluso Stenseth echó una mano. Costaba mucho ir hacia delante y era irritante no poder medir el avance a causa de la niebla. De vez en cuando, Stenseth prestaba atención para ver si captaba el sonido de las rompientes en la costa, pero lo único que escuchaba era el golpe de las olas contra las tres embarcaciones.

Tal como había previsto, el mar empeoró al aumentar el viento. Las olas, cada vez más altas, comenzaron a saltar por encima de la borda, y muy pronto algunos hombres tuvieron que dedicarse a achicar el agua. Stenseth vio que las Zodiac tenían el mismo problema y echaban agua una y otra vez por la popa. La situación parecía cada vez más grave, y seguían sin tener ninguna señal de que estuviesen cerca de tierra.

Cuando se hacía el cambio de remeros, uno de los tripulantes sentados en la proa soltó un gritó:

—¡Señor, hay algo en el agua!

Stenseth y los demás miraron a proa y vieron un objeto oscuro entre la niebla. «Fuera lo que fuese —pensó Stenseth—, no era tierra.»

—Es una ballena —gritó alguien.

—No —se lamentó Stenseth en voz baja, al ver que aquello que apenas asomaba en el agua era de color negro y mostraba una suavidad poco natural. Lo observó con desconfianza, ya que no se movía ni emitía ningún sonido.

De repente, una voz fuerte, amplificada electrónicamente a proporciones de trueno, se escuchó a través de la niebla. Todos los hombres se sobresaltaron ante aquel sonido.

Sin embargo, las palabras que escucharon, totalmente incongruentes con aquel duro entorno, los dejaron poco menos que atónitos.

—Ah del barco —llamó la voz invisible—. Aquí el *Santa Fe.* Hay chocolate caliente y una cómoda litera a disposición de cualquiera de vosotros que sea capaz de silbar «Dixie».

79

Clay Zak no daba crédito a sus ojos. Después de hundir el barco de la NUMA, había ordenado que el rompehielos fuese hacia las islas Royal Geographical Society antes de retirarse a su camarote. Había intentado dormir, pero solo había conseguido un descanso inquieto; su mente estaba demasiado centrada en dar con el rutenio. Al regresar al puente después de unas pocas horas, ordenó que la nave se dirigiera a la isla del Oeste. El rompehielos navegó a lo largo de la banquisa para ir hacia la nueva ubicación de la mina de rutenio.

Despertaron a los geólogos mientras el barco se detenía poco a poco. Un minuto más tarde, el timonel vio un objeto brillante en el borde de la banquisa.

—Es el sumergible del barco de exploración científica —alertó.

Zak se acercó de un salto a la ventana del puente y miró, incrédulo. El brillante submarino amarillo estaba encajado en el hielo a estribor, apenas visible entre la niebla gris.

—¿Cómo han podido saberlo? —maldijo, sin comprender que el sumergible había llegado hasta allí sin pretenderlo.

La ira hizo que aumentase el ritmo de los latidos de su corazón. Él era el único que tenía el mapa de la cooperativa minera en el que se indicaba el yacimiento del rutenio inuit. Acababa de hundir al barco de la NUMA y sin perder ni un segundo había puesto rumbo a ese lugar. No obstante, ahora comprobaba que Pitt se le había adelantado.

El capitán del rompehielos, que dormía en su camarote,

abrió los ojos en cuanto el barco se detuvo y subió tambaleante al puente con los ojos enrojecidos por el sueño.

—Le advertí que con la maldita proa aplastada se mantuviese apartado del hielo marino —rezongó. Al recibir como única respuesta una fría mirada, preguntó—: ¿Va a desembarcar al equipo de geólogos?

Zak no le hizo caso mientras el primer oficial señalaba por la ventanilla de babor.

—Señor, hay dos hombres en el hielo —informó.

Zak observó a las dos figuras y después se relajó.

—Olvídese de los geólogos —dijo, con una amplia sonrisa—. Que mi equipo de seguridad se presente de inmediato.

No era la primera vez que disparaban a Pitt y a Giordino, por lo que reaccionaron en cuanto vieron el primer fogonazo. Se separaron cuando las primeras balas levantaron astillas de hielo a un par de pasos de ellos y corrieron hacia la isla con todas sus fuerzas. La superficie irregular hacía difícil la carrera y los forzaba a moverse en una trayectoria zigzagueante que impedía a los atacantes tener un objetivo claro. Al separarse y correr en direcciones divergentes, habían obligado a los tiradores a escoger un blanco.

El tableteo de las tres metralletas acompañaba a los surtidores de hielo que se levantaban alrededor de sus pies. Pero Pitt y Giordino habían sacado una buena ventaja, y la puntería de los tiradores empeoraba a medida que los dos hombres se distanciaban del barco. Ambos corrieron hacia un pequeño banco de niebla que flotaba sobre la playa.

La niebla los envolvió como una capa cuando llegaron a la costa, y los hizo invisibles para los pistoleros del *Otok*.

Jadeando, se acercaron el uno al otro por un tramo de playa cubierto de nieve.

—Era justo lo que necesitábamos: otra cálida bienvenida a este mundo helado —comentó Giordino. Sus palabras salieron acompañadas por el vapor de su aliento.

—Míralo por el lado bueno —jadeó Pitt—. Durante un par de segundos he olvidado el frío que hace.

Sin guantes, sombreros ni chaquetones, los dos hombres notaban cómo el frío los calaba hasta la médula. La repentina carrera había acelerado el bombeo de sangre, pero de todos modos notaban un fuerte dolor en el rostro y las orejas, y tenían los dedos entumecidos. El esfuerzo fisiológico para mantener el calor corporal comenzaba a mermar su reserva de energías, y la corta carrera los había dejado con una enorme sensación de agotamiento.

—Algo me dice que nuestros bien abrigados nuevos amigos no tardarán en presentarse —dijo Giordino—. ¿Tienes alguna preferencia hacia dónde correr?

Pitt miró a un lado y a otro de la costa, aunque la visibilidad estaba limitada por la niebla que se dispersaba poco a poco. Delante tenían un empinado risco que aumentaba de altura por la izquierda. En cambio, por la derecha bajaba hasta fundirse con un montículo un tanto más redondeado.

—Necesitamos salir del hielo para no dejar ninguna huella que les permita seguirnos. Me sentiría mejor si también contáramos con la ventaja de la altura. Me parece que lo mejor es ir tierra adentro por la costa a nuestra derecha.

Los dos hombres partieron a toda prisa mientras una breve ráfaga de partículas de hielo les azotaba los rostros. El viento se convertiría ahora en su enemigo si dispersaba la niebla que los ocultaba. Subieron agachados por la ladera del montículo hasta acercarse a un empinado barranco lleno de hielo que dividía el risco. A la vista de que era imposible cruzarlo, continuaron corriendo, en busca de otro punto que los llevase tierra adentro. Habían avanzado unos ochocientos metros por la playa cuando otra ráfaga azotó la costa.

El viento pareció abrasarles la piel expuesta mientras los pulmones se esforzaban por respirar el aire helado. El solo hecho de inspirar se convirtió en un ejercicio agónico, pero ninguno de los dos acortó el paso. De repente, el repiqueteo metálico de los disparos de las metralletas sonó de nuevo, y las balas trazaron una línea de agujeros a lo largo de la pendiente a unos pocos metros de ellos.

Al mirar por encima del hombro, Pitt vio que el viento había abierto una brecha en la niebla. Divisó a lo lejos a dos hombres que avanzaban en su dirección. Zak había dividido a su equipo en tres grupos para facilitar la captura de los fugitivos. El dúo enviado al oeste había tenido suerte, ya que el viento los había dejado a la vista.

Costa arriba, Pitt vio otro banco de niebla que se les acercaba. Si podían mantenerse fuera del alcance de los disparos durante otro minuto, la bruma volvería a ocultarlos.

—Esos tipos están empezando a tocarme las narices —jadeó Giordino mientras aceleraban el paso.

—Con un poco de suerte, el oso polar pensará lo mismo —dijo Pitt.

Otra descarga levantó surtidores de hielo, aunque esta vez los disparos se quedaron cortos. Los pistoleros no apuntaban bien porque disparaban mientras corrían, pero en cualquier momento alguna de sus descargas podía encontrar el objetivo. Sin interrumpir la carrera hacia el banco de niebla, Pitt observó el risco a su izquierda. La pendiente bajaba hasta otro barranco un poco más adelante, más ancho que el anterior. Estaba lleno de roca y hielo pero parecía que podían trepar por allí.

—Intentemos subir por la ladera de aquel barranco cuando nos oculte la niebla.

Giordino asintió y continuó avanzando hacia la bruma, que aún estaba a unos cuarenta metros. Otra ráfaga hizo impacto en el hielo, esta vez cerca de sus talones. Los tiradores se habían detenido para poder apuntar.

—No creo que vayamos a conseguirlo —murmuró Giordino.

Ya casi estaban en el barranco, pero la niebla seguía sin cubrirlos. Unos pocos metros más adelante, Pitt vio un enorme peñasco cubierto de hielo que sobresalía del barranco. Casi sin aliento, se limitó a señalarlo.

La ladera justo por encima de sus cabezas de pronto estalló en una nube de nieve cuando los perseguidores ajustaron el tiro.

Ambos se agacharon instintivamente y, unos segundos más tarde, se lanzaron detrás del peñasco en el instante en el que otra ráfaga destrozaba el suelo a menos de medio metro. Tumbados en el suelo, respiraron a bocanadas el aire helado, con los cuerpos doloridos y casi agotados. En cuanto quedaron ocultos de la vista de los hombres de Zak, cesaron los disparos, y por fin el banco de niebla acabó rodeándolos.

—Creo que deberíamos subir por aquí —dijo Pitt, y se levantó haciendo un gran esfuerzo.

Una masa oscura de rocas cubiertas de hielo se elevaba por encima de ellos, pero a un lado había un tramo del barranco que parecía más fácil de escalar.

Giordino se puso de pie al tiempo que asentía y fue hacia la pendiente. Ya había comenzado a subirla cuando se dio cuenta de que Pitt no se movía. Al volverse, vio que su compañero miraba la roca y pasaba una mano por la superficie.

—Probablemente no es el mejor momento de admirar una piedra —le recriminó.

Pitt continuó pasando la mano por la superficie con la vista fija en la ladera helada; luego, miró a su compañero.

—No es una piedra —dijo en voz baja—. Es un timón.

Giordino observó a Pitt como si hubiese perdido la razón. Después siguió su mirada hacia lo alto del barranco. Encima había una oscura masa de piedras sepultada debajo de una fina capa de hielo. Al observar la ladera, Giordino notó de pronto que se había quedado boquiabierto. Acababa de darse cuenta de que aquello no era en absoluto una montaña de piedra.

Por encima de ellos, encastrado en el hielo, tenían delante ni más ni menos que el casco de madera negro de un barco del siglo XIX.

80

El *Erebus* se alzaba como una olvidada reliquia de una era pasada. Atrapado en una placa de hielo que lo había separado de su gemelo, el *Erebus* había sido arrastrado hasta la playa por una gigantesca serie de placas que habían cerrado el estrecho de Victoria ciento sesenta años atrás. Un naufragio que había rehusado morir en el mar, se había hundido en el barranco y, poco a poco, había quedado sepultado por el hielo.

El hielo había envuelto el casco y cimentado la banda de babor a la empinada ladera. Los tres mástiles del barco aún se mantenían en pie, inclinados a un lado y a otro y envueltos en una funda de hielo que los pegaba al risco. En cambio, la banda de estribor y la cubierta estaban libres de hielo, como comprobaron Pitt y Giordino cuando subieron la ladera y saltaron por encima de la borda. Los hombres miraron en derredor con asombro, sin poder creer que caminaban por la cubierta de la nave capitaneada por Franklin.

—Si se derritiera todo este hielo estaría en condiciones de navegar de regreso a Inglaterra —comentó Giordino.

—Pero si lleva a bordo rutenio, entonces preferiría hacer una parada previa en el río Potomac —dijo Pitt.

—Yo me conformo con un par de mantas y una copa de ron.

Los hombres tiritaban de frío, sus cuerpos luchaban desesperadamente para mantener la temperatura interna y notaban cierta sensación de letargo. Pitt sabía que necesitaban encontrar cuanto antes un refugio caliente. Se acercó a una escalerilla detrás de la escotilla principal y apartó los restos de una lona.

—¿Tienes algo que sirva para alumbrarnos? —preguntó a Giordino con la mirada puesta en el oscuro interior.

Giordino sacó un mechero Zippo y se lo arrojó.

—Tendrás que devolvérmelo si encontramos algún puro cubano a bordo.

Pitt fue el primero en descender por los empinados escalones; encendió el mechero cuando llegó a la cubierta inferior. Vio un par de candiles montados en el mamparo y encendió las mechas ennegrecidas. Los viejos pábulos ardieron con fuerza, proyectando un resplandor naranja sobre el pasillo revestido de madera. Giordino encontró un candil de aceite colgado en un clavo, lo que les permitió disponer de una luz portátil.

Al avanzar por el pasillo, el candil iluminó una terrible escena de asesinatos y destrozos a bordo de la nave. A diferencia del *Terror*, con su espartana apariencia, el *Erebus* era un caos. Cajones, basuras y restos de todo tipo abarrotaban el pasillo. Las tazas de hojalata estaban desparramadas por todas partes, mientras que un fuerte olor a ron flotaba en el aire, junto a otros olores apestosos. También estaban los cadáveres.

Siguieron avanzando para echar una rápida mirada en el sollado de la tripulación. Pitt y Giordino se encontraron con una macabra pareja de cadáveres sin camisa tumbados en el suelo. Uno de ellos tenía parte del cráneo aplastado, y cerca había un ladrillo con manchas de sangre. El otro tenía un gran cuchillo de cocina clavado entre las costillas. Congelados y en un siniestro estado de conservación, Pitt incluso veía el color que habían tenido sus ojos. En el interior del alojamiento de los marineros encontraron más cadáveres en el mismo estado. Pitt no pudo menos que advertir que todos mostraban expresiones atormentadas, como si hubiesen muerto de algo mucho más terrible que de los elementos.

Pitt y Giordino no se detuvieron mucho rato en aquella terrorífica escena. Retrocedieron hasta la escalerilla y bajaron a la siguiente cubierta. Cuando llegaron a un almacén hicieron una pausa antes de seguir buscando el rutenio. Allí estaba la ropa de la tripulación; había docenas de botas, chaquetones, gorros y calcetines gruesos. Encontraron un par de chaquetones de lana gruesa que les iban bien y se apresuraron a ponérselos junto con los gorros y los mitones. Ahora que estaban abrigados se apresuraron a reanudar la busca.

Al igual que la cubierta superior, esta también era un caos. Recipientes de comida y toneles vacíos se amontonaban en grandes pilas demostrando la abundancia de vituallas que una vez había llevado la nave. Entraron en otro almacén donde se guardaban las bebidas alcohólicas y las armas. Los armeros con los mosquetes estaban intactos, pero el resto era un desorden, con los barriles de ron y brandy desparramados por el suelo y tazas de hojalata por todas partes. Fueron hacia popa y allí encontraron enormes recipientes que habían servido para guardar el carbón de la máquina de vapor. Las carboneras estaban vacías, pero Pitt vio un polvo plateado y unas piedras pequeñas, en el fondo de uno de los recipientes. Recogió una de las pepitas y advirtió que pesaba demasiado para ser carbón. Giordino se fijó en un saco de arpillera enrollado; al abrirlo de un puntapié quedó a la vista un cartel que decía BUSHVELD, SOUTH AFRICA impreso en un lado.

—Lo tenían aquí, pero es obvio que lo cambiaron todo por comida con los inuit —comentó Pitt, que arrojó la pepita al interior de la carbonera.

—Entonces tendremos que encontrar el libro de a bordo para conocer la fuente —dijo Giordino.

De pronto se escuchó un débil grito fuera del barco.

—Al parecer nuestros amigos se acercan —señaló Giordino—. Será mejor que nos movamos. —Dio un paso hacia la escalerilla pero se detuvo al ver que Pitt no lo seguía. Casi podía leer el pensamiento de su compañero—. ¿Crees que vale la pena quedarse a bordo?

—Si podemos darles la cálida bienvenida que creo, sí —contestó Pitt.

Con el candil en alto, llevó a Giordino de nuevo a la armería.

Dejó la luz sobre un cajón cubierto de hielo y se acercó a un armero donde estaban los mosquetes Brown Bess que había visto antes. Cogió uno, lo sostuvo en alto y lo observó con atención. El arma estaba en perfectas condiciones.

—No es una automática, pero igualará un poco la partida —afirmó.

—Supongo que al dueño anterior no le importará —dijo Giordino.

Pitt miró en derredor, intrigado por el comentario de su amigo. Vio que Giordino señalaba el cajón donde había dejado el farol. Se acercó, al comprender de pronto que no se trataba de un cajón sino de un féretro de madera colocado sobre un par de caballetes. La luz de la lámpara brillaba sobre una placa de zinc clavada en la cabecera del féretro. Pitt se inclinó para apartar la capa de hielo oscuro, y dejó a la vista unas letras blancas escritas a mano. Sintió un escalofrío cuando leyó el epitafio.

SIR JOHN FRANKLIN

1786-1847

SU ALMA PERTENECE AL MAR

81

Zak esperó hasta que los guardias tuviesen rodeados a Pitt y a Giordino antes de abandonar el calor del rompehielos. Aunque no tenía manera de saber a ciencia cierta si alguno de los dos hombres era Pitt, su instinto le decía que así era.

—Thompson y White los han seguido tierra adentro —informó uno de los mercenarios, que había regresado al barco—. Hay una vieja nave en la costa y al parecer se han refugiado allí.

—¿Una nave? —preguntó Zak.

—Sí, un viejo barco de vela. Está encajonado en un barranco y cubierto de hielo.

Zak miró el mapa robado en la cooperativa, que estaba sobre la mesa de cartas. ¿Se había vuelto a equivocar? ¿No se trataba de una mina sino que el barco era la fuente del rutenio inuit?

—Llévame al barco —ordenó—. Tengo que aclarar este asunto.

El viento, que todavía soplaba en rachas esporádicas, le azotaba el rostro mientras andaba sobre el hielo. El viento había comenzado a disipar la niebla, por lo que Zak veía la costa donde varios de sus hombres estaban al pie de un angosto farallón. No había rastro alguno de un barco, y se preguntó si sus hombres no habrían estado expuestos al frío demasiado tiempo. Cuando se acercó al barranco, vio el enorme casco negro del *Erebus* encajado contra el risco y no pudo ocultar su asombro. Lo distrajo uno de sus hombres al acercarse a él.

—Las huellas llevan al barranco. Estamos seguros de que han subido a bordo —dijo el hombre, un matón llamado White.

—Escoge a dos y sube —ordenó Zak, mientras los otros cinco guardias lo rodeaban—. El resto que se disperse por la playa para impedir que vuelvan atrás.

White llamó a dos hombres y comenzaron a subir la ladera con Zak detrás. El terreno helado llegaba hasta un par de metros de la cubierta superior, lo que obligaba a trepar un poco por el casco y saltar la borda para acceder a la nave. White fue el primero en subir; con el arma colgada al hombro, pasó una pierna por encima de la borda. En el momento en el que ponía un pie en la cubierta, miró hacia delante y se encontró con un hombre de pelo negro que salía de una escotilla con varios viejos mosquetes en los brazos.

—¡Quieto! —gritó White con mucha autoridad.

Pitt no le hizo caso.

De inmediato se inició una carrera mortal para ver quién empuñaba primero el arma; ninguno de los dos vaciló un segundo. White tenía la ventaja de llevar un arma más pequeña, pero lo habían pillado en una posición incómoda con una pierna todavía por encima de la borda. Se apresuró a empuñar la metralleta y movió el cañón hacia delante, pero llevado por los nervios apretó el gatillo antes de hacer puntería. Los proyectiles volaron a través de la cubierta e impactaron en un montículo de hielo cerca de la escalerilla antes de que se escuchase una sonora detonación como respuesta.

Con unos nervios tan fríos como el hielo que cubría el barco, Pitt había dejado caer todas las armas, excepto una: se había llevado la pesada culata de un Brown Bess al hombro. Las balas del pistolero rebotaron en la cubierta muy cerca de su posición, mientras él apuntaba el largo cañón y apretaba el gatillo. Le pareció que pasaban minutos antes de que se encendiese la pólvora y se disparase el perdigón.

A corta distancia, el mosquete era de una eficacia letal; además, la puntería de Pitt fue certera. El proyectil de plomo alcanzó a White justo por debajo de la clavícula y el impacto lo echó por encima de la borda. Su cuerpo dio un salto mortal sobre el costado, y fue a caer sobre el hielo junto a los pies de Zak. Con los ojos velados, miró por un instante a su jefe y murió.

Impertérrito, Zak pasó por encima del cadáver al tiempo que desenfundaba su automática Glock.

—A por ellos —ordenó a los otros dos hombres, y señaló el barco con la pistola.

El tiroteo se convirtió de inmediato en un mortal juego del gato y el ratón. Pitt y Giordino se turnaban para asomarse por el pozo de la escalera, disparar dos o tres de las viejas armas y agacharse para defenderse de las armas automáticas. Muy pronto, una densa nube de humo provocada por la pólvora negra disminuyó la visibilidad en la cubierta y dificultó a los tiradores de ambos bandos apuntar bien.

Pitt y Giordino improvisaron un puesto de recarga al pie de la escalerilla, de forma que mientras uno disparaba, el otro cargaba los mosquetes. Pitt había encontrado un pequeño barril con dos kilos de pólvora, que había llevado a la cubierta inferior. El barril se utilizaba para llenar los cuernos de pólvora, que a su vez se empleaban para cargar la medida de pólvora en el mosquete, las escopetas y las pistolas de percusión que contenía la armería. En el largo proceso de recarga de antaño, se echaba la pólvora en el cañón y se apretaba con una baqueta, luego se colocaba el perdigón de plomo más una capa de estopa, y de nuevo se apretaba con la baqueta. Pitt, que conocía bien las armas antiguas, mostró a Giordino la cantidad apropiada de pólvora y cómo usar la baqueta para acelerar el proceso. Para cargar un mosquete se necesitaban unos treinta segundos, pero gracias a su rapidez muy pronto ambos lo hacían en menos de quince. Asomados en lo alto de la escalerilla, efectuaban uno o varios disparos, para que sus oponentes no supiesen a cuántas armas se enfrentaban.

A pesar de la superior capacidad de fuego, Zak y sus hombres tenían dificultades para hacer un disparo limpio. Obligados a trepar por el casco, tenían que sujetarse a la borda y agacharse detrás de los maderos mientras intentaban apuntar. Pitt y Giordino veían con claridad los movimientos y muy pronto supieron que las manos de los pistoleros estaban ensangrentadas, ya que la borda estaba manchada y astillada. Zak se movió por delante de los otros dos guardias y se aferró a la parte exterior de la borda; luego se volvió para susurrarles entre los disparos:

—Levantaos y disparad a la vez después del próximo disparo.

Ambos asintieron, y mantuvieron las cabezas agachadas mientras esperaban la siguiente descarga de los mosquetes. Le tocaba disparar a Pitt, que estaba acurrucado en lo alto de la escalerilla con una pistola en el escalón superior y dos mosquetes sobre el regazo. Se llevó al hombro uno de los mosquetes y espió, atento a cualquier movimiento, por encima del borde, entre la nube de humo provocada por los últimos disparos de Giordino. La capucha de un chaquetón negro se movió por encima de la borda, y apuntó hacia el objetivo. Esperó a que asomase una cabeza pero el pistolero no se movió. Decidido a probar la resistencia de los maderos, apuntó un palmo más abajo y apretó el gatillo.

La bala atravesó los viejos maderos e impactó en la pantorrilla del asaltante que estaba agachado detrás. Pero su cuerpo ya estaba reaccionando al sonido del mosquete, así que se levantó para hacer fuego con la metralleta. Tres metros más allá, el segundo guardia siguió su ejemplo.

A través de la oscura niebla, Pitt vio que dos hombres se levantaban y de inmediato buscó refugio en la escalerilla. En el momento en que retrocedía, su instinto hizo que empuñara la pistola que tenía en el escalón. Mientras su cuerpo quedaba oculto debajo de la cubierta, levantó el brazo con la pistola. Su mano estaba alineada con el segundo pistolero; movió el cañón hacia la cabeza y apretó el gatillo.

En el mismo momento, una tormenta de plomo barrió la cubierta y una lluvia de astillas cayó sobre él. Sus oídos le dijeron que una de las metralletas había enmudecido mientras la otra continuaba disparando hacia su refugio. Bajó a la cubierta inferior un tanto mareado y se volvió hacia Giordino, que ya subía con un par de pistolas con la culata de madera y una escopeta Purdey.

—Creo que le he dado a uno —dijo.

Giordino se detuvo en mitad de la subida al ver que se estaba formando un charco de sangre a los pies de Pitt.

—Te han dado.

Pitt miró al suelo y luego levantó el brazo derecho. Tenía un agujero con forma de V en la manga, debajo del antebrazo, por donde manaba la sangre. Pitt movió la mano que todavía sujetaba la pistola.

—No ha dado en el hueso.

Se quitó el chaquetón de lana mientras Giordino desgarraba la manga del suéter de Pitt. Vio dos agujeros en la carne del antebrazo, pero no habían tocado los nervios ni el hueso. Giordino se apresuró a hacer tiras con el suéter y vendó bien fuerte la herida. Después, lo ayudó a ponerse el abrigo.

—Yo me encargaré de recargar —dijo Pitt, recuperando un poco el color de su rostro pálido. Miró a Giordino a los ojos y añadió—: Ve y acaba con ellos.

82

Zak había permanecido oculto detrás de la borda cuando los dos pistoleros se alzaron para disparar. Al amparo de la cortina de fuego, se levantó para rodar por encima de la borda y se deslizó por la cubierta helada hasta el trinquete. Miró a popa, pero no podía hacer un disparo limpio al pozo de la escalerilla porque un montículo de hielo a la altura de la manga creaba un obstáculo entre las dos posiciones.

Pensó que era absurdo enfrentarse a unos hombres armados con armas de un siglo y medio de antigüedad. Aunque no podía evitar admirar su astucia, algo a todas luces ausente en su equipo de guardias. Buscó otra posición desde donde disparar, pero al no encontrarla, se decidió por buscar la manera de ir bajo cubierta. Vio la escotilla de proa pero estaba sepultada debajo de medio metro de hielo, y no había ninguna escalera. Entonces miró hacia lo alto y vio que el mástil estaba inclinado en un ángulo agudo. Una de las vergas se había clavado en el risco y sujetaba el mástil a estribor. El pesado palo había agrietado la cubierta alrededor de su base y había abierto un agujero de unos sesenta centímetros que permitía penetrar en el interior.

Si Zak hubiera presenciado el intercambio de disparos, quizá habría visto que el segundo pistolero moría y habría reconsiderado su siguiente paso. Pero ya iba tres pasos por delante cuando guardó la pistola en el bolsillo y se coló por el agujero de la cubierta para dejarse caer en el oscuro interior.

Giordino asomó la cabeza cautelosamente por la escalerilla y miró por encima del borde. Reinaba el silencio en cubierta, y no vio señal alguna de movimiento. Entonces escuchó un grito, cerca pero no a bordo de la nave. Con la escopeta amartillada, salió de la escotilla y se acercó titubeante a la borda.

Junto al casco exterior, vio dos cuerpos tumbados boca arriba en el hielo. El mercenario White, la primera baja, yacía con los ojos abiertos y un charco de sangre alrededor del pecho. Junto a él había un segundo pistolero, con un gran agujero en la frente, producido por el último disparo de Pitt. Vio a un tercer hombre en la playa, que gritaba pidiendo ayuda. Se sujetaba la pierna y caminaba renqueante, dejando atrás un rastro de sangre.

Escuchó un ruido a sus espaldas y al volverse vio que Pitt salía con dificultades por la escotilla, con una pistola en la mano buena y un mosquete al hombro.

—¿Hemos conseguido espantarlos? —preguntó Pitt.

—Gracias a tu ojo de águila —respondió Giordino, y señaló por encima de la borda a los dos pistoleros muertos—. Creo que hoy te has llevado la medalla de tiro al pichón.

Pitt miró los cuerpos sin ningún remordimiento. Aunque le resultaba repulsivo matar a un ser humano, no sentía la menor piedad por asesinos a sueldo, en particular por aquellos que habían participado en el hundimiento del *Narwhal*.

—Por lo que parece, tienen algunos compañeros en la playa —comentó—. No tardarán en venir con refuerzos.

—Es lo que pensaba —asintió Giordino. Miró la manga ensangrentada de Pitt con viva preocupación—. No quiero ofender, pero no me hace ninguna gracia convertir esta vieja bañera en mi Álamo particular.

—¿Crees que tendremos más probabilidades en el barranco?

—Creo que es el momento de largarnos. Pueden esperar hasta el anochecer y asaltarnos, o, peor, pegar fuego a esta caja de cerillas. Solo disponemos de estas escopetas de feria para mantenerlos a raya. Cuando vengan lo harán sin prisa y con mucha cautela. Tenemos tiempo de subir a la colina. Podemos llevarnos munición y pólvora suficiente para impedirles que nos sigan demasiado de cerca. Con un poco de suerte, acabarán por desistir de la persecución y dejar que nos muramos de frío.

—Hay otra cosa que necesitaremos —le recordó Pitt.

—No pudo creer que todavía no lo tengas —manifestó Giordino con una amplia sonrisa—. La clave de todo este misterio. El diario de a bordo.

Pitt se limitó a asentir. Confiaba en poder encontrar el diario y que su contenido justificase todos los sacrificios hechos.

—Tómate un descanso, ya iré yo —dijo Giordino, y fue hacia la escalerilla.

—No, iré yo —insistió Pitt. Se frotó el brazo herido—. Con este brazo inutilizado tendré problemas para apuntar el mosquete si tenemos compañía. —Se quitó el mosquete del hombro y se lo dio a Giordino junto con la pistola—. Adelante, y dispara bien antes de verles el blanco de los ojos.

Pitt bajó la escalerilla, un tanto mareado por la pérdida de sangre. Fue a popa por el pasillo que llevaba hacia el alojamiento de los oficiales alumbrado por la luz de las velas que había encendido antes. El pasillo estaba a oscuras cuando llegó a una parte de la nave que no habían recorrido. Se maldijo por haber olvidado recoger el candil; estaba a punto de volver atrás cuando vio un leve resplandor en la oscuridad. Dio unos pocos pasos más y vio una luz vacilante al final del pasillo. Era una luz que Giordino y él no habían encendido.

Con el mayor de los sigilos, se acercó al final del pasillo, que daba al Gran Camarote. La oscilante luz de una vela proyectaba largas sombras negras sobre los mamparos. Pitt llegó a la puerta y asomó la cabeza.

Con los dientes brillantes bajo la luz ámbar, Clay Zak, sentado a una gran mesa en el centro del camarote, lo miró con una sonrisa maliciosa.

—Adelante, señor Pitt —dijo en tono frío—. Lo estaba esperando.

83

A una docena de metros del borde de la banquisa, una foca jugueteaba en las oscuras aguas verdes en busca de algún bacalao perdido. El mamífero de piel gris vio algo negro que asomaba en el agua y nadó para investigar. Apretó el hocico bigotudo contra el frío metal, pero al darse cuenta de que no era algo comestible, se alejó.

Veinte metros debajo de la superficie, el comandante Barry Campbell se rió ante la imagen de un primer plano de la foca. Enfocó las lentes del periscopio en el rompehielos de casco rojo a una distancia de cuatrocientos metros, y lo observó con todo detalle. Después se apartó de los oculares e hizo un gesto a Stenseth, que estaba cerca de él en la abarrotada sala de mando del *Santa Fe*.

A Stenseth le había caído muy bien el enérgico capitán del submarino. Con la barba y el pelo rubios, ojos chispeantes y una risa alegre, le recordaba un juvenil Papá Noel, sin barriga ni pelo blanco. El jovial Campbell, con veinte años de servicio en la armada, actuaba con firme decisión. No había vacilado cuando Stenseth le había pedido que realizase una búsqueda electrónica para encontrar a Pitt, a Giordino y el sumergible desaparecido. Campbell de inmediato había llevado el submarino de ataque hacia el sur, con todos los equipos de sónar en marcha. Cuando detectaron la presencia del rompehielos en la zona, ordenó que el submarino se sumergiese para mantenerse oculto.

Stenseth se acercó al periscopio y miró a través de los oculares. Una cristalina imagen del rompehielos rojo apareció en los lentes. El capitán observó la proa aplastada y le sorprendió comprobar que, tras embestir el *Narwhal* a toda marcha, el daño no fuese mayor.

—Sí, señor, es el barco que nos embistió —afirmó con voz tranquila. Sin apartar los ojos de los oculares, enfocó a un hombre de negro que se acercaba al rompehielos a pie. Al seguirlo, vio a otros hombres reunidos en la playa—. Hay varios tipos en la costa —añadió—. Al parecer van armados.

—Sí, yo también los he visto —contestó Campbell—. Gire el periscopio a su derecha unos noventa grados.

Stenseth siguió la indicación y giró el periscopio hasta que vio una mancha de un amarillo brillante. Volvió hacia atrás y ajustó las lentes mientras se le hacía un nudo en la garganta. El *Bloodhound* estaba encajado en la banquisa, con la escotilla superior abierta.

—Es nuestro sumergible. Pitt y Giordino han tenido que desembarcar —manifestó, en un tono de urgencia. Se apartó del periscopio y miró a Campbell—. Capitán, los hombres de aquel rompehielos hundieron mi barco e intentaron asesinar a la tripulación del *Polar Dawn*. Matarán a Pitt y a Giordino, si no lo han hecho ya. Tengo que pedirle que intervenga.

Campbell se tensó un poco al escucharlo.

—Capitán Stenseth, hemos entrado en el estrecho de Victoria con el estricto propósito de realizar una misión de busca y rescate. Mis órdenes son claras. No debo enfrentarme a las fuerzas militares canadienses bajo ninguna circunstancia. Cualquier desviación requeriría una solicitud a la cadena de mandos, y lo más probable es que no recibiera la respuesta hasta pasadas veinticuatro horas.

El capitán del submarino exhaló un fuerte suspiro y luego dirigió a Stenseth una sonrisa ladina, al tiempo que en sus ojos apareció un brillo de picardía.

—Por otro lado, si usted me dice que dos de los nuestros están perdidos y a merced de los elementos, entonces es mi deber autorizar una misión de busca y rescate.

—Sí, señor —respondió Stenseth, que entendió la jugada—. Creo que dos de los tripulantes del *Narwhal* están a bordo del rompehielos a la espera de ser trasladados o se encuentran en tierra, sin alimentos, ropa ni refugio, y requieren nuestra ayuda.

—Capitán Stenseth, no sé quiénes son esas personas, pero desde luego a mí no me parece que sean ni que se comporten como militares canadienses. Iremos a por sus muchachos de la NUMA, y si esos tipos interfieren en nuestra operación de rescate, le garantizo que desearán no haberlo hecho.

Nada ni nadie podía conseguir que Rick Roman se quedase a bordo. Aunque él y su grupo de comandos estaban muy debilitados por lo sufrido en la barcaza, tenían pendiente una tarea inacabada. En cuanto corrió el rumor de que un equipo SEAL se preparaba para ir en busca de Pitt y Giordino, Roman habló con el capitán del *Santa Fe* para participar en la operación. Consciente de que su equipo era reducido, Campbell acabó aceptando. En un gesto de justa compensación, dejó que Roman dirigiera el equipo que abordaría y registraría el rompehielos.

Duchado, con ropas limpias y tras dos buenas comidas en el comedor de oficiales, Roman volvía a sentirse casi humano. Vestido con el traje de combate ártico, reunió a su equipo y a los comandos SEAL en el comedor de la tripulación.

—¿Alguna vez ha pensado que lanzaría un ataque anfibio desde un submarino nuclear? —preguntó a Bojorquez.

—No, señor. Soy y seguiré siendo un hombre de tierra. Aunque después de probar la manduca que sirven estos tipos, comienzo a pensar si hice bien en alistarme en el ejército.

En la cubierta que estaba encima de ellos, en la sala de control, el comandante Campbell mantenía el *Santa Fe* sumergido y en dirección al borde de la banquisa. Había encontrado cerca un gran trozo de hielo que podía ocultarlo del rompehielos. Bajó el periscopio y observó cómo el oficial de inmersiones guiaba el submarino por debajo del hielo, ordenaba que se detuviera y a continuación comenzaban a emerger poco a poco a la superficie.

Con extraordinaria precisión, la torreta del *Santa Fe* apenas rompió el hielo, para asomar poco más de un metro por encima de la banquisa. El equipo de Roman y una pareja de SEAL salieron al puente en el acto y de allí pasaron al hielo. Cinco minutos más tarde, la torreta y los mástiles de las antenas desaparecieron de la vista y el submarino se convirtió de nuevo en un fantasma de las profundidades.

Los comandos se separaron de inmediato. Los dos SEAL fueron a investigar el *Bloodhound*, mientras Roman y sus hombres iban hacia el rompehielos. El *Otok* estaba a una distancia de ochocientos metros por una banquisa tan llana que ofrecía solo unos pocos montículos donde esconderse. Sin embargo, con sus uniformes blancos se confundían a la perfección con la superficie. En una marcha metódica, Roman se acercó al rompehielos por el lado del mar y luego trazó un amplio círculo por delante de la proa, para evitar el agua a popa. Vio una escalerilla que bajaba por la banda de babor; se acercó con el equipo hasta una distancia de veinte metros, y luego se agachó detrás de un pequeño montículo. Pasaron unos segundos de ansiosa espera cuando un par de hombres con chaquetones negros bajaron los escalones, pero se marcharon hacia la costa sin ni siquiera mirar hacia el lugar donde se ocultaban los comandos.

Con la posición asegurada, Roman se sentó a esperar, mientras un viento helado azotaba los cuerpos tumbados en el hielo.

84

Un tripulante de guardia en el puente del *Otok* fue el primero en verlo.

—Señor —llamó al capitán—, hay algo que asoma en el hielo por nuestra banda de babor.

Sentado a la mesa de mapas con una taza de café, el capitán, visiblemente enojado, se levantó para ir hasta la ventana de popa. Llegó a tiempo para ver una masa de hielo del tamaño de una casa que se alzaba por encima de la superficie. Un segundo más tarde, la torreta negra con forma de lágrima del *Santa Fe* apareció entre un alud de trozos de hielo.

El *Santa Fe*, un submarino de ataque de la clase 688-I Los Ángeles, había sido modificado para realizar operaciones debajo del hielo. Con el casco, la torreta y los mástiles reforzados, podía perforar una capa de hielo de hasta un metro de espesor. Cuando emergió a unos cincuenta metros de la borda del *Otok*, el casco del *Santa Fe* rompió la banquisa y dejó a la vista una angosta faja de acero negro de cien metros de longitud.

El capitán del *Otok* miró incrédulo la súbita aparición de un barco de guerra nuclear. Pero su mente se disparó cuando vio a un grupo de hombres vestidos de blanco y armados con metralletas que saltaban de la escotilla de proa del submarino. Solo tuvo un relativo consuelo al observar que los hombres armados corrían todos hacia la isla, no hacia su barco.

—Rápido, suba la escalerilla —gritó al tripulante. Miró al

operador de radio, y le ordenó—: Alerte a las fuerzas de seguridad que aún estén a bordo.

Pero ya era demasiado tarde. No había transcurrido ni un segundo cuando se abrió la puerta del puente volante y tres figuras vestidas de blanco entraron a la carga. Antes de que el capitán pudiese reaccionar, se encontró con el cañón de un fusil de asalto en las costillas. Atónito, levantó los brazos en señal de rendición al tiempo que miraba los ojos castaños del hombre alto que empuñaba el arma.

—¿De dónde… de dónde ha salido? —tartamudeó.

Rick Roman miró al capitán a los ojos y le dedicó una sonrisa gélida.

—He salido de aquella nevera que usted decidió hundir anoche.

85

Zak ocupaba una cómoda butaca en la cabecera de la imponente mesa de madera colocada en el centro del Gran Camarote. Un candil iluminaba un libro grueso encuadernado en cuero que había estado leyendo. Delante había unas placas de cristal apiladas, cada una del tamaño de una postal grande. A un palmo de su mano derecha tenía la pistola automática.

—Un barco antiguo muy notable —comentó Zak—, con una documentación interesante.

—El *Erebus* estuvo muy cerca de ser el primero en navegar por el Paso del Noroeste, Clay —dijo Pitt.

Zak apenas enarcó las cejas al escuchar su nombre.

—Veo que ha sido un chico aplicado. En realidad no me sorprende. He aprendido que es un hombre muy competente, y que no ceja en las persecuciones.

Pitt miró a Zak, furioso por no haber llevado consigo la pistola de percusión. Con un brazo herido y sin armas, estaba prácticamente indefenso frente al asesino. Aunque, si podía ganar tiempo, Giordino quizá no tardaría en aparecer con la escopeta.

—De Clay Zak solo sé que es un pésimo empleado de la limpieza que disfruta asesinando a personas inocentes —manifestó Pitt con frialdad.

—El placer no tiene nada que ver con esto. Digamos que es solo una cuestión de negocios.

—Y exactamente, ¿cuál es ese negocio que necesita el rutenio a cualquier precio? —preguntó Pitt.

Zak le dedicó una sonrisa carente de humor.

—Para mí es poco más que un metal brillante. En cambio, vale muchísimo más para mi empleador, y es obvio que tiene un valor estratégico para su país. Si alguien impidiera que el mineral pusiera en marcha sus plantas de fotosíntesis artificial, entonces mi empleador continuaría siendo un hombre muy rico. Pero si pudiera controlar el suministro de rutenio, se convertiría en un hombre todavía más rico.

—Mitchell Goyette tiene mucho más dinero del que podría gastar en varias vidas. Pero su codicia patológica pesa más que el posible beneficio para millones de personas en todo el mundo.

—Ahora resulta que es un sentimental. —Zak soltó una carcajada—. Una clara muestra de debilidad.

Pitt no hizo caso del comentario; todavía esperaba ganar tiempo. Zak no parecía prestar atención, o no le importaba, que hubiesen cesado los disparos en cubierta. Quizá creía que Giordino estaba muerto.

—Una pena que el rutenio no sea más que un mito —señaló Pitt—. Todo indica que nuestros esfuerzos han sido en vano.

—¿Ha buscado por el barco?

Pitt asintió.

—Aquí no hay nada.

—Una inteligente deducción pensar que el mineral de los inuit procedía de un barco. ¿Cómo lo hizo? Yo estaba buscando una mina en la isla.

—Los registros que olvidó robar de la cooperativa minera se referían al mineral como kobluna negro. El nombre y las fechas coincidían con el barco de Franklin, el *Erebus*, pero fue una interpretación errónea por mi parte —mintió Pitt.

—Ah, sí, aquella decrépita cooperativa minera. Al parecer, obtuvieron todo el rutenio que estaba a bordo. Y estaba a bordo —recalcó con una mirada penetrante.

Zak cogió una de las placas de vidrio y la deslizó a través de la mesa. Pitt la acercó a la luz del candil. Era un daguerrotipo, las primeras fotografías en las que se captaba una imagen en una plancha de cobre con un baño de nitrato de plata, y luego se revestía en vidrio para protegerla. Pitt recordó que Perlmutter le había mencionado que Franklin había llevado una cámara de daguerrotipos en la expedición. En la placa aparecía un grupo de tripulantes del *Erebus* que subían a bordo unos sacos que, por el bulto, parecían estar cargados con piedras. Aunque apenas se atisbaba el horizonte detrás del barco, se distinguía un terreno cubierto de hielo, una indicación de que el mineral había sido recogido en algún lugar del Ártico.

—Estuvo acertado en la deducción —manifestó Zak—. El mineral estaba a bordo. Pero eso nos deja con la pregunta de dónde lo recogieron.

Tendió una mano para dar unas palmadas en el grueso tomo cerca del centro de la mesa.

—El capitán tuvo la cortesía de dejar el diario de a bordo —comentó, satisfecho—. La fuente del rutenio tiene que estar apuntada en una de sus páginas. ¿Cuánto cree que vale este libro, señor Pitt? ¿Mil millones de dólares?

Pitt sacudió la cabeza.

—No vale las vidas que ya ha costado.

—¿Tampoco las vidas que está a punto de costar? —replicó Zak con una sonrisa malvada.

De pronto, al otro lado de los gruesos maderos del casco, se escucharon disparos de armas automáticas. Pero el ruido resultaba extrañamente distante. Estaba claro que sonaba demasiado lejos para que estuviesen disparando contra el barco, y no se escuchaba que Giordino, en cubierta, respondiese al fuego. A continuación, se oyeron otras dos detonaciones, distintas a las anteriores, que sin duda correspondían a otro tipo de armas. En algún lugar de la banquisa, se estaba librando una batalla entre grupos desconocidos.

En la débil luz de la sala, Pitt detectó la sutil mirada de preocupación que pasó por el rostro de Zak. No había ninguna señal de Giordino, pero la mente de Pitt ya había ideado un plan alternativo. Aunque debilitado por la pérdida de sangre, supo que era el momento de actuar. Quizá no tendría otra oportunidad.

Se apartó un poco y bajó el daguerrotipo como si hubiese acabado de mirarlo. Después, con un gesto aparentemente despreocupado, lo lanzó hacia Zak. Pero en lugar de deslizarlo sobre la mesa, lo arrojó con fuerza a unos centímetros por encima de la superficie. Su objetivo no era el asesino sino el candil.

El pesado daguerrotipo impactó contra el costado del candil, que se hizo pedazos. Pitt consiguió lo que pretendía, apagar la pequeña llama que ardía en el interior. En un instante, el Gran Camarote quedó sumergido en la más absoluta oscuridad.

Apenas habían acabado de desparramarse los fragmentos de cristal, y Pitt ya estaba en movimiento. Se agachó, con una rodilla apoyada en el suelo en su extremo de la mesa. Pero Zak no era ningún tonto. El asesino profesional ya había echado mano al arma incluso antes de que la vela se apagase. Empuñó la Glock y disparó hacia el lado opuesto de la mesa.

El proyectil pasó por encima de la cabeza de Pitt. Sin hacer caso del disparo, sujetó las dos rechonchas patas que tenía a su lado y empujó el mueble hacia Zak, que efectuó otros dos disparos e intentó aprovechar los fogonazos para localizar a Pitt en el camarote a oscuras. Al darse cuenta de que Pitt empujaba la mesa, disparó hacia la cabecera opuesta al tiempo que intentaba levantarse de la silla. La puntería fue certera: en cambio, el movimiento para levantarse llegó tarde.

Las balas impactaron en la superficie, unos centímetros por encima de la cabeza de Pitt, y acabaron incrustadas en la tabla de caoba. Protegido por la sólida madera, continuó empujando cada vez con más fuerza. Apoyado en las patas, hizo el máximo esfuerzo de que fue capaz, sin hacer caso del dolor en el brazo ni de la sensación de mareo.

La cabecera golpeó a Zak de lleno en el vientre y lo arrojó de espaldas contra la silla antes de que pudiese levantarse. La pila de pesados daguerrotipos cayó sobre él, lo que le impidió continuar disparando. Pitt siguió empujando y finalmente arrastró a Zak y a la silla con él. Los dos muebles se deslizaron varios palmos hasta que las patas traseras de la silla quedaron trabadas en el desnivel de una de las tablas del suelo. Las patas aguantaron mientras la mesa seguía avanzando, y Zak cayó de espaldas con un sonoro estrépito. Incluso durante la caída, el asesino continuó apretando el gatillo, aunque sin peligro para Pitt porque las balas se hundían en la madera.

Pitt escuchó el golpe, y un breve fogonazo le hizo saber que Zak había caído. Ahora estaba expuesto a los disparos por debajo de la mesa, pero no titubeó, ni siquiera cuando escuchó otra detonación. Encajó el hombro debajo del borde de la mesa, afirmó los pies en el suelo y se irguió con un último resto de fuerza para levantar el pesado mueble y hacerlo caer sobre las piernas del sicario. Casi había conseguido su propósito cuando sintió que le fallaba la pierna izquierda. Tumbado de espaldas, Zak había efectuado tres disparos a ciegas por debajo de la mesa antes de apartar las piernas. Dos proyectiles silbaron junto a Pitt pero el tercero lo alcanzó en el muslo. Al ver que perdía el equilibrio, se apresuró a cambiar el peso a la pierna derecha y se apoyó en la mesa.

Tardó un segundo de más. Zak, que ya estaba de rodillas, desvió la mesa a un lado, con lo que consiguió cambiar la dirección del impulso de Pitt. A medida que la pesada mesa comenzaba a oscilar, Zak se levantó y utilizó su mayor fuerza física para apartarla.

Sin ningún punto de apoyo, Pitt se vio lanzado junto con la mesa hacia un lado y se estrelló contra las estanterías a popa. El sonido de los cristales rotos resonó en la oscuridad del camarote cuando Pitt golpeó las puertas acristaladas con todo su peso. Cayó al suelo y en un instante se encontró debajo de la pesada mesa, que se había precipitado sobre él con un golpe sordo. En la caída, el mueble rompió media docena de estanterías y descargó una catarata de libros, estantes y cristales encima de la mesa caída.

Zak permanecía cerca, con la pistola apuntando a la mesa. Pero no escuchó ningún sonido excepto sus propios jadeos. No distinguía ningún gemido, arrastrar de pies o movimientos del cuerpo sepultado. A medida que sus ojos se acostumbraban a la oscuridad, vio las piernas inmóviles de Pitt que sobresalían por debajo de la mesa. Buscó a tientas con los pies, tocó el pesado diario de a bordo y se apresuró a recogerlo. Con el libro apretado sobre su pecho avanzó con cautela hacia el pasillo iluminado. Salió del Gran Camarote sin mirar atrás.

86

En cubierta, Giordino tenía sus propios problemas. Después de una prolongada pausa en la acción, vio a otros tres pistoleros que se acercaban por el barranco. Acurrucado junto a la borda a la espera de tener un disparo limpio, se escuchó otra descarga en algún lugar del hielo. La ladera y la niebla le impedían ver quiénes participaban en el tiroteo. En cambio, advirtió que no tenía ningún efecto en los tres hombres que avanzaban hacia el barco. Dejó que se acercaran antes de asomarse con el mosquete y disparar al pistolero más cercano. El hombre se arrojó al suelo al ver a su atacante. El perdigón erró la diana por los pelos; le atravesó el chaquetón sin consecuencias. Los pistoleros adoptaron precauciones y comenzaron a disparar por turnos, para cubrirse los unos a los otros en el avance. Giordino se movió a lo largo de la borda, para asomarse y disparar desde diferentes puntos antes de tener que agacharse ante el fuego de respuesta. Hirió a uno de los atacantes en la pierna, pero los otros dos se acercaban a la nave al amparo del fuego combinado. Tras disparar el último de los mosquetes, Giordino se vio obligado a retroceder al pozo de la escalerilla, preocupado ante la inexplicable tardanza de su camarada. Centrado en el combate que libraba, no escuchó los disparos realizados en el Gran Camarote.

—Dirk, necesito que vuelvas a cargar los mosquetes —gritó escaleras abajo, pero no obtuvo respuesta.

Apuntó con la escopeta hacia la borda y preparó las dos pistolas de percusión que tenía en el regazo. Solo unos pocos disparos más y estaría indefenso, a menos que Pitt regresara.

Cerca del pie de la escalerilla, una figura alta se movía lentamente entre el montón de armas antiguas amontonadas en la cubierta inferior y miraba hacia lo alto. Giordino estaba tres metros más arriba, acomodado en los dos últimos peldaños con la mirada fija en la borda. De haber mirado hacia abajo, lo más probable es que no hubiese visto a Zak, que lo vigilaba desde la cubierta inferior en penumbra. El asesino pensó por un momento en dejar que sus hombres acabasen la tarea, pero se dijo que sería más rápido matar a Giordino él mismo. Pasó el diario de a bordo a su brazo izquierdo, se afianzó sobre los pies y apuntó con la automática.

No oyó el sonido de unos pies que se arrastraban por el pasillo hacia su posición. Pero se sobresaltó cuando un fuerte grito de aviso resonó de pronto en el momento en el que iba a apretar el gatillo.

—¡Al!

Zak se volvió para mirar hacia el pasillo con una expresión incrédula. Debajo de una lámpara, a seis metros de distancia y con el aspecto de ser la encarnación de la muerte, estaba Dirk Pitt. Su rostro aparecía cubierto con la sangre que manaba de una docena de cortes provocados por los cristales y un gran chichón que brillaba en la frente. La manga derecha estaba empapada en sangre, y hacía juego con la pernera izquierda; iba dejando un rastro de sangre por el pasillo. No tenía armas y se apoyaba en la pierna buena con un gesto de dolor a cada paso. Sin embargo, aunque herido y agotado, miró al sicario, desafiante.

—Tú eres el siguiente —dijo Zak, y se volvió para apuntar de nuevo a Giordino, que había oído el aviso aunque seguía sin saber cuál era la situación abajo. Zak apuntó la Glock por segunda vez, pero se distrajo cuando un brillante relámpago voló hacia él. Al volverse, vio que el herido le había arrojado la lámpara. Un intento fallido, se dijo, al ver que el improvisado proyectil no lo alcanzaría. Sacudió la cabeza en gesto de burla cuando la lámpara se hizo pedazos a casi un metro de sus pies.

Solo que el lanzamiento no había fallado. La lámpara golpeó la cubierta justo donde Pitt había apuntado, a menos de un palmo del barril de pólvora negra que utilizaban para recargar los mosquetes. El suelo, cubierto con la pólvora derramada por la rapidez de las recargas, era un polvorín. La llama de la lámpara rota encendió la pólvora suelta en un destello de humo y chispas que ardieron a los pies de Zak. El asesino retrocedió en un gesto instintivo para apartarse de las chispas sin darse cuenta de que se acercaba todavía más al barril de pólvora. Un instante más tarde, el reguero de pólvora negra llegó al barril y detonó con una terrible explosión.

La detonación sacudió el barco y vomitó una columna de humo y llamas por la escotilla. Pitt cayó al suelo bajo una lluvia de astillas encendidas, aunque la mayoría de ellas fueron absorbidas por el grueso chaquetón de lana. Con un ensordecedor repicar en los oídos, esperó unos minutos a que se disipara el humo antes de levantarse e ir hacia la escalerilla, sacudido por la violenta tos provocada por el residuo acre en el aire. Los mamparos laterales habían volado y ahora había un gran agujero en el suelo que llegaba hasta la sentina, pero los daños no eran importantes.

Pitt vio una bota cerca del agujero; en su interior todavía estaba el pie amputado. Al mirar hacia arriba, vio al propietario de la bota a un par de pasos de distancia. Clay Zak había salido volando por el pozo de la escalera y su cuerpo destrozado había quedado encajado en los escalones. Colgaba cabeza abajo, con los ojos abiertos y una mirada vacía. Sin ninguna piedad, Pitt se acercó para mirar al asesino muerto.

—Creo que estabas destinado a morir en una explosión —dijo al cadáver, y miró por el pozo de la escalerilla.

87

La onda expansiva había lanzado a Giordino fuera de la escotilla y lo había dejado tumbado en cubierta dos metros más allá. Pese a ofrecer un aspecto lamentable, con las prendas chamuscadas, los pulmones ardiéndole y todo el cuerpo dolorido y castigado por las astillas y los golpes, había sobrevivido al estallido de una pieza. A medida que la espesa nube de humo negro se apartaba de la nave, se esforzó por librarse del aturdimiento. Tomó conciencia de un fuerte zumbido en los oídos y un martilleo en la cabeza mientras rodaba sobre sí mismo para ponerse de lado. Se limpió el polvo de los ojos pero, al instante siguiente, se quedó rígido al ver que uno de los asaltantes vestido de negro asomaba la cabeza por encima de la borda.

Giordino había perdido las armas en la explosión y el pistolero se dio cuenta de inmediato. Se alzó sin temor y, de pie en la borda, apuntó con toda calma a su víctima indefensa.

La ráfaga fue corta, solo cuatro o cinco disparos. Giordino apenas los oyó a causa del silbido en las orejas. Pero vio los resultados. No encontró perforaciones en su carne o en la cubierta. Por el contrario, era el pistolero a quien habían atravesado los disparos. Una bocanada de sangre escapó de sus labios antes de desaparecer a cámara lenta por debajo de la borda y acabar en el fondo del barranco cubierto de hielo.

Giordino miró a su alrededor, desconcertado, al escuchar que continuaban las descargas. Luego, vio que aparecería otro cuerpo por encima de la borda, armado como el anterior y apuntando un arma en su dirección. Solo que este iba de blanco, con una máscara de esquí de plástico color marfil y gafas protectoras que le cubrían toda la cara. Un segundo hombre armado y vestido de la misma guisa se unió a él; ambos saltaron la borda para acercarse a Giordino con las armas preparadas.

Con toda su concentración puesta en los dos hombres que se le acercaban, Giordino no advirtió que un tercero acababa de aparecer por la borda. El recién llegado miró a Giordino a través de la cubierta y gritó algo a los otros hombres. A Giordino le costó un par de segundos descifrar las palabras.

—Espere, teniente —gritó, con un conocido acento texano—. Ese es de los nuestros.

Los dos SEAL del *Santa Fe* se detuvieron sin desviar las armas hasta que Jack Dahlgren corrió al lado de Giordino. Lo cogió por la manga de la vieja chaqueta y lo ayudó a levantarse. Dahlgren no pudo evitar preguntar:

—¿Te dejo solo un momento y te unes a la Armada Real?

—Nos enfriamos un poco cuando no apareciste para sacarnos de la bañera —consiguió responder Giordino, asombrado por la aparición de Dahlgren.

—¿Dónde está Dirk?

—Estaba abajo. Fue donde ocurrió la explosión —contestó Giordino en tono cargado de preocupación.

Pese al dolor, pasó junto a Dahlgren para mirar por el hueco de la escalerilla. Un poco más abajo, vio el cuerpo ennegrecido y humeante de un hombre de pelo negro encastrado en los escalones, y cerró los ojos. Pasó casi un minuto antes de que los abriese de nuevo; para entonces, Dahlgren y los SEAL ya estaban a su lado. Esta vez, cuando miró abajo, vio un movimiento en la cubierta inferior. Un sanguinolento y golpeado Pitt apareció poco a poco al pie de la escalerilla y miró a su amigo. En los brazos, sujetaba un enorme libro con la cubierta de cuero un tanto chamuscada.

—¿Alguien tiene una linterna? —preguntó con una sonrisa cargada de dolor.

Pitt y Giordino fueron llevados de inmediato al *Santa Fe* para que los atendiesen en la enfermería. A pesar de la pérdida de sangre, las heridas de Pitt no eran mortales, por lo que en cuestión de minutos las tenía limpias y vendadas. El director de la NUMA desoyó la recomendación del médico de permanecer en cama, se hizo con un bastón, y una hora más tarde, caminaba por los pasillos del submarino para ir a reunirse con los hombres del *Narwhal*. Entró con Giordino en el comedor de oficiales y encontraron a los tres capitanes, Campbell, Murdock y Stenseth sentados a la mesa e intentando ponerse de acuerdo en qué hacer con el rompehielos.

—¿Vosotros dos no tendríais que estar en la cama? —preguntó Stenseth.

—Ya habrá tiempo para dormir en el viaje de regreso a casa —contestó Pitt.

Stenseth lo ayudó a sentarse. Campbell se ocupó del café y durante unos minutos hablaron de los acontecimientos ocurridos y de sus descubrimientos.

—¿Ya habéis echado a suertes quién estará al mando del rompehielos? —preguntó Giordino poco después.

—Lo abordamos solo para buscaros a vosotros —precisó Campbell—. No tengo ninguna intención de confiscarlo, pero estos caballeros acaban de facilitarme los detalles de su participación en el secuestro de la tripulación del *Polar Dawn* y el hundimiento del *Narwhal*.

—Hay algo más que necesitas saber —dijo Pitt—. ¿Al?

Giordino describió la capa de pintura gris oculta debajo de la roja del casco del *Otok* y la visión parcial del número cincuenta y cuatro en letras blancas.

—Me jugaría el cuello a que destruyó el campamento del laboratorio polar canadiense haciéndose pasar por una fragata de nuestra marina.

Campbell sacudió la cabeza.

—Estos tíos están chalados. ¿Acaso pretenden iniciar la Tercera Guerra Mundial? Supongo que no nos queda otra alternativa que llevar el rompehielos a un puerto en aguas estadounidenses tan pronto como sea posible.

—Es un barco con bandera canadiense. No tendrá ningún problema para navegar por el Paso —dijo Pitt.

—Además disponemos de dos capitanes listos y dispuestos para llevarlo de regreso —aportó Stenseth, y Murdock manifestó su acuerdo con un gesto.

—Entonces, está decidido. Jugaremos a los piratas —anunció Campbell con una sonrisa—. Iremos a Anchorage, y yo seré vuestra escolta submarina, por si surgen problemas. —Miró el reducido espacio del comedor—. La verdad es que aquí estamos un tanto apretujados.

—Nos llevaremos a nuestra gente para tripular el barco —señaló Murdock, con un gesto hacia Stenseth—. El capitán Roman ha informado que hay muchas camas vacías en el rompehielos.

—Al y yo estaremos muy contentos de viajar en el *Otok* —añadió Pitt—. Al tiene claustrofobia, y yo tengo que ponerme al día con la lectura.

—Entonces, ya tenemos nuestro plan de regreso —dijo Campbell—. Mandaré a la mitad de mi equipo SEAL a bordo para que ayuden con la seguridad y nos pondremos en marcha.

Los tres capitanes se excusaron para ir a organizar sus tripulaciones mientras Pitt y Giordino terminaban el café. Giordino se echó hacia atrás en la silla y miró el techo con una amplia sonrisa.

—Pareces la mar de contento —comentó Pitt.

—Ya has oído lo que ha dicho el capitán. Vamos a Anchorage. Anchorage, Alaska —repitió con voz soñadora—. Al sur del círculo ártico. ¿Alguna vez un lugar te sonó tan cálido y tentador? —preguntó con una sonrisa satisfecha.

88

El bombardero B-2 Spirit llevaba volando más de cinco horas. Después de despegar de la base de la fuerza aérea Whiteman en Missouri, el bombardero invisible con forma de cuña había volado hacia el oeste en lo que parecía un simple vuelo de entrenamiento. Pero quinientas millas por encima del Pacífico, el aparato negro y gris, que parecía una gigantesca manta en vuelo, viró al nordeste, para dirigirse hacia la costa del estado de Washington.

—AC-016 rumbo 0-7-8 grados —dijo el comandante de la misión con un suave acento de Carolina—. Llega puntualmente.

—Lo tengo —contestó el piloto.

Movió los aceleradores de los cuatro motores y viró hasta llegar al rumbo indicado. Luego se centró en una pequeña diana blanca visible a través de la ventanilla de la carlinga. Satisfecho con la posición, el piloto redujo la velocidad para igualarla con la del avión que lo precedía.

A menos de cuatrocientos metros por delante y a trescientos treinta metros por debajo volaba un Boeing 777 de Air Canada, con destino a Toronto desde Hong Kong. Los pilotos civiles se habrían quedado de piedra de haber sabido que un bombardero de mil millones de dólares los seguía mientras entraban en el espacio aéreo canadiense.

Con una señal de radar casi del todo invisible, la tripulación del B-2 no necesitaba ocultarse en la sombra del 777 para completar su misión. Sin embargo, dado que a ambos lados de la frontera las fuerzas militares estaban en alerta, no querían correr ningún riesgo. El bombardero escoltó al aparato comercial por encima de Vancouver y a través de la Columbia Británica hasta entrar en Alberta. A unos ochenta kilómetros al oeste de Calgary, el aparato de Air Canada hizo un ligero cambio de rumbo hacia el sudeste. El B-2 mantuvo la posición unos minutos antes de efectuar un viraje cerrado en dirección nordeste.

El objetivo era la base en Cold Lake, Alberta, una de las dos donde estaban los escuadrones de F-18 de la fuerza aérea canadiense. Lanzarían bombas de trescientos veinticinco kilos guiadas por láser sobre las pistas y los cazabombarderos aparcados, para destruir o averiar el mayor número posible de aparatos y dejar inservibles las calles, pero reduciendo al mínimo la pérdida de vidas humanas. Dado que no había recibido una respuesta por parte del gobierno de Ottawa, y tras agotarse el plazo de veinticuatro horas, el presidente había decidido reducir a la mitad el primer ataque recomendado por el Pentágono, por lo que había autorizado el bombardeo a una única instalación militar.

—Ocho minutos para el objetivo —anunció el comandante—. Inicio la última comprobación de armamento.

Estaba siguiendo atentamente la secuencia de control de armamento que realizaba el ordenador, cuando de pronto escuchó en los auriculares una llamada urgente.

—Death-52, Death-52, aquí el mando. —Llegó la inesperada llamada de Whiteman—. Se les ordena abortar la misión. Repito, se aborta la misión. Por favor, respondan al mensaje, cambio.

El comandante comunicó que había recibido la nueva orden e interrumpió la secuencia del armamento. El piloto efectuó un lento giro en dirección al Pacífico antes de poner rumbo a la base.

—El jefe ha apurado mucho la frenada —comentó el piloto un poco después.

—Y a mí me lo dices —respondió el comandante con evidente alivio en la voz—. Es una misión que me alegra mucho que hayan anulado. —Al mirar las Rocosas canadienses que pasaban por debajo de las alas, añadió—: Espero que nadie sepa lo cerca que hemos estado.

89

Bill Stenseth escuchó el poderoso tronar de las turbinas de gas del rompehielos e hizo un gesto al timonel del *Narwhal* para que pusiera el gran barco en marcha. Cuando este comenzó a abrirse paso poco a poco a través de la banquisa, el capitán salió al gélido puente volante y dedicó un amistoso saludo al *Santa Fe*, que aún asomaba en el hielo un poco más allá. En la torreta, el comandante Campbell respondió al saludo y se dispuso a preparar su nave para volver a las profundidades.

El *Otok* viró para atravesar la banquisa hasta el sumergible de la NUMA. Un par de tripulantes bajaron del barco para enganchar el cable de una gran grúa de brazo que levantó el *Bloodhound* y lo depositó en un rincón de la cubierta de popa. Habían metido los cadáveres de Clay Zak y los mercenarios del equipo de seguridad en bolsas de plástico y ahora descansaban en un pequeño depósito sin calefacción.

Un poco más allá, un oso polar asomó la cabeza por encima de un risco y observó la operación. El mismo oso que Giordino casi había despertado se alzó para mirar el rompehielos, molesto por la intrusión, y después se alejó a paso lento en busca de comida.

Una vez asegurado el sumergible, el rompehielos reanudó la marcha y entró en aguas abiertas, para tranquilidad de Stenseth. El barco navegó hacia el oeste, en un rumbo que, a través del golfo de la Reina Maud, lo llevaría al mar de Beaufort. El *Santa Fe* ya se había sumergido y lo escoltaba a una distancia de dos millas. Stenseth se habría sorprendido si se hubiera enterado de que, para el momento en el que dejasen las aguas canadienses, habría nada menos que tres submarinos estadounidenses ofreciéndole una silenciosa escolta, mientras un escuadrón de aviones de largo alcance controlaba su avance desde las alturas.

Junto a Murdock, Stenseth disfrutaba de la oportunidad de mandar un nuevo barco. Con la tripulación del *Narwhal* y la mayoría de los hombres del *Polar Dawn* a bordo, estaba rodeado de capacitados ayudantes. La ex tripulación del *Otok* estaba bajo cubierta, vigilada por el contingente SEAL del *Santa Fe* y los comandos de Rick Roman. Casi todos los hombres habían querido regresar a casa en el rompehielos, como si quisieran desquitarse de los sufrimientos padecidos a manos de sus tripulantes.

Una vez que el barco se vio libre del hielo, Stenseth se volvió hacia el ruidoso grupo que tenía detrás. Junto a la mesa de mapas, con la pierna vendada sobre una silla plegable, Pitt bebía un café bien caliente. Giordino y Dahlgren estaban apretujados a su lado, hojeando el texto del grueso diario de a bordo colocado en el centro de la mesa.

—¿Vais a contarme lo que encontréis en el diario de a bordo del *Erebus* o continuaréis torturándome con el suspense? —preguntó Stenseth al trío.

—El capitán tiene razón —dijo Giordino, que, como Pitt, tenía vendada gran parte del rostro. Empujó el diario hacia su compañero—. Creo que te toca hacer los honores.

Pitt miró el libro con expresión expectante. El diario del *Erebus* estaba encuadernado en cuero, con el globo terráqueo repujado en la tapa. Había sufrido muy pocos daños con la explosión; solo mostraba unas pocas quemaduras en las cubiertas. Zak estaba de espaldas al barril de pólvora cuando había sujetado el diario, por lo que, sin pretenderlo, lo había protegido con el cuerpo. Pitt había encontrado el libro encajado debajo de un escalón junto al cadáver destrozado.

Pitt abrió la tapa sin prisas y buscó la primera entrada.

—Pretendes mantener la intriga, ¿verdad? —preguntó Stenseth.

—Vamos, patrón, deprisa —suplicó Dahlgren.

—Sabía que lo mejor era dejarlo en mi camarote —se lamentó Pitt.

Ante las miradas curiosas y las interminables preguntas, renunció a leer el diario de forma cronológica y buscó la última entrada.

—«21 de abril de 1848» —leyó, y los demás guardaron silencio—. «Es con profundo dolor que hoy debo abandonar el *Erebus*. Una parte de la tripulación continúa comportándose como dementes, y representan un peligro para los oficiales y los demás tripulantes. Es culpa de la plata dura, sospecho, aunque no sé por qué. Con once hombres en buen estado físico y mental, debo ir en busca del *Terror* y allí esperar el deshielo de primavera. Que Dios Todopoderoso se apiade de nosotros y de los hombres enfermos que quedan atrás. Capitán James Fitzjames.»

—La plata dura —dijo Giordino—. Tiene que ser el rutenio.

—¿Por qué causó la locura de los hombres? —preguntó Dahlgren.

—No hay ninguna razón que lo justifique —manifestó Pitt—, aunque un viejo buscador de minas me contó una historia similar en la que se atribuía la locura al rutenio. La tripulación del *Erebus* se envenenó con el plomo de los botes de los alimentos envasados y el botulismo, además del escorbuto, la congelación y las penurias de tres inviernos atrapados en el hielo. Pudo tratarse de una triste acumulación de factores.

—Parece que fue una decisión desafortunada dejar el barco —señaló Giordino.

—Así es —asintió Pitt—. El *Terror* fue aplastado por el hielo, y lo más probable es que creyesen que también lo sería el *Erebus*; por lo tanto, es fácil comprender el razonamiento que los llevó a desembarcar. Pero, de algún modo, el *Erebus* permaneció atrapado en el hielo y al parecer fue empujado hacia la costa un tiempo más tarde.

Pitt volvió las páginas hacia atrás y leyó en voz alta las entradas correspondientes a las anteriores semanas y meses. El diario narraba una inquietante historia que muy pronto dejó sin palabras a todos los presentes. Sin ahorrar trágicos detalles, Fitzjames relataba el fracasado intento de Franklin de atravesar el estrecho de Victoria en los últimos días del verano de 1846. El tiempo empeoró rápidamente, y ambos barcos quedaron atrapados lejos de tierra. En el segundo invierno ártico fue cuando Franklin cayó enfermo y murió. También durante ese tiempo comenzaron a aparecer las primeras señales de locura entre algunos de los tripulantes. Curiosamente dicho comportamiento no se produjo a bordo de la nave gemela. La locura de la tripulación del *Erebus* y las conductas violentas continuaron aumentando hasta que Fitzjames se vio obligado a reunir a los hombres que le quedaban y refugiarse en el *Terror*.

Las primeras entradas del diario eran de rutina, así que Pitt comenzó a saltarse páginas hasta encontrar una larga entrada que hacía referencia a la plata dura.

—Creo que aquí está —anunció en voz baja.

Los demás se apiñaron a su alrededor en un silencio expectante.

> 27 de agosto de 1845. Posición 74.36.2012 Norte, 92.17.432 Oeste. Frente a la isla de Devon. Marejadilla, hielo, vientos del oeste de 5 nudos. Cruzamos la bahía de Lancaster por delante del *Terror* cuando el vigía avista una vela a las 09.00. A las 11.00, se acerca el ballenero *Governess Sarah*, de Ciudad del Cabo, Sudáfrica, al mando del capitán Emlyn Brown. Brown informa que el navío ha resultado dañado por el hielo, lo que lo ha obligado a permanecer en la bahía varias semanas, pero que ahora está reparado. Tienen escasez de provisiones. Les damos un barril de harina, veinticinco kilos de carne de cerdo salada, una pequeña cantidad de carnes envasadas, y un cuarto de barril de ron. Se observa que muchos de los tripulantes del ballenero muestran un extraño comportamiento. En agradecimiento por las provisiones, el capitán Brown nos da diez sacos de «plata dura», un mineral poco conocido que se extrae

> en Sudáfrica. Brown afirma que tiene la propiedad de conservar muy bien el calor. La tripulación del barco ha comenzado a calentar cubos del mineral en la cocina y los colocan debajo de los camastros por la noche, con buenos resultados. Mañana pondremos rumbo al estrecho de Barrow.

Pitt dejó que calasen las palabras, y después alzó la cabeza. Una mirada de desilusión aparecía en los rostros de los hombres que lo rodeaban. Giordino fue el primero en hablar.

—Sudáfrica —repitió—. El saco de arpillera que encontramos en la bodega. Llevaba escrito Bushveld, Sudáfrica. Por mucho que nos duela, es una prueba de la veracidad del relato.

—¿Quizá todavía estén extrayendo el mineral en África? —planteó Dahlgren.

Pitt sacudió la cabeza.

—Recordaría ese nombre. Fue una de las minas que Yaeger comprobó. Se agotó hará aproximadamente cuarenta años.

—O sea que no queda rutenio en el Ártico —manifestó Stenseth escuetamente.

—No. —Pitt cerró el diario con una expresión de derrota—. Como Franklin, hemos recorrido un frío y mortal Paso a la nada.

EPÍLOGO

La piedra

90

Aunque estaba muy lejos de ser una persona de hábitos establecidos, Mitchell Goyette sí tenía uno muy conocido. Cuando estaba en Vancouver, comía cada viernes en el Club Victoria, un lujoso club de golf privado situado en las colinas al norte de la ciudad. El club ofrecía una preciosa vista de la bahía de Vancouver desde su lujoso local cerca del green del hoyo dieciocho. En su juventud, Goyette había visto cómo su solicitud de ingreso era rechazada por los altaneros socios de la alta sociedad que controlaban el club. Pero se había tomado la revancha años más tarde, cuando compró el campo de golf y el club en una gran operación inmobiliaria. Expulsó a todos los viejos socios y llenó el club privado con banqueros, políticos y otros miembros de las altas esferas que podían serle de utilidad. Cuando no estaba cerrando algún negocio, Goyette se relajaba con una comida regada con tres martinis acompañado por alguna de sus amigas en un reservado que daba a la bahía.

A las doce menos cinco, el chófer de Goyette llevó el Maybach hasta la verja, que se abrió inmediatamente. Dos manzanas más abajo, un hombre en una furgoneta blanca observó cómo entraba el coche y puso en marcha el suyo. Con un cartel en los laterales que decía COLUMBIA JANITORIAL SUPPLY, la furgoneta se detuvo junto a la garita de vigilancia. El conductor, con gorra y gafas de sol, bajó el cristal de la ventanilla y sacó una hoja de pedido.

—Una entrega para el Club Victoria —dijo, en tono aburrido.

El guardia miró la hoja y se la devolvió sin leerla.

—Adelante. La entrada de servicio está a su derecha.

Trevor Miller esbozó una sonrisa mientras arrojaba la falsa orden de pedido en el asiento del pasajero.

—Que tenga un buen día —saludó al guardia y entró en el club.

Trevor nunca había imaginado que llegaría el día en el que se viese obligado a matar a un ser humano en un acto de justicia. Sin embargo, la muerte de su hermano, y de muchos otros como él, a consecuencia de la codicia de Goyette equivalía a un asesinato. Además, sabía que esas muertes irían acompañadas por un desastre medioambiental. Podría haber una sanción contra las empresas de Goyette, pero siempre estaría protegido por políticos corruptos y abogados muy caros. Solo había una manera de poner punto final a aquello, y era acabar con Goyette. Sabía que el sistema era incapaz de hacer el trabajo; por lo tanto, se dijo que le tocaba a él. ¿Quién mejor para realizar ese acto que un vulgar funcionario que despertaba pocas sospechas y tenía muy poco que perder?

Llevó la furgoneta por la parte de atrás hasta la cocina del local del club y aparcó junto a un camión que descargaba verduras de cultivo ecológico. Abrió la puerta trasera y sacó un carretón, donde cargó cuatro pesadas cajas. Al entrar, lo detuvo el cocinero, un hombre robusto con el ojo derecho bizco.

—Suministro de limpieza para los servicios —explicó Trevor cuando el cocinero le cortó el paso.

—Creía que habíamos recibido una entrega la semana pasada —dijo el cocinero con una mirada intrigada. Indicó a Trevor una puerta de vaivén a un lado de la cocina—. Los servicios están a la izquierda. El armario de la limpieza está justo al lado. Encontrará al encargado en el mostrador de reservas. Le firmará la orden.

Trevor asintió, pasó por la cocina y siguió por un corto pasillo que acababa en los servicios de damas y caballeros. Asomó la cabeza al interior del de hombres, que carecía de ventanas, retrocedió y esperó a que saliese algún socio con un polo dorado. Entró con el carretón, apiló las cajas sobre la tapa del inodoro del último reservado y cerró la puerta al salir. Fue de nuevo a la furgoneta, para descargar otras cuatro cajas, y esta vez las apiló junto a la pared trasera. Abrió una de las cajas, que contenía una estufa eléctrica portátil y la enchufó debajo de uno de los lavabos sin encenderla. Después, empujó una de las cajas hasta el centro del baño. Se subió a ella como si fuese una escalerilla y, con una mano envuelta con toallas de papel para no quemarse, desenroscó la mitad de las bombillas instaladas en el techo, para dejar el lavabo en penumbra. A continuación, buscó la única boca de aire acondicionado, bajó la palanca que la cerraba y la selló con cinta adhesiva.

Satisfecho con esta primera parte del trabajo, entró en uno de los reservados, donde se quitó la gorra y el mono. Debajo vestía una camisa de seda y un pantalón negro. Buscó en la caja abierta, sacó una americana azul y zapatos de vestir, que se apresuró a calzar. Se miró en un espejo y se dijo que podía pasar perfectamente por un socio o un invitado. Se había afeitado la barba y cortado el pelo, que se había teñido con un tinte oscuro lavable. Completó el atuendo con unas elegantes gafas de sol, y, sin más demora, fue al bar.

El comedor y el bar estaban medio llenos de empresarios y jugadores de golf con sus coloridas prendas. Al ver a Goyette en el reservado del rincón, Trevor se sentó en la barra desde donde podía ver al millonario con toda claridad.

—¿Qué desea? —preguntó la camarera, una atractiva mujer de pelo negro corto.

—Una Molson, por favor. ¿Podría servirle una al señor Goyette? —dijo, y señaló hacia el rincón.

—Por supuesto. ¿Quién debo decir que le invita? —preguntó la camarera.

—Solo dígale que el Royal Bank of Canada le agradece su confianza.

Trevor miró cómo le servían la cerveza y agradeció que Goyette no hiciera el menor gesto de reconocimiento ni se molestara en mirar hacia el bar. Goyette ya se había tomado su segundo martini y se bebió la cerveza cuando le sirvieron la comida.

Trevor esperó a que el millonario y su amiga comenzasen a comer; entonces, fue al servicio.

Mantuvo la puerta abierta para dejar salir a un hombre mayor, que se quejaba de que había poca luz, y colocó un cartel de cartón que decía CERRADO POR REPARACIONES – POR FAVOR UTILICEN EL SERVICIO DEL BAR. Entró, extendió una cinta de plástico amarillo delante de los urinarios y se puso unos guantes. Fue de caja en caja, con una navaja que utilizó para cortar las cintas adhesivas y volcar el contenido. De cada una de las cajas cayeron cuatro bloques de cinco kilos cada uno de hielo seco —dióxido de carbono en estado sólido—, envueltos en plástico. Aplastó las cajas de cartón y las guardó en el último reservado; a continuación, repartió los bloques por el fondo del baño y procedió a cortar los envoltorios de plástico. Los vapores se alzaron de inmediato, pero Trevor tapó los bloques con las cajas aplastadas para retrasar el descongelamiento. Se tranquilizó al comprobar que en la penumbra los vapores apenas eran visibles.

Consultó su reloj y se apresuró a colocar una pequeña caja de herramientas, la gorra y el mono cerca de la puerta. Cogió un destornillador de la caja y alumbrándose con una linterna lápiz aflojó los tornillos de la manija interior hasta que apenas se sujetara. Guardó las herramientas en la caja, abrió con cuidado la puerta y volvió al bar.

Goyette casi había acabado de comer. Trevor se acomodó otra vez en la barra y pidió tranquilamente otra cerveza, sin perder de vista a su víctima. Con sus sonoras risotadas, Goyette era todo lo que Trevor había esperado que fuese. Vulgar, egoísta y de una arrogancia insoportable, era un tipo lleno de inseguridades que podía pasarse años en el diván de un psiquiatra. Se esforzó por controlar la tentación de acercarse sin más y clavarle el cuchillo de la mantequilla en la oreja.

Goyette apartó por fin el plato y se levantó. De inmediato, Trevor dejó sobre la barra el dinero para pagar la cerveza y una propina para la camarera y se apresuró por el pasillo. Quitó el cartel de CERRADO, entró y se vistió con el mono. Apenas había acabado de encasquetarse la gorra cuando entró Goyette. Al ver a Trevor con el mono del personal de mantenimiento, frunció el entrecejo.

—¿Por qué está tan oscuro? —protestó—. ¿De dónde viene ese vapor? —Señaló la nube que se veía al fondo del lavabo a ras del suelo.

—Una fuga en la cañería —respondió Trevor—. La condensación crea ese vapor. Es probable que la fuga haya provocado un cortocircuito en algunas lámparas.

—Pues arréglelo —ordenó Goyette.

—Sí, señor. De inmediato.

Trevor observó cómo Goyette, después de mirar los urinarios cerrados con la cinta, entraba en el primer reservado. En cuanto cerró la puerta, Trevor corrió a encender la estufa al máximo de potencia. Después, quitó las cajas aplastadas para dejar a la vista los bloques de hielo seco. Desparramó algunos trozos por el lavabo, cada vez más caliente, y al cabo de un momento comenzaron a aparecer más nubes del letal vapor.

Volvió a la puerta y abrió la caja de herramientas. Esta vez sacó el destornillador junto con un tope de goma triangular con un cordel sujeto en el extremo más delgado. Abrió la puerta unos centímetros y colocó el tope para sujetarla en su lugar. Luego acabó de desatornillar la manija interior y la guardó en la caja de herramientas.

Miró al interior y notó que la temperatura ya había aumentado gracias a la estufa y, con ella, las nubes cada vez más grandes de dióxido de carbono. Escuchó el sonido de la cremallera del pantalón de Goyette y llamó.

—¿Señor Goyette…?

—¿Sí? —llegó la respuesta con voz airada—. ¿Qué pasa?

—Steve Miller le envía saludos.

Trevor abrió la puerta, apagó las luces y destrozó el interruptor de plástico con un golpe de la caja de herramientas. Salió del servicio, se puso de rodillas, recogió el tope de goma, lo pasó al otro lado y deslizó el cordel por debajo de la puerta. Dejó que la puerta se cerrase, antes de tirar del cordel para trabar la puerta por el lado interior.

Colocó de nuevo el cartel de CERRADO mientras en el interior oía las maldiciones de Goyette. Con la sonrisa de quien está satisfecho con su trabajo, Trevor recogió la caja de herramientas y fue hacia la salida pasando por la cocina. En cuestión de minutos, había abandonado las instalaciones del club para ir a la oficina de una compañía de alquiler de coches en una localidad vecina.

Con una temperatura de sublimación de menos setenta y ocho grados centígrados, el hielo seco recupera el estado gaseoso a temperatura ambiente. Los trescientos kilos de hielo seco comenzaron a vaporizarse a gran velocidad a medida que la estufa calentaba el espacio cerrado hasta superar los noventa grados. Tropezando a ciegas en el servicio a oscuras, Goyette notó una humedad fría en los pulmones con cada respiración. Consiguió llegar a la puerta, aunque muy mareado, y buscó el interruptor con la mano izquierda y la manija con la derecha. En un súbito momento de aterradora comprensión se dio cuenta de que ambas faltaban. Intentó sin éxito abrir la puerta con la punta de los dedos, y después comenzó a aporrear la gruesa madera al tiempo que gritaba pidiendo socorro. Comenzó a toser a medida que el aire se hacía más frío y pesado y, con una creciente sensación de pánico, comprendió que estaba ocurriendo algo muy grave.

Pasaron varios minutos antes de que un empleado escuchase los gritos y descubriese que la puerta estaba cerrada por dentro. Y transcurrieron otros veinte para que llegase un empleado de mantenimiento con las herramientas para desmontar las bisagras. Los curiosos que se habían reunido allí se quedaron atónitos cuando una nube de humo blanco escapó del servicio y encontraron el cadáver de Goyette tumbado junto a la puerta.

Una semana más tarde, cuando la Oficina del Forense del Distrito de Vancouver dio a conocer el informe de la autopsia, se supo que el multimillonario había muerto de asfixia debido a la exposición a enormemente altos niveles de dióxido de carbono.

«Hacía años que no veía uno de estos casos», comentó el veterano médico forense a los periodistas presentes en la rueda de prensa.

91

Casi cien miembros de los medios de comunicación, más de la mitad de ellos canadienses, esperaban en el muelle de la guardia costera en Anchorage cuando el *Otok* apareció en el puerto. El enorme rompehielos se acercó a marcha lenta, lo que permitió a los fotógrafos capturar con detalle la proa aplastada y las múltiples capas de pintura, antes de que amarrase detrás de una nave de la guardia costera llamada *Mustang*.

La Casa Blanca y el Pentágono se habían apresurado a acabar con el clima hostil entre Canadá y Estados Unidos; para ello, se habían saltado los canales diplomáticos y habían expuesto el caso directamente al público. Ya se habían distribuido comunicados de prensa en los que se daban pruebas de que el *Otok* había sido el responsable de la destrucción del laboratorio ártico camuflándose como una fragata de la marina estadounidense. Las fotos ampliadas del casco, tomadas desde el *Santa Fe*, mostraban la capa de pintura gris y el número 54 correspondiente a la fragata *Ford* ocultas debajo de la pintura roja. Incluso se presentó a un testigo que declaró haber visto que un barco gris entraba en un dique seco, propiedad de Goyette, cerca de Kugluktuk en mitad de la noche para reaparecer unos días más tarde pintado de rojo.

La prensa disfrutó fotografiando al capitán y a la tripulación del rompehielos cuando los hicieron desembarcar vigilados por soldados armados y los pusieron de inmediato bajo custodia hasta el momento de ser extraditados por la Real Policía Montada. Muy pronto se filtró la noticia de que la tripulación había admitido haber destruido el campamento polar y haber secuestrado a los tripulantes del *Polar Dawn*.

El capitán Murdock y sus hombres se reunieron con los periodistas, que se quedaron atónitos al enterarse del secuestro y de que habían estado a punto de morir en la barcaza. Roman y Stenseth se turnaron para responder a las preguntas hasta que los reporteros comenzaron a marcharse para escribir sus historias. En cuestión de horas, un enjambre de periodistas se presentó en Terra Green Industries para investigar las actividades corruptas de Goyette en el Ártico.

La gente de los medios se había marchado hacía rato cuando Pitt desembarcó apoyado en una muleta. Giordino caminaba a su lado con dos pequeñas bolsas y el cuaderno de bitácora del *Erebus*. En el mismo momento en el que llegaban al final del muelle, un vehículo con los cristales ahumados se detuvo delante de ellos. El conductor bajó la ventanilla, y un hombre con el pelo muy corto los miró con ojos duros.

—El vicepresidente les ruega que suban atrás —dijo el chófer sin más formalidades.

Pitt y Giordino se miraron el uno al otro. Pitt abrió la puerta de atrás y arrojó al interior la muleta. Giordino entró por el otro lado. Sandecker los miró desde el asiento junto al chófer con un gran puro entre los labios.

—Almirante, qué agradable sorpresa —exclamó Giordino con su habitual sarcasmo—. Podríamos haber tomado un taxi hasta el aeropuerto.

—Iba a decir que me alegraba de que estéis vivos, pero quizá me lo piense mejor —manifestó Sandecker.

—Me alegra verlo, almirante —dijo Pitt—. No esperábamos encontrarlo aquí.

—Prometí a Loren y al presidente que os llevaría a los dos de regreso a casa de una pieza.

Hizo un gesto al chófer, que salió de la base de la guardia costera y atravesó la ciudad en dirección al aeropuerto.

—¿Se lo prometió al presidente? —preguntó Giordino.

—Sí. Tuve que soportar una bronca cuando descubrió que el *Narwhal*, con el director de la NUMA a bordo, estaba en medio del Paso del Noroeste.

—Por cierto, gracias por haber enviado el *Santa Fe* —dijo Pitt—. Fueron ellos quienes salvaron los muebles.

—Tuvimos la suerte de que estuviesen en el Ártico Norte y pudiesen llegar a la zona rápidamente. Pero el presidente sabe muy bien que la tripulación del *Polar Dawn* habría muerto de no ser porque tú fuiste hasta allí.

—Stenseth y Dahlgren son los que merecen el agradecimiento por salvar a la tripulación del *Polar Dawn* —afirmó Pitt.

—Lo más importante fue que descubriste el engaño del rompehielos. No imaginas lo cerca que estuvimos de entrar en guerra con los canadienses. El presidente te atribuye, con razón, el mérito de haber evitado una grave crisis.

—Entonces lo menos que puede hacer es comprarnos otro barco para reemplazar el *Narwhal* —intervino Giordino.

El coche continuó circulando por las calles mojadas por la lluvia. Pasó junto al Delaney Park, una extensa zona de hierba y árboles que había sido el primer aeródromo de la ciudad. El aeropuerto internacional de Anchorage se había construido años más tarde en un llano al sudoeste de la zona centro.

—¿Qué tal han ido las conferencias de prensa? —preguntó Pitt.

—Tal como esperábamos. La prensa canadiense lo ha publicado todo en primera página. Ya se están peleando por ir a Ottawa y acribillar a preguntas al primer ministro por sus afirmaciones erróneas sobre los incidentes en el Ártico. Él y su partido no tendrán otra salida que enfrentarse al escándalo y retirar las acusaciones contra nosotros.

—Espero que esto acabe de una vez por todas con Mitchell Goyette —señaló Giordino.

—Me temo que ya es demasiado tarde para él —respondió Sandecker.

—¿Demasiado tarde? —preguntó Giordino.

—Lo encontraron muerto ayer en Vancouver. Al parecer murió en extrañas circunstancias.

—Se ha hecho justicia —afirmó Pitt en voz baja.

—¿Con tanta rapidez actuó la CIA? —preguntó Giordino.

Sandecker le dedicó una mirada severa.

—No tenemos nada que ver con su muerte.

El vicepresidente observó de nuevo a Pitt con preocupación.

—¿Encontraste el rutenio?

Pitt sacudió la cabeza.

—Al tiene el diario de a bordo del *Erebus*. El rutenio de Franklin existió, pero lo consiguió en un intercambio con un ballenero de Sudáfrica. No hay ninguna mina de rutenio en el Ártico y las minas sudafricanas se agotaron hace años. Me temo que hemos vuelto con las manos vacías.

Se hizo un prolongado silencio en el coche.

—Pues tendremos que intentarlo de otro modo —acabó diciendo Sandecker—. Al menos encontrasteis a Franklin —añadió—. Habéis solucionado un misterio que ha durado ciento sesenta y cinco años.

—Espero que por fin él también llegue a casa —dijo Pitt con voz solemne, con la mirada puesta en los lejanos picos de las montañas Chugach, en el mismo momento en el que el coche se detenía junto al avión del vicepresidente.

92

De poco sirvió la muerte de Goyette para acabar con la airada reacción de los medios ante su imperio. Varios periodistas dedicados al medio ambiente ya habían descubierto las descargas de dióxido de carbono relacionadas con la planta de Kitimat y el accidente que se había evitado en el último momento con el barco de pasajeros que hacía la ruta turística de Alaska. Los investigadores del Ministerio de Medio Ambiente canadiense se habían presentado en las instalaciones para cerrarla y sacar a los trabajadores mientras se preparaban las acusaciones criminales y civiles contra Terra Green. Aunque se tardaron varias semanas, el barco cisterna responsable de las descargas de dióxido de carbono fue encontrado en un astillero de Singapur. Las autoridades locales de inmediato se incautaron del barco propiedad de Goyette.

Las actividades ilegales del multimillonario se convirtieron en una frecuente noticia de primera plana en Estados Unidos y Canadá. No pasó mucho tiempo antes de que la investigación policial sacase a la luz que los derechos de explotación del petróleo, el gas y los minerales se habían obtenido con sobornos. Tras pactar un acuerdo de inmunidad para Jameson, el ministro de Recursos Naturales, las pruebas acusatorias comenzaron a caer como fichas de dominó. Se dieron a conocer elevadas transferencias hechas a las cuentas del primer ministro y los sobornos pagados por Goyette para ampliar sus plantas de captura de dióxido de carbono por todo Canadá. La pista del dinero los llevó a destapar docenas de otros tratos ilegales entre Goyette y el primer ministro Barrett para explotar juntos los recursos naturales del país.

Los líderes de la oposición aprovecharon de inmediato las noticias y las investigaciones para llevar a cabo una caza de brujas contra el primer ministro. Acosado por sus falsas declaraciones en los incidentes ocurridos en el Ártico, las acusaciones delictivas fueron la gota que colmó el vaso. Privado de todo apoyo, el primer ministro renunció a su cargo pocas semanas más tarde, junto con la mayoría de su gabinete. Despreciado por el público, el ex primer ministro se enfrentaría durante años a múltiples acusaciones hasta conseguir un acuerdo que lo libraría de ir a la cárcel. Con la reputación destrozada, Barrett se perdió en el olvido.

Terra Green Industries tuvo un destino similar. Los investigadores descubrieron que su estrategia para hacerse con los recursos árticos consistía en expulsar a los estadounidenses, obtener el monopolio del transporte local, y el pago de sobornos para conseguir los derechos. Sin poder hacer frente a las multas multimillonarias por corrupción y por daños al medio ambiente, la empresa no tardó en caer en la bancarrota. Muchas de las propiedades, incluido el barco cisterna, el Club Victoria y el yate de Goyette, se vendieron en subastas públicas. Gran parte de los yacimientos y la flota fueron adquiridos por el gobierno, que explotaría las propiedades sin obtener beneficios. Una organización no gubernamental alquiló uno de los rompehielos y la flota de barcazas por el precio simbólico de un dólar al año. Trasladadas a la bahía de Hudson, las barcazas se empleaban para llevar los excedentes de trigo de Manitoba a las regiones que padecían hambre en África Oriental.

Entre los barcos de Terra Green, los investigadores encontraron un pequeño portacontenedores llamado *Alberta*. Los inspectores de la Policía Montada probaron que se trataba del mismo barco que había colisionado con el patrullero de los guardacostas *Harp* en el estrecho de Lancaster; algunas letras de su nombre se habían modificado para que dijese *Atlanta*. Al igual que la tripulación del *Otok*, los hombres que servían a bordo del *Alberta* afirmaron en sus declaraciones que habían actuado bajo las órdenes directas de Mitchell Goyette.

En cuanto los partidos moderados recuperaron poder en el gobierno canadiense, las relaciones con Estados Unidos mejoraron de inmediato. Se devolvió el *Polar Dawn* a los estadounidenses, junto con una pequeña indemnización para los tripulantes. Se anuló la orden que prohibía a los barcos estadounidenses navegar por el Paso del Noroeste y, poco después, se firmó un acuerdo de seguridad estratégica. En beneficio de una defensa mutua compartida, señalaba el documento, Canadá prometía que los barcos militares estadounidenses podían navegar sin restricciones por el Paso. Para el presidente, lo más importante fue que el gobierno de Ottawa abrió el acceso al gas de Melville Sound. En cuestión de meses, grandes cantidades de gas natural fueron enviadas sin problemas a Estados Unidos, y muy pronto acabaron los perjuicios económicos motivados por la subida de los precios del petróleo.

En secreto, el FBI y la Policía Montada buscaron los expedientes donde aparecía Clay Zak. Se le atribuyeron sin ninguna duda la colocación de las bombas en el laboratorio de la Universidad George Washington y en la mina de zinc de la Mid-America en el Ártico, pero sus otros crímenes no eran tan fáciles de rastrear. Aunque las sospechas lo señalaban como presunto autor, nunca se encontraron pruebas fehacientes de que hubiera matado a Elizabeth Finlay en Victoria. En cambio, era sospechoso en más de una docena de crímenes sin aclarar cuyas víctimas habían sido conocidos oponentes de Goyette. Aunque fue sepultado en una fosa común en el cementerio de Vancouver, sus actividades delictivas mantendrían ocupados a los investigadores durante años.

El único socio de Goyette que se libró de todas las investigaciones fue el ministro de Recursos Naturales, Arthur Jameson. Pese a estar metido hasta el cuello en la corrupción, Jameson sobrevivió a aquella etapa e incluso contó con la admiración del público. El desprecio por Goyette era tan grande, incluso muerto, que los crímenes de Jameson casi se pasaron por alto gracias a su valentía a la hora de entregar pruebas y denunciar todo el caso.

Tras renunciar a su cargo, Jameson recibió la propuesta de ser profesor de un respetado colegio privado de Ontario, donde daba un curso de ética cada vez más popular. Su fama aumentó a medida que se olvidaban los delitos cometidos, y Jameson se dedicó a la vida erudita y a un estilo de vida modesto. Solo sus cuatro hijos recordaron sus actividades del pasado, cuando, al cumplir los treinta y cinco, cada uno heredó una cuenta en las islas Caimán por un valor de diez millones de dólares.

En cuanto a Goyette, no se le perdonó ni siquiera después de muerto. Los vicios, la codicia y las actividades delictivas, además del absoluto desprecio por el impacto medioambiental de sus acciones, motivaron un rencor universal. Esta actitud llegó incluso a afectar a la Real Policía Montada, que solo realizó una investigación de trámite de su muerte. Los investigadores sabían que el asesino podía convertirse en un héroe popular, por ello atribuyeron las circunstancias de su muerte a un accidente. El interés público por el crimen se desvaneció muy pronto, porque la policía citó muy pocas pistas y una interminable lista de enemigos, con lo que evitaban investigar el crimen. Con toda discreción, la muerte de Goyette se convirtió muy pronto en un caso abierto que nadie quería resolver.

93

La guardia de honor de la Marina Real cargó el ataúd de madera oscura por las escalinatas de la capilla neoclásica anglicana y lo colocó sobre una ornamentada cureña del siglo XIX. La elegía había sido larga, como era norma en los funerales reales, con los discursos del primer ministro y el príncipe de Gales, entre otras personalidades. Los sentimientos eran patrióticos, pero poco personales, porque ninguno de los asistentes había conocido al muerto.

El funeral de sir John Alexander Franklin fue un gran acontecimiento y, al mismo tiempo, muy edificante. El descubrimiento del cadáver de Franklin a bordo del *Erebus* había despertado un nostálgico romanticismo entre el público británico y había reavivado los días de gloria, cuando Wellington gobernaba la tierra y Nelson el mar. Las hazañas de Franklin en el Ártico, un episodio histórico casi olvidado por las nuevas generaciones, fueron relatadas con todo detalle a un público entusiasmado que pedía más.

La fascinación de la gente había ejercido una gran presión sobre el equipo de arqueólogos y especialistas forenses encargados de examinar el barco y recuperar el cuerpo. Trabajando las veinticuatro horas del día habían resuelto dos misterios clave, incluso antes de que el cuerpo de Franklin llegase a Londres y luego a la abadía de Westminster.

Si bien varias enfermedades habían contribuido a su muerte, a la edad de sesenta y un años, los científicos determinaron que la tuberculosis, contraída en los reducidos confines de un barco atrapado en el hielo, era la causa más probable de su deceso. Mucho más intrigante había sido la revelación de por qué gran parte de la tripulación del *Erebus* se había vuelto loca. A partir de lo narrado en el diario de a bordo, que Pitt había enviado a las autoridades británicas, los científicos analizaron una muestra de rutenio encontrada en el camarote de uno de los oficiales. Los ensayos mostraron que el mineral sudafricano contenía grandes cantidades de mercurio. Cuando los marineros lo habían calentado en cubos y sartenes, el mineral había desprendido unos vapores tóxicos que se habían acumulado en la cocina y en el sollado de la tripulación. El envenenamiento por mercurio provocaba daños neurológicos y reacciones psicóticas meses después de ser respirado, algo que se había comprobado años más tarde con casos similares.

Esta trágica acumulación de factores contribuyó todavía más al atractivo de la historia; de ahí que el público acudiera en masa a presentar sus respetos a Franklin. Las puertas de Kensal Green, un viejo y extenso cementerio al oeste de Londres junto a Forest Lawn, tuvieron que ser cerradas el día de su funeral, después de que treinta mil personas se congregasen en su histórico suelo.

Era un caluroso y húmedo día de verano, muy distinto de las condiciones árticas en las que había muerto. La cureña tirada por caballos se alejó a marcha lenta de la capilla, traqueteando por el sendero de adoquines entre los golpes de las herraduras de las yeguas negras. Escoltada por una larga procesión, la cureña fue poco a poco hasta una sección aislada del cementerio donde había un bosquecillo de castaños muy altos. El cochero se detuvo frente a un panteón familiar con la reja abierta. Había una fosa vacía junto a una tumba en cuya lápida se leía: LADY JANE FRANKLIN, 1792-1875.

La amada esposa de Franklin, más que cualquier otro, había contribuido a aclarar el destino de la expedición perdida. A través de innumerables peticiones y gastos, había financiado con su fortuna personal no menos de cinco expediciones para rescatar a su marido y sus barcos del Ártico. Las primeras habían fracasado, al igual que aquellas enviadas por el gobierno británico. Fue otro explorador del Ártico, Francis McClintock, quien acabó por descubrir el destino de Franklin. A bordo de su yate de vapor *Fox*, fletado por lady Franklin, había encontrado importantes reliquias y una nota en la isla del Rey Guillermo; en ella se hablaba de la muerte de Franklin en 1847 y del abandono por parte de la tripulación de los barcos atrapados en el hielo.

Habían transcurrido ciento sesenta y ocho años desde que se había despedido de ella con un beso en las orillas del Támesis, pero John Franklin se había reunido de nuevo con su esposa.

Su alma tenía otro motivo para sentirse feliz mientras lo sepultaban junto a Jane. La fragata de la Armada Real que había recuperado el ataúd del *Erebus* para llevarlo de regreso a Inglaterra, había seguido la ruta larga, por el estrecho de Bering y el Pacífico hasta el canal de Panamá. En la muerte, ya que no en vida, sir Franklin había navegado por fin por el Paso del Noroeste.

94

Pitt contempló el río Potomac a través de la ventana de su despacho, mientras su mente iba a la deriva como el agua del río.

Desde que había vuelto del Ártico, no estaba tranquilo, lo embargaba una ligera angustia mezclada con cierta desilusión. Pero sabía que en parte era por sus heridas. La pierna y el brazo cicatrizaban bien, y los médicos le habían dicho que se recuperaría sin problemas. Sin embargo, aunque casi no le dolían, detestaba la falta de movilidad. Hacía días que había abandonado la muleta pero en ocasiones necesitaba la ayuda de un bastón. Giordino había aliviado parcialmente esa necesidad dándole un bastón con un compartimiento secreto para tequila. Loren también había estado a la altura de las circunstancias, y se había comportado como la mejor de las enfermeras atendiéndolo en todo momento. Pero había algo que continuaba afectándolo.

Sabía que era el fracaso, algo a lo que no estaba acostumbrado. La búsqueda del rutenio había tenido una importancia fundamental, y él no había sido capaz de encontrarlo. Tenía la sensación no solo de haberle fallado a Lisa Lane sino también a todos los habitantes del planeta. Por supuesto, no era culpa suya; había seguido las pistas a medida que las encontraba y en ningún momento habría actuado de otra manera. Los geólogos del gobierno ya estaban buscando nuevas fuentes de rutenio, pero las perspectivas a corto plazo eran pesimistas. El mineral no existía en cantidades suficientes, y no había nada que él pudiese hacer al respecto.

Su instinto se había equivocado por segunda vez, lo que le provocaba dudas. Quizá llevaba demasiado tiempo en activo. Quizá era hora de que una generación más joven tomase las riendas. Tal vez debería ir a Hawai con Loren y pasar los días dedicándose a la pesca.

Intentó ocultar su melancolía cuando llamaron a la puerta y gritó «adelante».

Se abrió la puerta. Giordino, Rudi y Dahlgren entraron en el despacho como si fuese de ellos. Intentaban reprimir una sonrisa, y Pitt vio que los tres ocultaban algo a la espalda.

—Bueno, por lo visto, o estoy recibiendo a los Reyes Magos o acaban de entrar tres chiflados —comentó Pitt.

—¿Tienes un minuto? —preguntó Rudi—. Hay algo que querríamos compartir contigo.

—Mi tiempo es vuestro —respondió Pitt, que se acercó a su mesa para sentarse. Miró a los hombres con suspicacia, y añadió—: ¿Qué es lo que estáis tratando de ocultar?

Dahlgren le mostró los vasos de plástico que llevaba.

—Se nos ocurrió que podía ser la hora de tomar un trago —explicó.

Giordino sacó la botella de champán que tenía oculta detrás de sus robustos brazos.

—Yo también tengo sed —añadió.

—¿Acaso nadie os ha dicho que hay reglas que prohíben el alcohol en los edificios públicos? —les reprochó Pitt.

—Creo que las he olvidado. ¿Tú sabes algo de eso?

Dahlgren puso cara de ingenuo y sacudió la cabeza.

—De acuerdo, ¿de qué va todo esto? —preguntó Pitt, perdiendo la paciencia.

—Es cosa de Jack —dijo Gunn—. Digamos que nos ha salvado el día.

—Dirás que te ha salvado el culo —lo corrigió Giordino con una sonrisa.

Quitó el papel de aluminio del cuello de la botella y la descorchó. Cogió los vasos de Dahlgren y sirvió la bebida.

—Se trata de la piedra —intentó explicar Rudi.

—La piedra… —repitió Pitt con creciente suspicacia.

—Una de las muestras de la chimenea hidrotermal que encontramos más allá de Alaska —intervino Giordino—, antes de todo aquel embrollo del laboratorio canadiense. Guardamos todas las muestras en una bolsa que Rudi debía traer aquí para analizar. Pero se dejó la bolsa en el *Narwhal* cuando se marchó a Tuktoyaktuk.

—Recuerdo aquella bolsa —dijo Pitt—. Casi tropezaba con ella cada vez que entraba en el puente.

—Tú y yo —murmuró Dahlgren.

—¿Todavía está en el puente? —preguntó Pitt.

—Estaba y está —contestó Giordino—. Está en el *Narwhal*, en el fondo del estrecho de Victoria.

—Eso sigue sin explicar a qué viene el champán.

—Al parecer, nuestro buen amigo Jack encontró una piedra en el bolsillo cuando llegó a casa —dijo Gunn.

—Te aseguro que no soy cleptómano —afirmó Dahlgren con una sonrisa—. Pero también tropecé con aquella bolsa y recogí una de las piedras que habían caído. Me la guardé en el bolsillo sin pensarlo. Me olvidé de ella hasta que me cambié de ropa en el *Santa Fe* y me dije que valdría la pena guardarla.

—Una decisión muy sabia —apuntó Rudi.

—La llevé al laboratorio de geología la semana pasada, para que la analizasen, y me han llamado esta mañana con los resultados.

Rudi sacó la muestra y la deslizó sobre la mesa. Pitt la recogió y de inmediato le llamó la atención el peso y el color plata mate. Se le aceleró el corazón al recordar las mismas características en la muestra que le había dado el viejo geólogo de la cooperativa minera.

—A mí no me parece que sea oro —comentó al trío, atento a su reacción.

Los tres hombres se miraron los unos a los otros y sonrieron. Fue Giordino quien respondió.

—¿Qué te parece, rutenio?

Los ojos de Pitt se iluminaron cuando se irguió en la silla. Observó la piedra con atención y luego miró a Rudi.

—¿De verdad? —preguntó en voz baja.

—Sí, y de alta calidad.

—¿Cómo sabemos si se encuentra en cantidad?

—Buscamos los registros de los sensores del *Bloodhound* y echamos una segunda mirada. Aunque no está configurado para detectar el rutenio, identifica los grupos que contienen platino. Si hemos de creer a los sensores, la chimenea hidrotermal tiene más platino y derivados del platino a su alrededor que oro en Fort Knox. No hay duda de que una significativa cantidad del mineral alrededor de la chimenea es rutenio.

Pitt no podía creer la noticia. Sintió como si le hubieran puesto una inyección de adrenalina. Su rostro se iluminó, y el brillo reapareció en sus inteligentes ojos verdes.

—Enhorabuena, jefe —dijo Rudi—. Tienes tu propia mina de rutenio a trescientos metros bajo el mar.

Pitt sonrió a sus compañeros y cogió uno de los vasos.

—Creo que brindaré por eso —dijo, y levantó el vaso en un brindis con los demás.

Después de beber un sorbo, Dahlgren miró su vaso y asintió.

—Sabéis una cosa —dijo con su lento deje texano—, esto es casi tan bueno como una Lone Star.

95

Diez meses después

Era uno de aquellos escasos días de primavera sin nubes en Kitimat, cuando las aguas tenían un color azul cerúleo y el aire fresco el sabor del oxígeno puro. En las instalaciones de la antigua planta de captura de Terra Green, un pequeño grupo de autoridades y periodistas se había reunido para la ceremonia inaugural. Un hombre con rostro de querubín y vestido con un traje beis, el nuevo primer ministro de Recursos Naturales de Canadá, subió al estrado ante la concurrencia sentada.

—Damas y caballeros, es un gran placer declarar inaugurada la estación de fotosíntesis de Kitimat, la primera de estas características en el mundo. Como saben, el Ministerio de Recursos Naturales heredó estas instalaciones el año pasado, construidas para la captura de dióxido de carbono, en circunstancias menos que ideales. Pero me complace informar que estas instalaciones se han reconvertido con éxito en la primera planta de fotosíntesis artificial. La estación de fotosíntesis de Kitimat convertirá de manera segura y eficaz el dióxido de carbono en agua e hidrógeno, sin ningún riesgo para el medio ambiente. Una de las ventajas es que la instalación relacionará el gasoducto existente con Athabasca, para convertir casi el diez por ciento del dióxido de carbono generado por las refinerías de las arenas petrolíferas. Hoy tenemos aquí el prototipo de una nueva arma contra la polución atmosférica y, en última instancia, contra el calentamiento global.

Los presentes, entre los que se contaban muchos de los habitantes de Kitimat, aplaudieron con entusiasmo. El ministro les dedicó una amplia sonrisa antes de continuar.

—Como en cualquier empresa de importancia histórica, la conversión de estas instalaciones se consiguió gracias al trabajo de numerosas personas. También ha sido uno de los más fructíferos esfuerzos conjuntos que he presenciado. El espíritu emprendedor del Ministerio de Recursos Naturales, el Ministerio de Energía de Estados Unidos y la Universidad George Washington es una prueba de las grandes cosas que se pueden conseguir en pro del bien común. Me gustaría expresar un reconocimiento especial a los logros de la señorita Lisa Lane, a quien corresponden todos los méritos en el origen de estas instalaciones.

Sentada en primera fila, Lisa respondió a los saludos de la multitud ruborizándose.

—Hoy veo aquí importantes cambios para toda la humanidad y espero con ansia el amanecer de un nuevo mundo desde nuestros humildes principios en Kitimat. Gracias.

La multitud aplaudió de nuevo y luego escuchó los discursos de otros políticos antes de que se procediese a cortar la cinta inaugural. Cuando hubo terminado la ceremonia, el ministro se acercó a la primera fila, donde Pitt y Loren estaban sentados junto a Lisa.

—Señorita Lane, me alegra verla de nuevo —manifestó con afecto—. Este debe de ser para usted un día extraordinario.

—Desde luego que sí. Nunca habría imaginado que una planta de fotosíntesis artificial pudiese entrar en funcionamiento con tanta rapidez.

—Su presidente y nuestro nuevo primer ministro mostraron una gran voluntad para que las cosas no se retrasaran.

—Señor ministro, quiero presentarles a mi querida amiga la congresista Loren Smith y a su marido, Dirk Pitt.

—Es un placer conocerlos. Señor Pitt, fue usted quien recomendó la reconversión de la planta, ¿no es así?

—En realidad fue idea de mis hijos —respondió Pitt, que señaló a Dirk y Summer, que se dirigían hacia el bar—. A todos nos pareció que sería conveniente sacar algo positivo de uno de los pecados de Goyette.

El ministro se estremeció al escuchar ese nombre, pero no tardó en recuperar la sonrisa.

—Su descubrimiento ha resultado ser extraordinariamente beneficioso en varios frentes, señorita Lane. Ahora podremos ampliar las operaciones en las arenas petrolíferas de Athabasca a medida que se construyan nuevas instalaciones de fotosíntesis artificial para capturar las emisiones de los gases de efecto invernadero. Eso contribuirá en gran medida a reducir las necesidades de crudo en ambos países. En estos momentos mi prioridad es convencer al primer ministro para que autorice las partidas presupuestarias para construir otras veinte plantas. ¿Cómo van las cosas en Estados Unidos?

—Gracias a los esfuerzos de Loren y el vicepresidente, ya se dispone de la financiación para otras treinta plantas, con los planos autorizados para construir otras cincuenta más a lo largo de los próximos tres años. Hemos comenzado con las centrales eléctricas que utilizan carbón, las más contaminantes. Si todo va como esperamos, podremos utilizar carbón de una manera segura para el medio ambiente y garantizar la disponibilidad de energía para la industria durante décadas.

—También es muy importante el acuerdo firmado con los chinos —intervino Loren—. Han prometido construir setenta y cinco plantas durante los próximos ocho años.

—Una excelente noticia, dado que los chinos son ahora los mayores productores de gases de efecto invernadero. Ha sido fundamental que la tecnología pueda extenderse con tanta facilidad —manifestó el ministro.

—Junto con una abundante provisión del catalizador necesario para que el proceso funcione —añadió Lisa—. Si la NUMA que dirige el señor Pitt no hubiese encontrado rutenio frente a la costa de Alaska, nada de esto habría sido posible.

—Un golpe de suerte —admitió Pitt—. Nuestras operaciones de minería submarina están en marcha y, hasta el momento, todo va sobre ruedas. Esperamos disponer de mineral suficiente para abastecer a miles de plantas como esta en todo el mundo.

—Entonces podemos esperar con ilusión un posible final del calentamiento global en el transcurso de nuestras vidas. Un logro notable —afirmó el ministro, antes de que uno de sus ayudantes lo llamara a un aparte.

—Todo apunta a que tus días de anonimato científico han terminado —dijo Loren a Lisa.

—Todo esto es muy emocionante, pero la verdad es que preferiría estar en el laboratorio. Hay muchas mejoras que pueden hacerse, y aún no hemos acabado de perfeccionar una eficaz conversión en hidrógeno. Por fortuna, en la universidad me han proporcionado un laboratorio con todo lo que se pueda desear. Ahora solo necesito encontrar a un buen ayudante.

—¿Bob ha sido acusado formalmente? —preguntó Loren.

—Así es. Tenía más de doscientos mil dólares en diversas cuentas que lo relacionan con Goyette. Me cuesta creer que un amigo me haya traicionado.

—Como se demostró con Goyette, la codicia sin límites siempre acaba por pillarte.

De pronto, apareció un grupo de periodistas que rodearon a Lisa para hacerle infinidad de preguntas sobre las instalaciones y su descubrimiento científico. Pitt y Loren se alejaron para dar un paseo. Pitt se había recuperado totalmente de las heridas y disfrutaba de aquella ocasión para estirar las piernas.

—Todo esto es muy hermoso —comentó Loren—. Tendríamos que quedarnos un par de días más.

—Olvidas tus sesiones de comité de la semana que viene. Además, debo volver a Washington para reunirme con Al y Jack. El próximo mes comenzaremos con las pruebas de un nuevo sumergible en el Mediterráneo y hay que tenerlo todo a punto.

—Veo que ya tenéis en marcha el próximo proyecto.

Pitt se limitó a asentir, con un brillo en sus ojos verdes.

—Como alguien dijo una vez, lo llevo en la sangre.

Dejaron atrás las instalaciones y llegaron a la orilla.

—Sabes, en esta tecnología hay una vertiente que nadie ha mencionado —señaló Loren—. Si algún día se consiguen invertir las consecuencias del calentamiento global, es probable que el Paso del Noroeste se hiele de nuevo de forma permanente.

Pitt miró hacia el canal.

—Creo que Franklin estaría de acuerdo conmigo; es como debería ser.

Al otro lado de las instalaciones, una lancha blanca navegó por el canal hasta el muelle. El tripulante la amarró detrás de una embarcación alquilada por los periodistas. Trevor Miller saltó a tierra y observó a la multitud que ocupaba el patio antes de ver a una mujer alta con una larga cabellera pelirroja. Cogió una cerveza de la bandeja de uno de los camareros y fue hacia donde Dirk y Summer se reían de algo cerca de la antigua garita de los guardias.

—¿Te importa si te robo a tu hermana? —preguntó a Dirk.

Summer se volvió hacia él con una expresión de alivio y se apresuró a besarlo.

—Llegas tarde —le reprochó.

—Tenía que llenar el depósito de mi nueva lancha —se justificó Trevor.

Dirk lo miró con una amplia sonrisa.

—Adelante, llévatela. Quédate con ella todo el tiempo que quieras.

Trevor llevó a Summer a la lancha y soltó la amarra. Puso en marcha el motor, se apartó del muelle y al cabo de unos instantes navegaba a gran velocidad por el canal Douglas. Llevó la embarcación hasta el estrecho de Hécate antes de apagar el motor y dejarla a la deriva; el cielo comenzaba a oscurecerse. Rodeó la cintura de Summer con un brazo y juntos fueron a popa, para mirar hacia la isla Gil. Contemplaron el agua en calma durante mucho rato.

—Parece que las mejores y las peores cosas de mi vida han ocurrido aquí —le susurró Trevor al oído.

Summer deslizó un brazo alrededor de la cintura de su amante y lo apretó contra su cuerpo, embelesados por el espectáculo del sol rojizo que se escondía lentamente en el horizonte.